王力全集　第二十四卷

王力译文集
（三）

王　力　译

中华书局

目　　录

女王的水土

[法]莫鲁华　著

代　序①

在莫鲁华（André Maurois）先生的著作里，《水土》（Climats）一部小说，算是他的一个最重要的大本营。我敢说，不管他以前的成功到了什么地步，也不管他以前的著作的性质如何，总之，到了今天，他才真的算是"启程"，让我们来测量他的途程的广狭。《水土》自然是一部好书，将见风行一时，无人不爱；然而我想，大概有不少的读者只能得到一个"皮相"，只觉得看过了便快活，而本书的真价值却轻轻地放过了。我因此不能不说几句话。

书中所叙的历史，不过是简单的，而且是天天有的；一个男子很钟情地爱一个女人，那女人偏不爱他，至少可以说不是钟情；结果他们俩离开了；轮到他被另一个女人很钟情地爱恋，而他之爱她，却不一样。本书的美点乃在描写地位与个性，尤其是在乎描写时间能够支配书中人物的工作。一般人都晓得小说与戏剧对于书中主要的主人翁都描写时间的；但是从实际上说，我们很少看见著作家能够直接地——即不靠戏院或其他的外力——把时间描写出来。时间能够摧残了《父亲郭理和》②，他把整个的灵魂都给了他的两个女儿，始终不变。然而，在 Middlemarch 里③——一部很不容易

---

① 此为法国文学家查露（Edmond Jaloux）对该书之批评，原载《文学周刊》（Les Nounelles Litteraires）1928 年 11 月 10 日。
② 《父亲郭理和》乃巴尔扎克（Balzac）名作之一，书中叙一父亲溺爱其二女，终为所负。
③ 英文小说名。

成功的小说,而它的成功都是尽善尽美——我们可以看见在叙述的中间,四对伉俪都因时序之变迁而大变特变。莫鲁华先生晓得这道理,所以他唯一的目的,是描写每一点钟、每一分钟所经过的可注意而残酷的工作。

书中主人翁费理伯经过了一段浪漫而风流的青年期之后,在佛罗朗斯遇着一位"天上之美"的少女,名叫奥媞儿,一见钟情,不久便结婚了。我们想要知道事情的本末,该先晓得费理伯的浪漫风流的性情寄托在什么地方。他当孩子的时代,便有骑士之梦①。他爱读《俄国的小兵士们》一部小说,书中的少女,已经使他梦想不置。他后来将与后妻伊莎比萝结婚的时候,曾经给她一封信叙述前半生的生活。信里说:"我常对你说过的我幻想中的女人,便是从这书出来,毫无疑义……我记不清楚是什么时候,我把她叫做阿玛梭娜②,但我总觉得她给我的快乐里头混合着我的大胆和冒险。我又很喜欢跟母亲读郎粟罗③与基疏特④的历史。我不能相信杜尔希妮相貌丑陋,所以我把书中她的图像撕毁了,好教我依着我的愿望来想象她的芳容。"这样的一个费理伯在他起初那些结合上,并不见得达到他的愿望。他很容易地变成淫佚的人,至少可以说,他的言语不能令人相信。然而,在奥媞儿跟前,他仍旧变成梦想阿玛梭娜的孩子,满腔恋爱的热狂了。

在法国小说里,求其能够描写妇人的模型,像本书描写奥媞儿一样生动,一样确切,一样完全,真是绝无仅有。除非求之于英俄小说,像英国梅丽提斯(Meredith)、俄国杜尔格尼夫(Tourguénieff)的著作里,总找得出些类似的地方。《水土》一书,只有了这点描写,已经是文坛独步,何况书中显然还有其他的妙处!奥媞儿实际

---

① 中古时代的骑士,是高贵风流的男子,所以后人便拿骑士当作高贵风流的意思。
② 阿玛梭娜是古神话里的美女。
③ 古小说《圆桌》里的骑士。
④ 斯尔皇特所描写之英雄。

上是怎样的？无论怎样，如果我照我的定义说起来，恐怕要把我刚才的话都推翻了。在奥媞儿的性格上头，我们所最叹赏的，乃是真真确确的一个女人。这里所谓女人，既不是家庭的女主人，也不是尽善尽美的贤妻良母。

奥媞儿从何处来，往何处去？

不住地活动，永远地不可捉摸，她生活在半幻象的世界上：她差不多是飘萍般的没有根本，否则便是孩子的心怀。她有的是娇媚与童心，冒险与失望，温柔与善疑。不能继续地、有恒地、认真地生活下去。她不晓得到哪里去，却没有什么东西障碍她的去路。我们不能确实地说她说谎，但"真实"在她看来没有显然的特质。她把诚实当做毛病，所以随意骗谎。这样的一个奥媞儿，比之一个男子，本能的成分较多，而"矫揉造作"的成分较少。她有卓绝而厉害的能力以与自然相接近。她属于神秘而美妙的苗裔，这苗裔的传统是：梅绿笙仙女①、特鲁华爱莲②、莎士比亚的玖里冶德、莫利耶（Moliére）的阿克娜、玛侬、爱达、杜尔格尼夫的伊莱娜、杜思托夫斯基③的费理波佛娜，以及同时属于历史而又属于梅丽提斯的海莲。奥媞儿步她们的后尘，醉心于她所爱而了解的一首诗。试看《水土》里说：

> 她有的是极点的自然的嗜好，很少看见她爱一种平常的事物；但当她选择些诗念给我听的时候，我又担心又惊讶地注意到她对于爱情的甚深的认识，有时还引起了死的心愿。我最记得她常念的一段诗句：
>
> From too much love of living,
> From hope and fear set free,

---

① 古之美女。
② 古之美女。
③ 俄国小说家。

We thank, with brief thanksgiving

Whatever Gods may be,

That no life lives for ever,

That dead men rise up never,

That even the weariest river

Winds somewhere safe to sea.

"The Weariest river..."她把这一句常挂在唇边①。"'最疲倦的江河',我真爱这一句啊！Dickie②，我便是那'最疲倦的江河'……我慢慢地走向海里去。""你不疯了？"我回答她说，"你便是生命的本身。""看我的表面上虽然如此"，她带着滑稽而愁闷的面容说，"实则我是最疲倦的江河。"

费理伯对于奥媞儿，真是没法子想。他的论据，他的真理，只是虐待她的工具。何况他又善于妒忌?! 有这么一个娇艳的妻子，而不能知道她做什么、想什么，怎教人不妒忌呢？她有了这样拘束的、寸步不离的丈夫，结果是使她厌倦起来。于是丢了他而另嫁一个海军将校，谁知后来更不幸福了，结果乃到了自杀的一条路。费理伯一生一世只是爱她，听见她的死耗，深憾不能救她，良心上总觉得过不去。

《水土》的上篇，若独成一书，算是差不多尽善尽美的一部小说。书中大气包举，笔势劲拔，真是罕见。下篇另是一部小说，腔调不同，也没有上篇那么大价值。这下篇乃是用伊莎比萝叙述的。伊莎比萝是费理伯的后妻，她的明理、懂事、规矩，与奥媞儿的疯狂、无恒、轻佻，适成反比例。这一次，上篇那位恬静、拘束、坚定的费理伯，却变了心志不定的人：起初因为要与伊莎比萝相反，其后却因为受了奥媞儿的同化。

---

① 译文见后。
② 奥媞儿戏呼其夫为 Dickie，原因见本书。

《水土》的美点与奇点,乃是反光、叉光、折光,种种奇观。却没有独断的、书本的意味,只从各人的地位与特性描写出"真实"的本身。就中最动人的叙述,是到市场去的两个晚上:第一个晚上是陪着奥媞儿去的,费理伯厌倦欲归;第二个晚上是陪着伊莎比萝去的,却是费理伯爱玩而伊莎比萝欲归。在钟情的伊莎比萝跟前,费理伯不由自主地把从前心志不定的奥媞儿对于钟情的他的跟前所演的一幕剧重演出来。其后,费理伯又爱上了一个苏兰芨,却又是她给他受痛苦。

莫鲁华先生看得很清楚:我们在芸芸众生里头,每人各去找寻可以扰乱情怀的某种资料;而不像普通人所意料的,要找寻什么幸福。费理伯所爱的是暧昧可疑的妇人。她们给他一点感情,而不停止地把它消灭了;而他之爱她们,只博得蔓延的苦痛混合着一点叹赏的感觉。我们想要有一个人始终不令我们生厌,实在难极:这便是有德的妇人所受的惩罚。因我们所住的世界便是人人被惩罚的世界,无论有德有罪,都是一样。奥媞儿对于热狂地钟情的费理伯生厌,费理伯对于钟情的伊莎比萝也生厌。他也很清楚地看透了这是什么原因:

> 我享有不易得到的幸福——高尚的恋爱。我一辈子找寻"神话里的夫人",希望自己便是古代佳话里的主人翁;终于得到手了,却又不愿意要了。我爱伊莎比萝,我在她身上感受到无限深情,然而终敌不过厌倦的心理。到了今天我才明白从前我该是何等使奥媞儿生厌啊!我的厌倦并不辱及伊莎比萝,等于奥媞儿的厌倦也并不辱及于我(费理伯很可以增加两句话说:我们对于使我们生厌的人予以原谅,更甚于原谅讨厌我们的人),因为并不是爱我们那个人太平庸了使我们生厌,却是因她对于现状心满意足,而不努力于找寻新生命,使它每一分钟都生生不已……

末了,费理伯不复爱恋苏兰芨,也许会与伊莎比萝共度一种快

乐的生涯。至少可以说,作者想让我们了解这一点,但我们实在不
善于了解:在恬静的伊莎比萝身边的费理伯终于快乐了,岂不失其
所以为费理伯吗?他体察他所恋爱过的女人,他老是依着孩子时
代的幻梦,去找他的阿玛梭娜!最后,他还再把"皇后之冠"加于伊
莎比萝的头上,但曾不多时,他便死了!"我们的命运与我们的意志
差不多永远地不能相逢!"

　　下篇的头几页比之上篇少了许多力量,没有那么伟大;甚至于
到处可以找得出些可惜的无味之句,例如第 177 页至 179 页①。然
而不久那腔调便变高越,乃发现奥媞儿的蓬勃生气。文笔不时高
举而远赴。我最爱的乃是它的充实。这上头,何止是些字句之美,
何止是些玩意儿;乃是认识人类的大档案,经验的强烈剂。它逼迫
着我们去思索我们的本性,它里头大部分的观察点都新颖而真确。
《水土》的价值在内容而不在外貌,所以莫鲁华先生用最简单最明
显最流利的文笔来描写。他像两位传统的小说家——赖克尔特与
夏尔多纳———样,他用全力于内容的丰富,而不在乎描写之取
悦。这么一来,这种纯粹的语言有时不免干燥,但这种干燥只是乍
读时觉得的缺点而已。总之,缺点非但无害于书,而且可以保障
它,使它不老。《水土》一书确有一切长寿的机缘,在现代文学史
上,将有它的一席位置。

　　译者按:《水土》一书,经查露先生揄扬,益增声价。观其风行
一时,脍炙人口,两月之内,销售八十余版,其价值可想而知,拙笔
不胜译事之任,聊试为之,以供国人之快睹云尔。

---

①　译者注:照二十六版的原书看来,这几页正是费理伯寄给伊莎比萝的"爱不爱"表,
　　这表在我们看来,非常有趣;而查露先生却不满意,大约别有见解。

上　篇

——费理伯给伊莎比萝的信

一

我匆匆地动身,你该是很惊讶的。我却自己谅解而没有什么后悔。我不晓得你是否听见数天以来我内心的音乐发出的激响,像脱里斯当的冲天的火焰。唉!我愿……前天晚上在树林里还是这样……将身寄给一阵狂飙,凭它吹我到你的雪白罗裙之下。然而,伊莎比萝,我怕爱情,我还怕我!我不晓得露娜或别人怎样把我从前的生活告诉了你。我们有时也曾谈到,但我不曾说出真情。新生命的情趣,在乎希望把以前所想要更幸福的“过去”,改变一种方式。人们尽管否认,而事实上却是如此。我们的情谊,不复是最可喜的那种推心置腹的时节了。在森严而绵亘的战线上,男子们抛弃了灵魂,女子们抛弃了肉体。我把我最机密的队伍,一队一队的送上了沙场。我的实际的回忆,已经被逼退守内堡的了,却又蠢蠢欲动,总还想要出头哩!

我现在与你远离,在我孩子时代的卧房里,靠墙钉着一个书架,架上的书,据我母亲说是要留给她的长孙的。唉!我会不会有儿子呢?又大又红的书脊,墨汁玷污的一本书,乃是我的希腊字典;还有金面装璜的几部,是我的奖品。伊莎比萝,我愿意尽情告诉你,从稚憨的孩子说起,一直到淫亵的青年,以及受伤而不幸的壮年。我愿意尽情告诉你，率直地、确切地、谦卑地说出来。但是，纵使我能完成了我的纪述，也许还没有勇气寄给你看哩。管它呢！就算我为我自己而写，我半生的遭遇，也不能说是毫无用处吧。

你记得吗？一天晚上，从圣日耳曼回来，我对你提起了冈都祸。这是一个又美丽又凄凉的地方，我们的工厂建筑在颇荒凉的山峡中间，一道湍急的溪涧横亘着。至于我的家，却对临着茸茸荆棘。屋子是16世纪的样式，这样式在利母泽算最普通。我年纪很轻的时候，便感受到一种骄傲的情绪，因为我姓麦赛那，这一村都归我家管辖。我外祖父时代的一个小小纸厂，不过把它当做一间实验室，到了我父亲之手，便变了一所大工厂了。他买了许多田产，从前满目荒芜的冈都祸，一到他手，便改成了模范乡村。在我整个的孩子时代，我看见他建筑了不少的房子，又沿着溪涧扩充了不少的厂屋，为安放纸浆之用。

我的母家是利母泽人氏。我的曾祖是个录事官，人家把府第当做国产卖的时候，他便把它买了。我父亲是罗莱纳的工程师，结了婚后，才到这地方来住。他又引了他的一位弟兄名叫丕耶尔的来。丕耶尔原住在邻近的沙尔得村。每逢礼拜天，如果不下雨，我们两家人都在圣伊利池聚会。我们是坐马车去的，我坐在父亲母亲的前面，一张又狭又硬的活动椅上，马单调的步伐使我昏昏欲睡。我闲看着它的影儿消遣。在村间的墙上、路上，它的影儿忽而弯折，忽而前进，超过我们；但当拐弯时，忽又走到我们背后去了。一阵马粪的气味……说起马粪，说起钟声，都令我联想到礼拜日……一阵阵臭味包围着我们，好些粗大的苍蝇飞来停在我身上。我觉得山陂比什么都更可恨，因那马到这时候，从容不迫地走，车子上山的速度，真是令人难堪。老车夫杜马桑一面呼喝，一面搧鞭子。

在客店里我们遇见叔父丕耶尔、婶娘及其唯一的女儿露娜。母亲给我们些奶油面包，父亲说："你们玩去吧。"于是露娜与我便在树下或池边散散步，又分头去捡了些松子和栗子。回家时，露娜跟着我们上车，车夫把活动椅边的副椅按下来，给她一个位置。一路上父亲和母亲都不说话。

一切的会话都不容易，因我父亲非常拘谨，好像如果把一种心情向公众表达出来，马上便会受痛苦似的。当我们吃饭的时候，如果母亲有一字提及我们的教育、工厂的生意，或谈到叔父，或谈到住在巴黎的姨妈歌籁，父亲便很担心地用手势指着换盘碟的仆人。年纪很轻的我，便注意到父亲与叔父之间，有什么互相责备的话，都由他们的妻子传达，而且都有一种奇怪的提防。年纪很轻的我，也晓得我父亲厌恶诚实。但在我家里，总算是尽天伦之乐事：父母爱其子女，子女爱其父母，夫爱其妻。总之，麦赛那一家，把世界看做尘世的天堂。依我看来，与其说是假仁假义，不如说是纯粹天真。

二

冈都祸的草地饱受阳光，朝下看便是沙尔得村的平原，给一阵热雾罩住了。一个童子在沙堆的旁边掘了一个窟窿，将半身没入窟窿里，在无边风景中，侦候着敌人——无形的敌人。这种游戏是受了一本书的暗示。书为唐理所著，名叫《寨战》，算是我最所爱读的了。在我的先锋战壕里，我便是那个二等兵米吐尔，奉了老大佐的命令，守护里游维尔的营寨，我为了大佐而战，死也甘心。……对不起，我对你叙述这些童稚的心情。然而，这便是我的忠诚的第一次表现，虽则后来我的忠诚的对象有种种的不同，而这一片童心，已是我的天性的元素。自此以后，我承认……如果我把童年的回忆里的虽然微妙而尚可捉摸的心情分析起来，我承认在我那种牺牲的心愿里头，多少附带有些肉欲。

我的游戏不久便变了。新年的时候，人家赠给我另一本书，名叫《俄国的小兵士们》。书中叙述一群中学生议决组织军队，并在女生里选出一位女皇来。这女皇名叫亚妮雅，"是一位很值得注意

的又漂亮又轻盈又文雅又伶俐的少女"。我最爱那篇兵士们对于
女皇的誓辞。他们完成了不少的工作以博她的欢心,一笑嫣然,便
是她的隆恩厚报。我不知何故这段故事令我这等爱读,但只莫名
其妙地爱它。我常对你说过的我幻想中的女人,便是从这书出来,
毫无疑义。在冈都裼的草地上,我觉得与她并肩连臂地走。我记
不清楚是什么时候,我把她叫做阿玛梭娜,但我总觉得她给我的快
乐里头混合着我的大胆和冒险。我又很喜欢跟母亲读郎粟罗与基
疏特的历史。我不能相信杜尔希妮相貌丑陋,所以我把书中她的
图像撕毁了,好教我依着我的愿望来想象她的芳容。

　　虽则我的堂妹露娜比我少了两岁,她早已成为我的读书伴侣
了。其后,我到了十三岁,父亲把我送入凯绿莎中学,校址便在利
母泽。于是我住在一个堂兄弟的家庭里,只礼拜天才能回家。中
学的生活,我过得很惯。父亲读书的嗜好,遗传给我,我是一个好
学生。麦赛尔家传的骄傲与怯懦,都给我秉受到了。好像我的眼
睛闪闪有光,眉毛高耸,一样地受了遗传。我的骄傲的对头乃是那
位女皇,在她跟前,我却非常忠顺。到了晚上,我自己讲述些故事,
我的阿玛梭娜便是故事的主人翁。我现在给她起了个名字,叫做
爱莲;因我最爱奥美尔·爱莲①——这是我那位助教拜理先生该负
责任的。

　　为什么有些印象停留在我们的脑海中,活像当时情景;而有些
其他的印象,表面上看来比较的重要,却一天一天地轻淡而消灭了
呢? 有一天,我们该上作文课了,我的灵明的心镜里,已映照出那
一位慢慢地跨进教室的拜理先生。他把他的牧人式的长外套挂上
了衣钩,向我们说:"我得了一个好题目给你们了:斯特希珂尔②的
订正诗……"拜理先生的样儿,今日还是宛在眼前。浓厚的胡子,
硬直像刷子般的头发,面上显露着不幸的遭遇。他从书包里拿出

①　奥美尔·爱莲是斯特希珂尔诗中的人物,见下。
②　斯特希珂尔是希腊诗人。

一张纸,口授给我们:"诗人斯特希珂尔以为爱莲祸害希腊,吟诗骂她,给维奴①知道了,罚他变了瞎子;他自怨自艾,另吟一首订正诗,表达他侮辱美人的懊悔。"

呀!那一天早上的几页文章,真令我百读不厌!我半生永不复得这样一种完满的感触,在这写下来的一句话里,感触到深长的生命,永不复得了,除非是在几封给奥媞儿的信里,及这几天来,我才预备寄给你而尚未寄发的一封信里,或者可以找出些这种感触的痕迹来。

"为美而牺牲"这个题旨,发出剧烈的回声,震动了我的心弦,以致这样年轻的我,觉得周身颤战。二小时的课业只给了我不少的痛苦,像是我早已料到将来在我的崎岖的尘俗生活之路的中途,也该写一首斯特希珂尔的订正诗哩。

然而,如果我不说明白我的高尚自爱的心理终于完全隐没了,你便会对于十五岁的中学生的心灵,得到一种错误的观念。我和同学们谈到女人或谈到爱情,都是些淫亵的话头,有些朋友叙述他们过去的经验,又专门又粗野地详细说明。我呢,我也找到了我的"爱莲",这便是我所住那一家那一位堂兄弟的女友,一个利母泽的少年妇人,名叫黛妮丝,丈夫姓奥伯利。她的面貌长得很不错,人家都说她轻佻。当人家说起她有好些情人的时候,我自命为基疏特、为郎粟罗,代抱不平,恨不得一枪刺死了那一班造谣之辈。每逢奥伯利夫人来这边吃饭的一天,我欢喜欲狂,却又带几分害怕。在她跟前,我的一言一语都显得不妥当了。他的丈夫是一个制瓷器的,倒还和蔼可亲,我却觉得他可憎。每次我从学校回来,总希望在路上遇着她。有一桩事我注意到的,乃是傍午时候,大教堂前,博德杜尼路上,往往可以见到她在那里买些花或买些糕饼。我天天计算恰当这个时候,在走道上,花店与饼店的中间候着她。她

---

① 维奴是古代最美的女子,出自清泉。

来了,我臂膊夹着书包,送她到她家门口,她也不推却。从此习以为常,不止一次了。

到了夏天,网球场中,我更容易遇着她。有一天晚上,天气很好,许多少年伉俪决定在那里吃晚饭。奥伯利夫人很知道我爱她,也就留我陪她吃饭。很快乐地吃过饭,已是黄昏时分。我在黛妮丝的脚边的草地上躺着,将手轻轻地抚弄着她的脚腕,她也夷然不拒。我们背后有好些香梧桐树,香气芬芳,现在想起还有余味。眼睛从树枝中间看过去,明星灿烂,斜挂枝头,正是艳福难消的时节。

夜色沉黑之后,一个男子爬到黛妮丝身边,我猜想这是二十岁的少年,利母泽的律师,以智巧著名。当时我不由自主地听见了他们低声的谈话。他给她一个地点,求她到巴黎相会;她咕咕噜噜地回答道“别胡说”,但我却懂得她一定去的。她仍旧很快乐地、毫不着意地挺着她的脚,我仍旧抚弄着她的脚腕,不曾放手;但我突然觉得心坎上受了伤,从前尊敬妇女的心,消灭的无影无踪了。

此刻我桌子上有一本小册子,是我在专门学校里的读书日记。我翻到了一页,上面记着:“6 月 26 日,D。”D 字的周围圈上一个小圆圈①。底下,我抄了伯莱②的几句话:“对于妇女,不必太看重了;然而,望之令人神爽,虽区区小事,亦未尝不足以怡悦心情。”

整个的夏天,无非是我调戏女儿们的时候。这时我才知道,在黑暗的小路上,人家尽可以把她们拦腰抱起,和她们接吻,玩弄她们的身体。我与黛妮丝的一幕穿插戏,乃是医治我的神话欲的良剂。我学到了一种放浪的方法,这方法居然确实地成功,使我一方面骄傲,一方面失望。

三

次年,我的久任普通顾问的父亲,升了奥地维也纳的议员。我

---

① 黛妮丝(Denise)第一个字母是 D。
② 伯莱(Barres)是法国近代文学家。

们的生活也变了。我为着完成我的哲学,住到巴黎的一间中学里。于是冈都祃只是我们的消夏别墅了。我打定了的主意是预备一个法学士,将来在择职业以前,先在军界服务。

在假期内我再会着奥伯利夫人,她与我那些利母泽的堂兄弟同到冈都祃来。我猜想一定是她要求跟着他们到我家里来的。我很高兴地带她去看我们的花园,尤其喜欢引她到一个亭子里。这亭子我把它叫做观象台,当我爱她的时节,我把许多礼拜天整天在这观象台里做我们的模糊春梦。她欣赏那深窈的山峡,两旁种树,底下是泡沫浸沁的一些小石,和工厂里放出的轻烟。当她站起身,低着头想要看得清楚些那些工人在远处工作的时候,我把手搭在她的肩膊上,她只是微笑,我顺势试和她接吻,她轻轻地推开,没有什么严肃正气的样子。我便说我打算 10 月间回巴黎,我在河的左岸自己赁一所房子,我在那边等候她。她咕咕噜噜地说:"我不晓得行不行;太难,太难。"

在 1906 至 1907 年的冬天的日记簿里,我翻得出和 D 许多次的约会。我上了黛妮丝的当,是我的错了。这自然是一个可爱的妇人,但我不知何故,总希望她一方面是我的情妇,一方面又是我的读书伴侣。她到巴黎来,为的是看望我,为的是试些衣服帽子,因此便引起了我非常的轻视。我在书本上找生活,料不到别人和我不同。我屡次向她谈起基特、伯莱、克罗德尔①,她也曾向我借了几本书去看,后来她同我谈论到书的内容,真是令我失望。她的身段袅娜,令人生爱;她回利母泽去之后,我真个如饥似渴地想她。及至她来了,只消两个钟头,便令我希望死,希望脱离了尘世,宁愿和一位男朋友争论还痛快些。

我有两个亲热的朋友,一个叫哈尔夫,是一个少年犹太人,性颇多疑,我在法科里认识了他;又一个叫比尔特郎,是我从前在利

---

① 基特(Gide)、伯莱、克罗德尔(Claudel)都是法国近代文学家。

母泽的同学，而今进了圣希尔学校①，每逢礼拜天都到巴黎我的家里来。当我和哈尔夫或比尔特郎在一块儿的时候，我好像比较地更诚恳。在表面上看来，我是我父亲母亲的费理伯，老老实实的，受了麦赛那家教，只起了些很微弱的反抗。一转身便是黛妮丝的费理伯，和好时淫荡而多情，冲突时便十分粗野。回头又是比尔特郎的费理伯，勇敢而富于感情。再轮到哈尔夫的费理伯，心肠很硬而很精细。我知道再追究下去，一定还有另一个费理伯，这费理伯比之上面那几个还更真确，假使我和这个费理伯同行，他该能够使我幸福些，然而，我竟不肯和他认识！

我曾经对你说过吗？我曾在华兰纳路的一家小住宅里赁过一间房子，我依着我那时的固执脾气来布置家具。精光的墙上挂着巴斯楷尔与贝多汶的像。这竟是后来我所遭遇的一切事情的奇异见证人。我拿来当做床用的横炕，有一块大而灰色的布敷在上面。暖橱上有一个斯宾挪莎、一个蒙特尼，还有几本科学书。这是惊奇的心理呢，还是真诚之爱呢？似乎两种情绪都混合在这上头。我是好学深思，而又是残忍无道。

黛妮丝常说，我的房间吓煞她，却又说它还是可爱。她未遇着我以前，有过许多情郎，都是受她驾驭的。她迷恋着我。我现在很谦卑地告诉你一个大略。生活告诉我们，爱情上的谦卑是不难的，但庸庸碌碌的人有时却得人欢心，要博人欢心的人偏归失败。我这里对你说黛妮丝倾心于我，甚于我之倾心于她；但不久我又要向你叙述，一样诚恳地叙述许多幕穿插戏，比这一次更为重要，而我的地位却恰巧相反了。……当我们所谈到的那个时期，即二十岁与廿三岁之间，我已经给人家恋爱了，而我自己却并不曾恋爱过人家。实际上我没有丝毫恋爱的观念。爱情，人们为着它不知受了多少痛苦，在我看来，只是一种讨厌的浪漫主义。可怜的黛妮丝，

---

① 著名的教会学校，校址近巴黎。

我看见她直躺在横炕上,低头向着我,很担心地问我为什么愁眉不展。

"爱情",我说,"什么叫做爱情?"

"你不晓得吗?总有晓得的一天……你也一样,终有一天给它拿住了。"

"拿住"这个字眼,我觉得太不文雅。黛妮丝说话所用的字眼我都不喜欢。我愿她说话不像玖里冶德与克尔丽亚①。我在她的心灵的前面,真是手足无措,好像穿一件不合身的袍子,我往后扯,往前拉,总找不到一个平衡。后来不久,我便知道她在利母泽很博得人家称赞她聪明,而本省最难交易的男人中的一个也给她征服了,显然是我的力量助她成功。由此看来,妇人的心神,是那些爱她的男子们带来的层叠的淀质做成的;同理,妇女在男子的生活路上经过,于是男子的嗜好保存着妇女们的层叠而混乱的影像。而且,我们常见,妇女使我们受了酷烈的痛苦之后,这痛苦便成为我们别有所恋的原因,也便是她的不幸的原因。

日记上又有一个 M,乃是玛利的省写。这是一位眼睛含着神秘的小小英国妇人,我在姨妈歌籁家里遇着她的。我该向你叙述这位姨妈,因她后来在我的历史上断断续续地扮了些角色,总算是一位重要人物,她嫁的是一位银行家,疏恩子爵。我不晓得什么缘故,她总想尽量地拉拢许多总长、公使、将军到她家里来。当她是一个颇有名的政客的情妇的时节,她已经开始作这种交游。她的手段高,又有恒心,怪不得她渐推渐广,终于成功了。每天晚上六点钟后,她一定在麦尔梭路。而且每逢礼拜二总摆二十人的大酒席。我们在利母泽的家庭里,很少有这种滑稽的举动。我父亲说她永远都会继续下去,我觉得这话很有理。到了夏天,酒席移到特鲁维尔的别墅。依我母亲的话,乃是,她晓得姨夫将死了(是胃痛

---

① 玖里冶德是莎士比亚戏剧中的人物;克尔丽亚,待考。

症），特地到巴黎来帮助她的妹妹。那一天正是礼拜二晚上，歌籁还在那里肆筵设席哩。

"亚德良怎样了？"她问。

"他很好"，姨妈答，"他的身体当得起这样小毛病，只怕不能够来陪客罢了。"

第二天早上七点钟，一个仆人打电话给我母亲说："子爵夫人很抱憾地报告麦赛那太太，子爵先生昨天夜里忽然寿终了。"

我到巴黎，并不希望去看望姨妈，因我父亲厌恶社交的脾气都传授给我了。自我认识她之后，她倒还令我喜欢。她是一个好人，专肯替人尽力；她因和种种机关的人员来往，所以对于社会的组织，很能了解，虽则头绪有些纷繁，而都是实际的认识。我这样一个少年外省人，觉得她便是可以领教的矿山了。她晓得我肯听他的话，所以对我很有交情。每逢礼拜二晚上，都请我到麦尔梭路去赴宴。也许她因知道我父亲母亲仇视她的宴会，所以故意好好地招待我，使我入伙，好表示她对于我父母的凯旋。

姨妈歌籁的队伍里自然有许多少妇———不可少的甘饵。我在这班女人里头征服了好几个。我不爱她们，却又调戏她们，为的是我的体面，并且要借此证实胜利之可能。我记得那时节我真是定性得很：每一个女人离开我的卧房，很多情地送给我一个微笑的时候，我只毫不在意地坐在椅子上看着一本书，毫不费力地把脑筋里那女人的印象扫除得干干净净。

请你不要对我加以严厉的批评。我想许多男子像我一般，如果他们没有福气，一时找不到一个看得上眼的妻子或情妇的时候，差不多总免不了要经过这种骄傲的为我主义的阶段。他们正在研究一种主义哩。那些妇女们也晓得，很本能地晓得，包办是没有效果的，所以对于他们也肯原谅。未尝没有些时候起了些愿望，但不久之后，两个心差不多完全违背着，于是又压不下厌倦的情绪了。且说斯巴尔特·爱莲吧，我还想不想她？这是大教堂的废址中，我的冷酷的战略的暗堆底下的一种半埋没的心情。

礼拜天我到音乐会去，有时远远地看见一个销魂的情影，忽然间，来了一种奇异的感触，记起孩子时代那一位金发的俄国女皇及冈都裓的几颗栗子树。于是音乐声提起的我的大感触，我只朝着这位素不相识的面孔胡思乱想，直想到散场的时候。好像是如果我能够认识这个女子，便可从她身上找出一个我朝夕所希望共同生活的尽善尽美的意中人。后来这位堕落的女皇终于看不见了，而我却回到华兰纳路去会我所不爱的一个情妇。

我到了今天，还不懂得为什么我竟能够聚得两个绝对相反的角色在我一人之身。这两个角色生活在两个不同的地位，而永远不相接触。第一个是多情的男子，满腔忠诚，知道值得爱的女人并不存在于实际的生活上。他以为虚愿的可爱的意象，绝对不该与粗野不堪的杂脚色混杂；于是他便以书籍为桃源，避免尘俗，从今而后，只爱莫尔素夫人与莱娜儿夫人。第二个是淫邪的男子，在姨妈歌籁家中宴会里，遇着他所喜欢的女人，便很疯狂地很大胆地胡说乱道了。

我在军界服务之后，我父亲叫我和他一同在工厂督工。现在他已经把那些办公处移到巴黎去，巴黎的大报馆与大印刷所便是他的主顾。这些事务倒很引得起我的兴味，所以我努力求营业之发展，但一方面还继续上课、读书。冬天的时候，我每个月到一次冈都裓；到了夏天，我父亲母亲都住在那边，我只在那边过了几个礼拜。我在利母泽重新寻找孩子时代那种幽寂的散步，非常有趣。我不到工厂的时候，便回到我那一间恰似当年的卧房里，或到鲁路上我那一间小小观象台里，做我自己的工作。每一小时，我必起身一趟，信步走向栗子树的狭长小路去，到了尽处便回来，像去时一般快慢，回到了，仍旧看书。

这时节，我离开了那些少妇，周身松快，何等幸福！在巴黎时，她们撒网，约会的网、抱怨的网、说长道短的网，这网虽轻，拼命跳还跳不出去哩。我对你说过的那个玛利,她的丈夫我也很熟;我实在不喜欢和她丈夫握手。我的朋友有一大半偏喜欢和他握手,又滑稽,又得意。我的家教,对于这种事情,是不相容的。我父亲原是仪式的婚姻,后来却变了——变的人多着哩——恋爱的婚姻。他的态度严重而静默,倒还觉得快活。他不曾有过姘合的事件——至少可以说自结婚后不曾有过。然而我却猜透他也是像我一般有神话欲的人。于是我想,混杂地想,假使我有福气,找到一个妻子,只要有几分像我那阿玛梭娜,我便心满意足、死心塌地地供奉她了。

四

1909 年的冬天,我害了气管炎症,刚好了一回,又来一回。到了 3 月间,医生劝我到南方去住几个礼拜。我觉得到南方去不如到意大利去好,因我没有到过意大利,所以我想那边必更有趣。到了意大利,逛过北湖与维尼思,又到佛罗兰去消遣我的假期的最后一礼拜。第一天晚上,在旅馆里吃饭时,我注意到邻近的座位上有一个"天上之美"的少女,真是飘飘欲仙;我的眼睛,没法子看到别处去。她旁边有一个风韵犹存的母亲,和一个年纪颇老的男人陪伴着。我离席之后,便问旅馆主人,我的邻座那几位客是谁。他告诉我,她们是法国人,名叫马赉夫人、玛赉姑娘。至于那个男人,乃是意大利的军官,并不住在我们旅馆里。第二天中饭的时候,邻近的座位已经空了。

我带了许多介绍信来给佛罗兰人,就中有一封是给古握谛教授的,他是一位艺术批评家,他的出版所便是我们的主顾之一。我把这信发了去,同日便得到他的回信,请我到他家里吃茶。在那边,费梭尔的别墅的花园里,我遇见了二十来个人,当中有两位恰是我昨天邻座的客。那位少女,戴的大草帽,穿的未曾洗过的新衣服,衬着蓝色的海领子,像昨天晚上一样美丽。我忽然觉得胆怯,连忙离开了她,去找古握谛谈话。我们的脚边,有的是玫瑰花盖着的凉棚。

"这花园是经我手培植的",古握谛对我说,"十年前,所有这一带地皮不过是一片草场。那边……"

我依着他的手所指的地方看去,我的眼睛恰巧又与玛赉姑娘打个对照;我看见她的眼睛也正在盯着我,使我又惊又喜,心痒难搔。一刹那间的注视,却便是小小的爱情种子,挟着一种不可言状的势力,产生了我的伟大的爱情。这么一来,不用说我已经知道她容许顺遂我自然的情绪。于是我看有机会,即刻挨近她身边来。

"何等可赞美的一个花园啊!"我向她说。

"是的",她说,"再说我为什么爱佛罗兰,因为到处可以看见山,看见树。至于城市便只是城市,毫无所有,讨厌得很。"

"古握谛对我说:屋子后的风景美得很。"

"我们去看吧。"她很高兴地说。

到了那边,看见一带常青柏树密如屏帐,一道石阶隔断中央,直达一个石砌的凹壁,凹壁下蔽着一个塑像。再远些,在左边,乃是一座凉台,上面可以望见城市。

玛赉姑娘肘倚着我,静默地凝睇着佛罗兰的玫瑰色的圆屋与势将倾斜的许多大屋顶,以及远远的一带青山。

她看了许久,很醉心地说:"呀!我真爱这风景啊!"

很温雅地很天籁地昂起她的头,像是想要呼吸些山川秀气。

在这第一次的谈话里,玛赉·奥媞儿便把我当作亲密的人看待。她告诉我:她父亲是一个建筑师,住在巴黎,她很敬仰他。只她母亲身边那一位妇女的随员,那一位将军,使她最为心痛。十分钟后,我们便成了知己。我向她谈起我的阿玛梭娜,并且说,我在生活上尝不到一点味道,除非有一种强烈而深切的情感维持着我,才有一些乐趣(我的淫浪主义在她跟前早已扫灭得无影无踪了)。她又向我叙述:她十三岁时,她的好女友名叫迷萨的向她说:"如果我要求你,你肯不肯跳下这个外栏杆?"她几乎从四层楼上跳了下来。这段故事,使我听得津津有味。

"教堂里、博物馆里,您常去吗?"

"是的",她答,"但我最喜欢不过的,乃是在很旧的路上随意散步……只一件,我最不愿意和我母亲以及她那位将军一块儿走,所以每天早上,我很早便起来……明天早上,你喜欢来和我一块儿走吗? 我九点钟在旅馆的客厅等你。"

"我想我一定能来……我该不该请求你母亲的许可——许可我和您出门。"

"不必",她说,"让我自己摆布就行了。"

第二天,我在楼梯下等着她,于是我们就一块儿出去。河边堤岸的大石砖迎着太阳放光,教堂的钟声时鸣时止,好些车辆超越过我们的前头。忽然间,我的生活变简单了:这一簇金黄色的头发常在眼前,穿过大路时夹着这一弯臂膀,不时闻着衣裙内透出的少女肌肤的热香;只此便是尽够消受的艳福。她引我到托尔那路去,她最爱那些鞋店、花店、书店。在维克支和桥上,她看见了那些黑色与玫瑰色的粗大玉石制的串珠,便停住了脚,舍不得走开。

"这很有趣",她说,"……你不觉得吗?"

可怜的黛妮丝的好几种嗜好,昔日我所认为罪过的,而今却又在奥媞儿身上发现了。

我们谈了些什么话? 我记不大清楚了。再翻我的日记簿,却有这么一段话:"与O① 散步于罗兰梭。她向我叙述她孩子的时代:在教养院里,一道灯光从窗棂透进来,照到她的床上。她蒙眬欲睡,看见那灯光渐渐变大了,自以为进了天上的乐园。她谈起致瑰图书馆,她讨厌嘉美尔与玛黛琏,她过不惯循规蹈矩的孩子的生活。她所最爱的书乃是仙人故事及诗歌。她有时梦见在海底漫

---

① 奥媞儿(Odile)第一字母是 O。

游,许多鱼骨头绕着她身边游泳。有时又梦见一个鼬鼠拉她到地底下去。她爱冒险,她骑马,她跳过很坚硬的障碍物……当她想要了解一件事情、正在运用心思的时候,她的眼神格外美丽;她的额角一皱,眼睛向前尽管看,好像近视似的;然后向自己哼了一声'是了',她便了解了那一件事情。"

在抄这一段日记给你的时候,我觉得我没有力量把她所贡献给我那种艳福的回忆描写出来。为什么那时节我感受到这么一种完美的情绪呢?奥媞儿的话,是不是很值得注意?我是不相信的;然而她所有的,却是麦赛那家所缺少的东西——生命的滋味。我们为什么爱万物?乃是因为它们分泌出些神秘的原质,这原质为我们自身所无,所以需要它与我们合成化学的坚固的混合物。固然我没有看见比奥媞儿更美丽的女人,而我总算看见过许多比她光辉的,比她更十分聪明的;但是,没有一个能够像她把多情善感的世界献到我眼前。我因读书,因很沉闷地考虑些事情,以致花草、树木、山川之秀气、云霞之奇观,都和我分离了;而奥媞儿却每天早上把这些形形色色的事物都收采成堆,堆到我的脚边来。

当我独居城市的时候,镇日价在博物馆里过日子,或者在我的卧房里读些关于维尼思或罗马的书。外面的世界,除非经过了名家的杰作,才能够到我跟前。自从认识了奥媞儿,她马上便引我到花花世界,喧哗不堪的世界去。她拉我去看花市,在米尔加多的高高的拱桥上,许多村俗的女人在那里,或买一束铃兰,或买几枝紫丁香,奥媞儿也就混进那些女人的队里去。她最爱一个乡下的教士,他正在那里讲金雀花的价钱。她又引我到米尼雅多上面的小山去,专爱引我走些狭路,两边是很热的墙,墙上藤萝围绕。

我从前到麦赛那家谈论古尔夫与基伯林的斗争①,及但德②的生活,或意大利之经济地位,这些事情,向奥媞儿详说,她讨厌不讨

---

① 古尔夫(Guelfes)与基伯林(Gibelins)乃古时意大利的两大党。
② 但德(Dante)是意大利诗人。

厌呢？我不相信她会讨厌。男女之间，女子的天真烂漫、半痴半呆的言语，适足以引起男子的高兴，甜蜜的接吻，往往在稚憨的她的唇边；而男子方面，乃是最庄重最强有力的逻辑的言语，越发使女子增加爱他的热情。这话谁说的？是我说的，我想这话用在我和奥媞儿二人之间，也许确是真理。总之，我最知道的，乃是，当她经过些假珍珠的店子，带着哀求的声气说"我们停一停吧"的时候，我也不批评，也不懊恼，只想道："她何等可爱啊！"我了解……一天深似一天的了解我孩子时代的真正爱情的观念——护花使者——永远存着忠诚的热忱直到死了那一天为止。

这种宗旨又占住我的心了，好像音乐场中，一支孤零的笛吹着一句短调，一步进一步地唤醒了梵亚林，然后大梵亚林，然后铜风琴，直到一厅里音乐嗷嘈，震人耳鼓。于是瓶里的鲜花，紫藤的香气，白教堂，黑教堂，波地斯利，米歇尔安及①一班一班的来联合这非常的音乐队，同奏幸福之歌，所谓幸福乃是恋爱奥媞儿，抵抗着她的无形的敌人，保护她那白璧无瑕而不堪摧折的美质。

初到佛罗兰那一天晚上，我料不到能够和一位不相识的女子散步两个钟头，我以为这是不能实现的特权。几天之后，我认为每天回到旅馆来吃两顿饭，实在是一种难堪的奴隶式的事情。玛赀夫人很担心，不很晓得我是哪一种人，努力想要使我们亲热的步骤变慢些；但是，你该晓得两个少年人恋爱的初步动作是怎样的：动作起来的势力，没有什么可以抵挡得住。我们的确感觉到我们所经过的路上有的是同情的波浪。奥媞儿的美丽，已经是很够了；但她向我说，在这班意大利的小民的旁边，越得显得我们俩的成功。佛罗兰人爱我们，感谢我们。博物馆里的看守人迎着我们微笑，亚尔诺的水手仰着头很和气地注视着我们，肘倚着栏杆，挨近身子，想要闻到我们俩身上的微温的气味。

---

① 波地斯利（Botticelli）与米歇尔安及（Michel-Ange）皆意大利画家。

我打电报给我父亲说我想在这里再住一两个礼拜,我的病体一定可以复元。他答应了。现在我唯一的希望,便是想要奥媞儿天天都归我所有。我租了一辆车,在托斯冈的乡下一块儿散步——长时间的散步。在希也纳的路上,我们俩像入了嘉尔巴萧①的画图。车子上了小山,这些小山活像孩子们所做的沙馒头,山顶有些假的房屋与城堞,希也纳的浓厚的树荫,真令我们留恋不舍。在一间阴凉的饭馆里,我和奥媞儿吃饭的时候,已经晓得我将来一辈子只在她跟前过生活了。夜色苍茫的归途上,她的手放进我的手里。我的日记上叙述这一次散步的晚上说:"汽车夫、女仆、村人,都对于我们心心相印了。自然是他们晓得我们互相亲爱,毫无疑义。这一间小小的饭馆里的人们,竟发现了艺术……最是妙不可言的,乃是:我有了她,凡不是她的,我都瞧不起;她有了我,凡不是我的,她也都看不上眼。她面上露出可爱的神气,这神气,一方面表示捐舍,一方面表示陶醉。在这神气里,还含有无限闲愁,像是想把这千金一刻的时光,永远保存在她的眼里。"

唉!我至今想起了佛罗兰几个礼拜那一个奥媞儿,还非常地爱她哩!她弄到这地步,甚至于使我怀疑她是假的。我掉转头,背着她说:"我试停止五分钟不看你,看行不行。"休说五分钟,连三十多秒钟都挨不到!她每一句话,总是一句绝妙的好诗。虽则她表面上非常快活,但我仔细听她的谈话里,却像大梵亚林的激响,一种闲愁的乱调引起了凄惨的恐怖,忽然充满了一室的悲风。那时节,她常挂在唇边的句子是"命里注定要受罪……"等一等,是了……"受了玛尔斯的影响,命里注定要受罪,金发的女郎,留心你自己!"在哪一部儿童小说里,哪一部悲剧里,她读过了,听到了这些话头?我记不清了。一天晚上的黄昏时分,在一处又僻静又暖和的橄榄树林里,她第一次把她的嘴唇送到我的嘴唇上来。她很

---

① 嘉尔巴萧(Carpaccio)是 Venise 的画家。

温柔地、翠黛含愁地凝睇着我说："我爱，你记得玖里冶德①的话吗？'我今已是太温柔了，将来你要娶我的时节，也许疑心我会变了轻狂……'"

那时节，我们的爱情，现在想来，还是快活。这是最好的感情，在奥媞儿，在我，都一样热烈。然而奥媞儿的感情里头却包含有些骄傲。后来不久她向我解释，说她先在教育院的生活，后在家里与她所不爱的母亲所过的生活，都迫着她"闭关自守"。遮住了的火，又显现出来，这因为有剧烈而短促的火焰浇热了我的心，我虽觉得它们并非情愿，但其来势却很凶了。依照旧时的习惯，一套衣裳罩着妇女的全身，遮掩男人的眼睛但却擦破了些，教人隐约地看见；同理，感情的贞德在精神上遮盖住了热情上惯常的表记，却使人们瞥见言语上微妙的分别的价值与恩惠。一天，我父亲终于打电报来叫我回去了，电文颇有不喜欢的意思。在古握谛家里，奥媞儿先到，我后到，向她报告我的归期。座中的人们正在谈论德国与摩洛哥的问题，听说我要动身，都毫不在意。我出来的时候，对奥媞儿说：

"古握谛的话很有趣。"

她很失望地回答我说：

"我只听你要动身了，别的都没有听见。"

五

我未离开佛罗兰之前，已经订了婚了。这事情自然有报告父母之必要，但我却非常担心。依麦赛那家里的习惯，他们都认婚姻是宗族的事情。我的叔伯等都会干预，并且会调查玛赉家的家世，不晓得他们调查出些什么来。我呢，我非但不熟悉奥媞儿的家世，连她父亲我都没有见过面。我对你说过麦赛那家的奇怪的习惯：

---

① 玖里冶德（Guliette），见于莎士比亚戏剧。

遇着重大的消息,不愿意直接地告诉当事人,却找一个中间人去说,带着千种的预防。姨妈歌籁是我的心腹,所以拜托她去向我的父母说。她得替人出力,显显手段,倒很愿意。说实在话,她办事实值得注意。但只一层,奇怪得很,她的事情一定要在上流社会才办得来,譬如人家要知道一位连长的家世职业,她只晓得到陆军总长处调查;要知道一位利母泽的医生,她也只晓得去问巴黎医院。当我对她提起玛赍这名字之后,她所回答的话,果然不出我意料之外:

"我不认识他。但如果他是个人物,或可以在毕尔托那边马上打听清楚。你晓得吗?毕尔托是国家学院的建筑师,我在冬天里请他来过两个礼拜二,因为我可怜的阿德良要和他打猎。"

数天之后,我再看见她,她沉着脸,很兴奋地说:

"唉!可怜的孩子,你算有运气,问到了我。这哪里是你的姻缘?……我已经看见了毕尔托,他和玛赍很熟,他在罗马悬赏试的试场里,是和玛赍同房。他说:'玛赍人很不错,又有才艺,但他不曾成功,因他永不曾做过些什么。这是建筑师的模范,他有规画图案的能力,但不能监督工作,而失了他的主顾。……当我建筑好了特鲁维尔之后,我便知道这个了……'玛赍娶了个妻子,我当她是波买尔夫人的时代便认识她,毕尔托提起,我便记起来了……奥尔唐斯波买尔,我记得清楚,……这是她的第三个丈夫了……现在他的女儿,像你所说,长得似乎很不错,自然,你很喜欢她,但是,我的小费理伯,你该相信我的经验,切莫娶她,也不用对你的父亲母亲说起。……我呢,又当别论,我一辈子看见过多少人物!但你那可怜的母亲……我不愿看见她和奥尔唐斯波买尔在一起,不,决不。"

我对姨妈说,奥媞儿丝毫不像她家里的人,何况我又已经定了主意,该即刻取得我家庭的同意才好,姨妈歌籁先还有些推托,后来却答应向我的父亲母亲说了,一则因她原是好人,二则因她学到了那一班公使们热心磋商的脾气。公使们遇见了国际的难题到来,一方面害怕,因他们爱和平;一方面却有秘密的欢心,因趁此机会,正好卖弄些真本领。

我父亲表示宽宏而镇静,他只叫我考虑考虑。至于母亲,起初她心里只想,这样一来,我便快结婚了,所以她很快活;及至几天以后,她碰见一个女友,那女友认识玛赍家,说是一个很自由放浪的环境。玛赍夫人的名誉很坏,人家还供给她好些情郎。至于奥媞儿呢,没人知道底细;但她自然受不到好家教,往往和许多男子出去游玩,而且她又长得太漂亮……

"他们有没有家产?"我的叔父丕耶尔问,他自然是参预我们的谈话。

"我不知道",母亲说,"似乎那位玛赍先生人还聪明,但太古怪了……这些人配不起我们。"

"这些人配不起我们",真是一句麦赛那家的话,而又是一个可怕的罪名。在好几个礼拜内,我以为要得家庭许可我的婚姻实在艰难得很。我回巴黎后十五天,奥媞儿和她母亲也回巴黎来了。我去拜访她们。玛赍家住赖菲耶德路,在第三层楼上,一面墙板遮住了门,这门直通玛赍先生的办公室,奥媞儿引我到他那边去。我习惯了秩序整齐的生活,因我父亲无论在冈都祤,在法鲁华路,都要一班职员把地方收拾得齐齐整整。我看见了这三间屋子光线不足,这些绿色纸板一半毁坏,以及这位六十岁的图案师,便知道报告姨妈的那人说玛赍先生是一个不做工的建筑师,实在有理。奥媞儿的父亲很多嘴,很轻狂;他很热诚地招待我,似乎快乐过度了些。和我谈论到佛罗兰,又谈论到奥媞儿,都是富有感情的口气。后来他给我看几处别墅的图案,他所希望在比雅利次建筑的。

"我最愿意做的,乃是一间最时式的大旅馆,用巴斯克式建筑的。我已经寄了一个图案到昂得意去,但我不曾得到聘请。"

我一面听他说,一面很担心地、很讨厌地、推想将来他给我家里的人一些什么印象。

　　玛赉夫人请我第二天到她家晚饭。第二天下午八点钟,我到她家,只看见奥媞儿和她的两个兄弟。玛赉先生在办公室里看书,玛赉夫人还不曾回来。那两个少年人,名叫约翰与麦赛尔,很像奥媞儿,但我只一眼看见便晓得我和他们不会成为知己。他们尽量地想表示亲密,表示兄弟之情,但那天晚上我看得出许多次他们挤眼嗽嘴,显然是想要说:“他不是滑稽的人……”玛赉夫人八点钟才回来,也没有道歉。玛赉先生听见她回来了,也就过来,童心稚气的,手拿着一本书。当我们刚刚就席的时候,女仆引了一个美国少年进来,这是那两个孩子的朋友,虽不是请他来的,但他来了,大家都欢声雷动地招待他。奥媞儿在七零八乱的当中,依然有宽宏大量的天仙的神气。她坐在我的身边,听着她的兄弟的趣谈,嫣然微笑;看见我生气了,又连忙想法子缓和了空气。尽善尽美的她,不减在佛罗兰的风度;但我看见她在这种家庭的环境里,真令我感受痛苦,我也不能十分明白地解释这是何等的痛苦。在我的爱情上的光辉而胜利的阶级之下,我听见麦赛那家一种乐律的微响。

　　我的父亲母亲特地到玛赉家去拜会他们。奥媞儿的父母很热情地招待,而我的父母却表示一种很客气的责备的神气。幸亏我父亲是一个最容易给美人勾摄的人,虽然他绝口不提,我却晓得他的心事(我自知我也是这样)。他一眼看见了奥媞儿,便给她征服了。出来的时候,他对我说:

　　“我不相信你有道理……但我却很能了解你。”

　　我母亲说:

　　“她长得实在漂亮,她很古怪,说话可笑得很,她该改变了才好。”

　　在奥媞儿的眼里看来,我们两家的会见,还比不上另一个会见更重要些。这便是我与她的好友玛利黛莱斯(奥媞儿叫她做迷萨)的会见。我记得曾有些胆怯,我觉得迷萨的意见和奥媞儿大有关系;再者,她也并不令我讨厌。她没有奥媞儿那种美貌,但她很有风采,有匀称的举动。在奥媞儿跟前,显得她有些粗野,然而她们二人的面貌相形之下,相反亦复相成。我不久便养成一种习惯,把她们的"共相"抽出来,认迷萨是奥媞儿的姊妹。虽然她们同在一个社会的环境里生长,但奥媞儿的心窍玲珑,万非迷萨所能及。当我们的订婚期内,每逢礼拜天,我带她们到音乐会去,我注意到奥媞儿比迷萨会领略得多了。奥媞儿合着眼,让那悠扬的音乐经过她的耳鼓,像是乐趣盎然,浑忘宇宙。迷萨开着一双好奇的眼睛,东张西望,认人,展读次序单,摇头摆尾的,令人讨厌。然而,她总算一个可爱的女人,无忧无虑,笑口常开。而且,她对奥媞儿说我风流可爱,奥媞儿传给我听,在这一点,我很感激她。

我们的蜜月旅行,是到英吉利与爱珂斯。这两个月的"双料的幽独",我乃是平生最幸福的时期。湖滨河岸、花枝招展的小旅馆里,都是我们小住的所在。涂漆的小船、镶着麻布的垫子,便是我们整天躺着的地方。奥媞儿指点给我看些村落,与许多草场,很高的丛草里挺出些马兰花,还有一带如茵的嫩草。夹岸的杨柳,低枝点水,活像金发纷披的美人。我今又得一个未曾相识的奥媞儿,比之佛罗兰那一位,更美百倍,只要每天看她过生活,已经尽够销魂的了。她每次到了一个旅馆里,不消一刻,她的房间便艺术化了。她爱恋,天真烂漫地、令人感动地爱恋她孩子时代的纪念物,她把它们常带在身边:一个小台钟、一个绣花垫子、一本灰色鹿皮装订的《莎士比亚》。后来我们决裂之后,她临走时,还是臂膊夹着绣花垫子,手里拿着《莎士比亚》向我告别哩。她对于生活,只是轻轻地触摸到,与其说她是个女子,不如说她是个精灵。她沿着泰米斯河或卡姆河走的时候,她的脚步轻极,恰像跳舞一般,我恨不能够把她画下来。

回到巴黎之后,我们觉得巴黎实在没有意思。我们的父母都以为我们唯一的希望是要看望他们。姨妈歌籁想要预备好几场酒席替我们洗尘。奥媞儿的男友女友都抱怨说两个月没有看见她,求我把她还给他们一时半刻也好,但我们只希望继续我们的独居的生活。第一天晚上,我们住到我的小小的新屋子里,地板上还没有铺毯子,油漆的气味还闻得着。奥媞儿童心稚气地、很快活地走到外门口,把电铃的铁线割断了。这么一来,便和社会告别。

我们在屋子里兜了一个圈子,她问我是否允许她在卧房旁边的房间里安一个书位:

"这个书位便算我的地界了……除非我叫你来,你才能够进来。Dickie(她在英国的时候,听见一个女子把一个男人叫做Dickie,从此以后,她也就把我叫做Dickie),你该懂得,我有无拘无束的性格,我非常地爱自由,你还不晓得我,明儿你就晓得了,我是最不好惹的。"

她带来好些糕饼,香槟酒,又有一束大翠菊。她只用一张矮桌子、两张靠背椅子、一个水晶瓶子,便布置得风雅宜人。我们常开最快活最温柔的夜宴。我们独居,我们相爱。现在想起那个时节,虽然已是过眼云烟,但我却毫不懊悔。良辰美景的和谐的尾声,至今还在我的心弦上激响;如果我摒除一切现在的喧嚣,侧耳静听,还可以听得见那纯粹而将死的声调哩。

六

虽说我们正在花好月圆的时节,但回到巴黎的第二天,我的水晶般透明的爱情上,已经是第一次给一把小锉子划了一道微痕。这自然是一套小而又小的穿插戏,但已是后来的悲剧的先声。我们因要买家具,于是到了一家毯子店里,奥媞儿挑了些布帘子,我觉得贵了些。我们稍为争执了一下子,但只好情好意地辩论,不曾伤了和气,结果是她让步了,那一个卖帘子的伙计,乃是很漂亮的少年男子,他拼命地帮着我的妻子说话,我恨煞他那般啰唆。我们出来的时候,我在大镜子里看出了奥媞儿与那伙计眉来眼去,这里头包含着了解与懊恼。我实在描写不出那时我的感触。我自从订了婚以来,得到一种错误的观念,以为从此以后,我的妻子的心,与我的心合成一个；而永远倾心于她的我，一时一刻的思想，也无非是她的思想。我的身边的一个生物的自由意志，在我看来，是不可索解的。和一个面生的人算计我，尤其是令我百索不得其解。只互相看上了眼，再没有比这个更容易过去的事情，再没有比这个可以原谅的事情。我一句话都没的说。我甚至于不能确定是否的的确确地看见，但我却觉得这一天便是泄露了我的妒忌心的神秘的第一天。

　　在未结婚以前，我从来不曾想到什么叫做妒忌。要说是想到呢，便只当它是戏场上的表情，我非常地瞧不起。在我看来，悲惨的妒忌，是奥地罗①；滑稽的妒忌，是佐治唐登②。是否有一天我会扮演这两个角色，或者同时扮演二人？在我想来，决不会到这地步。当我和每一个情妇来往的时候，总是我玩得不耐烦才丢了她。究竟她是否和别人勾搭，我全不知道。记得有一次，一个朋友因吃醋而在我跟前诉苦，我回答他说："你为什么这般着急，我真不懂……我呢，如果一个女人不爱我，我断不能继续地爱她……"

　　为什么我一看见奥媞儿在她的男朋友的当中，便提心吊胆，生怕人家夺了她去呢？她有的是很温和的性情，无可无不可的脾气；但我不晓得她为什么周身带着些神秘的空气。这种神秘的空气，我订婚的时节没有看见，旅行的时节也没有看见，因为那时我们独居，而且两人的生活混而为一，所以没有丝毫神秘的空气透得进来。但到了巴黎，我便即刻猜想到一种距离尚远而尚未一定的危险。我们俩非常和气，非常亲热。话虽这样说，既然我今日想要很诚恳地对你，我不能不承认自从两个月的共同生活之后，我便知道实际上的奥媞儿并不是我所爱的那一个奥媞儿了。我对于我所新发现的这一个奥媞儿，也并不减少了爱情，但只又是另一种绝不相同的爱情了。在佛罗兰的时候，我以为真的遇着阿玛梭娜了，我把

---

①　奥地罗（Othello），是莎士比亚戏剧中人物。
②　佐治唐登（Georges Dandin），是莫利哀（Moliere）戏剧中人物。

我自己的原料创造出一个神话的、尽善尽美的奥媞儿。谁料她也并不是象牙为骨、明月为魂的"黛爱思"①,她只不过是一个女人而已。她也是人类的不幸的种子,可乘可除,像你我一般,没有什么两样。在她那一方面,她也一定觉得现在的我,绝对不像佛罗兰那一个携手散步的情郎。自从我回来之后,早该正正经经地再到冈都裼的工厂与巴黎的办公处去做事。我父亲很尽心于议院的事情,当我旅行的时候,他又要兼顾生意,非常辛苦。我们的主顾们一见我的面便怪我忘记了他们。我的办公处所在的那一区,与我们所住的雉斯路相隔很远,想要每天回家吃中饭,实在是不可能。而且每个礼拜一定要到冈都裼去一天,这么短时间的旅行,要是携带奥媞儿去,又太麻烦。你试想想,新婚燕尔的我们的生活便这般分离,岂是我们所情愿的?

每天晚上,我进门的时候,想着即刻可以看见我妻子的芳容,觉得我的福气真不小。她身边的一事一物,没有我不爱的。无美不备的环境里的生活,我实在没有过惯;但我却像是有了先天的需要,所以奥媞儿的嗜好,便正中我的心怀。在冈都裼我的父母家里,家具非常之多,三四代以来,毫不美术地堆积在客厅里,墙上蓝绿色的裱纸,很粗地画着一个孔雀绕树而飞。至于奥媞儿布置我们的屋子便不同了,墙壁的颜色,淡素而雅致。她所爱的是差不多精光的房子,浅色的地毯铺着,活像没有人烟的平原。当我进到她的梳装室的时候,我领略到一种深沁心脾的美感,以致莫名其妙地为她担心。一张长椅子上,躺着我的妻子,差不多天天是穿的雪白衣服,她身边乃是我们第一次摆夜宴的那一张桌子,桌子上有一个维尼思的狭口瓷瓶,瓶里有时只插着一枝花,有时却带着些轻叶。奥媞儿爱花如命,我也受了她的同化,喜欢找些好花奉献给她。我在花店的玻璃窗前,学会了计算百花的时令。我遇着菊花或马兰

①　黛爱思(Déesse)是寓言里的女神,后人以比于神圣不可侵犯的女子。

花的时令到了,便喜欢得了不得;因她们的浓艳或细致的颜色能逗得我那快活的奥媞儿满面堆着笑容。当她看见我从办公处回来、两手捧着一个硬角的白纸包儿的时候,她连忙站起来,很快活地叫道:"好极!谢谢,Dickie……"她欣赏了一会儿,快活得了不得,然后非常郑重地说:"我看怎样安排我的花。"于是她花了一个钟头的时间来挑拣瓶子,务必要瓶子的高度、光线与那蝴蝶花或玫瑰花的梗儿成为曲线才罢。

　　然而从此之后,晚上变为非常无聊了。像是赤日当空的好天气,忽然来了一段浓云,遮掩大地。我们俩没有什么谈话的资料。我也曾试同她谈起我的事务,但她不很发生兴味。这时节,我少年时代的历史,已经罗掘俱穷,没有什么不曾说过的了。除此之外,我也没有什么新见解当作谈话的资料,因我再也没有时间读书了。她也感觉到无聊。我只好无中生有,把我那两个最知己的朋友的生活,牵涉到我们的生活上。奥媞儿一听见哈尔夫的名字,便不喜欢。她觉得他可笑得很,差不多可以说是可恨。哈尔夫也正是这般心理对待她。有一次,我问他说:

　　"你不喜欢奥媞儿,是不是?"

　　"我觉得她很美丽。"他答。

　　"是的,但是,不很聪明吗?"

　　"真的……—一个女人聪明不聪明,没有什么关系。"

　　"你弄错了,奥媞儿非常聪明,不过是不合你所谓聪明的格式罢了。她是直觉的,具体的……"

　　"也许是吧。"他说。

　　至于比尔特郎,却又不同。他很愿意与奥媞儿成为知己,结果是不成功,他只取守势,说她是反叛而已。比尔特郎往往同我很情愿地彻夜地吸烟,促膝清谈,在重新创造一个世界。奥媞儿晚上只爱到戏院、夜间的酒馆,以及种种外面的娱乐。一天晚上,她要我陪着她到些店子里买东西,又去学骑马,赌彩票,打靶子,一共混了

三个钟头。她的两个弟弟也陪着我们来的。奥媞儿和这两个顽皮的孩子很快活地半疯狂地只管胡闹。将近半夜了,我对她说:

"奥媞儿,你还不曾玩够吗?你想想看,这总有点儿可笑吧。你等了四十个周围,只抛些球儿进瓶子里,开驶假汽车。赢得一张玻璃船儿,该没有什么快活吧?"

她在我从前给她读的哲学书上找两句话回答我:"哪怕是假快乐,只须相信它是真就好了……"于是她夹着她弟弟的手臂,临走时还跑到一个靶子摊前。她打靶的手段很不错,打十下便打落了十个蛋,才得意洋洋地回家去了。

我们结婚的时候,我以为奥媞儿像我一般厌恶社会。其实我猜错了,她喜欢赴宴会,喜欢跳舞。自从她发现了姨妈歌籁家里那一群又活动又有光彩的人物,她便想每逢礼拜二都到麦尔梭路去。我呢,刚刚相反,自从结了婚以来,唯一的希望,便是想要奥媞儿归我一人所有。若有一刻我不晓得这个美人儿是否关在我家的小圈子里,我便一刻不得安宁。我既然有这等热烈的情绪,所以当软弱的奥媞儿疲倦不堪,须要在家里睡几天的时候,我却觉得格外快乐。于是我便整个晚上坐在她的床边椅子上,作长时间的谈话,她把这种谈话叫做"对黑人演说"。我又念书给她听,我不久便知道哪一类的书可以引得起她几个钟头的注意。她对于书籍很能够欣赏,但如果要她喜欢,须得给她念一本深情而愁闷的书。她喜欢读《杜美妮客》①及托尔克诺夫的小说,又喜欢读些英国诗。

"奇怪得很",我对她说,"人们不很知道你的,总会说你轻狂;其实不然,你却只爱看悲哀的书。"

"我正经得很,Dickie;也许因此我便轻狂。我不愿意人人都晓得我的真面目。"

"甚至于对我也不肯表示你的真面目吗?"

---

① 《杜美妮客》(Dominique)为 19 世纪法国著名爱情小说,佛罗曼登(Fromentin)所著。

"说哪里话？对你自然是真……你还记得佛罗兰的时节吗？……"

"是的，在佛罗兰，我已经很晓得你。但是现在，爱人，你变得厉害了。"

"原该变的，要不然，天天一样，有什么好处？"

"你甚至于再也没有一句风流话向我说了。"

"风流话岂是吩咐得来的？劝你忍耐些儿，应该有的时候自然会有。……"

"像佛罗兰一般吗？"

"这个自然，Dickie，我哪里就变了？"

她伸出手来给我握着，于是继续我们的"对黑人的演说"，说到我的父母与她的父母，说到迷萨，说到她想要订做的一套衣服，又谈论及于生活。当她这般疲倦而娇柔的那几天晚上，她活像我所创造那一个神话的奥媞儿。很温雅地很柔弱地任凭我的支配。我对于这位袅娜无力的奥媞儿，真是感谢不尽。但一到她稍为强壮些，能够出去的时候，仍旧是以前那一个不可思议的奥媞儿了。

她不像一般的多嘴的、胸无城府的女人，做了什么事，便随口乱说给人家听。当我不在家的时候，她做了的事情，从来不曾向我提起过。如果我查问她，她便只闲闲地回答了一两句，暧昧得很。她的话并不能使我很满意地想透彻了那些事情。我记得后来不久有一个女朋友向我说奥媞儿的坏话——无情的女人，专爱互相说坏话——她说："奥媞儿是一个专会撒谎的人。"这话自然是不对的，当我听见这话的时候，非常地生气；后来不久，回心一想，觉得奥媞儿实在有授人口实的地方：说话这等含糊，对于真实这等轻视……当我觉得她所叙述的话像是不很真确的时候，我忍不住再查问她，她便现出很受窘的样儿，活像一个孩子给一位不体谅人的教书先生考问些难题似的。

有一天，我遇着了特别的情形，能够回家来吃中饭。吃过了中

饭,两点钟的时候,奥媞儿问女仆要帽子与外套。我对她说:

"今天下午你有什么事情?"

"我和牙科医生有约会。"

"是的,爱人,但我刚才听见你打电话,你的约会是三点钟。你这样早出去干甚么?"

"没有什么,我想慢慢地走路去。"

"但是,我的好孩子,这不成为理由。那牙科医生住在马拉哥夫路,只要十分钟,包你走到。现在还差一个钟头,到底你想到哪里去?"

她只回答我一句:"你倒会和我开玩笑哩。"便出去了。到了晚上,吃过饭之后,我忍不住又问她:

"说吧,两点钟至三点钟之间,你干了些什么事情?"

起先她只说笑话,后来我执定要知道,她忽然站起来,连一句"晚安"都不说,便回房间里睡觉去了。我们从来不曾有过这么一桩事。我进去请她恕罪,她抱着我接吻。我等到情势和缓了些,快离开她的时候,又问她:

"现在请你好情好意地告诉我吧,两点钟至三点钟之间,你干了些什么事情?"

她呵呵大笑起来。但到了夜深的时分,我听见些声音,赶快点着火跑到她的卧房里,看见她正在悄悄地哭。为什么哭呢? 害羞呢,还是为难呢? 她听见我问她,便回答说:

"我劝你会计算一点吧! 我何等地爱你,但是,请你注意,我是个很骄傲的人……再遇着几次像这一次的事儿,我虽则还爱你,不得不离开你了。……也许我真个有了不是,但只好顺着我的性情。"

"爱人",我说,"我尽我的力量做去就是了;然而在你一方面,也该稍为改变一些儿。你说你是个骄傲的人,但是,有些时候,你不能压下些傲气吗?"

她很固执地摇头。

"我吗？不，我不能改变。你常说你最爱的乃是我的自然。假使我变了，岂不失了我的自然？该是你变个样儿才好。"

"我的爱人，除非我知道了我所不知道的事情，才能够改变。我从小受了我父亲的教训，说是对于真实应该尊重……这也可以说是我的精神之所在……不，我实在不能说我已经知道了今天两点钟至三点钟的中间你做了什么事情。"

"唉！没来由给我呕气！"她很严厉地说。

她翻身朝着里面，假装睡着了。

第二天，我料她一定还在动气，谁知刚刚相反，她格外快活地招呼我，像是什么都忘记了。这一天恰是礼拜天。她要求我陪她到音乐会去，那边的戏目是"圣礼拜五之快乐"①，是我们俩都爱听的。快乐的奥媞儿、生机活泼的奥媞儿，比什么都更动人。人家一看见她，便会感觉到她是为寻快乐而到世界上来的，人家如果不给她快乐，岂非罪过？这个礼拜天，我仔细看她那种活泼，那种风光，真不敢相信头一天晚上曾经吵嘴。然而，我越认识我的妻子，越知道她秉有健忘的性格，使她成为一个孩子。这与我的性格最相反，我的心偏会记录，偏会堆积一切过去的事情。这一天，依奥媞儿看来，她的生活是：一杯茶、几块好奶油糊着的面包、一盅新鲜的牛乳。她只管对我微笑，我只管默想："万物里头最大的分别，大约是有些兼在过去里生活，有些却专在现在的一刹那间生活吧。"

我还免不了感受些痛苦，但我终不能长久恨她；我自己责备，自己发誓，此后断不再查问些无用的话头，应该一心相信她。我们是走路回家的，经过退尔里及霜爱丽泻，奥媞儿很醉心地呼吸着秋天的清新空气。此刻真像佛罗兰的春天，赭色的树，灰色而带黄金色的阳光，巴黎的快活的种种动作，大池塘上轻帆斜挂的那些孩子

---

① 圣礼拜五（Vendredi Saint）是耶稣的诞日，在每年 3 月间。

们的小船,小船环绕着的喷泉,一切景象都像是为我们歌舞哩。我背诵着《摹仿录》[①]里我所最爱的几句话,我常拿来解释我与奥媞儿的关系:"我今在你跟前,是你的奴隶,专候驱使,因我所希望的事,没有一件是为我,都为的是你啊!"这样一来,居然把我的傲气压下来了,这不是在奥媞儿跟前,低首下心,却是在我对于奥媞儿的爱情的跟前卑躬屈节。我觉得这才比较地满意我自己。

<h1 style="text-align:center">七</h1>

与奥媞儿来往最密的人,要算迷萨了。每天早上她们都打电话,有时竟延长到一个多钟头。下午又一块儿出去玩。我很赞成她们这种情谊,这样一来,当我在外面办公的时候,有人绊住了奥媞儿,便没有危险了。到了礼拜天,我很喜欢能够看见了迷萨;有许多次,我要和奥媞儿作一两天的小旅行,都是我提议邀她这位女朋友同去。我想把支配我的感情解释给你听,好教你了解后来在我的生活上,迷萨所演的怪剧。先说,我表面上还像结婚那一个礼拜,希望与奥媞儿过幽独的生活,然而里头分析起来,到了此刻,与其说是为着平常的快乐,不如说是一心忐忑地怕有什么新风波。我并不减少了爱她的心,但我已经知道我们二人间的感情的交换终久是有界限的,又知道真个正经的深入的谈话,只博得她厌烦地勉强地侧耳倾听而已。我只好跟她学样,喜欢谈些疯狂、愁闷、轻佻、温雅的话头。当她很自然的时候,她的真真的谈话,便是"对黑人演说",我也因此养成这种习惯了。但是,奥媞儿单独一人的时候,还比不上在迷萨跟前那般可爱。当她们一块儿说话的时候,便露出了她们的童心稚气,使我非常地开心;又从此看到小女孩儿般的奥媞儿是怎样天真烂漫,实在能够动人。有一天晚上,非常有趣,她们在狄耶泊一个旅馆里像小孩般地吵嘴,结果是奥媞儿拿起

---

① 《摹仿录》(Imitation)是一部古书,著者佚名。

一个枕头,抛到迷萨的头上,骂道:

"坏透了的孩子!"

我又有一种更混沌的心情:大概每一次,一个女人,不靠爱情,只靠机会,混进了男人的日常生活里头,便会发生了这种混沌的心情。我因为我们旅行惯了,奥媞儿和迷萨熟,也就使我和迷萨熟,我觉得对于迷萨,真像对于一个情妇那般亲热。有一天,我们为着女人没有气力的问题,辩论起来,她便向我挑战。我们混战了一会儿,我把她推翻到地下去,我自己站起来,有点儿惭愧。

"你们老是这般孩子气!"奥媞儿说。

迷萨仰躺在地下,半晌不起来,眼睛紧紧地看着我。

她便是我们唯一的宾客,奥媞儿与我,一样地喜欢她。哈尔夫与比尔特郎这时节很少到我家里来,我也不十分可惜。我对于他们,不久便感觉到与奥媞儿一样的心理。当我听见她与他们一块儿说话的时候,我觉得很奇怪地变了两个我。依着他们的眼光,我说她是在正经人的跟前,很无礼,很轻薄。但同时我又宁愿要我那两个朋友的学理上所谓疯狂的她。因此,我在他们跟前,为我的妻子而惭愧;我在我自己跟前,却又为她而自鸣得意了。当他们走了之后,我对我自己说,无论如何,奥媞儿总胜过他们;因她与生命,与自然,都比较地接近。

奥媞儿不爱我的家庭,我也不十分爱她的家庭。我母亲很想教她怎样选择家具,怎样过生活,怎样尽妇女的义务。世界上没有一件事情比这种教训更使奥媞儿难受了。她每次谈起麦赛那家,那种腔调,实在冒撞了我。我很讨厌冈都祸,我以为这种毫无神圣的原始气象的家庭生活,实在没有什么乐趣;但是同时我又觉得这种谨严的家教是难能可贵的。巴黎的生活,完全不是麦赛那家的生活。我那种赞成我家的家教的性癖,到此该被医治好了。然而,像些小小的宗教团体移到野蛮的地带去,看见千千万万的人们崇拜别种的神佛,种种的景象都足以扰乱他们的信仰,而他们却毫不动心；同理，我们麦赛那家的人，移到了一个无神教的社会来，也还死守着利母泽的家风，与我们世家望族的回忆。

我的父亲，他自己本是赞美奥媞儿的，终于忍不住为她而生气了。但他的生气并不露面，这是他的好处，又是他的慎重的地方；我很知道他的德性，并且受了他的遗传，所以我晓得奥媞儿的口腔，该怎样使我父亲难过！我的妻子，当她遇着可疑或可恼的事情的时候，便很热狂地暴露出来，不久却又忘记了：我们麦赛那家并不曾教我们这样待人接物。奥媞儿往往说这么一类的话："我不在家的时候，你的母亲来了，不曾得到我的同意，便训戒我的仆人；我就要打电话给她，说我不许这样……"我哀求她等待些时候：

"奥媞儿，你听我说，实际上是你有道理，但是，请你不要自己对她说，好不好？说也没有用处，徒然惹她生气。最好让我去安排，或者，如果你只高兴要姨妈歌籁去说……实在她说更好……你可以请她对我母亲传达你的话……"

奥媞儿嗤然一笑道：

"你还没有看见你全家的滑稽把戏……只一件，同时，这真可怕得很……真的，Dickie，可怕得很。因为我看见了你这副嘴脸，活像你一家人，我爱你的情分，多少总要减了些……我很知道你的天性并不如此，只给他们盖上了钤记了。"

我们到冈都祃过暑假，这是我们俩同来的第一个夏天，也就是不很快活的时节。我家里是正午吃中饭，我绝对料不到会使我父亲等候吃饭。但是奥媞儿往往带了一本书到草场上去，有时又跑到溪涧边散步，便忘记了吃饭的时间了。我父亲在书房里只管踱来踱去。我穿过了花园，急急忙忙地跑去找我的妻子，结果是找不着，汗流气喘地又跑回来。回头却看见她安闲地、微笑地来了。大约是受了朝阳的煦照之故，使她眉飞色舞，浑不知愁。中饭开始了，我们都不说话，表示一种诽谤的态度。这种诽谤是不作声的，非直接的，因为这是麦赛那家的习惯。她呢，只管看着我们微笑，我猜这里头含有拿我们开心与挑拨我们的意思。

我们每个礼拜又到玛赉家吃一次晚饭，我们的地位却刚刚相反了。此刻轮到我给人家监视，给人家批评。玛赉家的吃饭，并没有什么庄重的礼仪，奥媞儿的两个弟弟站起来自己去拿面包，玛赉先生谈论到他所读过的一本书，却不能叙述得很真确，所以又轮到他站起来去找那书来对证。这里的谈话自由极了，玛赉先生对他女儿说的许多粗鄙的话头，我实在不愿意听见。我也知道，计较到这些区区小节，实在没有道理，但我并不是指摘他们，只累我受了难堪的印象罢了。我在玛赉家里，实在不快活，因为不是我家的水土。我真自寻烦恼，我觉得我太庄重，太惹厌。我自己怪我一声不响，像坐监一般。

但是，在玛赉家，与在冈都祒一般，我都不过是表面上有些不舒服，但是能够看见奥媞儿怎样生活下去，到底还觉得依旧有难消的艳福。每一次晚饭的时候，我的座位是和她对面，我忍不住只管看她。白雪般的冰肌玉质隐隐地放出光辉，使我联想到一颗放光的钻石，映着溶溶的月色。这时节，她差不多天天只穿白的衣服，而且她在自己房间里的时候，还有许多白色的花围绕着她。她真是个可人儿。唉！天真烂漫就好，何以又混含着些神秘？真是不可思议了！我平常只觉得和一个小孩子过生活，但有些时候，她同另一个男人说话，我在她的眼色里，捉住了一种情绪的回光，到底是哪一种的回光，我也莫名其妙；我只觉得像一种情窦未开的民族，远远地传来了一阵喧哗。

八

我的生活，是未完成的合奏曲子。关于这曲子的题旨，我已经给你得到了一个门径。这是半开幕的第一场，用其他更剧烈的乐器来表演。我已经注意到了那一个骑士，与那一个犬儒学派的少年，而且，你也许已经在我这卖彩纸商人的不合理的历史中……凭我的良心,不肯隐藏着这段历史……你也已经从这里头听见了妒神的第一次呼声,远远的呼声了。现在请你宽宏大量,莫加批评,只求懂得就好。我要写这历史的续篇,不知如何勉强,如何忍着痛苦,才能够下笔;然而我终想要求一个真实的叙述。为什么呢?因我自以为我的病已经好了,想要很客观地描写我的疯狂,像是一个医生曾经得过神经昏乱的病症之后,很客观地把那一种症候描写出来。

　　病症不止一种,有些症候是慢慢地来,先是轻微的不舒服,然后渐渐夹杂了别的症候;有些症候却是在一夜之间很剧烈地发冷发热。在我身上的急剧而可怕的症候,乃是嫉妒。今日已经安宁了的我,要找出嫉妒的原因,我觉得像是非常复杂:起先是一种伟人的爱情,很自然地希望能够把奥媞儿的时间、言语、情笑、美盼,所有这种珍贵的东西,一点儿不遗漏地一概保存,归我所有。但是,这还不算是嫉妒的元素,因为:我也曾有些时候能够管领了整个的奥媞儿,譬如晚上只剩下我们俩独居的时候,又如我同她旅行两三天的时候,她却怪我只管看书,只管沉思默想,不大理她。不过,当我看见她快要落到人家手里的当儿,我便希望她只归我一人所有了。这种情绪,不晓得共有多少的成分,但多半是骄傲造成的。潜伏的骄傲,戴上了谦卑与涵养的假面具,这正是受了我父亲特别的遗传。我想要管领奥媞儿的心,恰像在鲁谷的时节,我管领那些树林溪涧,管领那些造纸的白浆与许多机器,管领那些佃客与工人的房屋。我想晓得鬈曲的头发底下的那一个小小脑海里有些什么经过,恰像我每天靠着利母泽方面寄来那些很清楚的印刷的报告单,知道还有多少滑德门余存①,并且知道上一个礼拜厂里每天有多少出产。

　　我今日凭倚到这一点逼真的伤痕上,还引起了我的苦痛,我觉

――――――――――

① 　滑德门(Whatman)是纸的唛头。

得刚才所说的便是精神上的酷烈的求知欲里的病的中心点。那时节,我真有不晓得总不罢手的决心。然而,想要晓得奥媞儿,真是绝对不可能。我想无论是谁,如果爱上了奥媞儿,断不能毫无痛苦地在她身边过日子。我甚至于相信,假使她变了些,我便永远不会晓得什么叫做嫉妒(因为一个男人,并非生来便是嫉妒,只有一种感受性,使他会染了这种病症),争奈奥媞儿却毫不停止地挑动我的求知欲,这并非她所情愿,只是她的天性。

一天的历史里,她的事件,依我看来,和我的事件一般,都是些确切的图画。如果记载起来,该格外小心,要使所有的篇章句段都尽善尽美地互相衔接,互相照顾,不至于引起丝毫的疑问。奥媞儿哪里计较这些?许多事件经过她的心头,都变了烟雾弥漫的远景。

我不愿意给你得到一个印象:说她有意隐藏了真实。这里头的成分多着呢。实在的经过情形,乃是她认为言语字句的价值有限得很;她有梦里天仙的美貌,而她也就在梦里过生活。我已经对你说过,她的生活乃在现在的一刹那间。当她有了需要的时候,也偶然发现了过去与将来,但不久便连她所发现的都忘记了。假使你说她有意骗人,她该是努力想法子组织好她的话稿子,至少要假装千真万确的神气;但我从来没有看见过她肯做这等苦工夫。她尽可以在一句话里头自相矛盾。有一次,我在利母泽的工厂里小住归来,便问她说:

"礼拜天你做了些什么事情?"

"礼拜天吗?我记不得了……呃,是了,我疲倦得很,整天只在床上躺着。"

五分钟后,我们谈到音乐,她突地叫起来:

"唉!我忘记告诉你:礼拜天我在音乐会里听《赖槐尔的华尔斯》,是你向我说过的。我真爱听这个……"

"但是,奥媞儿,你不曾顾虑到你的说话吗?这真是胡说乱道……你总该记得礼拜天你是在床上躺着还是在音乐会听音乐……你不至于以为我能够相信这两件事情同时发生吧。"

"信不信由你。当我疲倦的当儿,我便只随口答应……连我自己也不听见我说的是什么话。"

"那么,现在请你找出一个很清楚的回忆来:礼拜天你做了些什么事情?在床上躺着呢,还是到音乐会去呢?"

她忸怩了一会儿,然后说道:

"我记不得了,我看见你那副审判官的嘴脸,我的记性都给你吓退了。"

这种谈话毫无结果,我垂头丧气地走出来。很担心地,很烦闷地,一夜睡不着只是想;按照着从她口里漏出来的三言两语,来想象她那一天真确的消遣。于是我把少女般的奥媞儿的生活上所有一切可疑的男朋友,一个一个地推敲。至于奥媞儿呢,对于这等事情,也像别的事情一般容易忘记。我早上离开她的时候,看见她很赌气地装着铁面孔,到我晚上回来,又看见她快活了。我回到了门口,预备好了几句话想要向她说:"爱人,你听我说,我们不能再这样生活下去了。该想到我们说不定要分离。这岂是我所情愿的?只望你努力变个样儿才好。"我看见一个穿新衣服的少女迎了出来,抱着我接吻,向我说道:"呀!你知道吗?迷萨打电话来说她有奥佛尔戏院的戏票子三张,叫我们去看《傀儡的房子》。"我听了这一番虽像不真还可安慰的话头,一方面是为着爱情,一方面是为着没勇气,只好又听凭她再撒一回谎。

我太骄傲了,不愿意人家晓得我在受痛苦。尤其是我的父母,该是一点儿不知道。在第一年内,只有两个人好像已经知道了经过的事情。第一个是我的堂妹子露娜,她很少到我家里,却先知道了,实在奇怪得很。她有了一次自由的行动,激怒了我们的家庭,至少也像我的婚事一样不得家庭满意。我的叔父丕耶尔每年都到一次维特尔去医病,他去了之后,露娜遇着一个巴黎的医生及他的妻子,与他们情投意合,便互相来往了。露娜原是颇不受教的女孩

子,到了童年之后,越发痛恨麦赛那家的家教。她往往在巴黎好些
新朋友家里居住,住成了习惯,便越住越久。刚才所说那个医生,
名叫蒲鲁多务,很有些家产,也不实习什么医术,只研究疮瘤,他的
妻子帮着他工作。露娜受了他父亲嗜好慈善事业的遗传性,但是,
她之像他,与她之不满意于他,适成反比例。她得她的朋友们之
力,不久便混进了医生与学者的社会。到了二十一岁,便要求她父
亲给她嫁奁,允许她到巴黎去过生活。数月以来,她已经是与我们
的家庭大伤和气。但是麦赛那的家教,说是长辈与后生之间,有不
可毁灭的爱情维系着。他们谨守着这种荒唐话,所以虽然实际上
是我不理你,你不理我,表面上还忍耐得许久。后来我的叔父丕耶
尔终于因他女儿已经毅然决定,只好让步以求一个和平解决。有
些时候,他还发发牢骚,但是渐降渐低,不久也就好了。于是他恳
求他女儿结婚,她偏不肯,还恐吓她父亲说她的脚步再也不踏进沙
尔得村,吓得我的叔父与婶娘魂飞魄散的,连忙答应她说永不再提
起亲事了。

　　露娜曾经参与我们的订婚礼,那一天,她送给奥媞儿一筐子很
可爱的白莉蒽花。我记得那时我觉得很奇怪:她的父亲母亲已经
送了礼,她为什么又送花?数月之后,我们在叔父丕耶尔家里同她
吃晚饭,后来又轮到我请她到我们家里来吃饭。奥媞儿很爱她;她
常叙述她的旅行,也使我发生兴趣。自从我的老朋友有一大半不
见面之后,很少听见这般充实的谈话。当她走的时候,我送她到门
口,她很诚实地赞叹说:"你的妻子多么美丽啊!"末了又很愁闷地
望着我说:"你快活不快活!"听她的腔调便晓得她不以为我实在
快活。

　　第二个女人,给我揭穿了——一瞬间——那黑幕的,乃是迷
萨。她和我来往不到几个月,她的态度变到颇为奇怪。我觉得此
刻她的意思,不在乎仍旧做奥媞儿的朋友,而在乎想做我的朋友。
有一天晚上,奥媞儿病了,正在躺着(她有了两次意外,恐怕因此她

便不能生孩子），迷萨原是来看她的病的，坐在床边的小横炕上，恰好与我对面。我们二人靠得很近，床板很高，把我们的全身都遮住了，奥媞儿的眼睛仅仅看得见我们的头。忽然间，迷萨挨近我的身边来，将身紧贴着我，又握住我的手。我突然给她吓了一跳，我至今不懂奥媞儿为什么不能够在我的面色看出破绽来。我挣脱了身，但未免有些惋惜。到了晚上，送迷萨回她家里的时候，我不知不觉地、急急忙忙地给她一个轻轻的接吻。她听凭我做了。我对她说：

"这事不好做的。可怜的奥媞儿……"

"唉！奥媞儿！"她耸着肩说。

这事儿我实在不喜欢，后来我对迷萨便变到冷淡得很。同时，这又教我担心：我自问她所说的"唉！奥媞儿！"那一句话是否想要说："奥媞儿不值得人家理会她。"

九

两个月以后，迷萨便订了婚。奥媞儿对我说，她不懂得迷萨的选择。她觉得那个男的——余良哥德——平常得很。他是一个少年工程师，刚刚从中央学校出来，而且他，依玛赉先生的话，是"没有什么地位"。在迷萨的神气看来，与其说是真心爱他，不如说她努力地想爱他。他呢，适得其反，非常地多情。我父亲曾在冈都祸的附近叫做基沙尔堤的地方，建筑了一所附属的纸厂，早想找一个厂监督，听说迷萨的婚姻，便很有意想找他的丈夫去充任。这消息，我听了只有三分欢喜；因我再也不信任迷萨了。但奥媞儿却很爱卖力气，想博人家欢心，向我父亲道了谢，马上把这消息传达给他们了。

"留心点儿"，我说，"利母泽方面多了一个迷萨，巴黎方面，你便少了一个她。"

"是的，我难道不晓得？但我为的是她，并非为我。再说一层，将来我到冈都祸过那种可怕的生活的时候,找得她来,便是宝贝了。如果她要到巴黎来,她尽可以住在她的母家或者便住在我们家里……而且,这孩子总该找些事儿做,如果我们不抓住他,他会把迷萨带到克尔诺贝或嘉斯尔那去,那真糟糕呢。"

迷萨与她丈夫即时接受了聘约,奥媞儿当着风寒雪冷的冬天,自己跑到冈都祸去替他们找房子,拜托那边的熟人照顾他们。她对朋友非常地尽心竭力,这是她的特长,上文我不曾十分指点出来。

现在我想起那一次迷萨走了,实在是我们俩的不幸,因为即刻的结果,便是把整个的奥媞儿抛到我所最恨的一伙子人里头去了。当我们未结婚以前,她常常独自同些男人出去玩,他们常带她到戏院里去,她又同她的兄弟以及她的兄弟的朋友一块儿出外旅行了好几次。当我们订婚的时节,她很诚恳地把这些事儿尽情告诉了我,说她恐怕抛弃不了那一班朋友。那时节,我如饥似渴地只想望得她到手,于是我便很甘心地回答她说,这是很自然的事情,我断不肯做她的友谊上的障碍物。

唉!要使人类能够言行相顾,真无此理!当我答应奥媞儿的当儿,不曾想到我所最爱的那种情笑美盼,给另一个男人享受到的时候,我所得到的是何等感触!非但如此,说出来你也许不相信,我又因看见她的男朋友中有一大半都是庸庸碌碌的人,更加伤心。依理,原该放心才是,何以我却适得其反呢?大抵一个男人爱一个女人,如果像我爱得这般厉害,一定会觉得一切联络到他的对象的事事物物,都被爱神把意中的德性点缀得格外光辉,例如在城市里遇着她,那城市实际上只有七分美,我们便觉得它十分美;在饭馆里同她吃晚饭,那饭馆,也就比别的饭馆胜过百倍。我们的敌手,不也是一样吗?虽则其人可恨,却是同沐恩光!如果那一位把我们的生命编入乐谱的音乐师,肯把"敌手"的"乐旨"单独地奏给我们听,我想,这差不多便是"骑士"的"乐旨",不过变了样儿罢了。

我们希望我们的敌手乃是真的够得上同我们对敌的人。由此看来，一个女人对于男子，使他失望的事情虽多，但是，他的敌手给他看不上眼，便比别的失望更可伤心了。假使我在奥媞儿身边找出些当代名流，我虽不免妒忌，还不至于惊怪。然而我看见围绕着她的那一班少年人，依公平的判断，虽不至于比别人更加庸碌，总还配不起她，再者，她又毫无选择。

"奥媞儿，你何苦卖弄风流？"我说，"如果你是一个丑陋的女人，想要试试手段，还不足怪。但是，你……这是你的百发百中的拿手好戏。爱人啊，这太残忍了！这太不忠实了！……尤其是你选择得这般奇怪……譬如，你时时刻刻离开不了比尔涅……你从他身上找得出些什么兴味来？他的模样儿又丑，性格儿又粗……"

"他会使我开心。"

"他怎么样会使你开心呢？你是聪明伶俐的人，晓得味道的好坏。他所说的滑稽话，除非军队里有人说，别的地方我都不曾听见过，我也不敢在你的跟前说过这些臭话头。"

"这是你有道理，毫无疑义。他果然长得丑样，而且，虽则我不相信，也许他真是俗不可耐，然而我只喜欢看见他。"

"到底你爱他不爱？"

"唉呀呀！岂有此理！你不疯了！只他想要轻轻地碰我一碰，我还不愿意哩。我只当他一个蜗牛，不放在心里……"

"我的爱人，也许你不爱他，但他却爱你，我看出来了。你弄得他和我两个都受苦，有什么好处？"

"你相信世界上的人都爱我吗？……我不漂亮到这个地步……"

说到这里，她的媚眼横波，嫣然微笑，引得我也笑了。我抱着她接吻。

"我的爱人，从今以后，你不像以前那么天天看望他了？"

她现着固执的神气说：

"我何曾说过这话？"

"你不曾说过，只是我要求你……这事儿，对于你有什么用处？至于我，你信了我的话，我便欢天喜地。你自己也说过，你对于他没有什么特别的地方……"

她似乎很受窘的样子，反心自问了一会儿，然后勉强笑着说：

"我不晓得，Dickie，我只以为我不能够变个样儿……这事儿令人开心得很。"

可怜的奥媞儿！她说这话的时候，面上露出何等的童心稚气，何等的诚恳！于是我趁势便依照着我那可怕而徒劳无功的逻辑，告诉她变个样儿并非难事……我说：

"你的毛病在乎顺着你的性情，像是说我们所秉受的天性已经是完成了的，但是，你要晓得天性还可以制造，还可以重新改做……"

"那么，重新改做了你的再说。"

"我已经预备着手做去了，但是，你的一方面也该着手试试看，帮帮我的忙。"

"我吗？不，我早已常常对你说过我不能够，并且我也没有意思想要试试看。"

今日我回首前尘，反心自问：是否有一种潜伏的本能，暗示着她这一种态度。假使她已经依我的要求而改变了，我会不会继续地那么爱她呢？假使这些景象不曾使我们二人的厌倦都成为不可能，那么，我对于这个常在眼前的不关重要的东西，能不能忍受呢？再者，也很难说她从来不曾试改过。她的脾气并不坏，她看见我不快活的时候，为着想要安慰我，做什么都愿意了。但是她的骄傲，她的弱点，胜过她的好心，她的生活仍旧像从前一样。

我已经学到了怎样看出她的"媚态"——我所谓媚态。那时，她的快乐比平时的快乐要提高了一半的音阶，眼珠儿越发光辉些，面庞儿越发俊俏些，惯常的那种无精打采的模样消灭得无影无踪了:这便是她的"媚态"的特征。哪一个男子能够博得她的欢心,我比她还先知道。这个真的丑极……有时我又联想到在佛罗兰的时候她所说的那几句话:"我今已是太温柔了,将来你要娶我的时节,也许疑心我会变了轻狂……"

今日我沉思熟考——这等事现在还常在心头,想起那不幸的时节的时候,最可痛心的,乃是想到奥媞儿虽则疯狂,倒还实心实意地对待我,假使我的手段稍为好些,也许能够保守得住她的爱情。但是,想要懂得怎样对付奥媞儿,实在是一桩难事。用温柔的手段对她,只博得她的厌倦,并且还引起了她的急速而有恨意的反动。若说该用恐吓的手段吗?恐怕越发惹起她更剧烈的举动了。

她的性格里最有恒的特征之一种,乃是:她爱危险。长风巨浪里驾着一张雅克①,崎岖道路上驶着一乘赛跑的车子,从很高的障碍物跳上了马背,在她看来,是再快活不过的事儿了。她的身边,常有一伙大胆的阳性少年围绕着。但是,他们里头没有一个像是特别得宠的。每次我听见了他们的谈话,都只把奥媞儿的友谊的表现,当做运动场里普通的交情。现在我手里有的是许多信——那一班少年人给奥媞儿的信(等一下我再告诉你个缘故)。所有这些信都可以看得出她实在纵容他们乱说爱情的玩笑话头,只不曾顺从了他们。

他们里头有一个这样写:"奇怪的奥媞儿,这般疯狂,同时又这般清白;太清白了,不合我的脾胃。"又有一个多情而信教的小小英国人说:"可爱的奥媞儿,既然我一定永远不能够在这个世界上得到你,我只盼望在另一个世界上,得在你的身边。"但是,我在这地方不该便告诉你这些话,因我后来许久才知道真情;那时节,我看见了那种自由的生活,哪里肯信她是清白无辜呢?

为要完全很正确地叙述她起见,应该把我忘记说的一桩事情

———————————

① 雅克(Yacht)是一种游船之名,出自荷兰。

补了上来。在我们结婚之初,她努力地想法子把我混进她的新旧朋友队里,似乎她很情愿地把她的一切的朋友归我们二人共有。我对你说的那一位英国人,乃是我们第一次过暑假时在比亚利次遇着的。他教奥媞儿学梆勺,这是一种新的乐器;又给她唱些黑人的歌曲,很能使她开心。后来到分手的时候,他绝对地要把这一副梆勺送给她,真个令我恨煞。十五天以后她对我说:

"Dickie,我收到了小岛格拉斯的一封英文信,你愿意不愿意念给我听,并且帮我答复他?"

在那个当儿,我不晓得是什么魔鬼暗中在摆弄我,我便怒气冲冲地对她说我希望她不答复,说岛格拉斯是个坏蛋,讨厌得很……实则我这些话都不对;岛格拉斯人很高尚,很有趣,如果我在未结婚以前遇着他,一定会说他好。但是,我没有一次听见我妻子的话不猜她还隐藏着真相的。在她的言语里头,我总找得出一点黑影儿,于是我研究她为什么要留着一点黑影儿,结果是得到了一个很妙的学理来解答这问题:原来她是打诳语。我猜到这里,感受到了一种伤心的快乐,一种舒服的痛苦。我的记性平常是很坏的,但关于奥媞儿的言语,说也奇怪,一字一句都记得非常清楚,我把她所说过的三言两语,都细细地咀嚼,互相比较,掂掂它们的轻重。有一次,我故意问她说:"怎么? 你是洗衣裳回来的吗? 那么,这恐怕是第四次了。上礼拜二、礼拜四、礼拜六,你已经去试过三次,是不?"她定睛看着我,毫不着意地微笑说:"你的鬼记性真好! ……"我一面惭愧,一面自负。惭愧的是给人欺骗,自负的是人家的诡计给我戳破了。然而我的发觉却毫无用处,我并不能实行,我也不希望能够实行,奥媞儿那种不可思议的镇定,是不容易给人家拿住把柄的。我很不快活,同时又觉得非常有趣。

为什么我不很粗蛮地打定了主意? 譬如说,我为什么不阻挡奥媞儿不许她去见她的朋友们呢? 因为我发现了我的懊丧的演绎曾经把我送到可笑的谬误里去过。例如有一次,我记得,在几个礼拜内,她天天叫头痛,说她疲倦得很,想要到乡下去住几天。那时节,我自己不能离开巴黎,所以我拒绝她,不让她走。这一点请你注意,我那时绝对看不见我一方面有自私自利的心肠,否认她真个有病。

后来我忽然得了一个主见,以为不如赞成她走更为得计。她想要到霜地去,我便让她去;到了第二天的晚上,我可以出其不意,攻其无备,突地到那边去看她。如果我看见她不是一个人在那里(我以为一定不止一个人),至少我可以晓得些真情,尤其是我可以使她惭愧,同她分离(我自为巴不得如此做去,实则哪里能够)。她去了之后,第二天晚饭后,我租了一辆汽车(我料定有一场悲剧,不愿意我自己的汽车夫作证见人),直向霜地去了。到了半路,我吩咐汽车夫把车子开回巴黎去,但是不到三个基罗米突之远,我为好奇心所驱使,仍旧叫他回头开向霜地去。到了旅馆里,我问奥媞儿的房间的号数。人家不肯告诉我,我觉得这事越发显明了。我拿出些执照给人家看,证明我是她的丈夫。结果是一个猎人带我去找着她。我看见她独自一人,坐拥群书,又写了无数的信札。但是,难道她不能从容地安排好了这一幕戏剧吗?

“你真所谓不远千里而来了!”她很怜悯地对我说,“……你猜的是什么?你怕的是什么?……怕我同男人在一块儿吗?我要一个男人干什么呢?……最能使你不懂的,乃是,我为幽独而幽独。再者,如果你要我打开天窗说亮话,乃是我偏想要隔几天不见你。因为你天天担心,天天怀疑,实在使我不耐烦,我的一言一语都不得不细心检点,活像法庭对审,怕说了前后自相矛盾的话头……在这里,我已经过了一天很愉快的日子,我念了书,我睡了觉,我做了梦,我在树林里散了步,明天我要到旧王府里看工笔画去……你看,哪一件事情不是很简单的?”

她尽管说,我尽管想:“现在经过了这一次的成功,她越发毫无忌惮了,她晓得下次可以教她的情郎尽管来,没有危险了。”

唉！这一位奥媞儿的情郎，我真努力想要晓得他，究竟是什么东西哩！我在我妻子的言语里、心情里，凡是我觉得不懂的，都拿来比附到这一位情郎上头。当我把奥媞儿的一言一语都仔细分析的时候，我变了一个意料不到的机警敏锐的人。凡是她所表达的稍为美妙的意见，我都注意到，想要从此拜识了那一位某先生。我与她之间，已经成了一个异样的局面。此刻我在她跟前把我的意思尽情吐露，甚至于最严重不很尊敬的话也说出来。她注意地听我说，现出宽洪大量的样子，虽则未免有些动气，但因觉得这是一种新奇有趣的事情，所以她同时也很爱听。

她的身子仍旧不很舒服，所以她每天睡得很早。我差不多天天晚上都在她的床边守着。这几夜，很是奇特，又颇甜蜜。我向她解说她的性情的短处，她微笑地听着我说，伸过她的手来握着我的手说：

"可怜的 Dickie，真苦了你了！遇着这么一个不幸的小孩子，又恶，又傻，又骄傲，又疯狂……样样都齐全，是不是？"

"你一点儿不傻"，我说，"你固然不很聪明……但是你有惊人的悟性，又有许多嗜好。"

"唉！"奥媞儿说，"我有嗜好吗？……总不免还有些小玩意儿吧？呃，Dickie，我念些英文诗——我所发现而十分喜欢的英文诗给你听吧。"

她有的是极点的自然的嗜好，很少看见她爱一种平常的事物；但当她选择些诗念给我听的时候，我又担心又惊讶地注意到她对于爱情的甚深的认识，有时还引起了死的心愿。我最记得她常念的一段诗句：

From too much love of living（从对于生命的深情厚爱里），
From hope and fear set free（从希望与恐怖里得大解脱），
We thank, with brief thanksgiving（让我们三言两语深深地感谢诸天），

Whatever Gods may be(不管他是哪一类的神佛),

That no life lives for ever(谢的是:没有一个生命能够永远地活着),

That dead men rise up never(死了的人没有还魂),

That even the weariest river(漫说那最疲倦的江河),

Winds somewhere safe to sea(它终于萦回地安然到了大海).

"The wearivest river…"她把这一句常挂在唇边。"'最疲倦的江河',我真爱这一句啊! Dickie,我便是那'最疲倦的江河'……我慢慢地走向海里去。"

"你不疯了?"我回答她说,"你便是生命的本身。"

"看我的表面上虽然如此",她带着滑稽而愁闷的面容说,"实则我是最疲倦的江河。"

每逢这样的一夜,当我离开她的时候,我对她说:

"奥媞儿,你的百般短处且休提,我到底还深深地爱你。"

"我也一样呢,Dickie!"她说。

十

我父亲要求了许久,要我为纸厂的事情到瑞典去走一遭。我们常常由掮客介绍,在那边买些木浆。如果我们能够自己到瑞典去当面磋商,自然更加合算,但是他身子不大舒服,所以要我去。我想如果奥媞儿不陪我去,我便去不成,但是这事情休想引得起她动一动心。她平日很爱游历,这一次拒绝我,实在形迹可疑。我向她提议,如果她不愿搭火车经过德国及丹麦,我们尽可以搭船,从哈佛尔或布罗涅一方面去。这样一来,她该是很喜欢的了。

"不",她说,"你自己去吧;瑞典引不起我的兴头,那边天气太冷。"

"没有的事,奥媞儿,瑞典乃是一个十分可爱的地方……许多风景都是为你而设的,又幽寂,又有青松环绕的大湖,又有些荒丘废址……”

“你相信吗？不，我此刻不想离开巴黎……但是，既然你父亲主张要你去，你便自己去吧。你多看几个女人，不整日整夜地守着我，倒于你有益处。瑞典的女子很够销魂，一个个都是发黄肉白的长人儿，正合你的口味……好好地算计我吧。”

后来我终于不能不去走一遭了。我很谦卑地对奥媞儿说，承认我丢她独自在巴黎，实在可怕得很。

“你真古怪得很”，她说，“我同你约好，我不出门。我有的是许多书，可以天天在家里念书。每天只过我妈那边吃两顿饭。”

我提心吊胆地出门了。头三天，惨得很，从巴黎到钦布，沿途我只幻想着：奥媞儿此刻在梳妆室里，接待一个我看不到面孔的男人，那男人正按着钢琴，给她弹奏一切她所爱的音乐哩。我的脑海里也就现出一个笑嘻嘻的活泼泼的奥媞儿，她那一副用快乐装扮的面孔，从前曾经给我保留着，我想捉住它，关着它，很嫉妒地保守着它为我一人所有，而今却徒唤奈何！在她的熟人里头，究竟是哪一个把她拉住了在巴黎呢？是那一个笨汉比尔涅呢，还是她的兄弟的美国朋友兰史第二呢？到了玛尔买，一辆油漆的新火车的奇异色彩才把我从模糊的迷梦里超拔了出来。到了斯托克贺的时候，收到了一封奥媞儿的信。她的信奇怪得很，活像一个小孩子的笔调。她说：“我很自在。我没事干。天下雨了。我念书。我再念《战争与和平》。我在妈妈家里吃过中饭了。你母亲来。”一连写下去，都是这样短句子，里头什么都没有显露出来。但是，我不知何故，或者是因为她的话很空虚，很坦率，这一封信便给了我一粒定心丸。

我的印象一天一天地弛缓下来，说也奇怪，我比之在巴黎的时节更爱奥媞儿了。我看见她很庄重不佻，只疲弱了些，正坐在一个瓷瓶旁边读书，瓷瓶里的花一定是一枝丁香，一朵玫瑰。但是，我虽则着了迷，有时却又十分清醒，我对我自己说：“我真的毫无痛苦了吗？实在正该倒霉得很哩！她的事情，我一概不知道。此刻她很自由。她的信算不得一回事，她要怎样写便怎样写。"那时节，我懂得了一个道理：别离这个东西，非但可以使结晶的爱情越发增进——这是我早已晓得的，而且还可以把嫉妒心催眠了若干时刻。为什么呢？因为，我们的精神往往把它的危险可怕的高堂大厦建筑在一切的观察上头——即好些小事件上头，而别离这个东西能把那些小事件从精神内面拔了出来，逼着它成为安静而休息。我因要磋商我的事务，不得不到瑞典的乡下去走。我住在好些大树林的主人的家里，人家送给我不少的本地酒、鲟鱼蛋与熏鲑鱼。那边的女人，有雪冷冰莹的容貌。这样经过了整整的好几天，直忘记了奥媞儿，更休说能够想得起她的动作。

　　我最记得的是一天的晚上，我在斯托克贺附近的地方吃过了晚饭，我的女主人提议要到园里散步。天气很冷，我们都披着裘衣。好些高大的黄发奚僮，早已把铁棚子开了，我们到了结冰的湖岸。夕阳斜照，冰上微露光辉。陪着我的那个女主人很是风流可悦。几分钟前，她曾试奏新声，轻弹绝调，使我双泪潸然，夺眶欲出。在一刹那间，我忽然感受到了非常的艳福。自己想道："世界原是有情，要快活并非难事哩。"

　　一到巴黎，我的心魔又来缠扰了。奥媞儿怎样过了那些寂寥的长日子？她自己那种空无所有的叙述，唤起了我苦恼的猜疑，这猜疑便填塞了那广漠的空间，不至于空无所有。

　　"在这一切的期间内，你干了些什么事情？"

　　"哪里有事情干？我只休养精神，胡思乱想，此外便是读书。"

　　"读的是什么书？"

　　"我已经写信告诉过你：《战争与和平》。"

　　"究竟你不能花十五天的工夫，来重读一部小说！"

　　"自然，我还做些别的事儿：我摆布好了我的抽屉，我收拾好了我的书，我答复了些旧信，又到裁缝家里去过几次。"

"但是,你看见了些什么人?"

"谁也不曾看见。我在信里已经告诉过你:我看见了你的母亲、我的母亲、我的弟弟,和迷萨……我还玩了好几回音乐。"

她颇现高兴的样子,对我谈论她所新发现的音乐:意大利的阿尔伯尼斯与格拉那多士。

"再者,Dickie,我该带你去听《妖精的徒弟》……妙得很!"

"这是从哥德的歌史里编出来的吗?"我问。

"是的。"奥媞儿兴高采烈地回答。

我的眼睛只紧紧地望着她。何以她会知道这首诗歌呢?我分明晓得奥媞儿不曾读过哥德的著作。究竟她同谁到音乐会里去过呢?

她在我的脸上看出不放心的神气来了。便说:

"然而我也不过是在节目单上看见罢了。"

十一

我从瑞典回来后的第一个礼拜二,我们俩在姨妈歌籁家吃晚饭。她每月宴请我们两次。我所有的亲族里头,只有她能够博得奥媞儿几分同情。姨妈把奥媞儿当作酒席上的雅致的点缀品,所以对待她很是殷勤。又骂我自从结婚以后便变了哑巴子,她说:"你天天都是闷损损的,又太关心于你的老婆。你该晓得,酒席上,除非是上了年纪,无可无不可的时代,夫妻俩才可以捉对儿坐着的。奥媞儿煞是一个可人儿,至于你,两年后,或者要三年后,看能不能跟得上她。好了,这一次你从瑞典回来,我希望你不久便变光辉些才好。"

实际上,这一场酒席的结果,并不是我得了好处,却便宜了一个少年人。这人我本来认识的,因为他是哈尔夫的朋友,我在哈尔夫家里遇见过他。哈尔夫对我谈到他的时候,很奇怪地带着几分尊敬,几分恐怕,几分嘲笑。他这一次到麦尔梭路来,是因为有海

军参谋长嘉尔涅上将给他介绍。他名叫福朗素华,姓克洛桑,是个
海军大尉,新从远东归来的。那一天晚上,他谈到日本的风景,又
谈到孔拉德与高昆①,他的话有雄劲而生动的诗意,虽则不算深合
我心,但我却忍不住要赞赏他的口才。当我听他说话的时候,渐渐
地联想到昔日哈尔夫对我说过的话,越想越清楚了。他曾经在远
东住了好几次。他有一所小房子在杜陇的附近,他旅行所带回的
物件都堆积到那房子里去。我晓得他会订乐谱,他曾经把中国历
史上的一件事实来谱成一出奇怪的歌剧,我又模模糊糊地晓得他
曾经比赛汽车,把许多前次跑得最快的胜利者都打倒了,因此在运
动界很有名气;海军将校里头,是他第一个升上了水上飞机。

多情的男子,乃是极端易受感动的磁针,他所爱的女子的心情
或起或伏,丝毫逃不过他的眼底。奥媞儿与我同坐一边,又各在桌
子的尽头处,我自然看不见她的脸;但是,此刻她听着福朗素华的
话,面上怎样显出倾倒的神气,我却一概知道。这一次的晚饭,至
今还是历历如在目前。我那时的心情,活像一个父亲对于他唯一
的女儿爱如珍宝,却因一种不幸而难免的境况,携带她到了一个瘟
疫流行的地方,后来知道这地方有疫症,也就无可奈何,只怀着九
死一生的痴望,祈祷平安而已。假使晚饭后我能够把奥媞儿挪开,
不让她在福朗素华的队伍里,假使没有人向她说这些最能使她倾
心——我晓得她倾心——的话头,也许我能够把她从可怕的霉菌
堆里拖了出来。而今事已至此,我实在没奈何了。

一个机会来了。这并不是我有什么妙手段,却是因为晚饭后,
福朗素华给一个妇人名叫爱莲的拐到中华厅去了。这中华厅,乃
是姨妈歌籁因见那一双双一对对的男女如饥似渴地寻找幽僻的所
在,特为他们而设的。我趁此机会,得与一个漂亮女人谈到关于福
朗素华的一种又稀奇又确实的谈话。这女人名叫于繁,她的丈夫

---

① 孔拉德(Conrad)是德国的社会改良主义者;高昆(Gauguin)是英国的后期印象派,都
是 19 世纪的人。

也是海军里的一个船长兼海军部里的参赞。

"你觉得克洛桑的话很有听头吗?……"她说,"我很知道他的来历,因我父亲曾在杜陇做过海军区副司令,我在那边过了整个的少女时代,所以我在杜陇便很认识他。我还记得那时节,男人们都说他是装腔作势,有些还说他不忠实,但是妇人们却像苍蝇见臭肉般追随着他……我那时年纪太小,但我却听见人家叙述。"

"请您说吧,我对于这个很有兴头。"

"唉!我记的不大清楚了。我想他原是卖弄风流的人物。他每次同一个妇人来往,一定自作多情,缠绵悱恻地只一味逢迎她。一封一封的情书,一束一束的鲜花,便把那妇人降服了。忽然间,他又丢了她,去找另一个妇人。连那一个被捐弃的妇人自己也不知道他更动的原因……这孩子守着很严的规律,为着自己限制起见,每天晚上十点钟一定要睡觉。人家说他的严格自治:哪怕世界第一的美人在他的屋子里,到了十点钟,也要给他撵了出来……他在爱情上,心肠又硬又狠,以为一切这些事情都不过是一种不关重要的游戏,他是这样的心理,以为别人也是这样的心理。您想想看,他这样的性格,该给人受了多少痛苦!"

"是的,我很懂得这个道理。但是,人们为什么爱他呢?"

"唉!这个吗?你晓得……举个例给你听,我一个女朋友也曾爱过他,她告诉我说:'这事儿可怕极了,但是经过许久的时间我还医不好自己哩。他的性格儿非常复杂,缱绻可喜,而又诛求无厌,有些时候又野蛮,又冷酷,然而有些时候却又温柔,又低声下气……我同他来往了好几个月才发觉了他只能使我不幸。'"

"现在你的女朋友已经脱身了吗?"

"是的,现在很好了,她谈到这个都只是笑着说了。"

"你相信不相信此刻他又正在向爱莲大施魔术呢?"

"唉!这个自然,但是这一次他却遇着比他强的敌手了。再说,像她那么一个女人,年纪又轻,在社会上又有地位,怎肯落他的圈套？凡是经过福朗素华的手的女人，都给他败坏了名誉，因为他总忍不住要把他的恋爱的经过对谁都说起。在杜陇的时候，头一天他得了一场新胜利，第二天便全城皆知。"

"依你说，你们的福朗素华却是个可恨的人了。"

"这又不然"，她说，"他可爱的地方多着呢……只一层，他是如此。"

我们差不多永远是我们的不幸的主动者。我起先还识时务，本来已经立意不对奥媞儿谈起福朗素华。但是，在归途的车上，我却不能不把刚才的谈话向她提起，这是什么缘故呢？我想大概是因为那时我以为这样一来，可以引起奥媞儿的兴味，可以看见她聚精会神地听我的话，因此我便乐不可支。或者又因为我有一种狂妄的幻想，以为这一种对于福朗素华的严厉批评，可以使奥媞儿一辈子不敢近他。

"依你说，他又是一个会订乐谱的人了？"当我住了嘴的时候，她问。

我自不小心，飞符召鬼。鬼来了，我再也没法驱除。我整夜的，把他的为人，他处世的古怪行为，凡是我所知道的，都告诉了她。

"认识得透这么一个人，也怪好玩的。你不愿请他来一次吗？"奥媞儿毫不着意地对我说。

"我愿意得很，如果我们再遇着他，自然请他来；但是，恐怕他要回杜陇去了……你喜欢他吗？"

"不，我顶不喜欢他的鬼样子：眼睛紧紧看着女人们，把人家当作水晶人儿似的。"

十五天后，我们在姨妈歌籁家里又遇着他，我问他是否离开了海军。

"不"，他说的时候，面容粗暴，差不多可以说是无礼，"我的水道的职务，要六个月的实习期。"

　　这一次,他和奥媞儿作很长的谈话。我看见他们两人同坐在一张绒制的安乐椅上,低着头,互相朝对着,兴高采烈地谈天说地。

　　归途上,奥媞儿一言不发。

　　"喂",我向她说,"那海军军官,你觉得怎样?"

　　"他很有趣。"奥媞儿只回我一句话,直到家里都不再说什么了。

　　从此以后,姨妈歌籁家里的许多礼拜二,都有奥媞儿与福朗素华的踪迹。他们二人等到酒席一散,便一块儿躲到中华厅里去了。我自然觉得非常伤心,却又留神不让人家看出来。我忍不住和别的女人谈起福朗素华,我希望她们都批评他庸庸碌碌,我便可以转告奥媞儿。谁料刚刚相反,她们差不多全都称赞他。甚至于那识事明理的爱莲——她的丈夫姓田泽,奥媞儿因她智慧过人,加她一个绰号叫美娜儿佛①——也对我说:

　　"说哪里话?他这人很得人心,你信我的话吧。"

　　"但是,他拿什么来博得人心呢?我曾经很留心地听过他的说话,也没有什么效果。在我看来,他天天不外那些老话套。他谈到印度支那,谈到侵略的民族,谈到"强度"的生活,谈到高昆……第一次听他说话的时候,我以为是很值得注意的人物。后来我却看破了,他只不过是聊以充数而已,只须同他见一次面尽够了。"

　　"呃,也许是吧。你未尝没有一部分的理由。但是他所叙述的历史多么好听啊!麦赛那,妇女们乃是一班大孩子。她们还存着爱听奇事的心理。再说,实际生活的框子窄狭得很,她们总希望逃了出去。你晓得不?天天要照顾着屋子、厨房、宾客、儿童,多么讨厌啊!结了婚的男人,或巴黎的鳏夫,也像妇女们一般地成为家庭的机械、世俗的仆役,所以他们绝对不会有什么新鲜的事物送到我们跟前来。至于像克洛桑这一位海军军官便不同了,在我们看来,

────────────

①　美娜儿佛(Minerve)是古时很有智慧的女子。

他有一双干净的手,会把我们从俗网里拉了出来。"

"但是,你究竟觉得不觉得克洛桑的态度乃是令人难堪的假浪漫主义? 你说的是他所叙述的历史……至于我,我听说他的奇遇便觉得可恨……显然是他捏造的。"

"哪一桩是他捏造的?"

"唉! 你是晓得的:贺诺球球的英国女人看见他渡过了河之后便自投水;俄国女人寄给他一张照片,用发辫作镜框子;都是捏造的。我觉得这些话头,真是味同嚼蜡……"

"他这些历史我倒不晓得……是谁告诉你的? 奥媞儿吗?"

"这事人人皆知,谁不会告诉我,你何必一定要说是奥媞儿呢? ……请你凭良心告诉我,你是不是觉得他莽撞讨厌?"

"你要说是呢便是……但是人家总忘不了他那一双眼睛。再者,你所说的话都不的确。你只从他的轶事上看他,哪里看得出来? 如果你同他说话,包管你看得出他是十分老实。"

麦尔梭路常有嘉尔涅上将的踪迹。有一天晚上,我设法弄他独自和我捉对儿谈话,我问他克洛桑是什么人物。

"呀!"他说,"他是一个真真的海军军官……将来我们的大首领里头总该有他的一席位置。"

我决意与福朗素华所给我的那种可恶的暗示搏战,压下了我不愿再见他的念头,不偏不党地给他一个正确的评判。但是这是很不容易的事情。我在哈尔夫家里认识他的时候,他对我表示一种轻视的态度,后来我们重新遇着的第一天晚上,我还引了烦恼的印象。近数日来,他似乎感受到了我的无言的敌忾的暗示,努力想要做克己复礼的工夫,然而我想——也许想得有理——此刻他因奥媞儿之故而关心于我,我非但不因此而接近他,倒反疏远他了。

我请他到我家吃饭,我总想看他怎样有情趣,结果是毫无所得。他倒还聪明,到底胆子太小了。他常借一种很厉害的自治力来战胜他的怯懦,我最恨的便是这种人。在我看来,我的老朋友哈尔夫与比尔特郎实在比他值得注意多了。我不懂奥媞儿对于他们二人如此的疏远而藐视,而对于福朗素华的谈话却这般津津有味。有了他在场的时候,她便变了另一个人儿,比平常更加标致。有一天,福朗素华与我同在她的跟前谈起恋爱。我记得那时我说,想要在恋爱上得到一种美妙的心绪,除非是无限钟情一切不顾,至死不变。奥媞儿听到这里,和福朗素华丢了个眼色,我觉得奇怪得很。

　　"钟情有什么重要,我全不懂得",他说时,用他那种推敲的语法,表示一种抽象的、坚强的见解,"一个人只该过现在的生活。最重要不过的事情,乃是:每一顷刻间,把凡可以压制强度的东西都抽了出来。想要达到这个目的,须靠着三种方法:第一靠能力,第二靠危险,第三靠欲望。至于想要靠着钟情来维持一种消灭了的欲望,为的是什么? 我真不懂。"

　　"为的是我们只能在难与久里头找得出所谓强度来。你不记得卢梭的《忏悔录》吗?卢梭说,在一个清白的女人的裙角上碰了一碰,比之占领了一个易得的女人,更快乐了百倍。"

　　"卢梭是个病人。"福朗素华说。

　　"我听见人家提起卢梭我便头痛。"奥媞儿说。

　　我看见他们联合来对付我,我便提出又笨拙又激昂的抗议,索性替那一位与我无关的卢梭先生做辩护士。我们三个人都晓得,自此以后,在透明的假面具之下,再没有一次谈话不机密,不危险了。

　　也曾有许多次:福朗素华谈到他的职业的时候,我听得非常有趣,把我那些仇恨的念头忘记了好几分钟。晚饭后,他用海军的旋转步伐转过了客厅,对我说道:"麦赛那,你知道我昨天晚上怎样消遣吗? 我在马翰上将的旧书堆里,研究纳尔逊的战争。"我不由自主地觉得从前哈尔夫或比尔特郎来时给我的愉快,又由他带了一点儿来了。

　　"真的吗?"我回答他说,"但是,究竟你是为消遣而研究它呢,还是以为于你有益处呢？海军的战术该是变化得很厉害了。从前那种袭击法、趁顺风法，以及占地势放炮法，至今还有些任何的价值吗？"

"你不要这样想吧"，福朗素华说，"博得凯旋的要素，不分水陆，无论今古，都是一样的。休说纳尔逊的时代、便直溯到安尼巴尔①的时代、赛沙尔②的时代，也和今日一般。试看阿布基之役③……英国人的战功是怎样得来的……起先是靠着纳尔逊的毅力，搜遍了地中海，找不着法国的舰队，始终还是不住地搜寻。其后是靠着他的当机立断，当他发现了敌人又遇着顺风的时候，即刻定计，毫不游移。你看，这些要素：毅力、果敢，会不会因有了铁甲无敌舰便失了他们的价值呢？我以为不会的。再说，一切战略的根本要旨也是万古不变的。喂，看吧……"

他在我的桌子上拿了一张纸，又在他的衣袋里掏出一支铅笔。

"这是两方面的舰队……这一个箭形符号乃是风的方向……这一边，这些虚线乃是水浅的地方……"

我弯着腰，在他的头上俯瞰卜去，奥媞儿也是同桌而坐，两手捧腮，正在欣赏福朗素华的谈论。不时竖起两道长睫，眼睛团团地瞟我一眼，察看我的神气。我自思自想道：

"假使我自己向她叙述一场战事，她会不会听得这般津津有味呢？"

在福朗素华来拜访我们的几天内，还有另外一桩事情气煞我的，乃是：奥媞儿向他叙述过去的好些小事情，又把从前我在订婚时代灌输给她的思想表达给他听，真是神采奕奕，毫无倦容！这些话头，她不曾对着重述过一次，我以为她已经一概忘掉了。谁料我那可怜的学问，灌输到她的脑筋里，平日毫无影响，此刻却借弱女

---

① 安尼巴尔（Anifal）是第三世纪 Kart-Hadatshc 的名将，战功甚伟。
② 赛沙尔（César）是第一世纪罗马名将。
③ 阿布基（Aboukir）之役，纳尔逊大破法国海军。

的雄谈来感动另一个男子了！我一面听，一面想：昔日的黛妮丝，
也是同样的道理。我们费尽精力来造就一个人心，结果只是采蜜
痴蜂，为人辛苦！千古如斯，真是令人不胜浩叹哩！

　　说也奇怪，他们二人的真结合的初期，说不定同时便是我的相
对的安谧的短期间。数礼拜以来，福朗素华与奥媞儿在我的眼里，
在我们一切的朋友眼里，都觉得他们讨厌。于是他们忽然变为非
常地谨慎，不常在一块儿，尽管在客厅里也不肯同在一伙。她绝口
不提起他。如果有一个女人为好奇之故在她跟前提起克洛桑的名
字，她冷冷地答应了些闲话；连我自己，在几个礼拜内，也被她瞒过
去了。但是，事有不幸，我对于与她有关的事情，便格外留心，她所
谓的鬼悟性，实在不错。所以不久我便用我的理解力来揭破这种
态度的假面具了。我自思道："这个正是因为他们背着我的眼睛常
常自由会合，所以晚上他们没有什么大不了的事情可说了。此刻
他们掩耳盗铃，假装着少言寡语的样儿，无非是这个缘故。"

　　我已经习惯了把奥媞儿的一言一语，用可惊的悟性来分析。
这时节我觉得她每一句话里头都藏着一个福朗素华。他因博慈医
生①的介绍，得与法朗士②熟识，每逢礼拜天早上都到赛夷别墅去一
次。这事儿我知道得很清楚。而这几个礼拜以来奥媞儿恰恰对我
说起法朗士的历史都是些有趣的、心腹的话头。有一天晚上，我们
在田泽夫人家里吃晚饭。奥媞儿平日在这一家老是沉静寡言，锋
芒不露。而这一晚却逸兴遄飞地批评法朗士的政治思想，惊动了
一座的宾朋。我对她说：

　　"爱人，你今天晚上多么风光！……你从来没有对我说过这
个。你是怎样打听得来的？"

　　"我吗？"她又高兴又担心地说，"我真的很风光吗？我自己不
曾留意到。"

────────────

① 博慈(Pozzi)是个大医家，以妇科著名。与法朗士同时。
② 法朗士(Anatole France)是法国近代大文学家。

"奥媞儿,你不必自己辩护了,这并不是一种罪过。人家正因此觉得你很聪明……我一切的话头,是谁传给你听的?"

"我记不得了。有一天在一间茶馆里,一位某先生,他认识法朗士。"

"那位某先生究竟是谁呢?"

"唉!我忘了……我哪里会关心到那些人的名字儿?"

可怜的奥媞儿,多么笨啊!她想要保持着平常的风度,不肯说一句露面的话,然而她的话句句都有爱情浮现出来。这使我联想到一个被水淹过的草场,表面上好像是毫无所损,草直而劲,像没有经过水淹的一般。然而我们却觉得步步泥泞,渍地皆透。奥媞儿只晓得注意到直接点,不肯提起福朗素华的名字,却没有看到间接点,以致她的言语上头,恰恰把他的名字映现出来,活像有光的大桌子似的。我已经识透了奥媞儿的脾气,她的意思,她的信仰,都给我晓得了,所以我要观察这一次急剧的变化,实在是容易、有趣,同时又是最难堪的事情。她虽则不很虔心,平日总还信教,每逢礼拜天一定去做弥撒。此刻她却变了,她说:"我是耶稣降生前 6 世纪的希腊女子,我是无神教。"这些话头,我敢断定是福朗素华的口吻,活像是经过他签字盖印,丝毫不会假的。她又说:"生活是什么?四十年可怜的光阴只在一团烂泥里混来混去。你还想要人家把一分钟的时间来自寻无用的烦恼吗?"我想:"这又是福朗素华的哲学,换句话说,是俗不可耐的哲学。"有些时候,她关心于某事,在我看来,是不照常的,于是我在她这种言语举动与她的思想的真对象二者之间,很费了些时间来思索,才看得出关键来,例如,她本来不看报纸的,有一次她看见了"南方树林的火灾"一个题目,便从我手里抢了那一张报纸去。

"奥媞儿,你关心于树林的火灾吗?"

"不",她一面说,一面把报纸抛还了我,"我只想要知道在什么地方罢了。"

于是我便记起了福朗素华有一所小房子在波华陇的松林里。

奥媞儿活像一个藏物为戏的孩子,把她所想要隐藏的东西摆在房子的中间,当着众人的眼睛,悄悄地放到地毯底下去,惹得人家又笑她,又爱她。因为她那种天真烂漫的提防,我倒给她感动了。每逢她从她的朋友或我们的亲戚口里得了些什么消息,回来告诉我,一定指名道姓,说是谁说的谁说的,至于从福朗素华口里得来的,便只说:"人家……人家说……有个人告诉我说……"她对于海军方面的事情,有了惊人的知识。她知道我国将有一艘更快的新巡洋舰,一艘新式的鱼雷艇,又知道英国的舰队快到杜陇来了。听见她说话的人都很惊奇地说:

"这是报纸上没有的……"

奥媞儿觉得说话过度了,慌忙班师退守:

"呀?我不知道……这消息也许靠不住。"

偏是这种消息才靠得住哩。

她说话的字眼,变了福朗素华的字眼。福朗素华的"什物单",从前我对爱莲说过所谓"聊以充数"的谈话,如今又轮到奥媞儿重述了。她谈到"强度的生活",谈到侵略的快乐,甚至于谈到印度支那。但是,福朗素华那一种硬壳的话头,经过了奥媞儿的掩饰的心情,却丧失了它们的轮廓。我跟寻着蛛丝与马迹,毫无可疑;但只看见它们已经改变了形状,好像经过大湖的河水,不复有它的坚硬的河岸,只剩得些小小波涛,卷舒侵啮着一道模糊的微影。

十二

我有的是铁证成堆,没有怀疑的余地。纵使奥媞儿不是福朗素华的情人,至少他们是常常秘密地见面。但我总还不能决意对她说穿。说穿了有什么好处呢?我把我的不能和解的脑筋所记录下来的口供,所辨别出的零言碎语,都说穿了给她听吗?她听了之后,一定是哈哈大笑,很温柔地望着我说:"你倒会拿我来开心哩!"

在这种情形之下,我又怎样回答她呢? 我能够威吓她吗? 我希望断绝了恩情,撩开手吗? 再说一层,表面上看来虽则如此,晓得是不是误会呢? 当我对我自己很忠实的时候,我晓得绝对不是误会;但是,我那时节的生涯甚恶,所以有好几天我只在似真非真的假定里马马虎虎地过去了。

我真是坐困愁城,奥媞儿的举动及其思想之秘密都变了我摆不脱的烦恼。法鲁华路的办公室里的我,差不多整天不做事,只是双手叉腮,深思默想。夜里直到三四点钟才能够睡着,一个一个的问题都在脑海里打滚,末了还是不能解答,枉费心思。

夏天到了,福朗素华的实习期已满,仍旧回杜陇去了。奥媞儿像个没事人儿,不愁不闷,我也就稍为放心些。我不晓得他们是否通信,总之,我一封信都没有看见,所以我觉得奥媞儿的言语里头,也就少了许多令人担心的黑影儿了。

我要等到8月才能够到外边过暑假,因为我父亲要在7月里到维西医病去,所以我7月里不能离开巴黎。但是,差不多整整一个冬天,奥媞儿都是不舒服,所以我们商量好,叫她在7月里到特鲁维尔的淑恩别墅去住一个月。未到行期以前十五天,她对我说:

"如果你不见怪,我情愿到一处清静些的海滨去,不想住到姨妈歌籁的别墅去。诺尔曼地的海岸,说起令人头痛:人太多了,尤其是在那一所别墅里……"

"奥媞儿这又奇了! 现在轮到你厌恶社会了吗? 你平日专骂我不爱交游哩!"

"这要看精神的状况如何。此刻我却需要清静寂寥……我想在伯尔丹找一个清静的所在,你说好不好? 我从来不曾到过伯尔丹,人家都说好得很。"

"是的,爱人,好得很,但太远了。你若住在特鲁维尔,我每逢礼拜天还可以去看你一次,在伯尔丹便不能够了。再者,姨妈歌籁要等到8月1日以后才住到那边去,那么,你可以自己享用一所房子……何苦要改变呢？"

　　她显然是打定了主意要到伯尔丹去，三番两次的要求，说得娓娓动听，直到我让步了为止。我真不懂。我起先料她想要求住近杜陇去①，这倒容易措辞；因为那一年的夏天，天气极坏，人人都嫌诺尔曼地的湿气重，她也就尽可借题发挥。而她却只要到伯尔丹去，我虽则看见她去了，未免很不快活，但我一想到她往这个安全的方向走去，我尽可以高枕无忧，却又感觉到几分欢喜。我送她直到车站，依依不舍。这一天，她却是缠绵悱恻，格外多情。在月台上，她同我接吻。

　　"Dickie，好好地消遣吧！千万不可忧愁！……如果你愿意的话，你可以同迷萨出去玩，她一定很喜欢的。"

　　"迷萨不是在冈都祃吗？"

　　"她快到巴黎来了。下礼拜整整七天都住在她的母家。"

　　"你不在家，我还有心出去玩吗？……我只好独守空房，吊影自怜罢了。"

　　"千万不可如此"，她一面说，一面抚摩着我的脸，活像一个慈母……"我不值得人家这样关心于我，我原是个不关重要的人……Dickie，莫把生活看得太重了……原不过是一场游戏。"

　　"还不是快活的游戏哩。"

　　"不是的"，她说到这里，面上也露出一线愁痕，"这不是一场快活的游戏，而且是艰难的游戏。不愿做的事情偏不能不做……我想现在是上车的时候了……再见吧，Dickie……事情是这样就行了吧？……"

　　她再同我接一次吻，当她的脚站在踏板的当儿，回头一笑，两靥生辉，我的魂灵儿几乎给她勾摄了去。转瞬间，她进了火车室里，不见踪影了。她最讨厌的是临窗道别，而且她平日还不喜欢柔

───────────────

①　杜陇（Toulon）在法国南部，近马赛。伯尔丹（Bretagne）在法国西北部。特鲁维尔（Trouville）更偏于北。诺尔曼地是北部海滨的总名称。

情软意哩。不久以后,迷萨对我说她的心肠硬。这话也不尽确切。她的本性倒反是仁慈慷慨,只不过为一些剧烈的欲望所摇动罢了。她正因为怕被慈悲心所驱使来抵抗自己,所以不愿沉溺于其间。那时节,如果她真个紧紧地、水泄不通地,把她的感情尽量地压榨出来,适足以使这一个美人儿变丑陋了。

十三

第二天恰是一个礼拜二,我晚上在姨妈歌籁家吃饭。她招待宾客直到 8 月才止,但是夏天的人却少了些。我坐在嘉尔涅上将的旁边。他同我谈天气,谈下午的一场大雨浸没了巴黎,末了他对我说:

"喂!我把你的朋友福朗素华安插好了……他要研究伯尔丹的海岸,我已经给他在伯莱斯特①找到了一件暂时的差事。"

"在伯莱斯特吗?"

我看见眼前的酒杯花瓶,都像风车儿般旋转,我以为我马上就会昏倒。然而社会的本能在我们身上变了这样强固,以至于我们临死还要假装着没事人儿哩。

"呀!"我对上将说,"我并不曾知道……已经许久了吗?"

"只有几天。"

我继续地同他作长时间的谈话,谈到伯莱斯特的口岸,及其海军根据地的价值,谈到些旧屋子,又谈到了窝邦②。我的思想灌输到两层绝对不相同的平面上。在上的一层,乃是平常而正确的字句,我想用这些字句来维持着嘉尔涅上将的想象,好教他认为我是没事人儿,遇此天无片云的良宵,正在大快乐而特快乐。至于在下较深的一层呢,却隐藏着听不见的声音,正在自言自语道:"怪道奥媞儿硬要到伯尔丹去,原来为的是这个啊!"我的脑海里忽然现出

---

① 伯莱斯特(brest)乃是伯尔丹所辖的一个小地名。

② 窝邦(Vauban)是法国 17 世纪的名将。

了一个奥媞儿,正在伯莱斯特的路上,将身斜倚着他的臂膀,昔日我所钟爱、我所看惯了的活泼泼的脸庞儿,也正朝着他哩。也许她便在他那边过一个晚上。她所择定居住的海滨,名叫莫尔嘉,离伯莱斯特不很远①,也许她不来,却是福朗素华到海边去看她。他此刻该是伴着女将军,徘徊泉石之间了。这样一种的散步,奥媞儿能使河山生色,不问可知。有一件意外的事情,最能使我感动者,乃是:我的精神上得了一种难堪的快乐。自从奥媞儿玩她的戏法之初,我便提出了种种问题,自从她要到伯尔丹去,我便似乎已经很明白地解决了;到了这一次,越发可以作一个切实的解答:"福朗素华早已在那边了。"证明了他真的在那边,我的方寸虽乱,而精神则安。

回家后,整整的一夜我只自问事情怎样办好。搭火车赶到伯尔丹去吗? 一定只看见奥媞儿正在海滨映日,态度雍容。那么,我倒像个疯子,甚至于毫无把柄。因为恐怕我又相信福朗素华虽则来了,却又去了,这也是很可能的事情……此时我的心绪,最厉害的,乃是觉得无药可医,因为无论哪一种办法都是不便于我的。我第一次对自己说:"事已至此,该不该同奥媞儿分离呢? 她的性情如彼,我的性情如此,她不愿意做一点儿安顿我的事情,非但现在不愿意,将来也一定不愿意,我便一辈子不得安稳;那么,倒不如各走各的路还好些。我们没有孩子,要离婚容易得很。"于是我想起了,很清楚地想起了昔日不曾遇着她的时候,我那种平淡无奇的幸福。那时节,我的生活,纵使不见得伟大,至少可以说是自然而甜蜜。……但是,这计划尽管放在心头,我又分明晓得我不希望能够实现:我的生活,再也不能缺少了奥媞儿。

我辗转反侧,总睡不着。我幻想着乡村风景,一五一十地数着一群羊儿,想借此催我睡着。然而心绪烦扰的当儿,什么法子都是

---

① 莫尔嘉(Morgat)与伯莱斯特同在 Finistire 县。

空的。也有些时候我的脾气发了,自己骂道:"为什么一定要爱她,爱别人不行吗?她美?不错。但是除了她,也还有好看的女人,比她聪明的多着呢?奥媞儿的短处不算小了,她专会撒谎,而我生平最恨的便是这个。那么,我不能摆脱羁勒,求一个解放吗?"于是我便絮絮叨叨地说:"你不爱她,你不爱她,你不爱她。"……我分明晓得这些都是假话,我实在是莫名其妙地爱她,她比什么都可爱。

又有些时候,我怪自己不该让她走。但是,我能不能阻止她呢?那时,我觉得一种宿命的、有力的心情拉着她走。我的心里便有了好些神话里的佳人的幻象。我觉得她对于她所做的事情非常抱憾,却又不能不做。那一天,我不难横躺铁轨,阻其去路;但是,她为着要会见福朗素华,也不难怀着残忍的慈悲,超越过了我的身子哩!

将近天亮的时候,我勉强地设想我是误会,以为我所得的消息都证明不得什么,甚至于奥媞儿也不一定知道福朗素华是同在一县里。但是我又分明晓得这种设想都不对。到了天亮,我才睡着了一晌,却做了一个梦,梦见我在巴黎的布尔邦宫附近的一条路上散步。一盏旧式的路灯照耀着,我看见一个男人在我的前面急急忙忙地跑过去了。我认得很清楚那背脊是福朗素华的背脊,我在衣袋里掏出一支手枪向着他便放。他应声坠地,我周身松快,却又满心惭愧。于是便醒来了。

两天后,我收到奥媞儿的一封信,说:"天气很好。崖石可爱。我在旅馆里认识了一个女人。她认识你。她名叫朱汉夫人。她有一所房子在冈都祸的附近。我每天洗一回澡,水很暖和。我已经在附近的地方玩过了。我很喜欢伯尔丹。我也曾在海上遨游。我希望你不烦闷。你出去玩不?上礼拜二你在姨妈歌籁家里吃晚饭吗?你看见了迷萨没有?"直到末了的两句话是:"我很爱你,我吻你,爱人!"信里的字比平日的字稍为大了些,一看便晓得她想要填满四页纸,不致使我难堪,同时又晓得她很辛苦才能够填得满。我自思道:"她一定忙得要命,他等着她。她对他说'少不得我还要写信给我的丈夫'哩。"于是我幻想她说这句话的时候,脸上多么好看。我只祝她早日归来,别的都不想了。

十四

奥媞儿去后的第二个礼拜,迷萨打电话来说:

"我晓得你只一人在家,奥媞儿撩开手走了。我也只一人在这儿。我因为有事干来巴黎走一趟,顺便呼吸些巴黎的空气,此刻住在我父亲母亲的家里。他们都不在家,只剩下我一个人孤零零的,守着这一所房子。你能不能来看一看我?"

我心内自思,我终日在种种可怕的思潮里挣扎,毫无用处,倒不如同迷萨谈谈,也许可以借此忘记了许多的胡思乱想。所以我便和她约好当天晚上相会。到了晚上,是她自己出来给我开门,所有的仆人都出去了。我看见她漂亮得很。穿的是玫瑰色的丝织的寝衣,这寝衣乃是依照奥媞儿借给她的样子去订做的。我注意到她的头发也变了奥媞儿一般打扮了。自从大雨那一天以来,天气大变,晚上冷得很。迷萨早已在火橱里生了火,自己坐在火橱前面的一堆垫子上,我坐近她的身边。于是我们开始谈话,谈到我们的家庭,谈到那讨厌的夏天,谈到冈都袎,谈到她的丈夫,末了,又说及奥媞儿。

"你得到她的消息吗?"迷萨对我说,"她不曾写信给我,在朋友情分上未免说不过去吧!"

我对她说我收到了两封信。

"她遇着了些什么人没有? 她到过了伯莱斯特没有?"

"没有",我说,"伯莱斯特离她所在的地方不很近。"

我虽这般答应,但又觉得她的话里有文章。迷萨的手腕上有一只蓝绿两色的琉璃手镯,我说我很喜欢这手镯,便把她的手腕拉近来看。她弯腰就我,我趁势便揽住她的腰,她听凭我做。我觉得粉红罗衣裹着的她，实同裸体。她露着不放心、有疑欲问的神气，眼睛紧紧地望着我。我弯腰就她，唇吻相接，觉得她的两乳紧凑地、力量加倍地抵抗着我的胸膛，恰像昔日我们比武的光景。她自己将身往后倒下，于是，垫子堆上，炭火橱前，她便成了我的情妇。我不感觉得一点儿恋爱的情绪，但我偏想要她。我对我自己说："如果我不要了她，岂不是个脓包吗？"

我们再坐起来的时候，火橱里只剩着最后一块快要成灰的木炭。我握着她的手，她很快活地、很胜利地望着我；我只觉得苦恼，情愿即刻死去。

"你在想什么呀？"迷萨对我说。

"我在想那可怜的奥媞儿……"

她的仇心顿起，额上露出两道很深的皱纹说：

"你听我说，我爱你，我现在再也不愿你说这些令人笑煞的话头。"

"为什么令人笑煞？"

她犹豫良久，定睛望着我说：

"你真的不懂呢，还是假装不懂呢？"

我早已猜着她想要说什么话，依理我应该不让她说出口，但是我又想要知道详情，我便说：

"真的，我不懂。"

"唉！"她说，"我呢，我以为你是知道的，只不过太溺爱了奥媞儿，不愿同她分离，甚至于不肯同她说穿……我三番两次想要尽量地告诉了你……只一层，我又是奥媞儿的好友，真教我左右做人难……也罢，现在我爱你，比爱她胜过千倍……"

于是她告诉我，说奥媞儿是福朗素华的情人，已有六个月之久，连她自己也给奥媞儿央求代为转致信件，好教杜陇的邮戳不到我的眼里。

"你试想想，我这般爱你，又不得不顺着她的央求，真令我多么难过啊!……我爱了你三年之久,你一点儿看不出来吗?……男子们是不会体贴人情的……现在好了,再也不怨你了。你看将来我怎样使你快活。你真值得爱恋,我对于你只有赞美……你的性情多么可爱啊!"

她不住地歌功颂德,我不觉得一点儿快乐。我想道:"这都是些假话,我哪里会有好处呢!……我少不了奥媞儿……为什么我在这里?为什么我搂抱着这个女人?"那时节,我们正像一双快活的情人,比肩而坐;但是,我却恨她。

"迷萨,我问你怎么能够辜负了奥媞儿的信托?这真令人可恨!"

她惊得目定口呆,紧紧地望着我。

"唉!"她说,"骂得好厉害!……倒是你来给她辩护!"

"是的,就说你为的是我,我也不觉得你好。奥媞儿是你的朋友……"

"她从前是我的朋友,现在我再也不爱她。"

"在什么时候起?"

"在爱你的时候起。"

"但是,我很希望你不爱我……我呢,如此的奥媞儿,我还爱她(我说时很严厉地注视着迷萨,她周身颤动)。要问我为什么爱奥媞儿,我实在也很难说……我想是因为她不使我讨厌,因为她是我的生命,我的幸福。"

她很悲惨地说:

"你这人真是古怪!"

"也许是吧。"

她思忖了一会儿,便把头伏在我的肩膊上,怀着无限深情,对我说了好些情话;那时节,假使我自己不很钟情,睁开些我的眼睛,一定会给她感动了。她说:

"也罢,我呢,不管你怎样,我只爱你,我只愿给你幸福……我愿拿出我的十二分热诚来对你,为你赴汤蹈火,一概不辞……余良此刻是在冈都裼,他让我逍遥自在……如果你愿意的话,你还可以到那边看望我,因为他每礼拜有两天要到基沙尔堤去的……将来你看,你已经失了你的惯常的幸福,我会替你找回来。"

"谢谢你吧",我冷冷地说,"我现在很幸福。"

这一幕剧延长到大半夜。我们的态度与姿势,都正在表演着爱情;而我却觉得心里起了一种不可索解的、很凶的怨恨。到底我们还是珍重道别,互抱着接吻。

我发誓不再去看她,但是,当奥媞儿不曾回来的时候,我忍不住还常常到她家里。我料不到她的胆子这么大,竟敢在客厅里委身于我。那些女仆们,时时刻刻有进来的可能,她也毫不避忌。我陪伴着她直到早上两三点钟,往往是一言不发。

"你在想什么呀?"她不住地这样问我,勉强很客气地微笑。

我一面想:"她这般假啼伪笑,哪里比得上奥媞儿!"一面回答她说:

"想你。"

今日我平心静气地思量,实在觉得迷萨的性情不坏;但当那个时候,我却硬着心肠对待她。

十五

有一天晚上,奥媞儿终于回来了。我到火车站去接她,我打定了主意,想要一字不提。我分明晓得说穿了也没用处。我责备她吗?她一定不承认。我把迷萨的话告诉她吗?她一定说迷萨造谣。我自己固然晓得迷萨说的是真话,但又有什么效果呢?我在月台上踱来踱去,混在许多面生的人里头,饱受了油炭的气味。我不住地喃喃自语:"既然我少了她便不快活,既然我分明晓得我不能够断绝恩情,不如索性趁着再会的时候尽量地乐她一乐。何苦惹她生气呢?"停一会儿,又转了一个念头:"好一个脓包!只消三五天的工夫,振作精神,强迫着她变个样儿。要是她不变,我便强迫着我自己变,变成了缺少了她还能够生活的习惯就好了。"

一个当差的把一块告白牌挂起来,牌上写着:"伯莱斯特的特别快车。"我便停住了脚步。自己骂道:

"总而言之,未免太执迷不悟了。假定1909年的5月你在佛罗兰的时候,住在另一个旅馆里,你便一辈子不知道世界上有个奥媞儿,难道你便不能生活了吗?便不幸福了吗?现在虽则我们俩相处很久,难道便不能假定她不存在吗?"

正想时,看见远远的一个火车头冒着烟火,一乘火车朝着我们来了。一切的事物到我的眼里都不像真的,甚至于想不起奥媞儿的容貌。我向前走了几步,看见许多人头探出了车窗的外面。车还没有停,便有好些人跳下来了。不久便人山人海拥挤着走。好些工人推着货车。……忽然间,我看见远远的一个情影,便猜是奥媞儿。数秒钟后,她越走越近,身边有一个苦力,替她拿着灰色的提包。她面带光彩,一看便知道她快活。

她上了汽车,对我说:"Dickie,我们就去买些香槟酒,买些鲟鱼蛋,今天晚上开一个小小的夜宴,像我们从前度了蜜月回来一般。"

依你看来,这些好像都是假仁假义的话。但是,非深知奥媞儿者,实在不能轻下批评。她同福朗素华所消受的大好时光,自然已经细细地玩味过;此刻她又预备在现在里寻快乐,又想尽量地与我同享大好时光哩。她看见我满面晦气,不说不笑,便很失望地说:

"还有什么事情呀,Dickie?"

我起先三番两次打定了不说话的主意,到底还是不结实;我在她跟前,把我所想要隐藏的心事都倾泻了出来。

"有的是:人家告诉我,说福朗素华此刻在伯莱斯特。"

"谁告诉你?"

"嘉尔涅上将。"

"说福朗素华在伯莱斯特吗?后来呢?……这事儿为什么苦

了你?"

"为的是:他离莫尔嘉很近,颇容易去看望你。"

"容易得很,这般容易,所以……如果你要彻底查究,我便尽情告诉你,他真的去看望我了。这事儿得罪了你了?"

"你不曾写信告诉我。"

"你记得的确吗? 我却以为……总而言之,就算我不曾写信告诉你,也不过是因为我觉得这事儿毫无关系,是的,毫无关系。"

"我的意见却不如此。人家又告诉我,说你们秘密地通了许多信。"

这一次,奥媞儿像是给我们着了痛处,几乎魂飞魄散。这种神情,乃是她的破题儿第一遭。

"是谁同你说的?"

"迷萨。"

"迷萨! ……真不要脸……她造谣了。她拿出些信札给你看吗?"

"不……为什么你要说是她捏造的呢?"

"我一点儿不晓得……因为妒忌吧。"

"这是一段站着睡觉的故事①,奥媞儿。"

我们回到家里来了。奥媞儿一见了僮仆们,仍旧露出纯洁的、销魂的微笑。她走进了她的卧房,脱了帽子,对着镜子理发。她在镜子里看见我在后面双眼紧紧地望着她的思忖的面色,她也向着我微笑。

"可怜的 Dickie!"她说,"我只离开了你三五天,你便要疑神疑鬼的……你真是个负心汉,先生,我哪一时哪一刻不想起你? 我马上就给一个证据你瞧。请你把我的提包递过来。"

她开了提包,抽出一个纸包儿递给我,原来是两部书,一部是

---

① 站着睡觉的故事,意思是说不真确。

《一个寂寥的游人的幻想》①，一部是《巴尔务的修道院》②，两部都是古版的书。

"然而，奥媞儿……谢谢……真是难得……你怎样找得来的?"

"我在伯莱斯特的许多旧书摊上大搜特搜，先生，我总想带些东西回来给你。"

"那么，你是到过伯莱斯特的了?"

"自然，我离那边很近，有船可通，我想了十年，要到伯莱斯特去走一趟……好，你还不肯同我接吻，谢谢我这小小的赠品吗? 我呢，我原希望有好成绩…… 我，好辛苦才找了来，你晓得不晓得! ……这种书非常难得，Dickie，我一向撙节下来的体己钱，都流进这个窟窿儿去了。"

于是我同她接吻。我觉得我在她跟前总有一种复杂的心理，连我自己也不懂。我既恨她，我又爱她；我既以为她无辜，我又以为她有罪。我所预备好的一场恶剧，又变了亲密的、心腹的谈话。我们整夜的谈论迷萨的负心，好像是迷萨所告发的话头(她的话自然是真的，毫无疑义)并不是关涉到我自己与奥媞儿，却是关涉到我们所亲爱的一双佳偶，我们想保障他们的幸福似的。

"我很希望你不再看见她。"奥媞儿说。

我答应了。

我至今不曾知道第二天奥媞儿与迷萨之间有什么镣辖。在电话里互相辩白呢，还是奥媞儿到她家去呢? 我晓得奥媞儿是痛快而暴戾的人。这种性情乃是她的轻薄的气质的成分，这种气质对于我的遗传的静默的涵养，固然冲突，但同时又是谐和。……至于我呢，我永远不再遇着迷萨，也不再听见人家谈到她的事情，于是我这一段短姻缘，只模糊地记在心头，活像一场春梦。

---

① 《一个寂寥的游人的幻想》(Les Rêveries d'un promeneur solitaire)是卢梭的遗著。

② 《巴尔务的修道院》(La Chartreuae ae Porme)是法国 H.Boyle 所著。

十六

大凡人与人之间起了猜疑,便层见叠出,宛如串珠。但必经过多次的爆发,然后能把爱情摧倒。奥媞儿回来的那一天晚上,她的好情好意,她的巧妙的手段,以及我与她再见面的快乐,都能使一场灾害和缓下来。然而从此刻起,我们二人都晓得我们生活在地道里,终须有一天跳了出来。尽管当着我比较地最爱她的时候,我们谈起话来,我还不能不在言语里露出轻微的苦味。在我的最平常的说话里,总有一种不出口的责备活现出来,恰像远处云烟,依稀在目。我在结婚的头几个月里,我原是个乐天论者;到而今却是一种烦恼的厌世主义来代替我的乐天哲学了。当年奥媞儿曾把河山草木活泼泼地呈到我的眼前,我那时节对于自然界何等钟爱,到而今"自然之歌"只剩得袅袅余音,哀怨欲绝。就说奥媞儿本身之美,也不复是白璧无瑕,我往往在她的言语举止里头,找得出好些假的表号⋯⋯然而,凡此种种,都只是过眼烟云;不到五分钟之后,我看见她的晶莹的额角,天籁的眼睛,又重新宠爱她了。

8月初间,我们到冈都祸去住。我们此刻离群索居,一封一封的书信再也不来,二番两次的电铃再也不响,我方才安心,得了几个礼拜的休息。茸茸的青草,饱受阳光的草场,以及青松浓荫的山坡,都对于奥媞儿施与莫大的权力。自然界给她种种的愉快,她便不知不觉地把那些愉快放到她的伴侣的身上,甚至于这伴侣是我,却也一视同仁。大概每逢两个人共同玩味一种二人的幽独的时节,如果不曾饱、不曾厌,总有些感情与信任心慢慢地高升,使他们二人接近。奥媞儿一定自思:"他到底待人不错啊⋯⋯"于是我也觉得同她很接近了。

我最记得一天晚上,我们同在屋顶的平台,从这平台可以看见天际的山林远景。我至今想起那平台对面的山坡上的一带荆棘,还是历历在目哩。时近黄昏,静和无比,俗尘万斛,到此皆空。忽

然间,我对奥媞儿低声下气,道出了千种柔情。这等话头,从一个
打算丢了她而容忍未发的男人的口里说了出来,真是怪事。

"奥媞儿,我们的生活该何等甜蜜才是!……我曾经那么样爱
你……你还记得佛罗兰吗?那时节,我忍不住五分钟不看你,你记
得不记得?……爱人,我虽则到了今天,不难变为当年的我……"

"我听见了你这话,满心快活……我也一样呢,我曾经很多情
地疼爱你……天啊!那时节,我以为你是……我对我母亲说:'我
已经找着了一个男人,可以永远地情同胶漆的了……'谁料却大大
地失望了……"

"依你说,倒是我一方面的不是了……为什么你不向我说
明呢?"

"你是分明晓得的,Dickie……因为这是不可能的。因为你把
我的地位提得太高了。Dickie,你的大错处,乃是对于女人太苛求
了,你晓得不晓得?你对于女人,什么都想要,她们哪里办得到
呢?……但是,我想将来我不在这儿的时节,你总会唏嘘凭吊;想
到这一层,我到底还是非常的自慰哩……"

她说这话的时候,腔调凄怆,似乎预先知道了后事。我也因此
得了很深的印象。

"说哪里话?你一辈子只在这儿。"

"你分明晓得不行的了。"她说。

说到这里,我的父亲母亲来了。

在冈都袼小住的时节,我往往引奥媞儿到我的"观象台"上,同
她望着夹谷青松里的一道小溪涧,借此消遣长昼。她很爱这个地
方,于是她在那里同我谈起她的少年时代,谈起佛罗兰,谈起泰米
斯河上的幻梦。我紧紧地拥抱着她,她也不拒,她很有快活的样
子。我自思道:"我们如果能不住地天天只寻新生命,在每一个新
生命里,那些过去只算一场幻梦,岂不是好?此时的我,还是当年
在同一的地方拥抱着黛妮丝那一个男子吗?也许奥媞儿自从到此

之后,已经完全忘记了福朗素华了。"然而我尽管想无论如何总要重新建造我的幸福,却又分明晓得这幸福一定不能实现:肘倚着我的奥媞儿的脸上现出幻想的洪福的样子,也不过是因她想起了福朗素华的恩爱,所以喜形于色,难道真个为的是我吗?

冈都裼方面,有一个人对于我们二人中间经过的事情,知道的非常清楚的,乃是我的母亲。我对你说过,她从来不很疼爱奥媞儿;但是她的脾气很好,看见我的伉俪情深,也就不肯把她对于我妻子的感情泄露给我知道。我们快要离开冈都裼的头一天早上,我在菜园子里遇着她,她问我愿不愿同她散散步,我看了看时间,晓得奥媞儿要许久才能够出来,我便对她说:

"好的。我们一直走下山谷里去,倒有趣得很。我自从十二三岁以后,不曾同你这般散步过。"

这个回忆感动了她,她比平常更是推心置腹了。起先她谈起我父亲的健康,他害了脉硬症,医生说是很可虑的。谈完了这一段话,她眼睛望着路边的石子,对我说:

"你同迷萨有什么事儿发生了?"

"为什么你这样问我呢?"

"因为自从你到了这儿,不曾去看望他们一次。……上礼拜我请他们来,她却拒绝了;这等事不曾遇着过……我分明晓得有些蓼辘。"

"是的,有些蓼辘,但我不能告诉你……迷萨对奥媞儿不住。"

我母亲住了嘴,走了好几步,才很惋惜似的,低声说:

"你晓得很清楚,不会是奥媞儿对迷萨不住吗?你听我说,我不愿意干涉你同你妻子的事情,但是,至少我该对你说一次,人人都说你的不是,连你父亲也这般说。你在她跟前,未免太不振作了。你晓得的,我是何等的怕听见人家说长论短!我深愿人家的说话都不对,但是,就算人家说错了,你也该圈套圈套她,不叫别人有的说才好。"

　　我一面听，一面把我的手杖挑拨着些草头。我晓得她有道理，她忍耐了许久不曾说出来。我又想迷萨一定同她提起，也许一切都说穿了。自从迷萨到了冈都祸，我母亲同她往来很密，很看重她。是了，我母亲一定知道真情了。我虽则晓得这是公平的、有分寸的话头，但是，既然攻击到奥媞儿，我便振起我那骑士的精神，拼命地替我妻子辩护。我本来没有信任心，此刻我偏说有；我在奥媞儿跟前不肯承认她有某种德行，此刻我偏把那些德行都归到她的身上去了。

　　爱情能够创造许多奇异的连带性；这一天早上，好像我的责任乃是与奥媞儿联合来同真相对抗。我想我那时节还想使自己相信她还爱我哩。于是我把所有奥媞儿的举动，凡是能够表示她的爱情的，一概告诉了母亲：说她在伯莱斯特千辛万苦地替我买了两部书，说她寄给我好些多情的书信，又说自从到了冈都祸，她对我的态度很好。我想那时节我那么热心，我母亲的主见也给我摇动了；然而，唉，我自己的主见呢，还是根深蒂固哩！

　　我在奥媞儿跟前不肯提起这一次的谈话。

十七

　　一回到了巴黎，福朗素华的影儿又在我们生活的周围飘摇荡漾了。这影儿虽则模糊，却永不离位。自从与迷萨不和之后，我不晓得他究竟怎样与奥媞儿通声气。直至今日，我还是不晓得；但是，那时节我注意到奥媞儿的新习惯，每次电话室的电铃一响，她马上跑去接话，像是一种秘密的交通，生怕我截抢了去。她所读的不外是关于航海的书。每逢看见了一幅图画，凡是画着波浪船只之类的，哪怕它怎样平凡，她总如醉如迷地凝视着。有一天晚上，她接到了一个电报。她拆开了，说"没关系"，便把那电报扯得粉碎。

　　"究竟是什么呀？没关系？"我问。

"一件衣服还没有做好。"她答。

我问过嘉尔涅上将,知道福朗素华是在伯莱斯特。我该高枕无忧才是,但我总还担心;其实也担心的有理。

将死春蚕,情思未尽。有时因受一场动人的音乐的影响,或受新秋佳景的影响,我们仍旧找得出些短时间的爱情。

"爱人,如果你把真相,一切过去的真相,都告诉了我……我一定不念既往,我们仍旧互相信任地去找一个新生命,十分清净透明的新生命。"

她只管摇头,也不恶,也不恨,只现出失望的样子。此刻她再也不否认过去的真相了。并非她直白真情,但她却含蓄地默认。

"不行,Dickie,我不能够,我觉得没有用处。一切的一切,此刻都混乱纠纷……我再也没有力量去清理它……再者,为什么我做了那些事情,为什么我说了那些话头,我也不晓得怎样向你解释才好……我记不得了……不,没法子想……算了吧。"

这种谈话,起先是情意缠绵,到末了,差不多都变了仇人的问答。她的话只有一个字形迹可疑,我即刻跟踪觅迹;她往后再说什么,我再也听不见了。于是一种危险的问题升上了我的唇边,我含忍了一会儿,终于觉得如有骨鲠在喉,非吐不可。奥媞儿起先是勉强装着笑口嘻嘻,后来看见情势严重,便忍不住发怒说:

"唉!罢了!罢了!同你一块儿过一夜,便要受一夜的刑罚。我情愿一走了事。要不然,我快要发疯了。"

于是我怕失了她,未免气馁,对她说了许多请求原谅的话;然而这种道歉,也只一半出于真心。我眼看着维系我们感情的一根绳子早已朽腐欲断,每逢一场吵闹,更割去了若干纤维。但是,既然我们没有孩子,为什么她能容忍至今呢?多半是因为她对于我十分矜怜,不忍恝然舍去,此外还有一些爱情维系着。大凡感情堆叠起来,一时不易散灭,尤其是妇女的心肠,有时存着奇异的欲望,想要保留一切,无所捐舍。

　　再者,说到奥媞儿,她的宗教的信仰,虽则很少说起,又因受了福朗素华的影响而衰减了许多,然而信心未死,还引起了对于离婚的恐怖。也许又因她有珍惜旧物的童心,纵使不为我所羁,至少是为我们的共同生活所牵,不易割爱。她爱这一所房子,经她一手布置,一切什物,莫不称心。梳妆室中,小桌子上,堆积着她所宠爱的书;还有一个维尼思瓶子,常盛着一朵鲜花:花虽一朵,而艳冠群芳。当她躲进了这个幽静的所在的时候,非但觉得躲开了我,而且觉得躲开了她自己。一旦脱离了这种陈设,岂是她所甘心的? 离开了我,去与福朗素华共同生活,每年总有一大半的时间住在杜陇或伯莱斯特,抛弃了一大半的朋友。福朗素华也不见得比我还强,未必能够完满地供给她的生活吧。我今日追思往事,知道她的需要乃是她的周围的动作,乃是:全世界的人,一个个把他们的种种心灵,化成种种奇观,送到她的眼底。

　　但这个道理连她自己也不懂得。她只觉得离开了福朗素华便很难过,她相信如果她能够与他结合起了,一定享得幸福。福朗素华在未经她识破以前,真像一个万能的人物,依她的幻想,他真是人间罕见。我昔日在佛罗兰与在英国度蜜月的时节,也未尝不是她的意中人。但是,她意中所悬拟的人物境界太高,我实在高攀不起。到而今我已经被她判决为不合程度,却轮到福朗素华去试一试这种认识的考验了。试看他当得起呢还是当不起。

　　我想,假使他一向住在巴黎,他同奥媞儿的结合将像其他一切同样的症候一般发达,但是他们的收场,用不着什么意外,奥媞儿自己会发觉她对于福朗素华的观察的错误。可惜他住得太远,所以奥媞儿觉得少不了他。他对于这事作何感想,我不得而知。但是,侵略得了这么一个美人儿,应该不能无动于心吧。同时,如果他真像人家向我所批评的那一类人物,他又是不愿意结婚了。

　　我所知道的是:他在圣诞节前后经过巴黎,这一次他是离开伯莱斯特回到杜陇去。他在巴黎逗留了两天,这两天内的奥媞儿,真是疯了似的逾闲荡检。早上的时候,我还没有往办公处去,已经有电话来给她报到。我一看见她说话时那副异常的神气,即刻晓得打电话来的一定是他。我从来没有看见过她这般温柔,这般和顺,几乎是摇尾乞怜的样子。她此刻远离情郎,手握电筒,绝对不会猜想到她的纯粹而迷人的倩笑已经不打自招地送到我的眼里。她说:

"呃,我很喜欢听你说……是的……如果……但是……呃,呃,但是……(她望着我,很有为难的样子,又说)喂,半点钟后再叫我。"

我问她刚才同谁说话,她毫不着意地挂起了电筒,也不回答,活像不曾听见似的。我到了办公处之后,匆匆地安排了些事情,赶到家里吃中饭。女仆把一张纸片儿递给我,乃是奥媞儿写的几个字:"如果你回来了,不必挂念我。我今天必须在外面吃中饭。晚上见,爱人。"

"夫人出去许久了吗?"我问。

"是的",女仆答,"十点钟便出去了。"

"坐车子去的吗?"

"是的,先生。"

我自己吃中饭,觉得非常不舒服,决意下午不再到法鲁华路去。我希望奥媞儿一进门我便可以看见她。这一次我打定了主意请她在我们两个中间选择一个。整个的下午,我只在受刑。将近七点钟,电话室里的铃子响了。

"阿啰",奥媞儿的声音说,"你是玖里冶德吗?"①

"不",我说,"是我,费理伯。"

"呀!你回来了吗? 喂,我想在这儿吃晚饭,你不怪我吧?"

"什么?"我说,"究竟是哪儿? 为什么? 你已经在外面吃过中

---

① 此处的玖里冶德是那女仆的名字。

饭了。"

"是的,但是你听我说……我在冈边①。我此刻是在冈边同你说话,无论如何,总来不及回家吃晚饭了……"

"天黑了,你还在冈边干甚么呢?"

"我在树林里逛够了。像这般干燥的冷天气,好玩得很。我料不到你会回家吃中饭。"

"奥媞儿,我不愿意在电话里吵嘴;但是,这些事情都没道理。回来吧!"

直到晚上十点钟她才回来,当我责备她的时候,她回答说:

"好! 我明儿还是一样的! 这种天气,我不能把我自己关在巴黎不出去。"

她此刻的神气,活像搭火车到伯莱斯特那一天的神气一般。那一天,我想假设我横躺在铁轨上,她还是要去的。此刻她的残忍的决心,又重新表现出来了。

第二天,是她自己很苦恼地向我要求离婚,让她回到母家住去,住到嫁福朗素华那一天为止。

晚饭时,我们在奥媞儿的梳妆室里,我也不很争执:我早已知道结果要到这个地步,而且自从福朗素华逗留在巴黎那两天,她的态度实在足以令我想到不再看见她倒还好些。但是,我的第一意志经过了我的心忽又变小了:我想麦赛那家的人从来不曾离过婚,明天我对我的家里人说起,岂不降低了我的身价吗? 后来我终于觉得这种思想为可耻,于是决定只顾奥媞儿的利益,不顾其他。忽然间,我们的谈话达到了道德的高点,变为一往情深,仍旧像我们平日相亲相爱的时候那般恳切。吃饭的时间到了,我们下去吃饭。二人对面坐着,因有仆人在旁,所以不大说话。我定睛望着那些盘子、杯子,以及一切带着奥媞儿的嗜好的记号的东西。末了,我又

---

① 冈边(Compiegne)在巴黎之北,属于 Oise 县。

紧紧地注视着她自己,自思我跟前这一副满载着福气的脸庞儿,也许算是最后一次看见了。她也正在望着我,四只眼睛互相射着。她的脸色灰白,心绪缠绵。也许她也像我一般地想把她所不能再见的言语举止,丝丝入扣地印入她的脑筋里吧。那仆人却是心绪清闲,手脚敏捷,静悄悄地收拾残肴。她虽毫无所知,却像一个无言的从犯。晚饭后,我进她的梳妆室里,于是我们很正经地作一次长时间的谈话,谈的是我们将来的生活。她向我进了些忠告,她说:

"你一定要再结婚才是。我敢断定你对于另一个女人却是一个尽善尽美的丈夫。……至于我呢,却不是为你而生的……只一层,千万别娶迷萨,一则令我难堪,二则她的性情实在不好。呃,有个人很适合于你,就是你的堂妹露娜……"

"你不疯了?爱人!我再也不结婚。"

"说哪里话?……原应该……那么,当你想起了我的时候,千万不可太过怀恨在心。须知我原是非常爱你,Dickie,我很晓得你的好处。我从来不曾十分恭维你,一则因我有些羞涩,二则因我不高兴恭维人家……但是我往往看见你做的许多事情,都是别的男子所做不到的。我常常想道:'Dickie 总算是蛮好的一个人物……'再者,我还有一句话要向你说,说出来也许博得你欢喜:在许多方面看起来,我觉得都是你比福朗素华好些;只一层……"

"只一层?"我问。

"只一层……我少不了他。当我同他在一块儿几个钟头之后,我便有一种幻想,想要能力大些,生活久些好些。也许我想错了,也许我同你在一块儿还幸福些。但是,唉,到底不曾调停好!这不是你的错处,费理伯,谁也没有错处。"

很深夜的时候,我们方才分手,她自然而然地把她的嘴唇送到我的嘴唇上来。她说:

"唉!我们真个不幸得很。"

几天后,我收到了一封她的信,又悲惨又有恩情的信,信内说她爱了我很久,而且在福朗素华以前她绝对不曾有过情人。

这以上便是我的婚姻的历史。我不晓得当我叙述给你听的时候,是否对于我那可怜的奥媞儿确确实实地、从心所欲地描写出来。我希望给你从此领略到她的可爱的神情、奥妙的闲愁、深切的童心稚气。自从她去了之后,我的父母,我们的朋友,以及一般相识的人,自然都很严厉地指摘她。至于我呢,我对于她有甚深的认识,等于认识一个静默的少女,我想世上的妇人再没有比她更少罪过的了。

十八

自从奥媞儿去后,我的生活是非常地不幸。房子里触景生愁,不堪驻足。有时夜阑人静,我走进奥媞儿的卧房里,坐在她的床边一张靠背椅子上,依稀似当时情景,于是把我们的生活仔细思量。我的模糊的疚心,常常自责;然而抚躬自问,要自责也无从置辞。我爱上了奥媞儿,便娶了她。那时节我的家庭难道不希望攀结更风光的姻眷吗?我却一切不顾。我对她真是无限钟情,直到迷萨家中之一夜为止;便说迷萨家里那一次短时间的负心,也只因人已负我,惹得我也负人。说我太妒忌了吗?是的,不错;但是她尽管看见爱她的丈夫提心吊胆,从来没有做一件事或说一句话使他放心……我分明晓得我的意思不错,但我仍旧觉得我总是该负责任的。于是我又瞥见一个很新的真理,可以解释男女之间应有的关系。依我看来,女人原是不固定的东西,时时刻刻想要把她的飘泊不定的思想与欲望,安放到较有能力的地方去。也许这个需要便产生了男人的一种责任:男人应该成为准确无差的指南针。伟大的爱情,并不是一味痴迷依恋便算了事,同时该把层出不穷的丰富的新生命充满了那被爱者的生活。说到奥媞儿,她在我身上得到些什么呢?我每天在办公处看见的老是那一班人,研究的老是那一类的问题；晚上从办公处回家来了，也只晓得坐在一张靠背椅上，目不转睛地望着我的妻子。越望越觉得美，便乐不可支了。这种呆板的瞻仰，教她怎样能够从这里头找出一点儿幸福来呢？女人们所依恋的，自然是以活动为生活的男子，他们拉她们一同活动，时时刻刻给她们事情做，对她们有无数的要求……我注视着奥媞儿的床，唉！此刻但求得再见玉体横陈，金发纷披，我便牺牲一切，也是心甘情愿的！回想当时，要保留一切都非难事，而我却很少牺牲！我非但不求了解欣赏她的嗜好，还加上了一个罪名。却想把我自己的嗜好，勉强逼她承受。到而今且休怪这一所空房，把可怕的寂寥，扰人心绪；都只为那时节，我虽则不凶不恶，却也没有伟大的心胸，至于苦恼临头，也是罪有应得哩。

我原该启程，离开巴黎，但是我终于不能决定。凡可以惹我记起奥媞儿的什物，一丝一缕，我都舍不得丢开。从这上头，我找着了一种伤心的幸福。至少，在这一所房子里，每天早上，半睡半醒的当儿，好像听见门外一阵清楚而和婉的声音，叫道"早安，Dickie"。这个正月，恰像春天。落叶疏林，映着蔚蓝天色。假设奥媞儿还在这儿，早已穿好了那一套她所谓的小剪裁，又把灰色的狐皮围好了脖子，上午便出门了。晚上回来，我便问她："你自己一人吗？"她便答说："唉，我记不得了……"我听见了这一派胡涂话，便非常地担心。唉！这种担心，何可复得？

我费了好几夜的工夫，试想这裂痕从何处开始。我们从英国回来的时候，真是艳福难消。也许只消一次口角，一句话稍为异样，和婉而固执地说了出来，已足以摧残元气。大抵人们的命运往往因一言一动而决定：起先是蚂蚁般的微力足以使它滞留，末了是老虎般的神威驱它快走。此刻我觉得无论什么神仙的法力，再也不能使奥媞儿昔日对我的恩情复活了。

在她未去以前，我们已经同意于离婚的诉讼。约定了我写给她一封冒犯的信，她便拿这封信去告我。几天后，审判厅便来传我去劝解。在这种地方再会奥媲儿，真是丑事。二十来对的夫妻正在那儿等候，一道栏杆分开了男女，免致有什么悲剧发生。好几对夫妻远远地互相咒骂，又有好些女人呜呜地哭泣。在我身旁的乃是一个火夫，他对我说："幸亏人数多，还可以聊以自慰。"奥媲儿朝着我点点头，眉目含情，温柔胜昔，我觉得我还是爱她。

终于轮到我们了。那裁判官有一把灰色的胡子，面色慈和。先向奥媲儿说，叫她不要慌张。于是与我们谈起我们共同的回忆，与婚姻的经过。末了，他劝我们试作最后一次的讲和。我说："不幸得很，事情已经不可挽回。"奥媲儿定睛直视，像有无限悲感的样子。我自思道："她也许有点儿后悔了……也许不至于像我所揣测的那般爱她……也许她已经大大的失望了？"我们二人都是一言不发，于是我听见那裁判官说道："那么，烦劳你们两位去签字在那案卷上面吧。"奥媲儿与我都签了字，一块儿出来。我向她说：

"您愿意不愿意走几步？"

"愿意的"，她说，"天气好得很。好一个冬天。"

我告诉她，说她丢了许多什物在我家里，这些东西原该归她所有的，我问她要不要我派人送到她的母家。

"如果你愿意的话，送去也好；但是，你喜欢些什么呢，便尽管留下……我此刻什么都用不着；再者，我也活不久了，Dickie，你不久便可以免了对于我的回忆了。"

"为什么你说出这种话来，奥媲儿？你害病吗？"

"唉！不，一点儿病症都没有！这不过是一种想象的话……最要紧的是请你赶快找人补我的缺，如果我得知你享福了，我连带的也就幸福些。"

"我少了你便永远享不到幸福了。"

"说哪里话？你这话说反了。少了我这么一个讨厌的妻子，不久你便该觉得周身松快……我并不是说笑话，你难道不晓得吗？我真个讨厌得很……多么美丽啊！这赛纳河，当着这个时令。"

　　她在一家店子前面停了脚步。玻璃窗内摆着许多海景画片，我晓得她很爱这种东西。

　　"你愿意要我买儿张送你吗？"

　　她怔怔地望着我，带着万种情丝，千般愁绪。

　　"你的好意，真个令人忘记不了……是的，我很愿意要。这便是你送给我的最后赠品了。"

　　我们进去买了两张画片，她叫了一辆汽车来装载了，于是把手套褪了下来，让我吻她的手。她说：

　　"谢谢一切……"

　　她头也不回，竟自上车去了。

　　当我沉溺在无限寂寥之中的时候，我家里的人对于我都没有什么慰藉。我母亲看见我脱离了奥媞儿的绊累，正在心中欢喜，但是不肯说出口来，一则她看见我这般伤感，二则我们家里的习惯是不大喜欢说长论短的。然而我却分明晓得她的心理，所以我同她的谈话便变为不容易开口的了。我父亲病势很重，他原来病的是脑充血，脑充血症虽好了，但他的左手却变了疯瘫，嘴也微歪，把他那很好看的面孔弄得不像样了。他自知是不治的症候，因此便严重寡言。姨妈歌籁家里我也不愿意再去：那边的筵席喧阗，更勾起我心中的余痛。只有一个人不至于使我讨厌，便是我的堂妹露娜。有一天我在我的父母家里遇着她，她虽现出无限感触的样儿，却不同我提起离婚的事情。她一面工作，一面预备一个理科学士。人家说她是不愿意结婚的。当我正在情场失意的时候，听了她的一场有趣的谈话，可以把我超拔了出来。她半生只研究学问，致力职业，倒很恬静自悦，似乎不曾想到爱情。依此看来，捐舍爱情，是不是可能的呢？就我而论，除了愿为奥媞儿赴汤蹈火之外，不曾找得出第二种生活的支配。但是，一看见了露娜，总觉得千叠愁心消减一半了。我请她同我吃中饭，她欣然应允，于是我便常常看见她。我同她见了几次面之后，越久越熟，我便很诚恳地向她谈起我的妻

子,努力想要说明我为什么爱她,她的好处在哪里。露娜问我道:

"到了你的离婚正式宣布之后,你要不要再结婚呢?"

"决不",我说,"你呢,你永远不曾想到结婚吗?"

"不想",她说,"现在我有了职业,我的生命便有了寄托,海阔天空,任我自由来去……我不曾遇见过一个中意的男子。"

"你那一班医生呢?"

"他们不过是同事罢了。"

到了2月底,我到山里去,想住几个礼拜,但是忽然来了一封电报,说我父亲又得了充血症。我赶到家里,已经看见他奄奄一息了。我母亲尽心调理,真是值得赞美。我记得那时节,当我父亲已经不省人事的当儿,我看见她站在僵直的身体的前面,擦干净他的额角,润湿了他那两片歪的嘴唇。她在非常悲痛的时候竟能如此镇静,实在令我惊奇,我自思她心目中的尽善尽美的生活便只是"镇静"二字。像我的父母的那种生活,依我看来,很美,同时又是很难了解的生活。奥媞儿及我所认识的少妇里头的一大半,她们所找寻的快乐,我母亲从来没有找寻过。她年纪很轻的时代便不爱浪漫,不爱变动。此刻呢,她得到她的报酬了。于是,我又很痛心地回想到我自己的生活。假使奥媞儿鬓发斑白,经过许多年的狂妄的青年期,戾气全消,在我走完了崎岖的世路的当儿,她正站在我的床边,把我额上的临终之汗擦得干干净净,再没有什么事情会比这个更甜蜜的了! 然而事与愿违,将来死日临头,恐怕我只落得四顾无人,凄凄凉凉地咽了气哩! 既然终有一死,我便希望尽量地早些死去吧!

奥媞儿的消息,非但直接的,连间接的我都得不到。她早已对我说过她不再写信给我,因为她以为这种绝对的静默会把我的痛苦快些缓和下来;再者,我们共同的朋友,她也避面不见。我猜想她在福朗素华的住宅的附近赁了一所别墅,但我却不知道很的确。至于我们的住宅呢,我觉得给我一人独居,未免太大了,而且千种回忆都从这里头呈露出来,倒不如离开此地为佳。我在杜罗克路的一间旧旅馆里头找到了几间很美丽的房子,我勉强想要依照奥媞儿的嗜好来布置一切。谁晓得她会不会看见呢?也许终有一天她垂头丧气地回来,向我要一个藏身的地方哩。在搬家的当儿,我发现了奥媞儿的朋友们寄给她的几堆书信。我一封一封都从头看过。也许这事太不合理,但是我急于想要晓得,便不能自制了。我已经对你说过,这些信虽则多情,实是无罪。

我在冈都祃过了一个夏天,差不多是完全孤寂的生活。我除非远离了我家,到草地上静躺着,才得到一点儿安稳。于是我似乎觉得社会的人缘已断,到而今且和一些更深切更真实的事物结一结因缘。一个妇人,值得这般为她憔悴吗?……但是我此刻读书,一展卷便想入非非;我觉得一字一行,无非苦味,于是我便不由自主地选读那些恰像我的哀史的篇段,借此唤起我的伤心的回忆。

到了10月,我仍旧回到巴黎来了。好些少妇常常到杜罗克路来看望我,因为她们的惯例,乃是:看见一个男人孤零零的,便蜂拥而来。她们在我的生活里真是过眼云烟,不堪细述。只一层要特别提出来告诉你的乃是:我毫不费力地变了少年时代的态度,连我自己也觉得奇怪。我的品行,活像未结婚以前那一个有许多情妇的我一般。我与她们往来征逐,无非当作一场游戏。想要看某一句话或某一种大胆的举动得到了什么效果,觉得非常有趣。我获得了一场胜利,即刻便忘记了,又重新再玩第二第三场。

大抵伟大的爱情无所寄托的时候,便放荡淫佚,至于极点,却又颓丧自轻,至于极点。谁料这时节的我,却给人家爱上了。实际上,一个男子的哀怨缠绵,适足以勾引女子;男子的心如槁木的时候,女子们越发倾向于他。但是,哪怕他多情善感出自天然,至于为另一个女子所纠缠,也就变为无动于心,几乎是兽性发作了。因为他遭逢不幸,以致每次一种爱情呈到跟前,他即刻为其所诱。然而这种爱情的味道,只尝了一口,便厌倦起来。他也并不掩饰他的厌倦,一概让人知道。往往一场恶戏,为他而发生,也是事出无心,莫名其妙。他变了害人的东西了,因他已经给人征服,此刻却轮到他去征服人家。凡此种种,都是我当时的境地。当我自信为最不会博人欢心的时候,也就是我最不愿意博人欢心的时候,而女子们都把热诚厚爱的真凭实据送到我的眼前来,却是我一生所不曾经过的盛事。

我虽则是成绩可观,而心绪总是永不安宁,不许我于中取乐。如果我把1913年的日记拿出来一查,便看见每一页里,每记着一个约会,一定伴着几行对于奥媞儿的回忆。现在我随便检些,抄给你看吧:

10月20日。　她的苛求:越难得的东西,人们越爱。那时节,我往往很愿意地、颇担心地,给她组织一个花球。这是许多野花组合的花球,里头有的是:伯劳花、金日花、菊花。有时却是一种大半白的谐和:一些阿罗花、一些白的马兰花。

她的自谦:“我很晓得你希望我怎样……很正经,很清白……很有几分法国的村婆子气……又要很风骚,却只许在你跟前卖弄……请你放死了心吧,Dickie,我永远不会如此的。”

她的客气的自夸:“我到底还有几分好品格……世界上许多女人比不上我念的书多……我随口可以背得出几首好诗……我又晓得安排花草……我穿的还不错……我又爱你,是的,先生,你也许不相信,但是我实在深深地爱你。”

10月25日。　宇宙间当有尽善尽美的爱情存在,有时甚至于能使人们与其所爱之人同其喜怒哀乐。当我不曾识破福朗素华的时候,我每次想起他倒很像是奥媞儿所能爱恋的人,我对于他,几乎是感激不尽……及至妒心一起,便压下了感激的心情,福朗素华便有很多可以訾议的地方了。

10月28日。　我所缺乏而她们所有,不可不爱。

10月29日。　你对于我不免厌倦了,我便爱你的厌倦。

再往后些,我找得一个短句子"我所失多于我所有"。这句子很能表达我的经过。在跟前的奥媞儿,固然是百般可爱,却又有些短处,使我不能够十分接近她;至于不在跟前的奥媞儿呢,便变了黛爱思①了,我把她所没有的贞德都给她装扮起来,等到把她铸造成了意中的不朽的奥媞儿之后,我自己便是她的骑士了。我在订婚时代的浅薄的认识所造成的思想,到此刻却借着别离、遗忘,而再出现了。唉! 我从来不曾晓得爱那近而多情的奥媞儿,此刻却去爱那远而不钟情的奥媞儿了。

十九

将近年终,我得到了奥媞儿与福朗素华结了婚的消息。这正是新人笑、旧人哭的时节,然而我知道从此以后确已无药可医,倒可以助我再找着生活的勇气。

自从我父亲去世之后,我把纸厂的管理法修改了许多。厂里的事务少了,我便闲得多了,因此我可以再找见那些我少年时代所认识而结婚以后所抛弃了的朋友。就中有一个便是哈尔夫,他已经进了参政院了。有时也可以看见比尔特郎,他已经是骑兵都尉,戍守圣日耳曼,但是礼拜天却来巴黎。我努力想把抛弃多年的学问重新整理,巴黎大学及法兰西学院的功课,我都去听,因此我发觉我自己已经变得很厉害了。说也奇怪,从前那些我的生活所必需的问题,到此刻都变为不关痛痒的了。我已经真的能够很愁苦地自问是否唯心论者或唯物论者吗? 一切的形而上学,在我看来,都不过是幼稚的游戏罢了。

那时节,除了些男朋友之外,我又往往看望些少妇,这也曾经告诉过你了。每天下午五点钟我便离开了办公室。我比从前活动多了,常常爱到交际场中鬼混;并且自己觉得,很伤心地觉得我此

---

① 黛爱思是寓言里的百美俱备、神圣不可侵犯的女子。

刻所找的快乐便是昔日奥媞儿所逼迫我承受的玩意儿，也许我想因此找着多少回忆吧。我在麦尔梭路认识了许多女人，她们晓得我是鳏居，又颇清闲，便往往请我到她们家里去。田泽夫人——即爱莲——每礼拜总是礼拜六招待宾客，我每逢礼拜六下午六点钟便到她家去。除了许多政治家之外，在她家里还可以看见许多著作家、爱莲的朋友以及许多要人，因为爱莲是一位实业家的女儿，所以交游这样广。那实业家名叫巴斯嘉尔，有时，礼拜六的晚上也可以看见他，他从诺尔曼地来，携带着他的次女，名叫佛兰沙史。那些来惯了的熟客，互相招呼，非常亲密。我很喜欢坐近一个少妇，同她讨论些情感上的细微的异同。我心上的伤痕，虽则还痛，却有过好几天我整天的不曾想起奥媞儿与福朗素华。有时我也听见人家说起他们。奥媞儿此时名叫克洛桑夫人了，所以人家不很知道她从前是我的妻子。她在杜陇名声很大，号称"一城之秀"，有些人从杜陇遇见过她，回来便向我们大谈其克洛桑夫人的佳话。累得田泽夫人努力想法子使他们住口，或者想法子把我支使开，然而我偏要听人家说。

　　普通一般人都不相信他们的伉俪情深。我把这事问于蘩。她常有机会到杜陇去住几天，我请她把她所知道的都尽情告诉我，她说：

　　"这事很不容易说明，我也很少看见他们……依我的观察乃是：他们刚结了婚的时候，已经各自晓得是犯了大错误。但是，她到底爱他……对不起，麦赛那，我向你说这话，千万请你恕罪……她之爱他，远胜于他之爱她；只一层，她是为人骄傲，不愿显露出来。我在他们家里吃过一顿饭，看见他们的言语举止，真可痛心……你懂不懂？她说了些很好听的话头，有时天真烂漫了些，依你正该赞赏她，而福朗素华却很凶地叱责她……他有时候真个粗暴得很。你听我说，我实在替她叫苦……我们只看见她天天只想博他喜欢，凡是他所关心的事物，她都想要向他谈起，无论能不能，会不会，只想说出来博他一个眉开眼笑……自然，她说的不大好，而福朗素华便现出轻视而讨厌的样子，说："是了，奥媞儿，是了……"罗泽与我都替她伤心。"

　　1913 年与 1914 年中间的整个冬天，我所干的事情乃是：与女人们幽会，却不钟情；为商业而旅行，却非必要；研究学问，又不深入。无论什么，我都不愿意太认真了：无论哪一种思想，哪一类人物，我只摸一摸，也带着几分防备。我常常预备失了它们，好教我真的失了它们的时候，不会有什么痛苦。将近 5 月的时候，田泽夫人能够在园子里招待宾客了。她抛些垫子在草地上给女人们坐，男子们便只坐在草地上。6 月的第一个礼拜六，我在她家里看见了一群有趣的著作家与政治家，围着一个修道院长，名叫赛尼华尔。爱莲的小狗儿来了，睡在她的脚边，她很正经地问那院长道：

　　"院长先生，禽兽有没有灵魂呢？因为，如果它们没有灵魂，我便不懂了。我的小狗儿竟如此伤心，到底是怎么样的？……"

　　"哪里会没有呢？夫人"，院长说，"为什么你会猜想它们没有？她们有的是小小的灵魂。"

　　"这是不很合正教的话"，某人说，"但是，很能动听。"

　　我与一个美国妇人名叫何畏儿的同坐在远些的地方，我们也留心听这个谈话。那妇人向我说：

　　"我呢，我相信禽兽一定有灵魂……究其实它们与我们毫无分别……我刚才自己也说过这话，今天下午我到服水土园①去，我十分爱那些禽兽，麦赛那。"

　　"我不也是吗？"我说，"下次我们两人一块儿去看好不好？"

　　"好极了……我刚才同你说到什么啦？呃，是了：今天下午我很注意地看那些海狗海马，我很爱它们，因它们活像一团湿了的树胶，非常耀眼。它们在水里打圈儿走，每隔两分钟抬一抬头，以便

① 服水土园（Jardin d' Acclimatation）在巴黎，里头有许多奇禽异兽。

呼吸空气。我实在可怜它们,我自思道:'可怜的畜生们,它们的生活多么单调啊!'后来我又想道:'那么,我们呢? 我们干什么? 我们整个的礼拜也只在水里打圈儿走,到了礼拜六下午六点钟左右,我们才在田泽夫人家里抬一抬头,礼拜二是罗汉公爵夫人家里、玛黛琏家里,礼拜日是玛尔特夫人家里……这有什么不同的地方呢?你以为是不是?'"

谈到这里,我看见蒲莱和司令同他的夫人于蘩进来了,他们那种严重的神气吓我一跳。他们连走路都不放心,活像怕把园里的石头踏碎了似的。爱莲站起来向他们说个日安,我的眼睛紧紧地认识的望着她,因我觉得她招呼宾客那一副活泼殷勤的神情很是可爱。我常对她说:"你好像一个白蝴蝶儿,两翼飘飘,很少停留在什么地方之上。"

于是蒲莱和夫妇开始向她告诉一件事情,我看见她的面色忽变严重,很不自在地东张西望,望见了我,便连忙掉转了头。他们一伙子都走开了几步。我问何畏儿道:

"你认识蒲莱和夫妇吗?"

"认识的",她答,"在杜陇的时候,我到过他们家里。他们有一所可爱的古屋子……我很爱杜陇的堤岸、海水以及好些法国的旧房子……配景天然,好得很。"

此刻爱莲与蒲莱和夫妇身边的人越聚越多,绕成了一个圆圈子,说话的声音颇高,好像提及我的名字。我向何畏儿说:

"他们有什么事儿呀? 我们去看吧。"

我扶她站起来,把她衣服上挂着的碎草摆脱了。爱莲看见我们站起来,她便走到我跟前来了。她先向何畏儿说:

"对不起,我有一句话要向麦赛那说。"

于是她向我说:

"我伤心得很,我是第一个人向你报告这桩惨事……但是我不愿意冒险……到底说了吧,蒲莱和夫妇刚才告诉我,说你的夫人……说奥媞儿今天早上在杜陇用手枪自杀了。"

"奥媞儿吗?"我说,"天啊!为什么?"

我的脑海里活现出一个奥媞儿,一道鲜血淋漓的伤痕洞穿了脆弱的身子。又有一句话在我的脑海里荡漾着:"受了玛尔斯的影响,命里注定要受罪……"

"不晓得是为什么",她说,"你回去吧,也不用向谁告别了。等我得到些什么消息,再打电话告诉你吧。"

我出了园子,莫名其妙的,随便走去,不觉到了树林里。事情是怎样来的?我的可怜的小孩子啊!如果你遭逢不幸,为什么不求救于我呢?假使我受了你的呼唤,该怎样惊喜欲狂,即刻赴援,把你抱回我的家里,好好地安慰你!我自从看见福朗素华的第一天,即刻便晓得他是奥媞儿的冤家孽障。此刻我的脑海里又现出当年的筵席,当时的印象。当时我自比一个父亲很笨拙地把他的女儿携带到一个瘟疫流行的地方去。那一天,我已经觉得该要趁早救她。我终于不曾救她……死了的奥媞儿啊!……过路的女人都很担心地望着我,也许我在高声说话了……死了的奥媞儿啊!……这般动人,这般美丽……我忽然又看见我是在她的床边,握着她的手,正在听着她吟道:

> 从对于生命的深情厚爱里,
> 从希望与恐怖里得大解脱,
> ……

"那最疲倦的江河,Dickie。"她带着又滑稽又伤心的声音向我说。

"切莫提起这个了,爱人,再说我就哭了!"

死了的奥媞儿啊!……自从我认识了她,越看越爱,越爱越怕,这是一种迷信的害怕。太美丽了……有一天,我们在巴嘉特尔遇着一个园丁,他向我们说:"越好看的玫瑰花越容易凋谢……"死了的奥媞儿啊!……我自思道:"假使我能够再见她一刻钟,便伴着她一同死去，也是心甘情愿的。"

　　我也不晓得怎样回到了家，怎样睡觉。直到天亮，我睡着了，梦见我在姨妈歌籁家里吃晚饭。哈尔夫、爱莲、比尔特郎、露娜都在那边，只少了奥媞儿。我东寻西觅，无限担心。结果是找着了，她正在一张安乐椅上躺着，面色惨白，像是病得很重。我自思道："她病了，不错，但是她还没有死啊！好一场恶梦呀！"

二十

　　我的第一个念头便是第二天赶到杜陇去，偏不幸连连的八天，我都是发冷发热，神志昏迷，比尔特郎与哈尔夫都非常尽心地调理我；爱莲来了许多次，送花给我。我到了神志清醒的时候，很苦恼地问她得了些详细的消息没有。她所听见人家叙述的话，与我不久以后自己听见人家说的一般，都是不近情理的话。实际上该是福朗素华习惯了放荡不羁，过不惯婚姻的生活，不久便厌倦了。奥媞儿确也使他大大地失望了。奥媞儿是被我宠爱姑息过的，看见福朗素华渐渐地不大爱她，她也就渐渐地现出苛求的态度了。他原相信她很聪明，而她实在不聪明，至少可以说俗用的"聪明"二字不合用到她的身上。我自己也晓得她不聪明，但是我觉得聪明不聪明没有什么关系。他想把一种思想与行为的规律压制着奥媞儿。奥媞儿骄傲，福朗素华也骄傲，硬对硬，怎么不会很激烈地交锋呢？

　　很久以后，差不多经过了六个月之久，有一个妇人把福朗素华对待奥媞儿的心腹话传给我听。他曾经对那妇人说过："她美得很，我也曾真心爱过她。但是，她的前夫已经把她的性格弄坏了。她真是狂妄地风流。我遇见的女人不少了，只她一人会给我受痛苦……我不得已而自己防卫……我把她解剖了……我把她剥得精光，脏腑尽露，摆在桌子上……我把她一切的谎话的骨节，一丝不漏地看得很清楚……我表示我看得很透彻……她以为不要紧，只消卖弄风情，便博得我回心转意……但不久她也就晓得给我征服了……事情到了这个地步，我自然觉得可惜，但我却没有忏悔的念头。我也不能够怎么办。"

这一套话传到了我的耳朵之后自然很恨福朗素华。然而有时我却赞赏他，他比我厉害，也许还比我聪明。比我厉害是一定的了，我也像他一般地识透了奥媞儿，我们二人不同的地方乃是：我没有勇气说破她，而他却有这勇气。这样说来，福朗素华的卑劣手段，比我的懦弱性情还有价值些吗？我把这事再三思量，我觉得我也没有什么后悔。要把人家战胜，使人家失望，岂是难的事情？直到今日我失败了之后，还相信：爱上了便努力地爱下去，至于我的对象如何，我却不必过问的。

以上所述，都不能很明了地说明奥媞儿自尽的原因。只有一件事最显明，便是：她自杀的那一天，福朗素华不在杜陇。当欧战的时候，比尔特郎遇着一个少年人。这少年人在这幕惨剧的前一天，还同奥媞儿及三个少妇、三个海军军官一块儿吃晚饭。大家议论风生，人人快乐。奥媞儿一面喝香槟酒，一面笑着对旁边的人说："你晓得吗？我明天正午就要自杀了。"那一天晚上奥媞儿非常地雍容自在，直到散场，不现愁容。那少年人又注意到她的美质天成，光辉夺目，后来他还对比尔特郎赞叹不已哩。

我病了一个月。病好了，便跑到杜陇去。我在那边住了好些日子，买了好些白色花圈送到奥媞儿的坟墓上去。有一天晚上，我正在坟地上唏嘘凭吊，忽见一位老妇人走到我跟前，说她原是克洛桑夫人的女仆，她认得我，因她曾在女主人的抽屉里看见过我的照片。于是她告诉我，说奥媞儿在头几个礼拜里，虽则大庭广众之中眉飞色舞，而当她独自一人的时候，却带着绝望的样子。那妇人又对我说道："有些时候，我走进夫人的房间里，看见她坐在一张靠背椅子上，两手捧腮……活像凝视着死神的样儿。"

我同她作长时间的谈话，知道她十分爱奥媞儿，我也因此很有几分高兴。

我在杜陇也不能做什么，直到 7 月初，我决定到冈都袆去过生活。到了那边，我勉强工作，勉强读书。我在荆棘丛中，作长时间的散步，走倦了，便博得一场打瞌睡。

我继续地梦见奥媞儿，夜夜不曾间断。往往看见我在一所教堂，或一间戏院，我身边的座位乃是空的。我忽然地叫起来："奥媞儿哪里去了？"于是我东寻西觅，只见好些妇人面色惨白，披头散发，没有一个像奥媞儿的模样。我心里一急，便醒来了。

我不工作了，甚至于工厂也不去，什么人也不愿意看见。我受我的痛苦。每天早上我一定走下了村间去，听见教堂里传来的风琴的声音，悠扬匝绕，混入空际，活像鹤唳鹃啼，令人酸鼻。于是，我便幻想出一个奥媞儿在我身边，满身缟素。而当我们第一次在佛罗兰的黑杉树林里一块儿散步的时节，她所穿的也正是这一套素色的罗衣。为什么我失了她呢？我把我的一言一语，一举一动，仔细推敲，究竟是哪一个字、哪一种姿势，把我们的伟大的爱情变成了一篇伤心的历史；结果是推敲不出来。只见家家的园子里，都是玫瑰丛生，迎人欲笑，奥媞儿如果还在，不知怎样地爱它们哩。

在这般的散步里头，有一次，在沙尔得村，8 月的一个礼拜六，我听见鼓声咚咚，一个守稼人连声叫道："海陆军一齐动员。"

十八年二月二十四日译完

下 篇

一

费理伯啊！今天晚上我到你的办公室来工作了。走进来的时候，我还不相信这里头没有你。费理伯啊！我的心目中的你，还是跃跃欲活。我看见你在这一张椅子上，手拿着一本书，两腿交叠地坐着。我看见你在桌子边，眼神恍惚，我说的什么你都没有听见。我又看见你接见一个朋友。我又看见你用你那些很长的手指，拿着一支铅笔，一块橡皮，不住地挥来挥去。你的姿势，多么可爱啊！

回想那恐怖之一夜，至今忽已三个月了。你对我说的"我呼吸不来了，伊莎比萝啊，我就要死了"这一句话，全今我还听见；但现在我所听见的已经不是你原来的声音了。我会不会忘记了呢？想到我将来连痛苦也没有的时候，这才是天下最可伤心的一件事！从前你也曾对我说过："而今我永远地丧失了奥媞儿，连她的言语举止我都记不真了！"我看见你说话时那种一往情深的神气，连我也几乎流下泪来哩！

费理伯啊！你曾经深深地爱过她。我刚才把我们将结婚的时候你所寄给我的那一篇很长的笔记，重读一遍，真是又羡慕她，又妒忌她！她呢，至少还留下这一点儿纪念；至于我呢，一点儿没有！话虽这样说，我也未尝不受过你的爱，此刻我跟前还堆着 1919 年你所寄我的信——恋爱初期的许多信。是的，那时节，你实在爱我,甚至于爱得太过了。我记得我曾经对你说过一次:"费理伯,我只值得四十分,你却把我看做值得三百分,这适足使我害怕了;将来你发觉了你的错误之后,会说我只值得十分,或等于零。"你本来是这样的人。你曾经告诉我,说奥媞儿对你说:"你对于妇人们,希望太大了。你把她们的地位提得太高,危险得很。"可怜的女孩子啊,说得有理。

　　十五天以来,我有了一种念头。这念头一天高似一天,而我只忍耐着。什么念头呢? 我想你从前曾把你的爱情写给我看,现在我也想把我的爱情写给我自己看。费理伯啊! 你是否相信我能够把这一支拙笔写下我们的历史来呢? 做这种事情,该像你从前一般,据事直书,一切经过,都要硬着心肠写下去。我觉得这事实在难做。大凡人生在世,总是自怜薄命,而想要绘画出一个乌托邦来。尤其是我,我记得你常责备我的话里头有一句是:"切莫可怜你自己。"……依此看来,我是不配描写我们的伤心的历史的了;然而,我跟前有的是你的许多书信,又有一本红色的袖珍簿子——这簿子你曾经很小心地藏起来,又有我自己的小日记——这日记我曾经着手记了好些,而你却要求我放弃了。我有了这些根据,便不妨试试看……于是我走到你原来的座位坐下,恍惚看见你的手影模糊,印在绿色的墨汁玷污的承写板上。一种可怕的寂寞,弥漫了我的周围。唉! 待我来试一试……

二

　　安彼尔路上矗立着一所房子,前面种着好些棕榈,每一株棕榈有一个瓦缸子围着,缸子外面又围着绿色毛布。膳堂大有古气,食具橱边的漏沟乃是做成浮雕式的。许多椅子排列着,椅背都刻着嘉斯摩多①的头——很硬的头。客厅是用红色花布糊的,一张一张

---

① 嘉斯摩多(Quasimodo)是嚣俄的小说《巴黎圣母院》里的人物。

的圈手椅子都涂成金黄的颜色。我的少女的卧房，垩的是白色，原
是一间处女室，后来却弄脏了。我的书房便是什物室，每逢大餐的
晚上，我同我的女教员在那里用饭。梭维耶姑娘——即教员——
与我往往等到十点钟，才有饭吃。则见一个听差的，汗流浃背地、
上气不接下气地，带着哭丧的脸孔，送来了一个托盘，盘里是两碗
黏滞的羹汤，一些融化了的冰块。我似乎觉得这个男子也像我一
般地懂得这一所房子里有一个唯一的女儿正在演着自卑自抑的一
幕剧哩。

唉！我的童年时期，何等黯淡啊！费理伯常对我说："你相信
你的童年时期实在是不幸吗？"是的，我毫无疑义地相信我那时节
真是不幸。这是不是我的双亲的错处呢？我起初是常常地怪他
们，现在呢，一种更厉害的痛苦把我从前的怨气消灭了，我用我这
一双新鲜的眼睛审视过去，我承认那时节他们正自以为会教儿女
哩。然而他们的方法太严了，太危险了，我似乎觉得他们所得的结
果，适足以加上了他们的罪名。

我与其说"我的双亲"，不如说"我的母亲"。因我父亲事务纷
繁，除了要他的女儿不见人、不说话之外，没有什么别的要求。因
他的远离，使我的心目中生了一种大幻象。我倒认为他自然与我
联盟反对我的母亲。因为有两三次我听见母亲把我的坏脾气告发
给他听，他带着一种有趣的怀疑的神气回答道："听你的话，令我联
想到我的班长德尔嘉斯先生，他只跟着欧罗巴走，而他反说他在催
促着欧罗巴进步……你呢，你想要造一个人……哪里行呢？我们
自以为是演剧人，其实一辈子只是些观剧者罢了。"于是我母亲带
着一种责备的神气把眼睛瞟了他一眼，又用一种担心的表情把我
指了一指。她为人不凶不恶，只因她幻想出许多危险，处处担心，
以致我的幸福与她自己的幸福都给她断送了。后来不久，费理伯
对我说："你母亲病在慎重过度了。"这话说的对。她把人类的生活
看做一场战争，以为我们应该早些磨练以备临阵。她说："今日溺

爱惯了的女儿便是他年不幸的妇人。"又说:"小孩子不可养成了自
以为有钱的习惯,谁知道她将来的命运如何呢?"又说:"切莫恭维
一个少女,恭维她便是害她。"因此她常对我说我长得不美,说我不
会博得人家喜欢。她分明晓得这样一说,我就哭了。然而她以为:
依怕地狱的人们看来,童年时期正是未上天堂、未入地狱的时代,
所以该趁这时候,不妨给我一种酷烈的忏悔,这不过是一种代价,
好把我的肉体与灵魂送到得救之地,这得救之地的入口,要经过婚
姻,名为"最后的裁判"。

假使我像她一般有强健的心灵,兼之有自信心,又有非常的美
貌,也许这种教育倒是很好的。然而我生来便会害羞,加以被母亲
教得更怕事了,于是便变了一个野人。一到了十一岁我便避免了
社交,躲到书里去。我最爱的是伤心的历史。到了十五岁,我最爱
的女英雄乃是若娜大克①及歌尔德②;到了十八岁,乃是露依·华利
耶③。我一读到若娜受刑,或露依为尼,便觉得这里头有的是奇异
的幸福。我似乎觉得我自己也有无限的勇气。我父亲最瞧不起胆
子小的人,当我小小年纪的时候,便迫着我独自一人夜间停留在园
子里。又当我害病的时候,他只希望没人可怜我。我惯把牙科医
生的医室当做英雄的神圣的行营。

当我父亲被任命为驻比尔格拉特④公使,离开了奥尔赛堤⑤的
时候,我母亲往往把安彼尔路的房子关锁了,每年关锁好几个月,
把我送到罗赛尔我的外祖父母家里去。到了那里,我越发不快活
了。我不喜欢乡间,只喜欢青山绿水间的一处古迹,或森林里的一

---

① 若娜大克(Jeanne d'Arc)是 15 世纪的女英雄,击退英人,终被焚死。
② 歌尔德(C. Corday)是 18 世纪的女子,在浴堂里行刺一个著名的民权党马拉
　　(Marat),说是为支郎特县人报仇。被处死罪。
③ 露依·华利耶(Louise de La Vallière)以美著名,得法王路易十四之爱宠。晚年为尼
　　以度余生。
④ 比尔格拉特(Belgrade)是 Yougoslavie 国的首都。
⑤ 奥尔赛堤(Quai d'Orsay)在巴黎,是政府的所在地。

所教堂。当我重读我的少女日记的时候,我几乎想要坐上一乘飞机,慢慢地脱离了"恼人的沙漠"。我似乎觉得老等不到十五岁、十六岁、十七岁。我的父亲母亲很老实地自信把我好好地教育,谁料却把我的幸福的味道剥夺净尽了。大凡一个女子第一次赴跳舞会,总留下一种风光快活的纪念,而我的第一次跳舞,却只剩下一种很强很苦的自惭形秽的心情。这是 1913 年的事。我母亲嘱托她的女仆在家里替我缝一套衣裳。我分明晓得这套衣裳很不像个样子,而我那一位深恨奢华的母亲却说:"男子们只看人,不看衣裳;人家爱一个女人,也并不是因她穿着得好而爱她。"在交际场中,我处处失败。我觉得我是一个很笨拙的女子,缺乏温柔的风度。人家给我三句评语:呆滞,笨拙,摆架子。呆滞吗? 一生循规蹈矩,怎么不呆滞? 笨拙吗? 言语举动不曾得过自由,怎么不笨拙? 摆架子吗? 因为太害羞了,不敢很有风趣地谈论自己的事情,至于那些毫无价值的趣谈,又不愿说,于是躲到大题目上头去:怎教人家不说我是摆架子呢? 在跳舞会里,我太正经了,宛然道学先生,少年人都不愿意近我。唉,我在罗赛尔不得见一个人,每天早上便知道整天没事做,否则便是同梭维耶姑娘作一小时的散步,日长如年,活像一个笼中鸟,我天天只叫唤着我的救星。我看见那救星又美又可爱。每逢奥比拉戏院演唱《斯格佛里德》①的时候,我一定哀求梭维耶姑娘代请人家带我去听:因为以我看来,我自己便是一个被俘的华儿基丽②,除非有一位英雄到来,才得脱身。

当我第一次领圣礼的时候,我的埋没的兴奋,已成宗教上的形式,但到了欧战的期间内,却另找得一条出路。自 1914 年 8 月起,我被派到战线上的医院去当差,因我本有看护妇的执照,所以一请便得批准。那时节我父亲远离法国,职务羁身,我母亲也跟他去

---

① 《斯格佛里德》(Siegfried)是 19 世纪的歌剧,华葛那(Wagne)所编。
② 华儿基丽(Walkyrie)是《斯格佛里德》剧中的一班女子的称呼,好像中国所谓"天人",或"美人"。

了。至于我的外祖父母呢，听见了宣战的消息，已经吓得魂飞魄散，所以许我出门了。我到了比尔蒙，便进了淑恩子爵夫人①所设备的战地医院。看护妇的班长名叫露娜·麦赛那，长得样子还不错，很聪明，很有些傲骨。她不久便看得出我的力量虽则潜藏，倒还真有力量，所以她也不顾我年纪轻，便引我为她的助手了。

在那边，我才晓得我还有博人欢心的能力。有一天，露娜当着我的面，向淑恩夫人说："伊莎比萝乃是我们看护妇里头的上等角色，她只有一样短处：她太标致了。"我听见了这话，满心欢喜。

有一个步兵少尉受了微伤，来院疗治，医好了，临走的时候，请求我许可他同他通信。我晓得若不答应，他就会有危险，于是我不由自主地用很热情的话答应了他。他从此多情，一封一封的书信寄来，我不知不觉地已成了一个未婚妻了。我还不信以为真，这事在我看来活像镜花水月，只因那时节神经错乱，所以一切事情进行得非常地快。我写信去同我的父母商量，他们回信说约翰·史凡尼是好人家的子弟，所以我的婚约他们很赞成。我对于约翰，什么都不晓得，只晓得他是相貌堂皇，笑口常开，这么的一个人物罢了。我们俩在星衢的一间旅馆里过了四天的幽独的生活，以后他便回到他的军队里去，我也回医院去了。这便是我的夫妇生活的全部历史了！约翰打算在那一年的冬天告假，俾得团圆之乐，谁料1916年的2月，他已经在凡尔登殉国了。那时节我自以为我曾经爱过他。他死后人家在他身上检得一张我的相片，连同护照寄回来给我，我见物思人，当真的痛哭了好几次。

三

停战后，我父亲被任命为驻北京公使。他愿意带我赴任，我却辞谢不去。我太过惯了海阔天空的生活，再也不能忍受家庭的羁

---

①　淑恩子爵夫人便是上篇所谓姨妈妈歌籁，观上篇云歌籁有淑恩别墅可证。

绊。我每年的入息尽可以供给我一人。我的父母许我把他们家里的第二层楼划为我的住所，于是我便把我的生活与露娜的生活联合起来。她自大战以后已经进了巴斯特学院，天天在实验室里工作。她在那边是一个很得力的人，所以她拉我进去跟她一同工作，毫不困难。

我与露娜搅得火一般热。我很赞美她，她那种能干的精神，真是令人羡慕。但我猜她也有她的弱点。她想要人家相信她守独身主义，然而每逢她向我谈到她的一位堂兄费理伯的时候，我看见她那一副神情，便猜她一定希望与他结婚，她说：

"他乃是一个神秘的人物。非深知他的人似乎觉得他落落寡合，其实他的多情善感，出人意料之外……一场欧战把他从惯常的生活里超拔出来，倒给他不少的好处。他是天生成的会做纸厂监督，好比我是天生成的会做名伶……"

"为什么呢？他不做别的事情吗？"

"不做，只很起劲地念书，学问很有根柢……你信我的话吧，他实在是一个值得注意的人物……如果你看见他，一定喜欢他。"

她的话越发使我相信她是爱他。

那时节，许多男人，老的少的，都对我热烈地追求。一则战后的风俗颇尚自由，二则我是孑然一身，三则我在与露娜来往的一班医生及少年学者里头委实看中了几个，虽则是姜心古井，也该重起波澜。然而每一次他们要打我的主意时，我抵抗他们，毫不觉得为难。他们尽管说怎样爱我，我只不肯相信。我母亲那一句"你不幸长得丑陋"的话时时刻刻盘踞着我的脑筋，虽则后来我做看护妇的时候有人说我太标致，终于敌不过"丑陋"二字的印象来得深。我自己信心不过，以为人家不是因垂涎我的财产才想要同我结婚，便是想把我当做三五夜的情妇：又方便，又不苛求。

露娜代淑恩子爵夫人致意，请我到她家里吃晚饭。露娜自己每逢礼拜二也往往赴宴。

"讨厌得很",我说,"我是一个最怕交际的人。"

"不会怎样讨厌的,明儿你就晓得了,她的宾客里,很有些有趣的人物。再者,这个礼拜二,我的堂兄费理伯也去,如果你觉得人多讨厌,我们三个人可以躲到一个小角儿去。"

"他也去吗? 既如此说,我便答应了吧。我很喜欢看见他。"

真的,露娜终于弄得我很想认识费理伯了。当她向我叙述费理伯的婚姻的历史的时候,我记起从前曾经遇见过他的妻子,觉得她长得很美。露娜自己显然是不赞成她的嫂嫂的一切行为,但她还是不能不承认说如此美貌实在是天下难寻。她说:"我所不能原谅她的乃是:她有这一位披肝露胆的费理伯做她的丈夫,还要对他不住。"我对于这一对夫妇的生活,曾经详细地问过。甚至于当大战的时候我还读过好几段费理伯给露娜的信,我觉得字里行间,语调凄怆,实是可爱。

淑恩夫人家里的楼梯重叠,仆从如云,我看见了实在有几分不快乐。走进了客厅之后,一眼便看见露娜站在大橱的旁边,身边站着一个高长大汉,两手插在衣袋里。费理伯·麦赛那并不长得怎样好看,而看他的神情却是和蔼可亲,全无戾气。当人家给我介绍他的时候,我觉得在面生的人跟前害羞这是第一次。就席时,恰巧他正坐在我的身边,我满心欢喜。席散后,我们不知不觉地各自托故凑近一块儿。他说:

"您愿意我们能够安安静静地谈话吗? 请跟我来,我对于这一所房子是非常熟悉的。"

于是他引我到了一间中国式的小厅里。依我现在的回忆,那一次的谈话乃是互相叙述童年时代的经过。是的,那一天晚上,费理伯把他在利母泽的生活告诉了我,我们觉得二人的童年生活及家庭都很相像,有趣得很:冈都祎的房子,布置的与安彼尔路的房子一般。费理伯的母亲也像我的母亲一般地说:"男子们只看人,不看衣裳。"

"是的"，费理伯说，"这一种村学究的家教，在法国的家庭里往往很有势力，依某种意义说起来，这家教还算好。我呢，我再也不能够了，我已经失了信仰了……"

"我倒不然"，我说，"……呃，也有些事情是我所不能够做的……在这个时候，虽则我是独居，我不能为我而买些花，或买些糖果。这些事情似乎很不道德，而且也引不起我一点儿快乐。"

他很惊讶地望着我说：

"真的吗？你不能买一些花吗？"

"买来供一个宴会或一个茶会之用，我自然能够。至于说是为我而买，为区区的眼福而买，这个我可不能了。"

"但是，你到底还爱花吧？"

"是的，也未尝不爱……总之，我少了花，不算一回事。"

我看见他的眼睛里露出不以为然的神气及愁闷的神气，于是我连忙拿别的话来搪塞。这一次谈话的下半截实在感动了费理伯，因为在他的红色的袖珍簿子里我找得出下列的笔记来：

1919 年 3 月 23 日。　晚上赴姨妈歌籁的宴会，遇见露娜的一个女朋友，名叫史凡尼夫人，长得很标致。我与她在中华厅的横炕上并坐着谈天，直到散场为止。说也奇怪……她完全不像奥媞儿，然而……也许只因她穿的是一套白衣服……又和婉，又害羞……我好容易才逗得她开口。后来她却变为知己了。

"今天早上我遇着一件事很……我不能告诉你……到底说了吧……很使我动气。有一个女人，我与她并不很熟，也不是什么知己的女友，却打电话来向我说：'请你不要傻里傻气的，伊莎比萝，我今天在你家里吃中饭。'这般撒谎，还要拉上一个从犯，真是岂有此理！我觉得这种人下流得很。"

"我们应该放宽容些才是：许多女人的生活都非常为难。"

"她们为难，原是活该。她们以为若不弄得周身神秘，便很为难……这是她们想错了，人生于世，用不着卖弄手段。彼此之间，也不很用得着表示多情善感……您的意见不如此吗？"

露娜来了，坐在我们旁边，说："你们说风流话儿，许不许人家参预？"后来她看见我们各自闭口无言，又笑着站起来出去了。伊莎比萝出神了半晌，再说道：

"总之，世上只有一种爱情是值得生活于其中的，便是：彼此相知，毫无掩饰。好像一块纯洁的水晶，表里通明，看不出一点儿污点。你不以为然吗？"

她说时一定是想到她的话会使我难过，所以她脸红了。真的，她的话实在有些伤我。于是她改口说了许多好听的话头，看她那般笨拙的弥缝，实在令人感动。停一会儿，露娜又来了，这番却伴着一个医生来。这医生名叫佛罗里，他谈的是腺的分泌，他说："医生应该给这种分泌，否则便不是好医生。"这些话虽则专门，倒很有趣。露娜的心思清楚，真是值得赞美。散场时，她的女友的临去秋波，令人依恋。

真的，我也记得说了些伤了费理伯的话头。那一天晚上我回来的时候也曾想到这一层，所以第二天早上我便写了几行字寄给费理伯，说我借着露娜的话，与他神交已久，而头一天晚上侥幸相逢，却不会表达我的心情，以致情投意合的两个人，倒反生疏起来，真真可惜。我又添上了几句，说他此刻独居无聊，如果他肯不时来看望我，不胜欢迎之至。他回给我一封信说：

"夫人，您的信里所说的话，昨天您的面色已经告诉我了。您的一片好心肠，生出了不少的情趣。我们初次交谈，您便谈到我的悲哀与孤寂，这显然是自然而然的一种坦白的同情心，我因此便觉得而今有了知己。您所献给我的友谊，我拜领之下，万分感谢。我将以此友谊视同珍宝，永誓不忘。"

我请费理伯与露娜同到安彼尔路来吃中饭。后来费理伯也回请我们二人同到他家。我很赞赏他那一所小房子。我记得最可爱的乃是两幅希斯莱①所画的蓝色的赛纳河的风景,与桌子上的许多鲜艳的花。我们的谈话很容易,很有趣,同时又很正经。从此我们三人便成了一群,离了便愁,合了便乐。

其后又轮到露娜回请费理伯与我。那一天晚上费理伯说要请我们第二天去看戏,从此我们每礼拜总伴着他出去两三次,习以为常了。每次共同散步的时候,我看见露娜居然把费理伯当做丈夫一般,把我当做来客,令我肚里暗笑。我承认他们该有这种态度,不料费理伯偏高兴要我独自陪他在一块儿,他虽不好明说出来,我却看透了他的心理。有一天晚上,露娜病了,不能出门,于是我只同他一人出去。吃晚饭的时候,他自己开口谈起他的婚姻的经过,说得很是动听。当时我觉得从前露娜所说关于奥媞儿的话,虽则不是造谣,却也不很确切。听见露娜说的时候,令人推想奥媞儿是一个尤物,美虽美,危险得很。听见费理伯说的时候,令人幻想出一个弱不胜衣的少女,对费理伯已经尽了心,可以无憾。这一天晚上,我非常地喜欢费理伯,觉得他对于使他受痛苦的一个女人,竟保存着这种多情的回忆,真是难得。我第一次起了这种观念:以为我等了许久的意中人,也许便是这个了。

到了4月底,他有一个长途的旅行。因他的身子不很舒服,咳嗽得很厉害,医生们都劝他换一换更暖的水土。他到了罗马,寄给我一张明信片说:"Cara signora②,我在窗前写信给你,窗门大开,看见天色蔚蓝,千里无云。议政厅上的柱子与牌坊在一阵烟雾里浮现出来。烟雾里夹着轻尘,幻成金色。一切美景,疑非人间。"后来他到了唐遮③,又寄来一张明信片说:"静海无波,水光微紫,我的梦里旅行,到此第一次停泊了。唐遮嘛,与君士坦丁、阿斯涅、杜陇一

---

① 希斯莱(Sisley)是19世纪末期的画家。

② Cara Signora 是意大利文,意思是:"我的亲爱的夫人。"

③ 唐遮(Tomger)是摩洛哥北部的口岸。

般无二。到此地但觉又溷浊又高尚。东方各地，大抵如是。"最后是从奥朗①来了一个电报，说："礼拜四一点钟请到我家午饭。恭敬的友谊。——麦赛那。"

接到电报的那一天早上，我在实验室里看见露娜，我问她说：

"礼拜四，费理伯家的中饭，你一定去吧？"

"怎么？"她说，"他回来了吗？"

我给电报她看；她的面现苦容，为我从来所未见。一会儿，她的面色复原了，对我说：

"呃，是了……好吧！你们两人同吃吧，他没有请我。"

我听了这话，为难得很。后来我据费理伯自己说，知道他这一次启程的主要原因乃是想把他与露娜的友谊告个结束。他们的家庭把他们当做未婚夫妻看待，他因此气愤不过。然而露娜却没有一句埋怨的话，她仍旧是我们的朋友，只有些时候现出哑子吃黄连的样儿。我所以羡慕费理伯，原是因信了她的话而起，不料从此以后，她专找费理伯的短处，吹毛求疵，无非想要贬损他的身价。这固然是因为她苦恼在心，有时候却见得她的心太狠了。费理伯说："这是人类的天性。"我呢，我不能像他那般宽容大度。

四

整个的夏天，费理伯与我常常在一块儿过生活。他虽事务很忙，每天总抽出几点钟的空闲。至于冈都祸那边，每月只去一次了。差不多每天早上他都打电话来，于是我们在电筒里商量好怎样消遣。天气好的日子，往往是下午散步去，或者是晚上一块儿吃饭、看戏。费理伯真是一个在女人身上用功夫的好朋友，他时时刻刻侦探我的愿望，马上给我一个心满意足。我收到了好些花，一部

---

①　奥朗(Oran)是 Algerie 的一个口岸，在非洲之北，西班牙之南。

我们曾经说起的书,还有我们散步的时候他所遇着而赞赏的许多东西。我说他赞赏,因为他的嗜好与我的嗜好绝不相同,而他只晓得依照他的心理。说到这里,我觉到里头有一种神秘,我虽则极想看个分明,终于不得其门而入。当我们一块儿在饭馆里的时候,每逢有女人进来,他便批评她们的衣服,又拈斤拨两地批评她们的风度,以及这风度表现出来的性格。我注意到他那种印象真是可惊,我自然而然地感受到的印象,拿来同他的一比,却是刚刚相反。我想在我惯用的逻辑里头找得一条法则来思考费理伯,来翻译费理伯,结果是毫无所得。而我还想尝试,于是我问他说:

"喂,你看这个,很标致,是不是?"

"怎么",费理伯很嫌气地说,"你说的是那鲑鱼色的衣服吗?唉,岂有此理!"

我承认他有道理,但我不懂是怎么缘故。

至于论到书籍或戏院,也差不多是这种情形。我们头几次谈话的时候,我注意到他的意思似乎与我的意思冲突。因为我很诚恳地把巴泰①认做一个大戏剧家,把罗斯堂②认做一个大诗家。他回答我说:"是的,当我年纪轻的时候,《西拉诺》一剧着实使我高兴,甚至使我奋发,总之,这剧编得还不错,但是算不得大方之家。"我觉得他批评得很不公道,但我却不敢替我的心情辩护,因我怕冲撞了他。他所给我看的书,乃是史当代、蒲鲁士特、米里迷③的作品。我读这些书,起初讨厌得很;但不久以后,我懂得他所以爱这些书的原因,连我也爱读了。费理伯对于书籍的嗜好,我真是容易猜得透。有些读者爱在书中找自我,费理伯便是这一类的人。在他的书中,我往往发现了许多眉批,字迹模糊,要很费心方能辨认。

---

① 巴泰(Bataille)是法国 20 世纪的戏剧家。

② 罗斯堂(Rostand)也是法国 20 世纪的诗家兼戏剧家,著有《西拉诺》(Cyrano)一本喜剧,里头是浪漫派的思想,描写英雄。

③ 史当代(Stendhal)、蒲鲁士特(Proust)、米里迷(Mérimée)都是近代文学家。

这些眉批帮助我追随着他的思想去寻作者的思想。一字一行,凡可以表现他的性格的地方,我都非常关心,不能自已。

最使我诧异的乃是:他不惮烦地想要把我创造,想要使我开心。我的短处很多,无庸讳言。然而说到虚荣心,我却丝毫没有。因我常常自以为很糊涂,又不很标致。因此我不住地自问他在我身上找得出些什么来。他喜欢看见我,常常想博我的欢心,这是显然的事。然而并不是我在他跟前曾经怎样卖弄风流。我以为这是露娜的权利所在,所以我不敢梦想怎样向他表示亲密。那么,显然只是他看中了我了。这是什么缘故呢?我觉得他的心灵,比我的美了几倍、富了几倍,而他却像把衣服挂上衣钩一般地把他的又美又富的心灵挂到我的身上来。我那时的情绪,一方面喜欢,一方面担心。在上面所述他的笔记里,他说:"她完全不像奥媞儿,然而……也许只因她穿的是一套白衣服……"是的,我没有一点儿像奥媞儿,然而,这上头,有的是神秘的印象,这种印象决不是我们的生活上那种发生小影响的印象。

一般人常说爱情是盲目的,这话错了。实际上是:爱情并不是盲目的,它对于对方面的种种短处,种种弱点,都看得非常清楚;但是,只要它在对方面找得出一种东西,这种东西往往是不可以下定义的,又是最关重要的,于是它对于那些弱点与短处都不介意了。说到费理伯,他分明晓得我是一个和婉懦弱的女人,并不怎样值得注意,也许他不承认,而他的内心的深处实是如此;但是,他偏离不开我。他只盼望我抛弃一切,时时刻刻陪伴着他。我也不是他的妻子,也不是他的情妇,但我却似乎觉得一种钟情的表示,万不可少。自欧战以来,我养成了与朋友出去游玩的习惯,每逢一次我想要陪伴别的朋友出去,我告诉他,看见他那种难过的神情,我心中不忍,又不去了。这时节,每天早上九点钟,他一定打电话来。有时候,或者因为他的电话一时打不通,或者因为他到办公处迟了一点,以致他的电话到时,我已经到巴斯特学院实验室去了;晚上会见他的时候,看见他那种不舒服的神情,我终于牺牲了实验室的工作,好教他无论何时都找得着我说话。这么样一天一天地过去,他便和我的生命固结不解了。

他习惯了每天中饭后到安彼尔路来看我。如果天气好,我们便一块儿出去,我原是个老巴黎,到处熟悉,我很高兴引他去看些旧府第,以及好些教堂与美术馆。我的博闻强记的本领,使他觉得有趣得很。他笑着对我说:"法国所有的国王的生日忌辰,以及所有大文豪的电话号码,都给你记得清清楚楚了。"这种散步,实在博得他的欢心。我此刻晓得他爱什么了:沿着灰色墙的一枝花的污点,从圣路易岛的一个窗子外看得见的赛纳河的一角,一间教堂后面躲着的一个花园……都是他所爱的东西。每天早上,我往往独自一人去视察各地,以便下午领他去赏玩一处合他的脾胃的风景。有些时候,我们也到音乐会去。说到音乐,我们二人的脾胃差不多是一样的,这件事越发使我动心,因我对于音乐的脾胃,完全不是从教育得来,而是我平日所感受到的剧烈的心情造成了这种脾胃罢了。然而费理伯的脾胃却恰巧与我的相同,怎教我不动心呢?

这么一来,我们走到了内心的生活里去了,在有些地方看来,居然像一对夫妇。然而费理伯绝对不曾说过他爱我,甚至于常说他不爱我,以为这样下去,于我们的友谊大有益处。有一天,我们不约而同地到树林里作清晨的散步,偶然互相碰见了,他向我说:

"我看见了你,高兴得很,以致我似乎觉得青年时代的印象重新浮现出来。我十六岁的时候,也是这么一个清晨,我在利母泽的路上等候一个少妇,名叫黛妮丝。"

"你曾经爱过她吗?"

"是的,但我不久便厌倦了。这个好有一比,如果我不自己量一量我的幸福,你也会像她那么厌倦我的。"

"为什么呢?"我说,"你不相信分有的爱情吗?"

"哪怕是分有,爱情总是可怕的东西。有一天,有一个女人向我说了几句话,我觉得很有道理。她说:'很顺利的爱情,这是说,将就过得去的爱情,很不容易;至于不顺利的爱情,简直便是地狱……'这些话都说得很对。"

我不回答他的话了:我打定主意,任凭他把我怎样推移,我只跟着他的愿望去做。数日以后,我们一块儿到奥比拉戏院去听我那可爱的《斯格佛里德》,我觉得伴着一个意中人去听一出平生最爱的情剧,真是天下第一乐事。台上唱到林中鸣咽的当儿,我不知不觉地把我的手放到费理伯的手上。他掉转头来,怔怔地望着我,带着一种有疑欲问的神气,又有一种快乐的神气。归途的车中,轮到他拿着我的一只手放到他的嘴唇上去,吻过之后,还紧紧地握住不放。车子到了门前,他对我说:"晚安,爱人。"我的心弦微动,喜溢眉梢,回答道:"晚安,我的挚友。"第二天的早上,他差人送了一封信来,这信乃是夜里写就的,信里说:"伊莎比萝,这种唯一的、苛求的心情,不仅是友谊的表现了……"他把他的富有神话欲的孩子时代叙述了好几句,谈到他那意中的女人,起初他把她叫做"女王",后来改称阿玛梭娜,这阿玛梭娜时时刻刻在他的脑海里打盘旋。他的信里又说:

> 这种女人的模范,激发了我的情怀,永远只以此为标准。便是:要她又脆弱,又可怜,同时又要疯狂,却又不可不正经。试看露娜那种能干,休望得合资格。唯有我初遇着奥媂儿的一刹那,我真觉得她便是我等候多时的那一位。至于你呢,你藏着一种神秘的原质成为我的生命的全价值,我少了它便只愿死。爱情乎?友谊乎?管它是什么字眼呢。这是一种深切而缠绵的心绪,一种大希望,一处广漠的温柔乡。我的爱人啊!我想要你的樱唇,又想要你的颈窝儿。颈窝儿的头发剃光了,剩下一把小小的硬刷了,几时我的指头儿能够抚

弄一会儿呢？

费理伯

那一天的晚上，我同他出去玩。我们约好的是一块儿去听俄国音乐，在嘉禾厅相会。我到了嘉禾厅，含笑地向他说："晚安……我已经收到了你的信了。"他的神情颇为冷淡，只答应了一句"呃"，没有说什么，却谈论别的事情。但是归途的车上，我捐舍了我的樱唇与颈窝儿，以慰他多时的渴望。

下一个礼拜日，我们同到奉天濮洛的森林里去。因为他说："你既是一个华葛那派①，我想带你到一个地方倒很有趣，这便是附近巴尔比桑的一个地方，活像到华儿哈拉之路②。松林浓荫，岩石峥嵘，从此可以上升天国。又混沌，又伟大，同时又很整齐。总之，完全切合于《神之日暮》③的布景。我很晓得你不喜欢寻常的风景，但你该爱这一处，因这处很有些戏院的风致。"

我穿的是一件白衣服，颜色纯素，自比华儿基丽。费理伯看见了，忍不住赞叹。平日我无论如何讲究穿衣，总难博他见爱，他老是带着批评的神气来研究我的衣裳，而口里却不肯说出。到了这一天便不同了，我看见他很高兴地注视我了。我觉得林间风景，恰像他所说的那般悦目。嶙峋巨石，上覆青苔，曲径通幽，恍疑仙境。每逢攀登岩石，费理伯一定夹着我的臂膀，以免倾跌；遇着要跳的时候，他便抱着我，助我跳过去。于是我们同在草里横躺着，我的头倚在他的肩上。我们的周围乃是许多松树，种成圜形，恰似一口浓荫的井，井台儿掩住了青天。

五

我往往自问，费理伯打算把我造成一个妻子呢还是一个情妇？

---

① 因伊莎比萝喜欢《斯格佛里德》等剧，皆华葛那所编，故云。
② 华儿哈拉（Walhalla）犹中国所谓月宫、仙岛，中有许多华儿基丽。
③ 《神之日暮》（Crépuscule des Dieus）亦华葛那所编之剧。

前途渺茫,我连这渺茫的前途也觉得可爱。费理伯便是我的命运的判官,只好让他自己决夺。而我唯有很放心地等候着。

有时候,一种更明显的表示似乎在好些字眼里浮现出来,譬如他说:"我总得使你认识伯鲁泽才好,这是一个好地方……而且我们从来没有一块儿旅行过。"我听见他快要同我旅行,不禁眉飞色舞,对他很有情地微笑。但是从此以后,再也不听见提起"旅行"二字了。

7 月的天气烧人欲焦。我们的朋友东西分散,没有一个不度暑假去了。我不想离开巴黎,换句话说,便是不想离开费理伯。有一天晚上,他引我到圣日耳曼去吃晚饭。我们在假山上徘徊良久。巴黎全景,皆来眼底;远洋黝黑,反映着点点疏星。绿荫深处,一对一对的男女,笑声喧阗。榛树丛中,歌声断续。还有一个小蟋蟀儿,在最近的草堆里,唧唧频鸣,恰像唱着摇篮歌,催人睡去。归途的车中,他同我谈到他的家庭,他的话里往往有这么两句:"当你到了冈都裼的时候……当你同我母亲熟识的时候……"至于"婚姻"二字,却绝口不提。

第二天早上,他启程到冈都裼去住了十五天,在这时间内,他写了许多信给我。未回巴黎以前,他寄给我一篇很长的笔记,这便是他与奥媞儿的生活的历史,上面已述过了。这笔记使我又有趣,又诧异。我在这里头发现了一个担心而嫉妒的费理伯,为我意料所不及。在有些地方看来,又是一个放荡不羁的费理伯。我懂得他所以寄这篇笔记给我的意思,无非想把他的真相画出来给我看,以免将来我因吃惊而受痛苦。然而他这一幅肖像实在吓不退我。他妒忌吗? 同我有什么关系? 我又不想给他戴绿帽子。至于说他有时候要去看望些女人以资消遣,我也预备纵容他。

此刻依照他的言语举动猜想起来,他是已经打定主意娶我的了。不用说我是满心欢喜,但在洋溢的喜气里头,到底还带着几分忧虑;他每次听我说话,或看我做事,有时候很有几分不舒服的神情给我看破。这种神情,近来更厉害了些,次数又多了些。每逢良宵促膝,意气相投的时候,我忽然觉得他因听了我的一个字眼便不舒服起来,很烦恼地定睛默想。我也因此住了口,努力想把说出口的话从新矫正。然而我觉得我的话没有一句说错了的,虽则想了解怎样冲撞了他,结果是找不出错处来。费理伯的反动,依我看来,神秘得很,都是意料不到的。

"费理伯,你晓得你该怎样做才好吗?你听我说,把你不喜欢我的地方都告诉了我吧。我晓得一定有好些地方……我不曾猜错了吧?"

"不错",他说,"但是这些都是很小很小的地方。"

"我想完全晓得了,希望能够改了才好。"

"好吧",他说,"下次我离了巴黎,便写信告诉你。"

到了月底,他到冈都祃住两天,我收到他一封信如下:

自冈都祃发,经过沙尔得(奥地利维也纳)

我爱你的	我不爱你的
你	无

是的,上面所写,在某种意义说,原是对的;但是到底不十分确切。也许我把左右两栏都用同样的字眼可以更确切些,因为有些零碎的事情,我所以觉得可爱,乃因这是从你的全部分出来的;假使一件一件地散在别人身上,我便不爱了。

再试试看。

我爱你的	我不爱你的
你的黑眼睛、长睫毛、颈的线、肩的线、与你的身段。	你的板滞的姿势。你的神情，活像一个被人指摘的少女。
最好的是勇气与弱点杂糅，大胆与懦怯杂糅，贞节与兴奋杂糅。在你身上很可以找得出几分英雄气概；但因没有意志，以致有些小事上头虽则潜藏了些这种气概，也不能露面了；但总算有些在那里。	最坏的是不愿看见，不愿承受自然而然的生活；还有英吉利撒克逊杂志的那一种唯心论；一种令人讨厌的情感……对于他人的弱点太苛责了。
你那少女的一方面。	你那老妇的一方面。
你的运动的衣服。	你的黄色制服般的衣服；你的帽子的点缀品（一根蓝色的氅毛）；你的长衣的赭色的花边；一切累赘的东西，一切弄坏了线的美的东西。
你的良心、你的坦白、你的有秩序。你的书、你的小册子，都很整齐。	你的节俭；你对于家政上的谨慎与情感上的谨慎。
你的正经。	你的不疯狂。
你的谦虚。	你没有傲骨。

我可以把左一栏继续写下去,还有许多可写;至于右一栏写着的都是不很确切的。至少须加这么一栏:

我爱你的

我所不爱于你的。

因为以上所说一切的事情合成了一个你。我不愿意把你改造。就说改造吧,也不过想造成你的真自我上面黏着的一些小小事物而已。试看,我举个例……呀,我总该工作一下子才行。哈射德店要我替他造一种特别的纸,以为一种新印刷之用。一个工头刚才进来交给我一篇文章,真糟糕,答应了给你一封信,又不能不写!再加一句在表上吧:

我爱你的

当我想起你的时候,即刻堕入一种春情的痴梦里,良久良久。

庄福尔①说过:一个女人对 B 先生说:"我爱你的……"那先生连忙打断了她的话头,说:"呀!马丹,如果你晓得,我便被遗弃了……"

伊莎比萝,我爱你的……

　　　　　　　　　　　　　　　　　费埋伯

这一封信使我如痴似醉地想了许久。我的脑海里重现出费理伯的批评的眼色。好久以来,我注意到他非但关心于我的片言只字,而且对于我的衣服、帽子,以及一切装饰品,都认为有非常的关系。这样一来,我便愁闷了,差不多是自惭形秽了。此刻我觉得,很惊奇地觉得我实在有些态度像母亲,尤其是她那种生来便厌恶奢华的脾气。在我的意中人——费理伯——的身上,发现了这么些忧虑,令我诧异得很。他与我不同,这一层我很能了解。但他把这么些小事情都仔细思量,实在没有道理。然而他既如此,我唯有

① 庄福尔(Chawfort)是 19 世纪的道德论者。

想法子博他欢心。因此,我曾经十分努力,想变成他的意中人。但我到底不曾完全成功,最令我不放心的乃是:我看不分明他的愿望。我的节俭吗? 我不疯狂吗? 是的,这话很对。我自己也觉得很有分寸,很是小心谨慎。我常常自思道:"说也奇怪,当我整个的孩子时代,乃是一个浪漫小女郎,在旧礼教的环境里挣扎;而现在费理伯在外面看我,却看出我的遗传的痕迹来:我自以为纯洁,谁料他不以为然呢?"我把那一封信读了又读,不由自主地自己辩护起来:"'你的神情,活像一个被人指摘的少女'……然而,费理伯,我这种被责骂的儿童的神情,怎么会没有呢? 我所受的严厉的教育,真是你梦想所不到的。除非有母亲或梭维耶姑娘陪着,才得出大门一步……费理伯,你那奥媞儿当孩子的时代,她的父母漠不关心,让她自由行动……这么一个奥媞儿,你为她受了多少酷烈的痛苦! ……我的令人讨厌的情感吗? ……这因为没有一个人在我身边表现多情……我在爱情上,要求一种微温的水土,和煦的水土,而我的家庭却拒绝了我……我的谦虚吗? 我没有傲骨吗? ……我从孩子时代便只听见人家说我庸庸碌碌,种种不美满,怎教我能够自负呢? ……"当费理伯回来的时候,我原打算把我这一段很沉痛的辩解的话向他说起,不料一看见他笑嘻嘻地情意缠绵,我立刻便忘记了他那一封信。我们的结婚的日子决定了,于是我便满心快活,尽扫闲愁。

我的父亲母亲都来看我们成礼,他们都还喜欢费理伯,至于就费理伯一方面说,他很爱我父亲的议论风采,又说我母亲的严肃,富有麦赛那的气味。我的家庭看见我们没有蜜月旅行,十分诧异。蜜月旅行,原是我所愿望的,能够伴着费理伯去游意大利、游希腊,依我看来,真是莫大的幸福。但我看透他没有这意思,我也就不固执了。我很了解他的心绪,而我的父母却说人家看见没有这种"幸福的具文",便要讥笑了。结婚那一天,我母亲把我的小家庭前途的危险预先提醒我说:"切莫使你的丈夫知道你太爱他,否则你便被遗弃了。"我此刻的态度强硬了些,冷冷地回答道:"我的幸福,我自己会注意。"

<h1 style="text-align:center">六</h1>

我们共同生活的头三个月,依我看来,留下了最甜蜜的回忆。同费理伯一块儿生活,再没有比这个更美满的了。慢步的爱情,每天总有些新发现。两体的融合,有如水乳。他那种和气好心,真是无微不至。费理伯啊,有你在跟前,我便觉得万物有情,事事如意!我恨不得把你脑海里的旧愁万斛,一扫而空,却把天下的乐事都赠给你。我坐在你的脚上,吻你的手,顿觉青春未去,乐事方来。我那童年的抑郁、战地的苦役、寡妇的闲愁,到此都烟消云散。好一种美满的生活啊!

这三个月的生活,乃是在冈都祸过的。我爱冈都祸,胜于爱自己的家里。我早已希望认识这一所房子,这一个园子,因为费理伯在此生长,所以因人及物,自然发生感情。我每次想到那童年的费理伯,总带着一半儿少女的春情,一半儿老母的慈爱。我的婆婆拿出许多照片、许多小学练习簿、许多环扣之类的东西给我看。我觉得她为人很明理,很聪明。我们二人的脾气有许多相同的地方。她对于那个原来她所教育的、而今失了几分本来面目的费理伯,真是又爱又担心,与我的心理一般无二。

她说他受奥媞儿的影响很深,不是很好的事,她说:

"他未结婚以前,没有一刻担心,没有一天狂躁。他有的是坚毅平衡的精神,他对于学问、对于工作都非常关心,活像他的爷,是一个责任的奴隶。自从受了他的妻子的影响,便变了……难说话了许多。唉,这也不过表面上如此,他的性情还是本来的;然而将来在头几个月你如果觉得有些不如意,也是意料中的事。"

我逗她谈起奥媞儿。她说奥媞儿把费理伯弄得垂头丧气,实在不能原谅她。我说:

“但是，母亲，他十分爱她，至今还念念不忘。这样看来，她总有过多少好处给他……”

“我以为他得了你之后，一定幸福得多了。我的小伊莎比萝啊，我该怎样感激你！”

我们谈了许多次话。如果有人旁听，一定觉得稀奇古怪。因为我们谈起奥媞儿的时候，我的心目中先有了一个费理伯所创造的神话的奥媞儿，以致倒反是我替她辩护。我的婆婆说：

“奇了，你以为你比我更熟识她吗？你不曾同她谈过话……不，你信我的话吧。我对于这可怜的女孩子，只有哀怜；然而真话不可不说，所以我把我所见的奥媞儿描写给你看。”

日月如梭，乐事随之而转，我的生活，似乎在结婚那一天起，才算是真的生活了。每天早上，费理伯在未赴工厂以前，先替我挑了几本书。里头有几部——尤其是哲学书——很不易读，然而既关于爱情上的问题，我便很快活地读下去。书上有费理伯的铅笔写的眉批，我都移抄到一本小册子上。

十一点钟左右，我到园里散步。我最爱陪着婆婆在“园城”里头散步，这乃是她为着纪念她丈夫，叫人在鲁谷上的山坡建筑的。屋宇连亘，清洁而合于卫生，虽则费理伯说是不好看，到底设备完善，方便得很。麦赛那夫人在这村的中央建筑组合式的房屋，我对此很有兴味。她带我去看她所创立的家政学校、病院、育婴堂。自此以后，我常常帮她的忙，我在战地时的经验尽够拿来应用。再者，说到筹备布置，我总觉得津津有味的。

我又很高兴同费理伯到工厂里去。不消几天，厂里的情形，我都熟悉了。我喜欢在他的办公处里，与他相向而坐，周围许多纸堆，种种颜色俱齐。我又爱读报馆经理与印刷所的来信，爱听工人们来回话。有时候，所有的办事人都出去了，我便坐到费理伯的膝上，费理伯一面与我接吻，一面很担心地丢一只眼角去看着门口。我看见他对于我的身体的需要，是有恒的、不断的，我有说不出来的快活。只要我一近他的身边,他便攀肩揽腰。我发觉了他的心理:世上只有情人乃是人生的真乐。我也与他一般:我发现了一种甜美的肉欲,一向不曾晓得;而今我的生活,才是姹紫嫣红,万花齐放了。

在这颇荒僻的利母泽,处处有费理伯的遗痕,令我非常高兴。只有一个地方,我断不肯去的,便是那个观象台。我知道先有黛妮丝,后有奥媞儿,都到过的,所以我再也不肯去了。我开始感受到了一种妒忌心,这是很奇怪的妒忌心,对于已死的人而发。有时候,我想晓得一切,于是我很凶地向费理伯寻根究底,盘问奥媞儿的事情。但这种脾气只是过眼烟云,无关重要,我唯一的忧虑乃是发现费理伯不十分像我一般快活。他爱我,我一点儿不怀疑,然而他终不像我一般地在这新生命的途中欢欣鼓舞,心旷神怡。有时候我向他说:

"费理伯啊,我想为幸福而欢呼了!"

"天啊!你多么孩子气啊!"他答。

七

到了11月初间,我们回到巴黎来了。我已经告诉过费理伯,说我的父母的府宅里,给我占住了二层楼,我希望就在那边住下去,我说:

"我觉一切都占便宜,房钱是不要付的,屋子是布置好了的。房子很大,尽够我们二人同住。我的父亲母亲每年只回来几个礼拜,也不至于怎样碍事。如果不久以后他们回法国来,住到安彼尔路来的时候,我们再想法子搬场也还不迟。"

费理伯不肯,他说:

"伊莎比萝,有时候你真古怪得很……我不能在那一所房子里过生活。屋里的陈设,不好看得很。天花板及墙壁上,垩的是熟石灰。你的父亲母亲断不肯任我们更改。不,你信我的话吧,不要铸成大错……如果住到你家里去,我一定不高兴的……"

"费理伯,同我一块儿住在那边也不高兴吗?……生活上最重要的,乃是人与人的关系,不在乎陈设装饰的好坏,你不以为然吗?"

"是的,自然,这话说出来,似乎很是堂皇正大,确切不移……然而如果你老是这般装腔作势,我们一定合不来……你若问我:'同我一块儿住在那边也不高兴吗?'我不得已,只好答应一句:'高兴的,爱人。'但这却不是良心话。我晓得我若住到那所房子去,一定不高兴的。"

我让步了,但我还想把我父母已经赠给我的家具搬到费理伯所找到的新房子去。费理伯说:

"我的可怜的伊莎比萝,你的家具,有什么可以保存的呢?……也许浴室里用的几张白椅子、厨房里用的一张桌子,还可以带去。再者,如果你中意,再搬三两个衣柜子过去。其余的,都是令人看见了便头痛的东西。"

这事令我痛心得很。我未尝不晓得我所有一切的家具都不漂亮,然而我天天看惯了,倒也不觉得讨厌。非但不讨厌,还觉很舒服,而且我觉得重新购置,真没道理。我晓得将来我母亲知道了,一定很严厉地责备我。而凭良心说,我实在觉得是她有理。

"费理伯,依你之见,怎么处置这些家具?"

"爱人,这个容易得很,卖了就完了。"

"这些家伙,卖不到几个钱,人家看见你想要脱手,便故意为难,说是一钱不值。"

"自然。这些家具原也没有什么价值。这种假路易第二式的膳堂的陈设……伊莎比萝,这些陈设品都不是你亲自择定的,而你却恋恋不舍,真是令人不懂。"

"是的,费理伯,也许我的意见错了,随你要怎样办便怎样办吧。"

这种小小的剧幕常常发生,所关涉的只是些没有意思的小事物,结果是我一笑完事。但是,在费理伯的红册子里,我发现了这么些话:

　　唉,我分明晓得一切这些都没有什么重要。伊莎比萝另有一种言语举止,十分完善,她牺牲自己的意见,想博得她身边的人个个快乐。她已经在冈都祃改变了我母亲的生活……也许因她自己没有热烈的嗜好,所以她天天只努力想迁就我的嗜好,使我心满意足。我只要对她表示我希望什么东西,她晚上归来时,一定拿着一包东西,投我所好。她之溺爱我,恰像人家溺爱儿童,又像我从前溺爱奥媞儿一般无二。但是我觉得,很苦恼地觉得,很寒心地觉得:好意越多,距离越远!我自责不该这样,我与自己搏战,结果是等于零。我的需要,一定是……是什么?到底我此刻是怎样了?我想,也没有怎样,只不过老是那个故我:我想把阿玛梭娜,把“女王”,都降生为伊莎比萝;再者,现在我回忆中的奥媞儿,已经与阿玛梭娜混在一起,不知是一是二,所以在某种意义说,我又想把奥媞儿降生为伊莎比萝。谁料伊莎比萝却不是这种女人。我分派她扮演　个角色,而她却不能扮演。最了不得的事情乃是:我分明晓得她不能扮演那种角色,而如此的伊莎比萝我还努力想要爱她,我懂得她是值得爱的,然而我终不能不受痛苦。

　　为什么?天啊,为什么?我享有不易得到的幸福——高尚的恋爱。我一辈子找寻“神话里的夫人”,希望自己便是古代佳话里的主人翁;终于得到手了,却又不愿意要了。我爱伊莎比萝,我在她身上感受到无限深情,然而终敌不过厌倦的心理。到了今天我才明白从前我该是何等使奥媞儿生厌啊!我的厌倦并不辱及伊莎比萝,等于奥媞儿的厌倦也并不辱及于我,因为并不是爱我们那个人太平庸了使我们生厌,却是因她对于现状心满意足,而不努力于找寻新生命,使它每一分钟都生生不已……昨天晚上,我与伊莎比萝,同在书房里坐到睡觉的时候为止。我无心看书,只想出去看看些新事物,做些事情;而伊莎比萝却十分快活,不时地把眼睛从书本上举起来,望着我微笑。

唉,亲爱的费理伯,缄默的费理伯,你既有这意思,为什么不早向我说了呢? 我早已知道你暗藏心事,不肯明言。费理伯啊,你便对我说穿,也毫无关碍。非但无关碍,也许因此还医治好了我的毛病哩。假使你一一说穿,也许我们也有离而复合的一天。我有时觉得很不见机,对你说这么一类的话:"每一分钟都是很珍贵的……出去时,与你携手上车;吃饭时,寻觅你的视线;独坐时,听你敲门……"真的,那时节我只有一个固定的观念,便是:独自一人伴着你。只要看见你的面,听见你的声音,便算享尽人间的乐事。我绝对没有意思想要出去看什么新事物,并且怕见。然而假使我知道你有这种强烈的需要,也许我会迁就你了啊!

八

费理伯要使我认识他的朋友。我料不到他的朋友会这样多。我至今还不知何故,那时节我总梦想一种更秘密更难得的生活。他每逢礼拜六,一定把下午的余时消耗到田泽夫人家里去。田泽夫人很像他的一个心腹的人,连她的妹子凯士那夫人——即佛兰沙史——也很同他要好。她家的客厅,布置得很是悦目,但是我又觉得很可怕。我不由自主地紧随着费理伯,他到哪一伙子去,我便跟到哪一伙子去,我分明晓得他有几分生气,但我终于忍不住要跟定他。

屋里的女人,没有一人不是待我很好的,而我却不打算同她们合群。她们那种放纵与自信的样儿,令我诧异,令我难堪。尤其是我觉得她们与费理伯亲密到那步田地,实在可怪得很。他与她们之间,一种深切的交情,为我在母家时所未见。当佛兰沙史在巴黎的时候,费理伯一定同她出去玩;否则便是一个海军军官的妻子,名叫于繁;或者是一个少妇,名叫台莱斯,会做几首诗,与我很不投机。这种的出游,似乎清白得很:往往是去看图画展览会,有时候是晚上的电影,礼拜日下午乃是去听音乐。起初的时候,他老是邀我一块儿去,我也去过好几次。这些事儿,只有使我难过。因为费理伯遇着这么一天,格外精神活泼,眉飞色舞,恰像昔日在我跟前的神情。他的快乐的对象,实在使我难过。尤其是看见他对于无论哪一类的女人都一样周旋,越发令我伤心。我似乎觉得,如果只有一种纯一的痛苦,不可抵抗的痛苦,倒还令我容易忍受些。假使是不可抵抗的痛苦,自然很可怕,对于我夫妇间更易发生危险。然而痛苦的价值,还够得上与我的爱情的价值相当。而今却不是这样:他所看重的对象,也许有几分可爱,总还够不上出色的人物,所以我更伤心了。有一天,我大着胆向他说:

"亲爱的费理伯,我很愿意了解你。你喜欢与那小于繁往来,究竟有什么乐趣呢? 她不是你的情妇,你说过不是,我也就相信了。那么,她有什么可取呢? 你觉得她是个聪明人吗? 我呢,我觉得她比谁都讨厌。"

"于繁吗? 她有什么令人讨厌的地方呢? 自然,我们同她谈话,该说她所懂得的话。她是海军军官的女儿,又是海军军官的妻子,你若同她谈到海,谈到船,她便应对如流了。去年春天,她与她的丈夫同我,三个人在南方住了几天。我们游泳,又坐着帆船儿玩,有趣得很……再者,她无忧无虑,笑口常开,脸孔长得倒还端正,值得一看。你还嫌她什么不够呢?"

"若说她与一个无赖相交,这般人品自然够了。至于你,她想要与你相交,真是不够得很……爱人,你听我说,依我看来,比于繁高尚十倍的女人,你还搭配得上;而你偏要挨近一班小鬼头,漂亮便漂亮,只未免平常得很。"

"你说话真不公平,太严格了! 譬如爱莲与佛兰沙史,便算两个值得注意的女人。再说一层,她们都是我的很老的朋友。大战以前,我病得很厉害的时候,爱莲来照应我,也许我的性命还是她救活的哩,你说可敬不可敬?……伊莎比萝,你这人真古怪极了!你希望的是什么?难道要我断绝社交,关着门,守着你吗?这样一来,不到两天,我便会厌烦起来……你也一样。"

"唉!你说你好了,犯不着拉上我。我预备与你监牢相守,以尽余年!只你自己忍受不住罢了。"

"我的可怜的伊莎比萝啊,你也忍受不住的。你所以希望者,因你不曾得到的缘故;如果我真的给你这种生活,你一定会腻烦起来。"

"试试看,爱人,腻烦不腻烦,明儿便知个分晓。你听我说,圣诞节快到了,我们独自二人一块儿离开巴黎吧。你晓得,我不曾有过蜜月旅行,这一遭,算是补的,我便快活不过了。"

"我倒十分愿意……到什么地方去好呢?"

"唉!你问我吗?天南地北,无非乐土。只求你伴着我。"

我们商量好了,到山里去住几天。我马上就写信到圣摩利去预订了几间房子。

我天天只念着这次旅行,眉飞色舞;而费理伯面无喜色,只剩闲愁。他的笔记里说:

　　二人间想要相对的地位,真是绝无仅有。说到这里,不胜浩叹之至,在这爱情的剧幕里头,我们轮流地扮演,忽然是最得宠爱的角色,忽然是最失宠爱的角色。各人口里的剧词虽则改变,而剧词的原文却没有改变。现在呢,轮到我被质问了。如果这一天我跑到外面去,许久才回家来,便被迫着把整天所做的事情,报告分明,这一点钟做什么,那一点钟做什么,一点儿含糊不得。伊莎比萝努力想要表示不妒忌,而我识透病根,只消三指一按,什么脉,什么病,都清清楚楚,不用怀疑。可怜的伊莎比萝啊!我可怜她,却又没法医治。我实际上是清白无辜,而在她看来,我没有一分钟的事情不包含着神秘。我一想到这一层,便忍不住要联想到奥媞儿。昔日我巴不得奥媞儿能对于我的一言一动都不放松。唉!我那时节所以巴不得她如此者,无非是因为她对于我的言语举动全然不管。假使她也像伊莎比萝这般不放松,我会不会大失所望呢?

伊莎比萝与我相处越久,越发现了我们俩的脾气大不相同。往往到了晚上,我向她提议出去玩:去试一试某新饭店,去看电影,去看歌舞院。她虽勉强答应,而我看见她那种不舒服的神情,真教我未游先倦了。

"你既然没有意思要去,我们便不去,只在家里消遣消遣吧。"

"如果你觉得出去不出去都没有关系,那么,我宁愿在家里消遣消遣吧。"她如释重负地回答。

当我们伴着些朋友出游的时候,我妻子的无精打采的神情,真教我的热心变冷。我似乎觉得我是该负责任的,我向她说:

"奇了,你连一点钟的开心也没福消受。"

"我觉得这些事儿毫无用处",她说,"我恐怕虚度光阴:我的桌子上放着的书还没有读,家里搁下来的工作还没有做……但是,如果你要出去才开心,我无论何时都愿陪你出去。"

"不",我带着三分脾气说,"我此刻却没有兴头了。"

数月之后,我又发现了这么几段:

夏天的晚上,不知怎样,伊莎比萝竟给我拉到奈里市场去了。我们的周围,木马摊上,琴韵悠扬,奏着黑人的音乐。打靶子的乒乓声,转彩轮的劈啪声,震人耳鼓。一种煎饼的热气弥漫空际。拥挤而慢步的人群,简直把我们抬起来。我不知何故,满心快活。这种疯狂,这种热闹,我觉得可爱得很。我

似乎觉得这里头可以找出一首暧昧的强烈的诗。我自思道:
"这些男人们、女人们,被一种迅速的动作拉到死的路上去,死
期不远,还把这很快很快的几分钟消耗到这上头:或抛一个木
圈儿,圈住了瓶子的颈;或将一把木槌打出来一个黑人儿。究
其实他们这般胡闹,未尝没有道理。寂灭之神正等候着我们,
依他的眼看来,拿破仑、黎庶利育①也不见得比之这一个小妇
人,这一个小兵士,更会过生活吧。"

伊莎比萝夹着我的臂膀,而我却忘记有她在我身边。忽
然间,她向我说:

"回去吧,爱人,这些玩意儿只令我厌烦。"

我叫了一辆汽车。当我们慢慢地挤过人丛的时候,我自
思道:"假使是奥媺儿来,如此的一晚,该是怎样风光,何等快
乐! 想见她的眼光闪烁,共乐芳辰,多么可爱啊! 她一定把所
有的彩摊都玩过,若赢得一张缚线的小玻璃船儿,便忍不住眉
飞色舞了。可怜的奥媺儿啊,你这般晓得爱生活,而你却不得
久认识生活;剩下一班行尸走肉,像我与伊莎比萝,偏得生存,
虽则不曾祈祷长生,而这种单调的生活不知要延长到何时为
止哩!"

伊莎比萝似乎猜透了我的意思,于是紧握着我的手。我
向她说:

"你病了吗? 否则你这么一个不易疲倦的人,为什么也疲
倦起来呢?"

"唉,哪里就病了?"她说,"不过因到了这种市场,我很不
耐烦,所以比别的地方容易使我疲倦了。"

"呀? 伊莎比萝,你觉得不耐烦吗? 可惜! 可惜! 我这般
爱,偏你这般讨厌!"

_____

① 黎庶利育(Richelieu)是法国 17 世纪的大政治家。

正说时，我们身边的木马摊的风琴，奏着欧战以前的曲子，忽然间，我想起了奥媞儿的几句话。好久以前，奥媞儿与我同逛市场，说了好些话，此刻这些话重新在脑筋里震响起来。曾记当年，却是她怪我不该讨厌。依此看来，我这人变得如此厉害了吗？譬如一所房子，原系旧主人所建筑、所陈设，后来虽则卖给新主人，而芳室幽香，依然不灭，甚至旧主人的心情还存留在他的陈设品上头。我便是这般的一所房子。我受了奥媞儿的浸染，从此以后，我的心灵不完全是当年那个费理伯的心灵了。真算是我的脾气的，乃是麦赛那的遗传性，是一种不放心的脾气，此刻要找出这种脾气来，与其在我身上找，倒不如向伊莎比萝身上找去。说也奇怪，这一天晚上我不是怪她不耐烦吗？实则她这种庄重不佻、厌恶娱乐的脾气，正是当年我自己的脾气。到而今，别一种脾气来替代了，又轮到我来怪人家了！

九

我们到山里去住的日子快到了。未启程以前的那一个礼拜，费理伯在田泽夫人家里遇着一对夫妇，是他在摩洛哥时认识的，姓维利耶。我想找一两个字来形容维利耶夫人，结果是找不着。"自负"，不错；但又是"得意"……是了，"得意"二字还恰当些。在一堆金发之下，她的脸孔，侧面看来，又纯洁，又明显。使人联想到一个"血兽"。我们刚进了客厅，她便走到我们跟前来。向我说：

"麦赛那先生与我同在亚特拉斯山①旅行过……（转向费理伯说）麦赛那，你还记得赛夷吗？……（又转向我说）赛夷是一个小亚剌伯人，眼睛放光的，做过我们的向导。"

"他乃是一个诗人"，费理伯说，"当我们与他同坐车上的时候，

---

①　亚特拉斯山（Atlas）是摩洛哥的名山。

他唱的歌是:鲁迷斯①的速率与维利耶夫人的美貌。"

"今年你不带你的夫人到摩洛哥去吗?"她问。

"不去",费理伯说,"我们只打算作一个小小的旅行,我们想到山里去。这事儿引不起你的兴头吗?"

"你说的是正经话吗? 我们俩正打算在雪里过圣诞节、过年,你想想看,赏雪是不是该到山里去? 你们想到什么山去呢?"

"到圣摩利去。"费理伯答。

我生气得很,连连向他丢眼色,他只当不看见。我只得站起来说:

"费理伯,我们该走了。"

"我们吗?"他说,"为什么?"

"我与管家约好在家里相会。"

"偏在一礼拜六约他来吗?"

"是的,我以为礼拜六方便于你。"

他很诧异地望着我,也不说什么,便站起来,向维利耶夫人说:

"如果你喜欢这种旅行,请打电话来告诉我,我们相处,一定很好。两对夫妇一起旅行,多么有趣啊!"

我们出来了。他带着几分急性抱怨我说:

"真倒霉,礼拜六下午六点钟,还有约会! 亏你打一个这样好主意! 你分明晓得礼拜六是爱莲宴客的日子,我喜欢在她家逗留很久的。"

"我哪里有什么约会呢? 费理伯,我只想出来罢了。"

"笑话,笑话!"他吃惊地说,"……你病了吗?"

"我哪里就病了? 不过我不愿意维利耶夫妇同我们一块儿旅行。费理伯,我真不明白你是什么用意。你该晓得,这次旅行,我千欢万喜都只为能够独自一人伴着你去。你偏要再邀两个人! 是

———————

① 鲁迷斯(Roumis)乃是亚剌伯人对于基督教徒的称呼。

你的老朋友还有可说,而他们与你只在摩洛哥见过一面罢了。"

"你的话多么激烈!重新换了一位伊莎比萝了!维利耶夫妇,并不是一面相识的人。我同他们相处了十五天之久。我在马拉克及他们的花园里消遣过几天晚上,快乐得很。他们的花园,应有尽有,真是你梦想所不到的。里头有的是许多池塘、许多喷泉,四株扁柏,花草满园,浓香扑鼻。至于说到维利耶夫人苏兰芡,她的嗜好高雅,真是人间少有。她的房子,只有的是摩洛哥的小横炕,与又粗又厚的毯子,陈设恰到好处。真的,我对于维利耶夫妇,比之巴黎一班朋友还更知己些。巴黎一班朋友,整个冬天,我只在宴会里见过三次面,而维利耶夫妇相处的日子不少,岂不是更知己些吗?"

"好吧,费理伯,也许你说得有理,我完全错了。但是,请你千万莫把我这一次旅行断送了!我们有约在先,这一次旅行原是我的权利所在,别人不得干预的。"

费理伯把他的手放到我的手上,笑说:

"好,夫人,请放心吧,这一次旅行终是你的。"

第二天,中饭后,我们正在喝咖啡的当儿,维利耶夫人有电话来找费理伯。我仔细听费理伯的答话,知道维利耶夫人曾经与她丈夫说起,她丈夫很赞成,她们深愿与我们同到瑞士去。费理伯也不怎样邀请他们,甚至于还说了几句扫兴的话。然而他最后的结论却是"好吧,那么,我们在那边再会"。

他把电话筒挂起,眼睛怔怔地望着我,很有几分为难的样子,他说:

"你亲耳听见的,我因为想要顺从你的意思,已经竭尽我的能力去应付他们了。"

"是的……但结果是怎样了?他们也去吗?唉!费理伯,未免太令人难堪了!"

"但是,爱人,你究竟要我怎么办?我到底不能太无礼呀。"

"谁叫你怎样无礼呢？不过，难道你找不出一句推脱的话来？只消说我们要到别的地方去，便推脱得干干净净了。"

"不行，我们说不去，他们也要去的。再者，你不要看错了人。明儿你便知道了，他们何等客气！你得他们为伴侣，一定很满意的。"

"既然如此，那么，费理伯，你听我说，你有一件事情好做：你独自一人陪他们去吧！我呢，我此刻却没有兴头了。"

"你不疯了？他们若听说你不去，真懂不得你是什么用意。我也觉得你太不客气了。老实说，我丝毫没有意思要离开巴黎，都是你要求我，我答应了你，为的是博你的欢心。到而今，却是你想把我孤零零地充军去了！"

"哪里是孤零零的？还有你的顶好的朋友呢！"

"伊莎比萝，这种可笑的话头，我实在听得不耐烦了！"费理伯说时，带着一种激烈的神情，为我从来所未见，"……我总算对得住你，没有什么罪过。并不是我邀请他们，却是他们自己要去。再者，他们与我有什么关系呢？我又不曾打过苏兰芰的主意……"说到这里，他越发把字音咬得响亮，大踏步地在饭厅里踱来踱去，"没来由给我怄气……我觉得你如此妒忌，如此担心，真教我动也不敢动，一句话也不敢说……生活的乐趣，降到零度以下了，你知道不知道？……"

"最能减少生活的乐趣的，乃是：把自己的生活与大众公享。"

我一面说，一面自己诧异，我觉得此刻的我，反唇相讥，俨然敌人相对，此刻我正在冒犯一个世界唯一与我有大关系的人。然而我终于不能自制。

"可怜的伊莎比萝！"费理伯叹了一句。

我对于他的过去的生活，有甚深的认识，他对于自己的旧事，恐怕还比不上我深印脑筋。因此，我知道此刻他一定在想："可怜的伊莎比萝啊！你也一样，而今轮着你了……"

那一天夜里,我睡得很不舒服,我自己责备了许久。实际上,这事儿于我有什么损害呢? 我丈夫与苏兰芨许久没有见面,自然不会怎样亲密。我不该妒忌,妒忌呢,便是无风起浪。他们这一次会合,也许可以造成一个好环境。假使费理伯独自伴着我到圣摩利去,他能不能开心呢? 将来只弄得他垂头丧气地跑回巴黎来,心里倒怪我迫他空走一趟,过了几天闷煞人的旅居的生活。倒不如让他伴着维利耶夫妇去,好教他心花大发,还可望有些喜悦的余辉照到他自己的妻子的身上哩。我虽则这般自解,心中到底总是闷闷不乐。

十

我们原该比维利耶夫妇先一日启程,不料行期展缓,以致我们四人同搭一班火车去。

在车中的第二天的清晨,费理伯很早便起来;当我从车房出来的时候,已经看见他站在走廊上,与苏兰芨大谈其话。她大约也是起得很早,已经装扮好了。我注视着他们一会儿,看见他们那种快活的神情,令我先有几分难过。我走近她的跟前,说了一声:"日安,夫人。"苏兰芨掉转头来。我不由自主地自问:"她像奥媞儿不像?"不,她不像奥媞儿。她的身体强壮了许多,而她的言语举止又不如奥媞儿那般童心稚气,那般飘飘欲仙。看苏兰芨的样儿,像饱受风霜,与命争持,得了胜利似的。在她向我微笑的当儿,我也被她征服了一会儿。停一刻,她丈夫也来会在一起。火车在两座高山之间滚跑,一道湍急的溪涧沿着铁轨流去。风景虽佳,入眼皆幻;剩有闲愁,徒增惆怅。查克·维利耶向我谈论些讨厌的问题,但我晓得他很聪明(人家都说他聪明),非但在摩洛哥他做了许多事业,而且他已经变了很著名的办事人了。费理伯对我说过:"他什么都会:磷盐酸的事情,他会;海口的事情,他会;矿业,他也会。"……但是,实际上,我只努力想听费理伯与苏兰芨的谈话。可惜车声辚辚,把他们的声音混乱了一半。我只听见苏兰茇的声音说:"那么,依你之见,怎样才算是有情趣?"又听见费理伯的声音:"……复杂得很……脸庞儿是一件,再便是身段……尤其是纯任天籁……"说到这里,有几个字,我听不清楚,又听见苏兰茇的声音:"还有,便是:嗜好、怪癖、冒险的精神……你不以为然吗?"

"说的对",费理伯说,"原是复杂的。一个女人,又该正经,又该童心稚气……最令人难堪的乃是……"

听到这里,又来了一阵车声,把这句话的末段混乱了。千山叠翠,正对眼前;许多剥了皮的柴把,凝脂映日,灼灼有光,堆积在一间阔顶的木房子的旁边。我心内自思:"我便这般地跑去受一个礼拜的痛苦吗?"此刻查克的长篇大论正在结束,说道:

"……你想,这种工夫真是了不得!"

他笑了,我想他一定已经向我解说了一种巧妙的办法,但我实在是听而不闻,只听得一个名称,叫做什么"哥德团"。

于是我胡乱应他一句:"真是了不得。"我分明晓得他以为我不聪明,聪明不聪明,我都不管,我只恨他。

末一段的行程,依我现在的回忆,恰像一场昏迷的大病。生了火的小火车吐出浓烟,在雪地上匝绕一会儿,然后分散;车旁一团白气,点缀生辉。这车随着铁路的曲线走去,则见无数雪峰,松林浓荫,都迎上前来。然后又是一道深谷,呈现路边;车子由下而上,回头则见谷的深处有一道曲线,又黑又细,正是刚才我们所离开的路线哩。苏兰茇凝睇着这一处的风景,像孩子般快活,又把这风景详细谈论,不住地引起费理伯的注意。

"麦赛那,你看,松林平顶,上面盖着白雪……这树林不晓得有多少力量,竟能载着这么重的东西,不至于被压扁了……再看这个……呀,看这个呀……看这一座大屋,正在那边的高山上,放出光辉,恰像一颗钻石摆在一只白色的宝石箱里……再看雪上的种种色彩,要注意,并不是纯然白色,或带蓝色,或带淡红……呀,麦赛那,麦赛那,我真爱这个啊!"

　　一切这些话都说得不坏,如果凭良心细想,应该说她的话实在有些风致,然而我只觉得她啰唆。费理伯说过他爱自然胜于一切,而他却能忍受这种独吟的韵语,真是令人诧异的事情。我自思道:"她也许很快活;但是,到了三十岁(说不定已到了三十五岁了……她的颈已皱了),她到底不能像孩子快活。……再说,我们谁不看见雪的颜色微蓝微红,用得着她说吗?"我似乎觉得查克的心思也与我一般无二,因他当听他妻子说话的时候,不时地插入一个 ou-i 字,表现他的讥讽厌倦的神情。我听见了他这个 ou-i,觉得我与他心心相照了一会子。

　　维利耶夫妇的态度,我真不懂。他们互相表示亲热到十二分;她对待他真是熟得很,时而叫做查哥,时而叫做查姑,甚至无缘无故的抱着他亲嘴。然而,如果我们同他们在一块儿,经过了几点钟之后,便很晓得他们并不怎样相爱,又晓得查克并不妒忌,他对于妻子,乃是高傲的服从,任她怎样疯狂,他只是先事承意。由此看来,他怎样能够生活下去呢?他别有所恋吗?抑或他从事于矿业,注意于他的船只,及他在摩洛哥的田产,便为此而生活吗?我猜不透;而且事不关己,我也无心去猜。我看见他这样宽容,实在轻视他。我自思道:"他这一行,也像我一般不是情愿的;假使他稍为有几分志气,他也不来了,我也不来了。"费理伯买了一份瑞士报纸,正在计算法郎的时价,又向查克谈论某种价值,以为如此可博他的欢心。查克却无心地把墨西哥或希腊的工厂的怪异的名称乱翻,活像一个大文豪听见人家替他捧场,叙述他的著作,他只表现一种厌倦的态度而已。查克掉转头来,问我是否读过《可尼斯麦》①。那小火车犹自旋转,四面但有又软又白的景物。

　　我不知何故,至今我的脑筋里存留着的圣摩利,活像苗泻②的

————————————

①　《可尼斯麦》(Kunigsmark),待考。

②　苗泻(Musset)是法国 19 世纪的戏剧家。

戏剧的陈设,快活、虚幻,同时又是愁闷不堪。当时种种情形,至今历历在目:夜色苍茫里的灯光映着白雪;残酷而无害的冷气,侵人肌肤;火车站的门前,满布着拖车,还有好些骡子,鞍鞯在身,颈上系着小铃儿,还有红、蓝、黄……种种颜色的小花球。不久以后,到了旅馆,暖气腾腾,令人周身舒服。许多英国人穿着便服在客厅上坐着,而我们俩却进了一间又大又温暖的卧房,唉,这几分钟,我才能够独自一人伴着我丈夫了。

"费理伯,吻我! 我们该为这卧房庆贺……唉! 我恨不得独自陪你在这儿用晚饭……不久又要穿衣,出去见他们,说长论短的,讨厌! 讨厌!……"

"他们好得很,不是吗?"

"好得很……好到我不愿看见他们为止!"

"你这人太苛刻了! 一路上,你不觉得苏兰茇是个可人儿吗?"

"是了,费理伯,你爱上了她了。"

"冤哉枉也! 为什么?"

"因为,如果你不是爱上了她,教你陪她十分钟还不能够呢!……究竟她说了些什么话? 自从今天早上,一直到此刻,在她的话里头,你能不能找出一点儿意思来?"

"怎么不能? 她对于自然,真会欣赏。她谈到雪,谈到松树,都娓娓动听……你不以为然吗?"

"是的,她有时候也曾提到个影儿。然而,我难道不能吗? 世间的女人,只要她们舍得说,总会说这么几句漂亮话……苏兰茇与我大不相同的地方,乃是:我太看重了你,不愿把我的脑筋里的垃圾尽量地倾倒到你跟前来。"

"我的好朋友",费理伯还温婉地讥笑我说,"我很知道你有这种莲花妙舌,又知道你太客气了,不肯说出来。我从来不曾怀疑,说你不会说话,请放心吧。"

"请你别打趣我,爱人……我说的是正经话……她说话不连贯得很,往往从这一个题目上跳到那一个题目去,假使你不是有意于她,岂有不发觉这种坏处的道理?……凭你的良心说,这是不是真话?"

"这哪里是真话?绝对不是!"费理伯说。

十一

这一次山里的旅居,依我的回忆,乃是一场苦刑。我初来时便晓得,我对于各种运动,自然都是很笨的。但我以为费理伯与我都是生手,这般的一对生手,混入团体的难关,倒反有趣。谁料第一天早上,我便发现了苏兰茇是个神手,对于一切的游戏,都巧妙无比。费理伯虽则不像她那么熟练,而活泼轻捷,也就不愧一个运动的人物。只第一天,我便看见他们二人一块儿跑冰,快活得了不得。我呢,只靠一个教习扶助着,十分吃力地一步一步挪移。

晚饭后,在旅馆的客厅里,费理伯与苏兰茇互相把椅子移近,活像开了话匣子似的,只管谈天说地。剩下我混不进他们的伙子,只好听查克谈论他对于理财的意见。那时节的鳌佛值得六十法郎,我记得他对我说这么几句:

"你晓得吗?这种价钱,距离鳌佛的真价值甚远;你该劝你的丈夫,至少把他的财产的一部分变为外国的价值。因为,你晓得……"

他不时又谈起他许多情妇,一个一个指名道姓:

"恐怕有人向你说过,说我现在爱上了一个女伶,名叫若妮的,……这话说的不合时了……不,……我原十分爱过她,但此刻已经完了……现在我又得了一个罗特丽夫人。……你认得她吗?她是一个标致女人,温和得很……像我这样一个男人,天天在种种事务里头挣扎,很需要女人们的一种安静的柔情,……"

他尽管说他的话,我却托故走开,坐到费理伯那边去,想把他们的言语弄成普通的谈话。当我到了那边之后,苏兰茇与我之间,发生两种生活上不同的哲理,刚刚相反,无妥协之余地。苏兰茇的要旨乃是偶然的事。所谓偶然者,乃是去找寻意外的事,或危险的事。依她的主张,精神上的舒服与物质上的舒服都是可憎的。有一天晚上,她对我说:

"我真侥幸是一个女人,因为女人的可能,比男人强多了。"

"什么?"我说,"男人有他的职业,可以行使他的职权。"

"一个男人只有一种职业罢了",苏兰芨说,"对于女人,却可以把她所爱的许多男人的生活的味道都一一尝试过。一个军官把战争的生活献到她跟前,一个船长把海洋的生活献到她跟前,一个外交家把谋略与她商量,一个大文豪把造物的乐趣给她享受……她可以有十种生活,不至于每天生厌,岂不是好?"

"说来好不吓煞!"我说,"依你说,至少要爱上十个不相同的男人才行。"

"又要十个都很聪明,说来也很教人难信。"查克说时,把"很"字咬得很响。

"还有一层也要注意",费理伯说,"你这话移到男人的身上,也很合用的。男人不也是吗?他所爱的许多女人,也陆续地把不同的生活,献到他跟前来。"

"是的,也许是这样",苏兰芨说,"但女人们的个性少得太厉害了,没有怎么可以献给男人。"

又有一天,她有一番议论,看她说时的神情,真令我动气。她说一个人逃脱了礼教的生活,该感受到何等的幸福。我说:

"如果人家本来是幸福的,何苦要逃脱呢?"

"因为幸福并不是不动的",苏兰芨说,"如果时时提心吊胆,幸福便要延期。"

"说得非常有理!"查克这么说了一句,令我诧异得很。

于是费理伯也想博她的欢心,顺着她的遁辞,说:

"唉!是的……逃脱……妙妙……"

"你吗?"苏兰芨说,"……当真的希望逃脱的人,你恐怕算是最后一个了。"

我听了这话,好不替他难受!

苏兰芨往往喜欢用这种唇枪舌剑,借此激发人家的自负心。每逢费理伯有爱我的神情,说一句好听的话的时候,她即刻在旁边说些冷话来挖苦他。但是,费理伯与苏兰芨之间,却时常有未婚夫妻的光景。每天早上,苏兰芨穿着一件色泽鲜明的新汗衫下楼来,费理伯看见了,只管喝彩道:"好呀!你的审美观念真不错呀!"我们旅居的期间将满的时候,他与她已经搅得非常亲热。最令我难堪的乃是他们谈话时那种温柔而不客气的语调,及他帮她披上外套时那种抚爱的神气。再者,她既晓得他喜欢她,越发尽量地耍把戏了。我无以名之,只好叫她做"猫儿"。当她穿着晚衣下楼来的时候,我恍疑她的赤裸裸的背有无数的"电波"流动。后来各自归房,我忍不住质问费理伯说:

"喂,费理伯,你爱她吗?"

"谁?爱人。"

"自然是苏兰芨。"

"没有的事!"

"看你的样儿倒很像。"

"我吗?"费理伯说时,心下暗喜,"这是从何说起?"

我把我的印象一一的说给他听,他殷勤地听,毫无倦容。大凡我的谈话,只要与苏兰芨有关的,他都听得很有趣,这一件事,我早已注意到了。我们动身的前一天,我向他说:

"这一对夫妻,总算奇怪得很。依他对我说,他每年有六个月在摩洛哥,而他的妻子却说她每两年去一次,每次住三个月。这样说来,她常是整整的几个月独自住巴黎。我绝对不能如此。假使你迫不得已,住到印度支那或甘沙嘉①去,我也一定跟你去,到处不

———————

① 甘沙嘉,原文是 Kamchatka,未详。

离，活像一只小狗……这么一来，我不晓得你讨厌到什么地步！是不是，费理伯？到底是她有道理。"

"她有道理，因她已经找到一个最妙的方法，不令他厌倦的方法。"

"我知道了，你想说这是伊莎比萝的好榜样。"

"你真是神经过敏！没有的事，谁也不配做谁的榜样，这不过是一种事实的证明：查克十分爱他的妻子……"

"这是她亲口对你说的吗，费理伯？……"

"无论如何，他总算是很赞赏她。"

"只不照管她。"

"为什么你要他照管她呢？"费理伯说时，略有几分动气，"我绝对不曾听见人家说过她怎样不规矩。"

"唉，费理伯！我认识她不到三个礼拜，已经听见她谈起她的情郎，至少三个……"

"哪一个女人没有三五个情郎呢？"费理伯把肩耸了耸，冷笑说。

那时，我觉得我实在小气极了，差不多可以说是下贱，这种心情，为我从来所未有。然而到底我不是凶恶的女人，只好勉强自制，很客气地对待苏兰芨，满心委屈地陪着查克到外面散步去，让她独自伴着费理伯在跑冰场里。我天天只祈祷这旅居的期间快满，却又不敢提一个字，催促归期。

十二

我们回到了巴黎之后，纸厂的主任病了，费理伯的工作该比平日多些，往往不能按时归家吃中饭。我不知他是否再会见苏兰芨，又不敢提出这问题。礼拜六的晚上，在田泽夫人家里，如果苏兰芨在座，费理伯即刻像苍蝇见臭肉般地跑过去，引她到一个角儿上，再也不肯离开一步。这种举动，也许算是一种好现象。因为如果他们在礼拜六以前已经很自由地见面，那么，到了礼拜六，也许他还假装躲避哩。我忍不住与好些妇人谈起苏兰茇，我绝对不说她的坏话，只听人家怎样说她。一般人都承认她妖冶得可怕。有一天晚上，我身边坐着的是莫利思·田泽，她看见查克进来，便悄悄地向我说："奇了，这孩子还不曾离开巴黎吗？我以为他妻子早已赶他回亚特拉斯山去了！"差不多无论是谁，一提起了查克的名字，一定加上一句："可怜的孩子！"

田泽夫人是苏兰茇的朋友，我同她谈起苏兰茇，谈了很久。她所描绘的苏兰茇肖像，颇美，同时又颇令人担心，她说：

"我首先要说的乃是：苏兰茇乃是一个好动物，有极强烈的本能。她曾经很痴情地爱过查克，那时节，查克很穷，只因长得好看，被她爱上了。总算她有勇气：她原是丕克堤人氏，父亲是一位伯爵，出身贵族，又长得娇滴滴的，哪怕没有好婚姻？她偏情愿伴着查克跑到摩洛哥去。到了那边，起初乃是从事于开垦，过的是很艰苦的生活。当着查克的一场大病的时候，我想是她自己管账，付钱给工人们。我们该注意她有的是贵族的傲气，这种生活该使她很受苦，而她到底挣扎得起。就这一点说起来，她原是忠厚老成之辈。只一层，她有两样短处，或者，如果你愿意的话，也可以说是两个弱点：她风骚得了不得，这是第一件；第二件是她到处想征服人家。举个例你听，她说……不是对男人说，乃是对女人们说：她想要一个男人时，那男人一定给她拿到手。这话也不是吹牛，三教九流的男人的脾胃，她都能够适合，怎教她拿不到手呢？"

"依你说，她一定有许多情郎了？"我问。

"这些事儿，岂是容易肯定的？人家只知道一个男人与一个女人常常聚会，至于情郎不情郎，谁晓得？……我刚才所谓给她拿到手，意思是说：她占据了他们的心灵，他们与她发生关系，她觉得要他们怎么样便怎么样。这是我说的本意，你懂吧？"

"你觉得她聪明不聪明？"

"就女人而论,算是聪明得很……是的……总而言之,无论什么,她都熟悉。自然,她的聪明,乃随着她所爱的男人而变的,那男人的关系是什么,她的聪明便到什么上头。当她钟爱她丈夫的时节,她对于经济问题、开垦问题,有惊人的见解。到了她爱俾尔渚的时节,她又关心于美术。她的嗜好多得很。她在摩洛哥的房子,人人都说好;至于奉天濮洛的房子,便古怪得很……与其说她是个用心者,不如说她是个用情者。然而,当她平心静气的时候,总还很晓得批评些事物。"

"依你之见,爱莲,她有什么迷人之处?"

"她的女性十足,便是最能迷人的地方。"

"你所谓女性,是怎样解释的?"

"待我来告诉你,所谓女性者,乃是优点与劣点杂糅:一种温柔的态度,一种对于她所爱的男人的不可思议的忠心……有期限的忠心……但又要埋没了廉耻……当苏兰芨要抓一个男人的时候,便不知有社会,不顾她的最好的女朋友:这也不算凶,只是本能的。"

"依我说,这便算很凶了。老虎吃人,也是本能的,你也说它凶不成?"

"当然",爱莲说,"老虎原不凶,总之,它不存心行凶,……刚才你说的话恰当得很,苏兰芨便是一个母老虎。"

"为什么她的模样又那么和婉呢?"

"你觉得她和婉吗?唉!没有的事!她往往露出她的硬心肠,这是她的美貌的原素。"

别的女人便不像爱莲那般宽宏大度,爱莲的婆婆——老田泽夫人——向我说:

"不,我不喜欢你那小友维利耶夫人……我有一个侄儿,给她弄得七颠八倒。我那侄儿是一个很可爱的童子,当大战发生的时候,他送性命到沙场上去,纵使不是为她而去,至少是因她之故,不得不去。……他原已受了重伤，到巴黎来就一件差事，合理得很……偏不幸，苏兰芰抓住了他，弄得他入了迷魂阵，便又丢了他，去找别人了。……可怜的阿尔忘，他想要再离开巴黎，傻里傻气死在飞机的变故之中了。……我再也不接见她。"

我原不肯把这类毁谤的话告诉费理伯，到底常常忍不住，都传到他的耳朵里，他毫不在意地说：

"是的，这是很可能的事，也许她真的有些情郎。这是她的权利，我们不便过问。"

说了几句之后，他变兴奋起来，说：

"无论如何，这时候她若给他戴绿帽子，真是出我意料之外了。她的生活像水晶般透明：差不多无论何时，人家都可以打电话给她；她天天在家，如果人家想去看望她，她一定有工夫招待。有情郎的女人的生活一定比较地秘密些，能够如此透明吗？"

"你怎么知道得这般清楚呢，费理伯？你常常打电话给她吗？你常常去看望她吗？"

"是的，也曾有过儿次。"

十三

不久以后，我得到了一个证据，证明他们二人往往有长时间的谈话，同时又证明那些谈话都是很清白无辜的。这是一天早上，费理伯出门之后，我收到了一封信，这封信非征求他的意见，我便不能答复，于是我打电话到他的办公处去问他。事有凑巧，我与苏兰芰恰是同线。我辨别出苏兰芰与费理伯的声音。依理，我该把电筒挂起，但我没有这勇气，到底偷听了一会子。听见他们的语调非常快活，这时的费理伯，又聪明又有趣，我已经许久不曾看见他这样，几乎忘记了。从前露娜向我叙述的那一个费理伯，与大战以后我所认识的费理伯，都是庄重多愁，最为我所喜欢；此刻我又认识一个迥不相同的费理伯，正在向苏兰芰说了许多轻薄而悦人的话头。据我所听见的,都是足以令我安心的话。他们把两天以来所做的事互相告诉了,又谈到他们读了些什么书。费理伯略述前一晚我们俩看过的那场戏剧,苏兰芰问道:

"伊莎比萝爱看这剧吗?"

"是的",费理伯说,"我想她还爱看吧……您近来好吗?上礼拜六,在田泽夫人家里,我看见你的气色很坏,我不愿看见你这一副黄泥般的脸庞儿。"

依他们的话看来,原来他们自从上礼拜六分别,至今礼拜三,不再见面。我忽然觉得满心惭愧,忙把电筒挂起,自责道:"为什么我竟这般做了? 这与私拆书信是一样的丑事啊!"我不懂刚才偷听电话的那一个伊莎比萝竟是什么用意。一刻钟后,我再叫费理伯,说道:

"我请你恕罪:刚才我打过一次电话来,恰巧你在说话;我听见苏兰芰的声音,我便截断了。"

"是的",他毫不为难地说,"她曾打过电话来。"

这一幕小穿插戏,表示他们的态度鲜明,我因此放心了好些时候。但是不久以后,我在费理伯的生活里,又重新找出苏兰芰的行为的线索。他此刻每一礼拜总有两三晚出去的,我虽则不问他到哪里去,但我晓得人家曾经遇见他伴着她。妇人们有许多是她的仇人,以为我是一个自然的同盟者,所以都来亲近我。其中有些好的(所谓好者,乃是女与女之间可能范围内的好),对我表示一种无言的怜悯,只用些普通的格言,来做我的不幸的隐语。其中又有些坏透了的,分明是我所不知道的事,她们偏故意认为已经有人告诉我了,等到我转问她们时,她们才一一说给我听,以博乐趣。就中有一个这么说:

"你不愿意陪你的丈夫去看绳索戏,我懂得你的意思:绳索戏原没有什么好看,讨厌得很。"

"费理伯去看过绳索戏吗?"我此刻求知心比自负心强,不由自主地问。

"为什么你倒问起我来了？是的,他昨天晚上到阿郎伯拉场去过的。他不曾告诉你吗？他同维利耶夫人一块儿去,我以为你一定知道的。"

至于男人们,只假装可怜我,安慰我。

又有一桩事情常常遇见的,乃是:每逢人家请我们俩吃饭,或我提议怎样消遣的时候,费理伯回答道:"是的,再好没了! 但是,在未决定以前,请你容许我二十四小时的考虑,明天回你的话,好不好？"

为什么要这样长时间的考虑呢？ 无非是费理伯想在早上打电话去问苏兰芨,问她是否也被邀请在同一家吃饭,或问她晚上要不要同他出去玩;得了她的答复,然后回我的话。

我似乎又觉得此刻费理伯的嗜好,乃至于性情,都带有那女人的标记;也许十分轻微,到底隐约可见。苏兰芨爱的是乡村与园囿。她晓得料理禽兽,培植草木。她在奉天濮洛的附近建筑了一座邦家楼,正靠树林的旁边,每逢礼拜之末,她往往到那边住去。费理伯也对我说了好几次,说他在巴黎住久生厌,希望在近郊有几亩地作为游息之所才好。

"费理伯,你不是有你的冈都祸吗？ 你偏尽量地少去。"

"冈都祸离巴黎有七个钟头的路程,哪里好拿来比较？ 我只愿要一所房子,两日之内可以往还的,甚至于早去晚归也可以的,例如霜地、冈边、圣日耳曼,这些地方便好。"

"又例如奉天濮洛,是不是,费理伯？"

"是的,奉天濮洛,亦无不可。"他说时,不知不觉地笑起来。

这一笑,差不多使我转愁为乐,我知道他已经承认我参预机密了。似乎他想要说:

"当然,我分明知道你是晓得的。我相信你。"

我到底觉得不该追究下去,哪怕追究下去,他也不肯直白真

情。然而我总相信我的担心与他对于自然的新恋，二者之间并不
是毫不黏着。此刻费理伯的生活，大部分与苏兰芨的主意有关。

再者，苏兰芨的嗜好也受了费理伯的影响，这事也一般地使我
伤心。这一点，除了我之外，别人一定看不出来。我平日虽是最不
会观察事物的人，一到了关于这两人的事情，便一丝一毫都不轻易
放过。礼拜六的晚上，在爱莲家里，我往往听见苏兰芨谈起她所读
的书，原来她所读的书，便是费理伯叫我读过的书；有时却是昔日
福朗素华叫奥媞儿读的书，奥媞儿把这嗜好传给费理伯，而今费理
伯又传给苏兰芨了。我认识这种福朗素华的遗传，又放荡，又强
烈：乃是莱资的红衣主教，及马邪怀尔①。又有费理伯的真嗜好：乃
是杜尔克诺夫②的《绿仙》《乐文》《烟》，及蒲鲁士特的著作的前几
卷。我听见苏兰芨谈起马邪怀尔的时候，忍不住现出一种苦笑。
我自己是个女人，我分明晓得马邪怀尔绝对不会引起她的兴趣，与
利母泽的渤药及紫色外光线不能引起她的兴趣一样。然而，如果
她想要迷惑一个男子，知道只有这些事物才可以博他欢心的时候，
马邪怀尔也好，渤药也好，紫色外光线也好，都可以变成她的谈话
的资料了。

当我初认识苏兰芨的时候，已经注意到她对于鲜明的颜色的
嗜好。怪不得她爱这种颜色，实在也只有鲜明的颜色合她的身份。
数月以来，我晚上见她穿上的衣服无非白色。白色原是费理伯所
最爱，而费理伯所以爱白色者，又是受了奥媞儿的遗传。他常说奥
媞儿的皎素鲜艳；不知对我说过多少次了！可怜的奥媞儿，其人虽
逝，其味常存，苏兰芨与我，乃至其他许多女人，个个都勉力把已死
的人的韵致来博费理伯的欢心；也许苏兰芨原非有意，总之，奥媞
儿不曾死去。言念及此，既可伤心，又可诧异。

依我的感触，诧异的成分少，而伤心的成分多。非但因为我妒

---

① 莱资（Retz）的红衣主教，未详；马邪怀尔（Machiavel）是佛罗兰的历史家。
② 杜尔克诺夫（Tourqueneff）是俄国的小说家。

忌太过,易感痛苦,而且我又觉得费理伯似乎对不住已死的奥媞
儿,因此我越发伤心。当我初遇着他的时候,觉得他的种种好性格
之中,有一种钟情的特色,使我十分欢喜。不久以后,他把他与奥
媞儿的生活叙述给我听,我知道了奥媞儿逃走的真因,越发觉得费
理伯对于他的唯一的爱情的回忆,如此有恒,更是难能可贵。我赞
赏他,我了解他,以致我把奥媞儿幻成一个可赞美的影像。那种美
貌……那种脆弱……那种自然……那种活泼而有诗意的聪明……
唉!到而今,我对她妒意全消,倒反爱她了!依照费理伯所述的奥
媞儿,只有她配得上我心目中的费理伯——也许只有我自己心目
中的费理伯是如此。我愿意牺牲,为高尚的信仰而牺牲。我晓得
我被降服了,这甘心降服,殷勤地、卑躬屈节地俯伏于奥媞儿之前。
我觉得这种谦卑里头却包含有秘密的快乐,但又有一种潜藏的骄
傲,这是不待言的。

何故呢?因为我表面虽则说是不妒忌她,而这不妒忌的心理
并非十分纯粹。费理伯对于奥媞儿的爱情不断,我允许他,我甚至
于希望他不断。奥媞儿的疯狂与种种短处,我都忘记了,这不过是
我以为死了的人可以帮助我与活着的人宣战,所以不妒忌罢了。
今日我描写我自己,当然把我描写得暧昧些、会算计些,其实当年
的我并不如此。那时节,我并非为我设想,却是为我对于费理伯的
爱情设想。我既这般爱我的丈夫,自然希望他比别人更伟大,更完
善。从前他所恋爱的差不多是一位神仙(她虽有不尽善的地方,既
是死了的人,便把一切短处遮掩过去了),因此我才把他看得这般
伟大。至于此时的苏兰芰便不同了:我可以天天看见她,批评她;
我是肉做的,她也是肉做的;又有许多女人绕着我说她的坏话。我
虽则觉得她美,也还聪明,但是绝对不是神仙,也不是超人,而费理
伯偏甘心在她跟前为奴为仆,怎教我不伤心呢?

十四

费理伯三番两次地对我说:"苏兰芰真的勉力想要同你更亲密

些,你偏躲开了。她觉得你可怪得很,与她有仇恨似的……"费理
伯的话也难怪,自从我们游瑞士归来之后,维利耶夫人往往有电话
来约我出去,而我却一概辞绝了。我似乎觉得少见她的面倒是合
理的,但我又想表示好心好意,不令费理伯讨厌,所以答应他说我
愿到她家去一次。

她招待我到一间小梳妆室里,在我看来,这原是费理伯式的梳
妆室,全无杂物,几乎是四壁皆空。我坐在其间,真是不知如何是
好。苏兰茇现着很舒服很快活的样儿,躺在一张小横炕上,不消一
刻,她便向我谈她的心腹话。我听见她把我直叫做"伊莎比萝",我
心内自思,究竟叫她做"夫人"好呢,还是叫她做"好友"好呢? 我一
面听她说,一面想道:

"奇了,费理伯恨的是故意表示亲热,又恨的是不涵养,而当我
与这妇人谈话的时候,首先感觉到的恰巧便是她毫无涵养:有什么
便说什么……那么,为什么他会喜欢她呢? ……在她的眼睛里,颇
有温柔动人之处……她似乎很快活……是不是真快活呢?"

我的心里现出查克的影像,脑盖的头发光了些。他的懒懒的
声音,也像还在我的耳鼓。他平日总是不在家的,此时也出门了。
我问他有没有信息回来,苏兰茇说:

"你晓得,我很少看见查克,……但他到底是我的顶相好的一
个人。他是一个忠厚老实的孩子……只一层,十三年的夫妇,如果
还守着俗套,说要维持怎么伟大的爱情,岂不是个伪君子? ……这
等人我做不来。"

"从前你结婚的时候,到底是爱情的结合,是不是?"

"是的,我曾经十分爱过他,我们也曾经过不少的好日子。但
是深情必不能久……再者,一场大战,又把我们分离了。离了四年
之后,我们便养成了分居的习惯。……"

"这是多么伤心的事情啊! 你并不曾努力想要重新创造你们
的幸福吗?"

"你晓得,到了两不相爱的时候,想要表面上仍旧做一对佳偶,实在是很困难的事。我所谓到了不相爱的时候,若再说确切些,便是到了没有肉体上的欲望的时候,因为我对于查克,还有的是感情……查克有一个情妇,我知道,我容许他……你此刻还不能了解这道理,但是,到了人家有自由的需要的一天……"

"为什么呢? 我似乎觉得婚姻与自由,正是互相冲突的两个名词。"

"起初人家原是这般说的。但是,你心目中的婚姻,有一方面是规律的。我的话冲撞了你了?"

"稍为有一点儿冲撞……为的是……"

"我这人坦白得很,伊莎比萝。我最恨的是装腔作势……如果我假装爱查克……否则假装恨他……都可以博得你的同情。但我自己实在不如此……你懂吧?"

她只管说,眼睛也不望着我,手拿着一支铅笔,在一本书的封面上画了许多小星儿。当她这般把眼放低的时候,她的面色颇现愁容,恰像一种暧昧的苦痛显露了。我想道:

"她到底没有那么快活呀。"

"不",我说,"我不很懂得……混沌的生活,散漫的生活,该是怎样欺人啊! ……再者,你有一个儿子。"

"是的。但是,到了你有孩子之后,你自己便知道了。一个十二岁的中学生与一个中年妇人之间没有许多感情。当我去看望他的时候,我只觉得他讨厌我。"

"那么,依你之见,母亲之爱也只是装腔作势了。"

"哪里话? ……总看境地如何而定……伊莎比萝,你真是首先挑战了!"

"我最不懂的乃是:你尽管说'我很坦白,我不赞成伪君子',而你自己却从来不敢放胆跑到尽头处……你的丈夫已经分居了。他容许你的绝对自由……为什么你至今不离婚呢? 离了婚,岂不光明正大些,痛快些?"

"你的意见多么奇怪啊?我不想再结婚,查克也不,那么,我们何苦离婚呢?再者,我们又有许多分不开的利益。马拉克的田产是我用我的嫁奁钱买的,却亏得查克开垦,化无用为有用……还有一层,我并不是不愿再见查克,我与他见面,还喜欢得了不得呢。……我的小伊莎比萝,一切这些事情,复杂纷繁,真是你所料不到的。"

说到这里,她又谈及她的亚剌伯马,谈及她的珠宝,谈及她在奉天濮洛的暖室。我自思道:"奇了,她说她轻视奢华,说她的真生活别有所在,而她却忍不住要谈论到这上头。她享用这些东西,总怀着童稚的乐趣,也许这个也是费理伯喜欢她的一个原因。……然而,看她在男子跟前便卖弄她的独吟的韵语,在女人跟前却卖弄她的财货单子,两事迥不相同,总算有趣得很。"

当我走的时候,她笑着向我说:

"我一定是引坏了你了,因你结婚未久,又是多情的人……这都是知心的话。但我劝你不必照样做……你晓得,费理伯十分爱你。他对我提起你的时候,都说得很好。"

我们夫妇间的情况与费理伯的心情,由苏兰茇说出来,想安慰我,倒反使我难堪了。临别时,她说:"再会,不久再来看我吧!"但我再也不去了。

十五

我从苏兰茇家里回来之后,再过几个礼拜,便病起来,又咳嗽,又发冷。费理伯到我床前来陪伴直到夜深。我一则因为房中半暗,二则也许因为有了病,于是勇气增加,竟敢向我丈夫说我近来觉得他变了心了:

"费理伯,你自己不觉得,我却觉得你近来变了,真是出人意料之外……你的言论也都两样了……前几天的一个晚上,我听得你与莫利思・田泽辩论的话,连我也不服你。在你的评判里头,我觉得有些地方说得太过了。"

"唉呀呀!我的可怜的伊莎比萝,你对于我的一言一语,多么留意啊!真的,你比我自己还更留意得多了。那一天晚上,我说了什么了不得的话了?"

"你平日那种忠诚信实,乃是我所最爱的,至于那一天晚上,却是莫利思守着你平日的主义,而你自己倒反变了主张,你记得不记得?你说人生不过数十寒暑,男人们尽是不幸的动物,很少享福的机会,如果有些女人委身于他们,他们便不该错过。唉!费理伯……(说到这里,我掉转头不看他)……我似乎觉得你说这一番话无非为的是苏兰芨,她正在侧耳静听哩!"

费理伯笑了一笑,握着我的手说:

"你多么热啊!何等的胡思乱想!不,我说这一番话,并不为的是苏兰芨,这都是确切不移的话。大凡人与人相结合,往往不很晓得究竟是做什么。再者,我们想要诚实,所以不愿得罪了我们所爱的人。每逢有些真快乐到来,我们起初拘泥着一些暧昧的理由,把快乐放弃了,到后来只落得十分后悔。所以前次我说,这种放弃快乐的好处,好便好,只太不振作了。世上往往有些人使我们这般地捐舍了我们自己,到后来我们总不免怨恨他们。总之,我们与他们都该有一种觉悟,鼓动勇气,深深地了解我们所爱的,眼看着生活的正面,这种生活,才有价值。"

"但是,费理伯,你呢,此刻你后悔些什么事情吗?"

"一切的普通的问题,你都牵扯到我们俩身上来。我吗?不,我一点儿不后悔。我深深地爱你,我有了你便快活到十二分,但是,如果你不妒忌,我越发快活了。"

"好吧,我努力向这一方面做去就是。"

第二天,医生来了,说我病是咽喉炎,形势颇恶。费理伯差不多时常在我身边,监视着人家调护我,十分尽心竭力。苏兰芨差人送了好些花、好些书来，到了我能够接见的时候，她还亲自来看望我。这时候，我自己觉得我实在是太无理、太可恶，但是，一到了我身体复元之后，看见他们那种亲密的光景，又忍不住伤心，仍旧像从前提心吊胆了。也不止我一人挂虑，还有纸厂的主任史克莱俾先生也是一样的心理。他是阿尔撒斯的新教徒，常到我们家里吃中饭，我与他颇有交情，我觉得他为人很直道，很可信。有一天，我到办公处去找费理伯，找不着，正想回家，而他却很腼腆地留住我谈话，他说：

"麦赛那夫人，对不起，我想向您提出一个问题：费理伯先生近来有什么事儿？我看他变了另一个人了。"

"您从什么地方看出来的？"

"他对于什么事情都不关心了，夫人。现在他下午很少到办公处来，许多好主顾的约会都错过了。冈都裪那边，他三个月不曾去……我呢，我未尝不愿竭力，只我不是老板……我替不得他。"

由此看来，费理伯往往说他事务羁身，有时却是假话。从前他多么诚实，多么有良心！原来也会变了的！这也怪不得他，他说假话，无非想使我安心。再者，我这般为人，叫他要说真话也不敢说！也曾有些时候，我希望他快活，决定不再骚扰他；但平常的时候，我总是质问、责备，叫他感受苦恼。我说的话又厉害，又固执，又可恶，而他回答我，只是一味忍耐。我也曾想过：当年他有奥媞儿的时候，他的境地与我此刻的境地相同，而他对奥媞儿却比我对他好些。但我转心一想，也难怪我厉害些，因我的境地比他从前的境地原也厉害多了。一个男人的生活，除了爱情之外，还有他的工作、他的朋友、他的思想。至于像我一般的女人，便以爱情为整个的生活了。叫我拿什么来替代爱情呢？拿女人们来替代吗？我厌恶她们；拿男子们来替代吗？我与他们又是漠不相关的。我等候了许多年月，以为终于得了一场胜利，得了唯一的绝对的爱情，谁知不久便失去了！这种可怕的痛苦，行将与天偕老，无药可医！

我们夫妇生活的第二年,如此这般,便过去了。

十六

当其时,却有两件令我放心的事来了:费理伯早该到美洲去研究某几种关于他的职业的办法,及美洲工人的生活的样法。我渴望能够陪他去走一遭。他也不时计划着,使我到轮船公司去问船期及票价。到后来,他犹豫了许久,结果是决定不去了。我也以为这一次的旅行绝对不会成为事实,但我已经是安心认命的人,无论何事我在事前已经预备让步了。我自思道:"费理伯从前那种神话的爱情,而今变成我的心理了。我现在爱他,将来爱他;海可枯,石可烂,此志始终不移。然而如此的我,终身不会十分快活的了。"

1922年正月的一天晚上,费理伯对我说:

"这一次我打定主意了,入春以后,我们一定到美国去。"

"我也去吗,费理伯?"

"自然你也去。多半是因为我允许过你,说我要到美洲去,所以终于决定了。我们可以在那边住六个礼拜。我把我的工作赶在一礼拜内做完,好教我们能够旅行,游山玩水。"

"费理伯,你这人真好!我真是快乐到十二分了!"

这时节,我觉得他真的好到无以复加。只因我没有自信心,所以很老实地十分谦逊。至于凭良心说呢,我实在不相信费理伯觉得与我旅行有什么快乐。尤其是情愿两个月不见苏兰芨,却陪我旅行,真令我感激不尽。如果他真的十分爱她,如我所料,那么,他断不能这般恝然舍去。别人犹可,至于他呢,我深知他对于他拿到手的事物儿,提心吊胆,生怕失了,这乃是他的天性。由此看来,我实在猜疑太过,一切都不至于像我所猜的那么厉害。我记得自从我如此设想之后,整个的正月里,我的心神舒畅,笑口常开,再也不质问他,再也不埋怨他了。

到了2月里,我觉得我已经怀孕了,满心欢喜。我曾经如饥似渴地希望得一个孩子,最好是男孩子;我似乎觉得,若得一个男孩,将来不免又是一个费理伯;但是,这个费理伯呢,至少有十五年整个归我所有,岂不是好吗? 费理伯本人听见了这消息也非常快乐,因他快乐,我越发高兴了。我的喜病来势很凶,眼见得受不住海上风波,这一次旅行是没有我的份儿了。费理伯对我说他情愿不去。我知道他已经发了许多信,决定了参观许多工厂,订下了许多约会,所以我执定要他走,叫他不必更动原定的计划。现在如果我推想为什么我那时节勉强忍着痛苦要与他分离,则可以察得出好几种动机:首先是我觉得我那时实在丑得不堪,面带倦容,怕伴他去时,倒引起他满心不快活。其次是,这么一来,费理伯便远远地离开了苏兰芰,所以我觉得别离比团圆更可宝贵了。还有的是,我常听费理伯说过:女人最大的能力乃是别离,又说,大凡我们离开了一个人,不久便把那人的短处与怪癖都忘记了;还发现那人在我们的生活里乃是珍贵的元素,绝不可少的元素。这种元素,我们平日不曾注意到,因它深藏在我们的内部,所以我们不觉得。他说:"譬如盐,我们竟不知道我们天天吸收盐质,但是,你把每餐的盐都取消了试试看,我们真是非死不可了。"

唉! 但愿费理伯远离了我之后,发现我是他的生活里的盐……

他在4月初间启程了。临行时,吩咐我好好地消遣,出去看看人。他去了几天之后,我觉得身子舒服了些,努力想要出去逛逛。他一封信也没有寄回,我分明晓得非十五天后不会接到信的,但我总觉得愁绪萦怀,希望得书信为扫愁之帚。镇日闷损损的,只好打电话给些朋友。我似乎觉得该叫一叫苏兰芰,一则理应如此,二则也是滑头的好法子。但她家的电话,我很难打得通,到后来乃是一个仆人来接话,说苏兰芰已经出门了,预备两个月方才回来。这事给我一个强有力的证据,我以为她是与费理伯一块儿走的——也许是神经过敏,实在这事不很像。我又问人家晓得不晓得她的去向。据说是回马拉克她家去的,是了,显然是她照例到摩洛哥旅行去了。但是,我挂起了电筒之后,不舒服得很,迫得回到床上躺着,很苦恼地作长时间的思索。怪道费理伯听见我劝他启程,便欣然答应了,却原来为的是这个!我最恨他的乃是:他如果告诉了我,让我允许他,当做一种恩惠的牺牲,那么,倒还可恕。而他偏不说穿,所以可恨。到了今天,岁月迁流,已非故我,我比那时节宽容了许多,觉得:费理伯一方面入了苏兰芨的迷魂阵,不能自拔;一方面对我到底多情,看见我的苦恼日深,但有可以减轻我的苦恼的办法,无不努力做去。总算是煞费苦心,我原不该那么恨他了。

我那时虽则猜疑,及至我接到他从美洲寄回的头几封信之后,我的疑团忽又烟消云散了。那些信没有一封不是词藻纷华,深情蕴蓄。像是他可惜我不能同去,而希望把他在那边所过的悦人的生活给我分享哩。信内说:"伊莎比萝,这是一个为你而设的好地方,应有尽有,令人舒服;处处整齐,事事适当。纽约如果得一个认真的、全能的伊莎比萝来指挥一切,越发成为天宫月殿了。"在另一封信内又说:"我的爱人啊,我只恨的是少了你!晚上,在这一个卧房里,四顾无人,只见一架电话的时候,想起了你,如果你在这里,多么好啊!我们俩可以作长时间的谈话——我所爱的谈话,把每天看见的人物,作为谈话的资料,而你那颗又小又晶莹的心一定会把珍贵的思想贡献给我。到后来,你又一定问我,外面装作毫不着意,吞吞吐吐地问道:'密昔司可白与你谈了整个晚上,你觉得她真的长得标致吗?'我听了你的话,一定吻你,于是我们二人相视而笑,其乐融融。是不是,爱人?"我捧诵之下,我真的也笑起来,觉得他深知我心,又能体谅我,真令我感激不尽了。

十七

生活里的一切,无不出于意料之外;也许终身都是如此。这一次的别离,我最怕的别离,在我的生活里头,却成为相对的幸福的一个时节。我固然是寂寞，但我读书、做工，也就可以混过去。再者，我疲倦不堪，差不多每天要睡几个钟头的中觉。所以我们可以说，疾病乃是精神上的幸福，因为我们的欲望与忧虑都被它加了些强烈的限制，费理伯虽则远在天涯，我知道他身体健康，心神愉快。他写了许多满纸柔情的书信寄回。我们二人之间，不曾有过一场吵闹，也不曾有过一些阴翳。苏兰芨正在摩洛哥的深处，与我丈夫相隔七八日的海程。我似乎觉得世界格外有情，生活容易了些、甜蜜了些，我实在久已不尝此味。于是我记起了费理伯一句话，他说："爱情受得住生离死别，却受不住怀疑与负心。"当初我听见这话时，觉得非常可怪；此刻仔细思量，原来有理。

　　费理伯要我答应过他：常常去看望我们的朋友。我在田泽家里吃过一次晚饭，又到姨妈歌籁家里两三次。她老了许多了。她那些总司令、海军上将、公使们，一个一个的死去，恰如晨星落落，非复当年盛况。像是画框里缺少了许多标本，一时找不到替代的。她自己往往在大庭广众中，一张靠背椅上打瞌睡。人家说，她也许会在酒席间当场死去。我对于她常存谢意，因为当年我是在她家里遇着费理伯的，所以我不能忘怀，不时到她家里拜访她。甚至于有两三次我与她独自二人在她家里用中饭，这真是破了麦尔梭路的常例。有一天晚上，我开始向她说了些心腹话，她鼓励我继续地把我的生活都告诉她。于是我把我的历史全情披露：起先是我的童年时代，其次是我的婚姻，其次是苏兰芨的把戏与我的妒忌心。她微笑地听我说完，于是她说：

　　"那么，我的可怜的孩子，如果你的不幸只到这个地步为止，你还算是很幸福的一个女人……你还怨什么？怨你的丈夫不钟情吗？男人们哪里有一个钟情的？……"

　　"姨妈，对不起，你的话说错了，例如我的公公……"

　　"谁不知道你的公公是一位隐士？我比你更识透他呢……但是，这也活该！爱都渥整个少年期，只在外省躲过了，不曾见识世

面……所以他不见可欲,心便不乱……但是,请你看看我那可怜的
阿德良!你以为他一辈子都对得住我,不曾负心吗?我的可爱的
小伊莎比萝啊!整整的二十年中,我晓得他有了一个情妇,恰又是
我的好女友,名叫若娜……不用说,我起初觉得这事儿太杀风景
了,然而不久也就调停好……记得我们结婚的那一天,……我宴请
巴黎全城……可怜的阿德良,他心里已经有点儿糊里糊涂,作一场
小小的演说,说到我,同时说到若娜,又说到一个海军上将……自
然引得大众笑起来,但是,究其实,这才是风流韵事。我们俩都很
老了,都好好地过了我们的生活,不曾忽略过一点儿……这等岂不
是很好?再者,大家对着好酒好菜,也就没工夫去想别的事情。"

"是的,姨妈,但总要看各人的性格而定。依我看来,多情的生
活万不可少,至于繁华的生活,我实在漠不关心。那么……"

"我的可怜的孩子,谁叫你不要多情的生活了?当然,我十分
爱我的外甥,肯劝你去找一个情郎不成?……不用说我是不肯
的……话又说回来了,如果费理伯先生得了一个又美又年轻的女
子,天天在外面鬼混,那么,假使你也想法子浇一浇你的生命之花,
我决不怪你……就说这里吧,我敢说,麦尔梭路便有不少的男人会
给你看中了的。……"

"唉!姨妈啊!我是相信婚姻的。"

"是的,谁说不是呢?……我也相信婚姻,我平日的行为可以
证明。然而婚姻是一事,爱情又是一事……譬如刺绣,底层的粗布
要结实,而上面却不妨绣些亚剌伯花纹……只一层,也该有个样
子……现在的少妇们的行为,我大大地不喜欢,便只因她们没有
样子。"

这位老姨妈用这种论调与我谈了许久。她拿我来开心,我们
到底相亲相爱,只不能互相了解,生性如此,无可奈何。

又有一家招请我赴宴会,这家乃是姓苏美维岳的,费理伯有许
多事务是与这家有关系的。我以为理应接受他家的宴请,因为费

理伯尽有用得着他们的去处,我不该失了他们的好感。及至我到了他家之后,立刻悔此一行,因我看见满座宾客,没有一个是熟识的。屋宇倒是十分华丽,只陈设得太时髦了,我不很喜欢,然而总算很有风趣。墙上有的是马尔客、西士里、罗布儿诸名家的画①,费理伯看见了一定发生兴味的。苏美维岳夫人给我介绍那些不相识的男女来宾。我留心一看,女人们有一大半是很标致的,钗光钿影,触目生辉;男人们差不多个个都像大工程师,身体强壮,眉宇轩昂。我毫不关心地听人家称名道姓,分明晓得我不久便都要忘记了的。忽听我的女主人说道:"这一位是哥德夫人。"我定睛一看,原来是一个金发的标致妇人,只欠几分娇嫩。又见一位哥德先生,是勋级会的职员,像有几分不屈不挠的状态。我与他们俩素不相识,而我却自思道:"哥德?哥德?这名儿熟得很。"我问女主人道:

"哥德先生是什么人?"

"哥德先生",苏美维岳夫人说,"他乃是五金业的大人物。是西方炼钢厂的总经理,在煤矿界也很有势力。"

我自思费理伯似乎向我说过这人,或者是查克说过。

哥德恰巧与我连坐。他起先不曾听清楚我的名字,及至看见我的名片,十分诧异,即刻问我说:

"请教夫人,您是不是费理伯·麦赛那的妻子?"

"正是。"

"巧得很!我与您的丈夫从前很熟。我初做事的时节,乃是在利母泽他的家里,……也可以说是在他父亲的家里。那时我的工作真是苦极了!我该管的是一间纸厂,引不起我的兴趣。我在那边,只是一个部属的身份。你的公公太严厉了,做他的工真不容易。唉!是的,我对于冈都祃,留下了最坏的回忆(他又加了两句道)。对不住,我在你跟前说这话,请你恕罪。"

———————————

① 马尔客(Marquet)、西士里(Sisley)、罗布儿(Lebourg)都是近代著名的画家。

当他说话的时候，我忽然悟起了……迷萨，他便是迷萨的丈夫……费理伯从前叙述的话，一句句都涌上我的心头，恰像字字行行都摆在我两眼之下。转眼看那标致的妇人，眉目含情，既和且怨，正坐在桌子的另一边的尽头处，原来她便是某年某月某日晚间，快要成灰的木炭之前，垫子堆上，给费理伯搂抱着的那一个女人。看她的神情，听她的语调，活像一个绿克莱思，或一个爱尔美安①，大有玉洁冰清、凛不可犯的气概，要说她便是昔日又忍心又淫荡的那一个迷萨，真令我不能相信。然则费理伯从前的话岂不错了？……此刻我不能尽管胡思乱想，总该与她的丈夫谈话才是，于是我说：

"真的，费理伯也曾常常对我提起您的名字。"

停一会儿，我勉强地加上了几句：

"哥德夫人乃是我丈夫的前妻的最要好的女朋友，是不是？"

他眼睛避开我的视线，也像我一般地现出为难的样子，我心中暗想道："他知道什么了？"只听他答道：

"他们原是孩子时代的好友，后来有了一次不和。奥媞儿不很对得住迷萨……迷萨便是玛丽杜莱思，但我叫我妻子做迷萨，叫惯了。"

"是的，自然。"

说到这里，我见越说越不好听了，便谈到别的事情去。他同我谈钢铁、焦煤、石炭在法德间相互的关系，又谈到工业的大问题对于外交政策的影响。他的见解很丰富，我听得津津有味。我问他是否认识查克·维利耶。他说：

"摩洛哥那个维利耶吗？我认识他的，他在我的议事处里。"

"你觉得他聪明吗？"

"我与他不很熟，他做成功了……"

_____

① 绿克莱思（Lucrèee Borgia）与爱尔美安（Herwione）皆古之贞烈女。

席散后，我托故弄到他的妻子独自一人陪我说话。我分明晓得如果费理伯知道了，一定禁止我，我自己也勉强自制。但是热烈的好奇心催迫着我，竟不知不觉地跑到她跟前去了。她现出诧异的样子。我向她说：

"当吃饭的时候，您的丈夫告诉我，说您从前与我丈夫很熟，是不是？"

"是的"，她冷冷地说，"余良与我曾在冈都祢住过几个月。"

她向我丢了一个奇怪的眼色，既像烦恼，同时又像怀疑。似乎她暗问道："你知道真情吗？你是不是貌善心恶，想同我捣乱？"说也奇怪，我非但不觉得她可憎，倒反与她表同情。她的风致，她的正经而多愁的神情，都令我感动。我自思道："她倒像一个深受痛苦的人。谁晓得当年的真相？也许当年她真爱费理伯，看见有一个女人弄得他七颠八倒，恨不得从那女人的手里抢过来保护着，所以她那么做，无非为的是费理伯的幸福。有什么大不了的罪过呢？"

我挨近她身边坐下，慢慢地像逗雀儿般逗驯了她。不到一个钟头，竟给我逗得她谈起奥媞儿来了。她说时，不免有几分难色，可见这种回忆，在她心中，还唤起不少的热烈的情绪哩。她说：

"说到奥媞儿，真教我不知怎样说好。我曾经十分爱过她，十分赞赏过她。后来她倒使我难堪，不久她又死了。我不愿意玷污她，尤其是在你跟前。"

她重新睇视着我，奇异的眼神里满载着问题。我说：

"唉！请你不要以为我对于这个回忆有什么仇恨。我听人家说奥媞儿不止一次了，我非但不恨，倒反把她与我不分彼此，恰像我与她原是一个人似的。……她该是很美丽的了，是不是？"

"是的"，她带着愁容说，"她美到人人赞叹为止。然而，在她的眼睛里，我觉得总有些不可爱的地方。有一点儿……不，我不想说是假……'假'字太重了……有一点儿……我不晓得怎样向你解释才好……有一点儿像得过胜利的诡计。奥媞儿所需要的是制御一切。她想把她的意志、她的真理,都强迫人家承受。她的美貌,给予她自负心。她以为,差不多十分相信地以为,如果她肯定一件事情,假的也会变成真的了。她这般做作,你的丈夫既然十分爱她,便任凭她得了胜利去。至于她在我跟前,便没法子想,所以她恼我。"

我一面听,一面伤心,我的脑海里重新现出了露娜的奥媞儿,我的婆婆的奥媞儿,连爱莲所述的苏兰芨也相差不多。不复是费理伯的奥媞儿了,不复是我所爱的奥媞儿了。我向她说:

"但是,奇怪得很,你所描写的奥媞儿是强有力的,意志很坚的。而费理伯说到她的时候,依我得到的印象,奥媞儿却是一个脆弱的女子,时常只是偃卧着,稍为有点孩子气,究其实是很仁厚的人。"

"是的",迷萨说,"这也是真话,但我以为这只是表面的观察罢了。奥媞儿的真底细乃是一种胆量……我不晓得怎样告诉你……一种兵士的胆量,党人的胆量,例如当她决定要隐藏……不,我不能把这个告诉了你。"

"你所叫做胆量的,费理伯叫做勇气。他说这是她的美德之一种。"

"是的,你这么说也可以。在某种意义说,这话自然确切。但她没有勇气自制,只有勇气使她的希望实现。总算是好,到底比自制的勇气容易了些。"

"你有没有孩子?"我问。

"有的",她答时,眼望着地下,"三个:两男一女。"

我们直谈到夜深,临别时,各有愿相结交之意。我第一次对于费理伯的话不表同情,这妇人决不是怎样坏的人物。她原是多情而妒忌的人。我这么的一个女人,能不能责备她呢?临别的最后一刻,我有一种举动——这举动,我后来也自追悔。我向她说:

"再会吧。我同你谈了这一番话,非常满意。此刻我正在独居,也许我们可以一块儿出去逛逛。"

我出了客厅,马上想起我做错了事了。费理伯一定不赞成的。如果他知道我与迷萨结交,一定把我责备得非常厉害,实在也是他有道理。

至于她自己呢,该从这番谈话里头,尝到了某种乐趣。也许她想要根究我,根究我们夫妇的生活,因为她在两天之后打电话来给我,我们订下了一个约会,同到树林里散步。我唯一的希望,是想逗她谈起奥媞儿,从她口里探知奥媞儿的嗜好、习惯、性癖。我在费理伯跟前,不很敢问及过去的事情,而今从迷萨口里得到些秘诀,也许因此可以博得费理伯的欢心。我向迷萨提出了无数的问题:"她的穿着是怎样的? 她的衣帽鞋袜是哪一家店子供应她的?人家说她非常会安排花草……为什么安排花草也只有她一人是特长? 请你解释给我听……说来也奇怪得很,人人说她非常有情趣,你如此说,无论谁都如此说。然而依你叙述的许多情节看来,她却是个硬心肠的人,差不多可以说是扫兴的人……那么,她的情趣却是从什么地方来的呢?"

关于这一层,迷萨不能给我一点儿意见,我看她自己也把这问题仔细思量,找不到一个答案。我在她谈论奥媞儿的话里头,只发现了两个特点:第一是对于自然的嗜好,这种嗜好,苏兰茇也有的;第二是一种不期然而然的活泼精神,这种精神,我却没有。我自思道:"我为人太有条理了,每逢我心里来了一种兴致,总要经过一重考虑,不让它自然地流露出来,我想奥媞儿所以博得费理伯的欢心,非但因她有种种美德,而且因她童心稚气,笑口常开,这种自然的流露,比之什么美德都还可爱哩。"于是我们又很亲密地谈到费理伯,我向她说我如何如何地钟爱他。她说:

"是的,但是你同他在一块儿,觉得快活吗?"

"快活得很。为什么?"

"也不为什么,我随便地问问你……我也十分了解你为什么爱他,因为他实在令人留恋。然而同时他又有一种弱点,专爱与一班奥媞儿式的女人们鬼混。做他的妻子的人,未免有些难吧。"

"为什么你说一班女人们呢?在他的生活里,除了奥媞儿之外,你还认识别的女人吗?"

"唉!不,我只觉得他会如此罢了。你晓得吗?他这人,你在他身上找不出死心塌地的爱情来……总之,我虽则这样说,其实我是莫名其妙。我很不知道他的为人,只胡乱猜猜。从前我看见他的时候,觉得他做事往往没有什么价值,小气得很,把他的身价也降低了些。但是,我重新声明一句,一切我所说的,都毫无价值。我生平很少看见他。"

我觉得十分不适意,而她却像得了乐趣。费理伯的话不错吗?她真的坏透了吗?……我回家之后,一夜不得舒服。我在火橱上看见了一封费理伯寄回的多情的信,我曾经猜疑了他,此刻请他恕罪。自然,他有弱点,但连这弱点我也觉得可爱。至于迷萨所以说那些游移两可的话头,无非是因她曾经失恋所致,所以我不愿怎样追究。后来她邀过我好几次一块儿出游,甚至于请我吃饭,但我都辞绝了。

十八

费理伯归期将届,我快乐到无以复加。我的身子已经复元,比之怀孕以前还更康健。生活的情趣与喜事之将临,使我心绪舒畅,神志清朗了许多。我努力想法子使费理伯入门时喜出望外。我想他在美洲一定看见过许多很美的女人,许多完善的房子。像我现在这个模样儿,岂不令他讨厌?于是我不管我是个孕妇,却努力地注意于我的衣服;也正因我是个孕妇,越发该注意于我的衣服。又把房子的陈设更改了许多,因为在迷萨的话里头,我知道奥媞儿的嗜好的大略,所以勉强想把房子做成昔日奥媞儿所爱的房子。到了费理伯回来的那一天，我把无数的白色的花，堆了一屋子。费理伯平日笑我是丑陋的节俭，这一天，我战胜了丑陋的节俭了。

当费理伯在圣拉赛尔车站下了火车之后，我看见他年纪轻了许多，快活了许多，经过了六日的航行，面上露出褐色，他此刻满怀回忆，藏着一肚子话要告诉人。头几天，快活得很。苏兰茇此刻还在摩洛哥，我曾经仔细观察，大可放心。费理伯愿意在重新工作以前，把一礼拜的假期，完全给我享受。

在这一礼拜内，我丈夫的深藏的性情才露出来，又另是一个时节。有一天早上我在将近十点钟的时候出去试一套衣服，费理伯在家里睡觉。我去了之后，有人打电话来了（这是不久以后，他告诉我的）。他爬起床来，跑去答话，只听见一个男人的声音，却不是他所认识的人。只听那人问道：

"您是麦赛那夫人吗？"

"不"，他说，"我是麦赛那先生，说话的是谁？"

忽然来了一阵蝈蝈的声音，人家已把电筒挂起了。

他觉得这事蹊跷，于是打电话问司机生刚才是谁家打来的电话，辗转地问了许久，人家才回说是交易所打来的，这也未必是真，令人摸不着头脑。当我回来的时候，他问我说：

"交易所里有电话找你，究竟是谁？"

"交易所吗？"我很诧异地问。

"是的，交易所有电话来叫你，我回说接话的是我，人家马上把电筒挂起了。"

"真是一桩奇事了！你敢断定吗？"

"伊莎比萝，你问得又奇了！是的，我敢断定，那人的声音非常清楚。"

"男人的声音呢，还是女人的呢？"

"自然是男人。"

"为什么自然呢？"

　　我们从来不曾有过这种语调。我不由自主地现出窘迫的样子。虽则他说是一个男人的声音，我却相信一定是迷萨，因她常常有电话来叫我，不是她是谁？但我不敢提起她的名字。费理伯不知道他的妻子钟情于他，却现出冤枉人家的样子，自然令我动气；但我同时又有几分自负：原来我也使得他吃起醋来了。我觉得此刻我不是我，乃是突然产生的一个妇人，有点儿硬颈，有点儿疯狂，又有点儿心软。可怜我那亲爱的费理伯，他如果知道我与他相依为命，得他而生，为他而存，那么，他便很放心了，太放心了！中饭后，他很随便地问我说：

　　"今天下午你有什么事干？"

　　"没有什么，到外面随便买些东西。还有便是：白莱曼夫人请我五点钟到她家吃茶。"

　　"我在假期内没事儿，想要陪你一块儿到她家去玩玩，你不讨厌吧？"

　　"你这话说反了，我喜欢到十二分呢！你不曾这般在我跟前献过殷勤，我真是喜出望外。那么，六点钟，我在她家候你。"

　　"什么？你刚才说的是五点钟。"

　　"这有什么稀奇？普通的茶会，请柬上写的是五点钟，却没有一个人在六点钟以前到的。"

　　"你随便买些东西，我也跟你走走，行不行？"

　　"哪里有不行的道理？……不过我以为你要到办公处去看信。"

　　"我不急急于看信，明天去看也行。"

　　"费理伯，你从美洲回来之后，真是一个好到十二分的丈夫了。"

　　于是他便同我一块儿出去，这一个下午，我们俩竟滚进了一团崭新的紧凑的空气里头。关于这一次散步，费理伯在他的日记簿里记下他的心情，当时我竟料不到他有这般强烈的感触：

我似乎觉得,在这别离期内,她已经获得了一种力量,对于自己很有把握,这是她从来没有的……真的,她对于自己很有把握了。为什么? 奇怪,奇怪! 她下车去买几本书,临下车时,回头一笑,百媚俱生,我觉得新奇得很。到了白莱曼夫人家里,她与郭澜医生作长时间的谈话。我仔细听他们的语调,竟出我意料之外。郭澜叙述他对于小老鼠的实验,说:

"你试捉些处女鼠,又捉些小鼠放在她们身旁,她们一定不照顾那些小鼠,如果你不理会她们,她们眼看着那些小鼠饿死了也不动心。于是你试注射些卵巢汁给她们,不到两天工夫,她们却变了值得颂扬的慈母了。"

"有趣极了!"伊莎比萝说,"几时我得看一看才好。"

"您可以到我的实验室里来,我弄给你看。"

我听他们说时,似乎觉得郭澜的声音恰像我在电话里听见的那人的声音。

我读了这段日记之后,才知道妒忌会错到什么地步。他这般疑心生暗鬼,真是再疯不过的了! 说起郭澜博士,原是个好医生,又聪明,又可爱,在当今的世界又算很时髦的人物,所以我很高兴听他的议论。至于说我想要打他的主意,真是我做梦也梦不到的事情。自从我与费理伯结婚之后,我甚至于不能见另一个男人,因为我觉得他们只是些很累赘的事物儿,不是注定为费理伯用的,便是害他的,叫我怎样爱他们? ……然而,费理伯又用扣针扣着一张纸片儿,加于上文之后,说:

我把爱情与怀疑的苦痛混在一起,成了习惯。到了今天,我以为也许重新尝试这种滋味了。同是一个伊莎比萝,三个月以前,我说她太殷勤,太不肯离开一步;到而今,我想要从心所欲地拉住她在我身边,再也不能够了。试问我是否感受到了一种不可制胜的厌恶心呢? 如今在表面看来,我不像从前那般快活,实则此时才没有一刹那厌倦哩。伊莎比萝对于我

的新态度,觉得很奇怪。因为她太谦虚了,所以觉得我这种变迁的意义真是奥妙莫测。今天早上,她对我说:

"如果于你没有什么不便之处,我今天下午想到巴斯特去看郭澜的实验。"

"不行,绝对不行!不要去吧!"

她给我的硬话吓呆了,眼怔怔地望着我说:

"为什么呢,费理伯?那一天他说的话你也听见,我觉得这个有趣极了。"

"郭澜的样子,我顶不喜欢:他对于女人们,总不肯规规矩矩的。"

"郭澜吗?你的意见太新奇了!这一个冬天,我常常遇见他,也不见他怎么样。你呢,你与他不过一面相识,在白莱曼夫人家里见过他十分钟……"

"恰巧在这十分钟内……"

自从我认识伊莎比萝,至今第一次看见她一种新样的微笑,也许便是奥媞儿的微笑。她带笑说道:

"你吃醋吗?奇了,有趣,有趣!"

我至今还记得这一幕剧,那时节,我实在感受到几分趣味,又颇快活。许久以来,我觉得费理伯的心灵重重关锁,令人捉摸不定,我真有不得其门而入之叹,忽然间,竟给我摸着了线索。自从摸着了线索之后,我的心受了一种很大的引诱:我晓得怎样播弄我的丈夫了,但我却不愿实行;我终身可告无罪的事,算是这个时期我这种行为了。因为那时我觉得我只须玩一种风流而神秘的把戏,马上可以羁縻住了费理伯,牢牢地缚着,不像从前。我对此真有把握,曾经做过两三次无害的实验了。是的,费理伯乃是这样的一个人:唯有怀疑使他受苦,亦唯有怀疑能羁縻住他。我晓得怀疑这一物乃是他的病根,久病缠绵,无非因此。我已经读过他前半生的历史,证之以每日的行为,所以晓得这般清楚。他对于我的一言一动，无不关心，以致于很苦恼地沉思默想，睡也睡不好，干事情也没精神了。我不懂他为什么竟颠倒至于这个地步！我呢，我只等候四个月后的分娩，我心里不是想这未来的孩子，便是想他，然而他哪里看得出来呢？

这种把戏，我包管可以胜利，终于不愿意做去。这是我所请求的一种小信用，又是我所做了的一种大牺牲，无非为的是他……费理伯啊！你已经原谅我了，我的沉默、我的妒忌、我的小气，有时竟使你动气，而你终能原谅我。我也未尝不能缚住你，消磨你的力量，褫夺你的自由，断送你的幸福；我也未尝不能使你很痛苦地提心吊胆，但我终不甘心这般做去。我只愿赤手空拳夺得你的爱情，却不甘心用什么诡计。你全身盔甲，而我却挺身到你跟前，毫无防卫。我自以为我所做的才是正理。我似乎觉得爱情之为物，总该比情场的残酷的战争稍为伟大。我的爱人啊！你一生只从你所爱的女人的疯狂里逃脱了你的苦恼，你这种需要便是你的弱点。我的观念里的所谓爱情，并不如此。我觉得我能在情场效尽精忠，甚至于为奴为仆。世间没有什么存在，只有你与我相依为命。假使有一场大灾害到来，我们所认识的老老幼幼都遭了殃，只剩下了你，我还觉得这并不是什么了不得的惨事。你便是我的世界。这意思给你看出，给你听见，也许不是有见识的人所为，而我哪里计较到有见识没见识呢？我的爱人啊！我对于你，绝对不肯采用稳当的政策。我不能用诈，又不晓得怎样有见识，只晓得爱你，终身爱你。

不消几天，因为我的行为的明白与我的生活的安静，我又把一粒定心丸放到费理伯的心坎上去了。我不再看望郭澜，实在他为人很是可爱，我不免有几分可惜，但也无可奈何。于是我差不多天天只是关在房里。

我怀孕的后几个月颇令我吃苦。我自知变丑样了，再也不愿与费理伯出游，因怕他不喜欢之故。到了最后的几个礼拜，他尽心竭力地陪伴着我,天天不离我的身边,念书给我听,习以为常。我一生所梦想的夫妇生活,以这几天的生活为最近似。我们俩一块儿读了些著名小说。我少年时也曾读过巴尔扎克、托尔斯泰的作品,但那时却懂得不很透彻。此刻我觉得所有那些作品却富有用意了。《安娜·嘉莱宁》①里的多丽便是我,安娜便是奥媞儿,又有几分苏兰芨气。当费理伯读的时候,我猜想他也是这般附会的。有时候,来了一句书,显然合着我们夫妇,或合着我自己,费理伯便抬起头来望着我,忍不住笑了一笑,惹得我也笑起来。

假使我看见费理伯不愁不闷,我更快活了许多。他不埋怨什么,身子又好,但他常常只是叹气,坐在我床前的椅子上,懒懒地挺直两臂,双手揉着他的眼睛。我问他说:

"你疲倦了吗,爱人?"

"是的,稍为有一点儿,我以为我要换一换空气才好。办公室里,整天……"

"谁说不是呢?归家后又整夜守着我,怎教不疲倦呢?爱人,你出去好好的玩吧……为什么你再也不到戏院里、音乐会里去了?"

"你分明晓得我怕独自出去玩的。"

"苏兰芨不是快要回来了吗?她原只预备住两个月罢了。你不曾得到她的消息吗?"

"怎么不得到?她曾经写信给我的",费理伯说,"她的归期又展缓了。她不愿意丢她的丈夫独自在那边。"

"什么?她哪一年不丢他独自在那边呢?……为什么忽然疼他了?奇怪!奇怪!"

"我哪里晓得人家为什么呢?"费理伯说时,有几分不高兴,"她写信这般说,我只好这般告诉你,别的我一概不知。"

---

① 《安娜·嘉莱宁》(Anna Karenine)是托尔斯泰的小说。

十九

我分娩前几个礼拜,苏兰芨终于回来了。费理伯的态度忽变,令我心如刀割。这是一天晚上,我觉得他畅快了许多,年纪轻了许多。他带回来好些花,许多大红虾,正是我所想吃的东西。他在我的床前踱来踱去,两手插在衣袋里,神情活泼,把办公处里本日的趣事,及他所见的印刷主人的趣事,一一告诉给我听。我自问道:"他有些什么事儿? 何处来的这般光彩?"

他在我床边吃晚饭。我不着意地,也不望他,只管问道:

"苏兰芨的消息始终没有吗?"

"什么?"他从容不迫地说,"她今天早上已经打电话来给我,我不曾告诉你吗? 她昨天便回巴黎来了。"

"费理伯,我真替你欢喜了。恰巧我快不能陪伴你的时候,你却得了一个出游的伴侣,怎教我不替你欢喜呢?"

"你不疯了? 伊莎比萝,我还是一刻不离开你的。"

"我却要求你离开我。再者,我也不愁寂寞,我母亲不久便到巴黎来了。"

"真的",费理伯说时,面有喜色,"她大概是距离巴黎不很远了。她最近的电报是从什么地方打来的?"

"她打来的是船上的无线电,但据邮船公司的消息,明天她可以到苏彝士了。"

"我很替你喜欢",费理伯说,"她这人真好,万里遥遥跑来看女儿分娩。"

"费理伯,我的家庭恰像你的家庭,诞生与去世,算是两件大事。我记得外省的堂兄弟的葬仪成为我父亲的最快乐的回忆。"

"我的祖父麦赛那也是一样",费理伯说,"他年纪很老的时候,医生不许他送葬,他抱怨得了不得,说:'人家不许我送律多维的葬,我便无可消遣了。'"

"我似乎觉得你今天晚上格外快活,费理伯。"

"我吗? 唉! 不! ……但是,天气很好,你也很舒服,九个月的病魔快要退了,所以我很喜欢。这也是颇自然的事情。"

我看见他这般精神活泼,知道他如鱼得水的真原因,真教我气煞。他自从圣摩利回来之后,饭量稍减,我担心了几个月,到了今天晚上,他的饭量忽然增加,依旧像从前在圣摩利的时节一般。晚饭后,他坐卧不宁,只管打呵欠,我向他说道:

"我们稍为念念书好不好? 昨天晚上你开始念的史当代的作品,很好……"

"是的",费理伯说,"《拉米尔》……是的,这个蛮好……如果你高兴的话……"

他又连连地打了几个呵欠,伸了一伸懒腰。

"费理伯,你听我说:你晓得你该做什么事情吗? 你该到苏兰芨那边道一个晚安,你隔了五个月不见她了,今天晚上去走一遭,也见得你这人很好。"

"你以为这样办好吗? 但是,我不愿意丢你在这儿。再者,我不知道她是否在家,又不知道她是否有工夫。她初回来的第一天晚上,她家该有她的家里人——查兊的家里人。"

"你可以先打一个电话去问问。"

我口里这般说,心里只希望他越发执着不肯去。谁知他驭不住心猿意马,即刻顺风转帆,说道:

"也罢,让我试一试看。"他出去了。

五分钟后,他满面春风地回来向我说道:

"既然于你没有什么关系,我想到苏兰芨家里坐一会儿。顶多一刻钟便回来。"

"随便你坐多久都可以。我喜欢到十二分,因这事于你很有好处。但是当你回来的时候,无论怎样夜深,总望你来给我道一个晚安才好。"

"断不会怎样夜深的；此刻是九点钟，我在九点三刻一定回来。"

这一夜，我等到半夜才得再见他的面。当我等候他的时候，稍为念了几页书，却哭了几个钟头。

二十

我母亲自中国回来，在我分娩前几个礼拜到了。我与她重逢的时候，觉得我比前更接近她，同时又更疏远她，都出我意料之外。她批评我们的生活的样法，批评我们的佣人，批评我们的朋友。她所责备的话，把我许久以前的隐没的心弦轻轻地弹响了。但这种家传的基础已经盖上了厚厚的一层费理伯的空气，所以一切使她诧异、使她不满意的事情，在我看来，都是自然的事。她即刻注意到这怀孕期的最后数礼拜费理伯并不见得怎样尽心尽力。她往往说："今天晚上我来陪你，因我不相信费理伯在家里停留得下。"我听了这话，不禁伤心。我自责这种伤心乃是争气的成分多，爱情的成分少。我可惜她不早些来：当苏兰茇没有回来的时候，费理伯除了工作的时间之外，时时刻刻不离开我，那时她来看见我，表示我能博得我丈夫的爱情，岂不是好？她往往站在我床边，带着批评的神气望着我，使我的少女时代的愁怀重新唤起了。她很注意地把一个手指放在我的头发上说道："你有些白发了。"她说的原是真话。

每逢费理伯半夜以后才回来的时候，路上行人逐渐稀少，我侧耳静听路人的脚步，以辨别是否有他的脚步的声音。这种声音，至今犹在耳鼓。往往有一种骗人的声音，橐橐地来了，经过门前，偏停了一停，引起我的希望，却又继续地走去，橐橐地越去越远了。到后来，又有一个人真的快要停在门前，只离几米之远；我听见这种速率，表示将停止的样子，于是决定是费理伯了。电铃的轻响传遍了全室，远远的一扇门咯喋地开了，这才真的是他了。我原打定了主意，要笑容满面地接他，表示宽宏大度；但是，结果都是抱怨他，差不多每天晚上都如此。连我自己也觉得我那时言词激烈，天天依样葫芦，实则令人可恼。费理伯往往很不耐烦地说：

"唉！伊莎比萝，你听我说，我再也不能够了……你自己觉得你自相矛盾到什么地步吗？……原是你哀求我出去的，我遵从了你了，你却又来责备我……你想要怎样呢？要我守着这一所房子吗？那么，你说明白好了……我好照你的话做去……是的，我与你约定，照你的话做去……比天天吵闹总还好些……但是，我只请你不要在晚上九点钟的时候努力表示慷慨，到了半夜却小气到十二分……"

"是的，费理伯，你说的是真话，我这人原也可恼……我誓不再像今天这样了。"

然而到了第二天，又有一个内魔教给我那些废话了。尤其是对于苏兰芨，使我不得不生气。我觉得当我此时此境，她总该设想一下，不再拉走了我的丈夫，才是道理。

有一天，她来看望我。我们的谈话很不容易。她有一件西比利亚的漂亮外套，又对我夸奖了许久她的皮货。不久，费理伯回来了；一定是她先对他说她这一天来拜访我，所以他这一天格外回得早。他一进门，漂亮的外套成了无用的谈资，几乎不再听见，只有马拉克的花园成为重要的一幕。

"伊莎比萝，那园子的妙处，真是你意料所不及……早上，我赤着脚，在橙树丛中，微温的地上散步……每一行的花畦的周围，有的是许多玫瑰，许多茉莉。从许多花叶之间看过去，隐约可以看到蓝色的宰利泽……屋顶之上，又有阿特拉斯山上的雪照耀着，恰像一颗漂亮的钻石（我自思道：昔日圣摩利途中，已经说过这颗钻石了！）……再说夜里：许多扁柏似伸出一个漆黑的手指捧出月儿来……邻园的亚剌伯琴声悠扬成趣……呀！麦赛那，麦赛那，我真爱这个啊！"

　　她的头稍为靠后仰着,恰像要呼吸那些茉莉玫瑰的香气似的。

　　到她走的时候,费理伯送她直到门口,仍回来,带着几分为难的样子,背倚着我的卧房里的火橱。默然良久,才说道:

　　"你总该到一次摩洛哥才好……这真是个好地方……你看,我带了一部书回来给你,这是爱田写比尔比尔人种的内生活的书……这是另一种小说……同时是一种诗……是一部可惊奇的作品。"

　　"我的可怜的费理伯,我看见你天天须要与女人谈话,可怜得很!假啼伪笑的女人们,有什么稀奇!"

　　"伊莎比萝,你说这话,究竟是指什么而说的?"

　　"我说这话,只因原有这事,爱人。我很识得透女人们,她们实在很少令人发生兴趣。"

　　到后来,我第一次尝试分娩的苦痛了。不幸却是难产,时间很长,很是难堪。费理伯面色变白,比我还怕,他这种惊动,实在令我喜欢。我知道此刻我的性命会影响及于他的性命。他这般惊动,倒增加了我不少的勇气;因我要使他放心,所以勉强忍耐着痛苦,对他谈论我们的儿子——我料定是个男孩。

　　"费理伯,将来我们把他叫做亚冷吧。他的眉毛一定得生得太高了些,像你,当他有事在心、正在纳闷的时候,一定把两手插在衣袋里,左右前后的踱来踱去……因为这可怜的亚冷将来一定是终日愁闷的,是不是,费理伯?这般的父母该有这般的儿子……多么厉害的遗传啊!"

　　费理伯勉强笑了笑,我却看得出他在感动了。当我痛得更厉害的时候,我叫他握着我的手。

　　"费理伯,你记得吗?当年在奥比拉戏院听唱《斯格佛里德》,我把我的手放在你的手上……这便是万事的起点。"

　　不久以后,我在我分娩的房间里听见克来医生向费理伯说:

　　"你的夫人真有惊人的勇气,我很少看见这样的产妇。"

"是的",费理伯说,"我的妻子倒是个很不错的人物。我希望她没有什么事儿才好。"

"怎么会有什么事儿呢? 一切都是很规则的。"医生说。

到末了,人家想用蒙迷药,我不愿意。到了我张开眼睛之后,看见费理伯近在床前,面有喜色,吻着我的手说:"爱人,我们得了一个儿子了。"我想要人家抱来给我看看,结果是不曾得看。

我的母亲与费理伯的母亲正在我的卧房旁边的一间小客厅坐着。房门洞开,我双眼紧闭,半醒半睡,听见她们正在谈话,原来她们正在很悲观地猜卜将来这孩子的教育。虽则她们并不是一样的人,对于一切问题差不多都不能同意,然而她们那种老气横秋、责备年轻夫妇的态度,却不约而同。麦赛那夫人说:

"唉! 将来好看极了! 费理伯什么都管,只不管他儿子的教育;伊莎比萝什么都不管,只知道照顾她丈夫。将来你试看,这孩子要做什么便做什么,还有谁管他呢? ……"

"亲家说的很对",我母亲说,"这一对少年人只有两个字挂在唇边——便是'幸福'。又要儿女有幸福,又要丈夫有幸福,又要情妇有幸福,又要奴仆有幸福;想要这许多幸福,于是规矩也不要了,防范也取消了,什么都可以原谅,不要说等不到值得原谅的时候才原谅,甚至于等不到人家请求原谅的时候便先自原谅。这真是不可索解的事情,究竟为的是什么效果呢? 夫人,假使他们比我们二人更幸福了许多,我还没有话说;然而他们却比我们更苦,苦得多了,我看见我的女儿……不知道她睡着了没有? ……伊莎比萝,你睡着了吗? ……"

我不答应她。她又说道:

"奇了,到了第三天,她还是一样昏昏欲睡的。"

"为什么她竟给人家用了蒙迷药?"麦赛那夫人说,"我曾向费理伯说过,如果我在他的地位,我一定不肯的。养孩子只该自己养。我呢,我养过三个孩子,不幸失了两个,但一连三胎都是自然而然地产下来的。人工的分娩，对于母子都有损无益的。我看见伊莎比萝这般柔顺，实在令我动气。姓麦赛那的人家分居十省，任凭你家家去问过，断没有一家允许这样办的。"

"真的吗？"我母亲很客气地这么说了一句。原来劝我用蒙迷药的正是她，但她是一个善用外交手段的人，此刻正想与麦赛那夫人联合战线来反对晚辈，所以不愿变友为仇。只听得她又很低声地说道："……刚才我说：我看见我的女儿……她说她不幸福……这并不是费理伯的错处，费理伯是一个很好的丈夫，并不比别人更三心两意。只是她自己担心，自己盘算，时时刻刻要看她们夫妇生活的晴雨表——她所谓爱情……夫人，我来问你，你从前对于你的夫妇生活，也曾时时刻刻挂在心头吗？我呢，很少想起。我只努力帮助我丈夫的职业，又有繁重的家务给我指挥，我们各忙各的，倒也事事如意……至于教育儿女，也是一样。伊莎比萝说她什么都不希望，只希望亚冷将来的青春比她从前的好。但是，从前她的青春何曾怎样坏了？我固然把她管得严了些，但我至今不后悔，你看看我的成绩，好不好，自然逃不过你老人家的眼里。"

"对啊！"麦赛那夫人很低声地说，"假使不像你这般教育她，她断不会像现在这般可爱。她受你的恩不浅，我的儿子也连带得了好处。"

我静躺着，动也不动，因为这种谈话实在使我开心。我自语道："谁晓得？也许她们真有道理吗？"

后来谈到怎样给亚冷喂奶，她们再也不能情投意合，便争起来了。我的婆婆以为我应该自己喂乳，以为英国的奶妈可恨得很。而我母亲却对我说："你不要尝试吧！你这么一个不耐烦的人，不消三个礼拜，你一定罢手，那时节，孩子已经给你弄出毛病来了，要雇请奶妈也迟了。"费理伯也不愿意要我尝试，但我打定了主意，固执要试一试，结果是不出我母亲所料。我希望了许久，好容易产下了一个儿子，谁知自有了儿子以来，一切都大失所望。因为我起初的希望太大了,所以此时的事实不能满足当时的希望。当时我以为这孩子将为我们俩中间的又新又坚韧的赤绳,把我们更系得牢固些,谁知竟成虚望! 实际上乃是:费理伯对于他的儿子并不怎样关心。他每天去看他一次,却高兴与那奶妈打几句英语,叽里咕噜了几分钟,便又变成我平日所熟识的费理伯:很和婉,可望而不可即,多情善感的态度带着一层厌倦的薄雾。此刻我似乎觉得他非但厌倦,甚至于还有其他的事儿。他镇日价愁眉不展的,不像从前那般高兴出去。起初我以为他做好人,因为看见我还弱得不像样,不好意思丢我独自在家。但是,有好几次,我母亲或某女友约好来看望我的时候,我向他说:

"费理伯,我晓得这种家常谈话你一定厌听的,你最好是打电话给苏兰芨,今天晚上带她到影戏院里去。"

"为什么你老是要强迫我同苏兰芨出去玩呢? 我两天不见她,还活得成吧。"

可怜的费理伯,若在平日,他两天不见苏兰芨,便真个活不成。我也不十分知道为的是什么,也不识得苏兰芨的秘密的生活,只觉得她从摩洛哥归来之后,他们二人的关系总有一点儿变更。近来费理伯感受痛苦,无非为的是她。

我不敢把这事儿质问他,但只随着他的面色的变迁,我便观察出他的心病的进步。只在几个礼拜之内,他无端消瘦了许多,面色变黄,眼睛缺乏了神采。他只叹每夜睡不好,其实他平常无论看什么东西,都可定睛久视,不打瞌睡。吃饭的时候,他一言不发,其后又勉强找话与我谈天。我宁愿他闭口无言,却不愿他这般没话找话说,显然看出他的勉强的样子,令我伤心。

有一天露娜来拜访我,带了一件小衣服来给亚冷。我一见她的面,即刻觉得她变了样了。她说她的工作生活已经安排好,又谈起郭澜医生。据她的字眼推测,我以为她变了郭澜的情妇了。数月以来,冈都袔那边的人,也曾说起这件事,但只是否定的说,不是肯定的罢了。因为依麦赛那的家教，如果她的德行不合于格言，她家不得不拒绝与她来往。而她家总还想与她表示亲善，所以否认有那事儿。但是当我看见她的时候，我晓得她家实在不明真相——她家也许是不凭良心说话。总之，看露娜这般快乐，实在像一个被爱的女人。

自从我结了婚之后，我与她十分疏远，甚至于在好些光景看来，我觉得她的心肠硬，差不多竟是我的对头。但是，到了这一天便不同了，我们竟达到大战以前那种长时间的谈话的语调。我们谈到费理伯，谈得非常深切。露娜第一次很坦白地对我说她曾经爱过费理伯，当我与他结了婚之后，她曾经十分伤心。

"伊莎比萝，那时节我差不多是痛恨你，后来我把我的生活改变了个样法，一切都如隔世……我们的最强的感动心已经死去了，你不觉得吗？我在三年之后，回首看三年前的我，又诧异，又不关心，恰像是另一个女人似的。人生在世，原是这样。"

"是的，也许不错，但我还不到这地步。如今我爱费理伯还像恋爱的初期，也许比先还更甚些。六个月以来，如有我所不曾牺牲的，我总有一天能够为他而牺牲。"

露娜怔怔地望了我许久，一言不发，像医生看病人似的。终于向我说道：

"是的，我相信你的话……伊莎比萝，刚才我说过我一点儿不后悔，非但不后悔……你该允许我说老实话吧？我每天只庆幸我不曾嫁了费理伯。"

"我呢，我每天只庆幸我嫁了他。"

"是的，我很晓得，因为你爱他，又因为你像他一般地养成了坏习惯，在痛苦里找幸福，所以你庆幸你嫁了他。但是，费理伯终是一个可怕的东西，我并不说他性情不好，好是好极的了，只因他歪缠得太厉害了，所以可怕。我呢，他很小的时候我便认识他，已经是这样一个人，不过，那时节也许还有他种费理伯混合在内。后来奥媞儿来了，便把他变成了一个情种，种下了情根，一辈子也拔除不了。他眼里的爱情乃是某种面貌，某种疯狂的举动，某种韵致带几分使人担心、不很忠厚的样子……同时，他又是一个没道理的多情善感的人，所以他所爱的女人——合于他的标准而能够博得他爱的女人便弄得他七颠八倒……对不对？"

"又对又不对，露娜。我分明晓得，若说我被爱，总是不对的。然而费理伯到底爱我，我不能怀疑……只一层，同时他又需要种种的女人，像奥媞儿式的、苏兰芨式的……你认识苏兰芨·维利耶吗？"

"很熟识的……我刚才心下正想的是这人，只不敢在你跟前说起。"

"为什么不敢呢？你尽管说好了。我再也不妒忌了，从前也曾妒忌过……在社会里，人家说不说苏兰芨是费理伯的情妇？"

"唉！不……非但不说是费理伯的情妇，人家还当她最近在摩洛哥住的时候，给爱田爱上了，你晓得的，这就是著一部很有趣的书描写比尔比尔人种的那一个人……最近她在马拉克与他一块儿过生活。他回巴黎来还不久……这是一个大文豪，又是一个漂亮的人物！郭澜认识他，很看得起他。"

我沉思了一会子。是了，正不出我所料。提起了爱田的名字，令我回忆我丈夫的几次谈话，越发显然。他把所有爱田的作品一部一部地都搜罗了来，高声朗诵了好些小品给我听，问我有什么感想。我实在爱听，尤其是那一部深刻的描写的作品，名叫《吴大雅的花园的石子》，我越发喜欢。费理伯向我说："这个真好，是的，不错，这个真好，这很野蛮。"我的可怜的费理伯，他不晓得怎样伤心了！如今他一定像昔日对奥媞儿一般地把苏兰芨的一言一语一举一动细细推敲，看有没有爱田的痕迹。怪不得他往往夜里睡不着，原来他有这一件徒劳无功的事务来炮制他。唉！我忽然痛恨这妇人了！

"露娜,刚才你说的在痛苦里找情趣的坏习惯,实在说得对……只一层,像我与费理伯这一类的人,为环境所转移,已经走进了情场里去,还能不能再变呢?"

"我相信人们时时能够变,如果努力地想要变。"

"人们怎么想要变呢,露娜?已经变了之后,恐怕便不行了。"

"要是郭澜听见,一定这样回复你:'先要懂得机械的构造而驾驭它……'意思是说先要更聪明些。"

"但是,费理伯也聪明。"

"聪明得很,只他专从多情善感上用功夫,不很用他的聪明。"

我们很快活地辩论,直到费理伯归来的时候为止。露娜谈论各事时,她那科学的态度把我缓和了许多,使我变为"标记的爱情"队里的人物。

费理伯看见了露娜,现出很高兴的样子,请她同我们一块儿吃晚饭。自从几个礼拜以来,第一次看见他精神爽快,在席间大谈其话,他原是喜欢科学的人,露娜告诉他许多新经验,为他所未知的。露娜第二次提起郭澜的名字的时候,费理伯突然问道:

"郭澜,你同他很熟吗?"

"还算很熟吧,他是我的班长。"

"他不是爱田的朋友吗?摩洛哥的爱田,简单说一句,便是《吴大雅的花园的石子》的作者。"

"呃,是他的朋友。"露娜说。

"你呢,你认识爱田吗?"费理伯问。

"熟得很。"

"他是哪一类的人?"

"很值得注意的人。"露娜答。

"呀!"费理伯说。

他很为难地继续说下去:

"是的,我也觉得他有点儿天才……但是,世界上,往往是人品比不上作品……"

"他倒不是这种情形。"露娜横着心肠说。

我很哀求地向她丢个眼角。费理伯从此刻起,一晚不再说话了。

二十一

我眼看着费理伯对于苏兰芰的爱情在我旁边死去了。他绝对不向我说起。非但不说,而且显然地希望我以为他们的关系一点儿没有变更。况且他还不时去看望她,只不比先前那般频数,也不像先前得到纯粹的乐趣。每逢他们二人出游之后,他也不像先前那般快活归来,眉飞色舞;只见他态度严重,有时候还带着失望的神情。也曾有过好几次,我以为他将要把心腹话告诉我了,他握着我的手说道:

"伊莎比萝,到底是你的地步站得稳。"

"为什么,爱人?"

"因为……"

他住了口,但我很懂得他的意思。

他仍旧送花给苏兰芰,把她当做他爱的女人看待。基疏特与郎粟罗未免钟情①。然而我在他的遗墨内找出的日记,关于1923年的记载,却颇描写他的愁怀:

> 4月17日。　与S②游蒙麦特。我们一直上到特尔特广场一间咖啡馆的平台上坐下。几块新月面包,两杯柠檬清汁,苏兰芰要了一块巧古力糖,当天便吃,活像一个女孩。自从奥福时代以来③,久已消磨的印象,今儿重新拾得。苏兰芰想要

---

① 犹中国人云"阮籍途穷,贾生命蹇"。参看代序注。

② S乃是Solange(苏兰芰)的简写。

③ 奥福时代指奥媪儿与福朗素华的时代。

自然,想要多情,对我真个表示万种温柔,千般好意。然而我看得很清楚:她在想另一个男人。她的相思病,恰像奥媞儿第一次逃往伯尔丹的时候一样,她不愿意解说,努力避免,也像当年奥媞儿的情形。我一谈到她,谈到我们,她即刻撇开,把一种游戏来抵挡。今天她注视着过路的人们,依着他们的外貌与姿态,猜想他们的生活,以博乐趣。看见一辆汽车来了,停在咖啡馆的门外,车夫伴着车中的两个女人,直进来占住一张桌子。于是苏兰芨便因此捏造了一部小说。我努力想要不再爱她,但总达不到目的。我觉得她虽则神情厉害,面色褐黑,到底还是一样令人销魂。她对我说:

"爱,你不快活。愁什么?人们的生活实在有趣得很,你不觉得吗?你想想看,这一带光怪陆离的小房子里头,有男人,有女人,观察他们的生活,真是一件有趣的事儿。你又想想看,在巴黎,像这样的广场有一百多个;而世界上何止十来个巴黎!总算值得赞美啊!"

"苏兰芨,我的意见与你不同。我觉得,少年的时候,把生活看做一场颇神秘的戏。像我这样到了四十岁的人,做戏人的风俗知道了,提戏的人也发现了,戏的情节都了如指掌,便只想走开。"

"我不喜欢你说这种话。你还不曾看见什么戏哩。"

"哪里不看见呢,苏兰芨?我已经看完第三场了,我不觉得好,也不觉得快乐,时时刻刻只是一样的光景,眼看到末了也不外如此。我看够了,再也不想看它的结局。"

"你真是一个看戏的坏蛋",苏兰芨说,"你有一个如意的妻子,好些可爱的女朋友……"①

"好些女朋友吗?"

_____

① 法国现在所谓男人的女朋友,往往指恋爱而言。

"是的,先生,我识透了你的生活,不要瞒我吧。"

一切这些,都像与奥媲儿同在一个模型印下来的,活像到十二分。连我也不很能原谅我自己的乃是:在这种苦恼里找快乐。把生活当做一场愁人的戏剧,而我却喜欢这般制御我的生活,这里头实在有一种神秘的乐趣,不用说便是骄傲的乐趣——麦赛那家的毛病。此刻该做的事乃是不再见苏兰芝。不再见她呢,什么都会缓和下去;若说见她而不爱她,却是不可能的事。

4月18日。 昨天晚上,我与一个朋友作长时间的谈话。这位朋友有五十多岁了,人家把他当做现代的朱恩先生①。我们谈的是爱情。我听他的话时,最使我感动的乃是:他一生的遭遇,旁人十分羡慕,而他却不曾怎样快活。他说:

"究其实,我只爱过一个女人,便是P……就说她吧,到末了我还是厌倦!"

"到底她还可爱。"我说。

"唉!现在你不能判断她了。她现在装腔作势,从前那种自然的态度,而今加上了一副假面具了。我甚至于不能再见她。"

"别的呢?"

"别的越发不算数。"

于是我把人家以为此刻正浇着他的生命之花的一个女人提出来问他。他答道:

"我一点儿不爱她。我去看她,不过是一种习惯。她背着我捣鬼,不止一次,使我受了不少的痛苦。此刻我判断她,真的,算不得什么。"

我听了他的话,反心自问:神话的爱情是否存在?我们是

----

① 朱恩先生(Don Yuan)是一个古人,很有心思,很自负,很风光,不信教,不信神。

否该放死了心,不再做情痴了? 这么做下去,一定会失败,只有死神能做救星。

4月19日。 旅行于冈都讷。三个月以来,这是第一次。有些工人们来向我诉苦:或说疾病,或说惨祸。在这些真苦的剧幕前,我自愧我的想象的苦。然而工人们当中,也未尝没有爱情的悲剧哩。

我整夜不睡,深深地推想我的生活。我以为我的生活实在弄错了许久。在表面上看,我已经有了职业;究其实,我唯一的事干却是在女人们的身上用工夫,以为在她们身上可以达到绝对的幸福,谁知这种寻求,乃是天下第一无效果的事儿。天下没有完善的政府,也没有绝对的爱情。随机应变,乃是情场唯一的妙法。尤其不该看见人家表示一种态度便满心欢喜。我们的心情往往是溺于我们的心情的塑像。我自从认识了苏兰芟之后,便有她的真相呈现在我眼前,这真相乃是一位铁面无私的画师画的,十分正确,如果我肯张开眼睛看一看,立刻便能够逃脱了她的牢笼。争奈我偏不肯看,还有什么好说呢?

4月20日。 现在苏兰芟虽则不很拉拢我,而在我正想要脱身的当儿,她又稍为把绳子拉一拉,缚紧些。风流呢,还是仁爱呢?

4月23日。 错处在哪里? 苏兰芟像奥媞儿一般地越变越厉害了。我也像先前一样错误吗? 或者,我拣中的原是一流人物吗? 为要保留所爱,该不该永远地隐藏所感? 一个人既想要纵性任情,该不该事事打算、取巧、戴假面具? 此刻我不晓得怎样才对了。

4月27日。 我们每隔十年,该把心中的主见取消了几个。因为依经验的证明,这些主见原是不对的,危险的。

该取消的主见:

（一）订约，发誓，可以缚住了女人们。

这主见错了："女人们原没有道德，她们爱上了哪一类的人，便染了哪一类的习惯。"

（二）世上有一个尽善尽美的女人存在。得了她，爱情的结果只是快乐，没有心意与感觉混杂于其间。

这主见错了：二人身傍身地系着，恰像巨浪颠簸的两张连环船。船身互相冲撞，发出悲声。

5 月 28 日。　赴宴于麦尔梭路。一群小鸡与几盆兰花之间，剩有一个将辞人世的姨妈歌籁。爱莲来了，与我谈苏兰芰，她说：

"可怜的麦赛那，这几个礼拜以来，你多么垂头丧气！……我懂得，自然，你伤心。"

"我不知道你想要说哪一桩事情。"我答。

"怎么不知道呢？你还爱她。"她说。

我不肯承认她的话。

二十二

我今日在那红色的袖珍簿子里，看见一个有眼光、有自治力的费理伯，当时我却不知道得这般清楚。依我想，他的智慧比较地自由了许多，但是秘密的深处，还有一个不自由的费理伯隐藏着哩。他垂头丧气到那个地步，我好几次自问该不该去见苏兰芰，求她与他重归于好。但我觉得这种举动太像疯了似的，所以不敢做。再者，我此刻深恨苏兰芰，我觉得两个人捉对儿说话时，保不住我不大发牢骚。我们仍旧在田泽夫人家里看见她，累得费理伯连礼拜六爱莲的宴会也拒绝不去了，他从来不曾这么办过。我劝他说：

"你去吧，不要教她看出我们生气了。爱莲为人很好，不去呢，便不合理。至于我呢，不瞒你说，我是不能去的了。我越有了年纪，越怕交际。……一书在手，与你围炉相对，这便是我现在的幸福。"

我晓得他很诚恳。我又晓得,假使此刻他遇着了一个标致而轻狂的女人,这女人给他一个暗示,这暗示正中他的心怀,那么,他会即刻莫名其妙地变了他的哲学,说他做了一天的工作之后,须要看见些新事物,须要消遣消遣了。我记得我们结婚的初期,我深憾人类有一个脑盖,我们所钟爱的人的思想也给这脑盖住了,永远不让我们看清楚。到了此时,费理伯已经变了全身透明,我从一层薄膜看过去,则见网络轻颤,所有他的思想与他的弱点都一览无遗,于是我越发爱他。记得一天晚上,在他的办公室里,我凝睇着他,良久良久,一言不发。他微笑说:

"你在想什么呀?"

"我在做一个假定,假定我不爱你,你该变到怎样的光景,我想在这时候看出个究竟来……我又想仍旧这般爱你。"

"唉呀呀!你说的真是九弯十八曲!那么,你达到了目的没有?"

"达到仍旧这般爱你吗?是的,毫不费力地达到了。"

这一天晚上,他提议要提前到冈都祸去,他说:

"巴黎没有什么缠得住我们。我到了那边,一样地能够把我的事务办得好好的。再者,乡村的空气,对于亚冷很有益处,我母亲又可以不寂寞。所以我们走,有百利,无一弊。"

这一次启程正是我朝夕所希望的。到了冈都祸,费理伯便是我的了。我唯一的忧虑乃是他到了那边会厌倦起来!谁知非但不厌倦,他不久便重新获得了心的平衡。在巴黎时,虽则他已经失了苏兰芰,到底还剩有一种摆不脱的希望,自然这希望也是空的,而他总是丢不开。当他听见电话的铃子响的时候,他不知不觉地做出某种举动,这种举动,我看破了多时,而他终是沉迷不悟。

费理伯提心吊胆的事情,一切都与我息息相关,我替他受痛苦。譬如当我们出门的时候,我分明晓得他到处担心,怕遇着她;

同时,他又希望遇着她。他晓得他还丢不开手,如果她愿意,马上可以把他重新抓住。他晓得这个,同时又晓得:依他的自尊心与他对于幸福的顾虑,都不该给她重新抓住。到了冈都祃,是没有苏兰茇的痕迹的地方,所以他慢慢地忘记前情了。不消一礼拜,他的面色好了许多,两颊丰腴,双睛灼烁。睡觉也比先前好多了。

天朗气清,风和日丽。我们一块儿散步了好几次,徘徊泉石,共享清福。费理伯说他此后但愿学他父亲,寄情畎亩。我们每天总到一到基沙尔堤,到一到伯鲁耶尔,又到一到鲁桑札克。

费理伯只上午到工厂里去,每天下午总是与我出游。他说:

"你晓得我们该做什么事情吗?顶好是带一本书,到深林里,高声朗诵。"

冈都祃的周围,很有不少的绿荫深处,风雅宜人。我们读书的地方也不一定:有时候,在一条大路的旁边的绿苔上,树枝交蔽,恰像教堂的两庑;有时候,在一株倒下来的树身上;又有些时候,在一张凳子上,原来昔日他的祖父麦赛那放了好些凳子在那里。他所爱读的两部书乃是《妇女之研究》与《嘉蒂孃公主的秘密》;他又爱读米里迷的某几篇短篇小说,例如《重误》与《爱特律利的花瓶》;又爱读奇伯林[①]的历史,有时也读些诗歌。有些时候,他抬起头来问我说:

"你不讨厌我吗?"

"说哪里话?我此刻真个是只羡鸳鸯不羡仙。"

他定睛看我一会子,又继续地读书。读完后,我们辩论书中的人物及他们的性格,又往往从书中的人物说到实际的人物去。有一天,我带了一本薄薄的书来,不让他看见书的名字。当我们坐下来之后,他问我道:

"这本是什么神秘的书?不让我看见书的名字。"

① 奇伯林(Kipling)是英国19世纪文学家。

"这本书,我从你母亲的书房里取了来的,费理伯,你的一生,都受这书的影响;至少,你从前写信给我曾经这样说过。"

"我知道了,这便是我的《俄国小兵士们》。唉,我喜欢得很,伊莎比萝,谢谢你找得来。请你递给我吧。"

他涉猎了一会子,一半儿欢娱,一半儿失望。于是念道:

"他们提议选举一位女王,举出一位我们个个都认识的中学生,名叫苏歌洛舞的为女王。这是一个值得注意的少女,又美丽,又轻盈,又潇洒……我们在女王前低头发誓,誓遵王法。"

"费理伯,这书好极了!'在女王前低头发誓,誓遵王法',这简直是描写你了……还有一段佳话:那女王希望一件东西,那英雄千辛万苦地去找了来……且住……请你把书递给我,让我来念一念:'女王说:"天啊!天啊!辛苦了你了!谢谢!"她非常地快活,重新与我握手,当我向她告别的时候,她又说:"如果我常是你的女王,我不久便告诉大将军,特别地报答你。"我施礼而退,也非常地快活。'……费理伯,你一生都过的是这个少年的生活……只一层,你的女王往往变换的。"

费理伯坐在一株小树下,拾了一些小树枝,用指尖折断了,一段一段地抛在草上,说:

"是的,我的女王往往变换。实际上我并不曾遇见过女王……总之,不曾的的确确地遇见过,你懂吧?"

"谁曾经做过你的女王,费理伯?"

"说起来不止一个了,爱人。黛妮丝,有几分像……但她很是美中不足。可怜的黛妮丝,她已经死了,我告诉过你没有?"

"没有,费理伯……她的年纪该是很轻……为什么死了?"

"我不知道。有一天,我母亲告诉我的。说也奇怪,这个女人,有好几年是我的宇宙的中心,而今我听见她死了,只当做一种不关重要的新闻,你说奇不奇?"

"黛妮丝之后,谁是女王?"

"奥媞儿。"

"这是与你的理想最相近的女王了?"

"是的,因为她美到这个地步。"

"奥媞儿之后呢? ……有几分是爱莲?"

"也许有几分,但十足是你,伊莎比萝。"

"我也是吗? 真的吗? 久不久?"

"很久。"

"以后是苏兰芰了?"

"谁说不是呢? 以后便是苏兰芰……"

"现在苏兰芰还是女王不是,费理伯?"

"不是了,但无论如何,我对于苏兰芰,没有不好的回忆。她的好处是很生动、很强。有她在跟前,我便觉得年纪轻了许多;真是个可人儿。"

"费理伯,你该再去看望她。"

"是的,等我身子好些,一定去看望她。但她再也不是女王了,从此告终了。"

"那么,费理伯,现在的女王是谁?"

他犹豫了一会子,望着我说道:

"是你。"

"我吗? 我已经失了我的江山,许久许久了。"

"你也许已经失了江山,是的,因为你妒忌、小气、无理。但是,最近三个月以来,我看见你奋发有为,天真烂漫,所以又把王冠加到你的头上了。再者,伊莎比萝,你近来变得很厉害,另是一个女人了。"

"我很晓得的,我的爱人。严格说,真是多情的女人,一定没有个性。她说她有,努力使自己相信是有,其实哪里真有呢? 多情的女人,只努力想要懂得她所爱的男人想在她身上找些什么,便努力变成那一类女人……费理伯,同你在一块儿,真不容易,因为人家不知道你究竟想要什么。你既要人家钟情，又要人家疯狂；既要人家缱绻相依，又要人家使你提心吊胆。叫人家怎样做好呢？我呢，我择定了钟情一方面，这是就我性之所近……但我以为你还有一种需要，长久的需要，这便是另一方面：要易消灭些，易变化些。我所以得大胜利者，因我承受这另一方面；很勉强地承受，却又很快乐地承受。一年以来，我的最大的觉悟乃是：如果真讲恋爱，对于所爱的人们的举动，切不可太着意了。我们需要他们，他们使我们生活在某种'气候'里，这气候乃是我们少不得的。你的朋友爱莲说这叫做'水土'，说的很对。那么，我们只求能够守着他们，保存着他们。唉！再也没有什么办法了！生命这么短，生活这么难……我的可怜的费理伯啊！女人们给你一些时间的幸福，我还有勇气与你讲价吗？不，我有进步了，我再也不妒忌了，再也不伤心了。"

费理伯直挺地睡在草地上，头枕着我的双膝，说：

"我还不十分能够达到你那个地步。我以为我还要伤心，而且十分伤心。生命虽只有一刹那，在我看来，还不是一种安慰。生命是短的，不错；但拿来与什么比较，说它短？在我们看来，生命便是一切……话虽这样说，我觉得我一步一步地挪移到比较清静的地域来了。伊莎比萝，你记得吗？从前我对你说，我的生命是一种合奏曲，混合了好些乐旨：骑士的乐旨、犬儒的乐旨、对敌的乐旨。现在我还听见这些乐旨，而且听得很真。然而现在我又听见一种独奏的乐器，也不晓得是哪一种，只听见音调婉和，连奏着数声乐旨，令人戾气全消，怡然自得。这乃是曙光的乐旨，也就像老年的乐旨。"

"费理伯，你年纪还轻，为什么说这话呢？"

"唉！……我哪里不晓得我的年纪还轻呢？因为这个缘故，我才觉得这乐旨好听哩。不久以后，全场只剩这一种乐旨，回想现在能够兼听别的乐旨的时候，又觉得可惜了。"

"费理伯，我呢，别无所憾；只有些时候想到人生学乖的时间太长，未免引起我的闲愁。你说我比先前好些，我也相信是真的。到了四十岁之后，也许我开始稍为了解什么是生命；但未免太晚了……唉……爱人，你以为两个人和合到十二分，没有一点儿障翳，可能不可能？"

"刚才一个钟头内，已经是可能的了。"费理伯一面说，一面站起来。

二十三

我们夫妇的真幸福的时期，乃是这一次在冈都袇过的夏天。依我想，费理伯曾经爱过我两次：第一次是结婚前的几个礼拜，第二次是这三个月——6 月至 9 月。他真是缱绻多情，不曾有过口是心非的话。他的母亲要我们同住一个卧房，极力主张，差不多可以说是强迫。她以为夫妻分离乃是不可索解的事情。这么一办，我们俩越发如胶似漆了。我最爱的是：清梦初回，已在费理伯的怀抱里。亚冷在我们的床上玩耍，新齿初生，颇受痛苦，而他却有勇气，忍耐得住。当他哭的时候，费理伯向他说："亚冷，你该笑一笑才是。好孩子，你有一个百折不挠的母亲，你知道不知道？"这孩子大约是听懂了"亚冷"二字与"笑"字，所以他勉强停住了哭声，张开小嘴，现出欢喜的样儿。他这般动人，不知不觉地引起费理伯的爱子之心了。

天气极佳。我丈夫从工厂归来之后，专爱在烈日下烤背。我们搬了两张椅子来，放在房子前面的草畦上，两人坐下了之后，相对无言，各涉遐想。我最爱设想这时我们二人的心灵里有的乃是一样的影像：近在眼前的乃是这些小树，再远些乃是沙尔得村的荒废的府第，暑气弥漫，撼宅欲动。再远些却是丘陵起伏，深锁烟岚。再远些也许还有苏兰芰的面庞儿：一双美目，现出几分无情的神气。直溯天涯，一定还有一幅佛罗兰的远景。平地上好些倾斜的屋顶,山上许多扁柏代替了松树,当中一位飘飘欲仙的奥媞儿……我的身上也有奥媞儿,又有苏兰芨。我觉得这很自然,又是万不可少的事情。有时候,费理伯望着我微笑,我晓得我们已经合为一体,妙不可言。半生苦恼,终于享到幸福,我此时真是快活到十二分。晚饭的钟响了,才把我们从温柔乡里唤回。我忍不住长叹道:

"唉!费理伯,我愿意一辈子在你身边过这种生活。空气微温,小树环绕,我与你相依相傍,促膝握手,似醉如痴,只此便足……这种生活,很愉快,同时又很能令人生愁,你不觉得吗?为什么?"

"美景良辰,却正是令人生愁的时节。因为越是好日子,我们越嫌它容易过,要留它,又留不住,怎教人不烦恼呢?当我小的时候,常在把戏场里有这种感想;年纪大些的时候,却在音乐会有这种感想。每逢兴高采烈之际,忽然悲观起来,自思道:'不消两个钟头就要完了的。'"

"但是,费理伯,现在我们至少还有三十年在前途吧。"

"三十年太短了。"

"唉,我也不多要了!"

我的婆婆似乎也听见了我们的幸福的好音:又有情,又纯洁。有一天晚上,她对我说道:

"好了,费理伯此刻的生活,终于不负我一生所期望了。我的小伊莎比萝,如果你是个乖孩子,有一件事你应该努力做去。这便是:把费理伯拉到冈都祹来常住。巴黎对于他,一点儿没有用处。他像他的父亲,虽则庄重不佻,却是最易动心的人,巴黎的五光十色,最能摇动人心,所以把他弄病了。"

"母亲,不幸他会厌倦起来,我也就没法了。"

"我不相信。你看我与他父亲在这儿住了十六年,过的是很美满的生活。"

"也许你的话说的对,但他已经染了别的习惯了。我呢?若住冈都祸,我一定更快活,因为我喜欢过孤独的生活;至于他呢……"

"他也不孤独,有你哩。"

"也不见得时时只有我便够了吧。"

"我的小伊莎比萝,你太谦虚了,太没有自信心。像你这般不肯努力奋斗,真是不应该。"

"母亲,我并不是不奋斗……非但曾经奋斗,而且现在我敢说我快要获得胜利了……只有我是个永远胜利者,别的都不过是过眼云烟,在他的生活里原是不算数的……"

"别的吗?"我的婆婆很诧异地说,"你懦弱到这个地步,真是人间少有!"

她往往把她的计划来劝我,意见虽则固执,说话倒还和婉。但我绝对不肯与费理伯说起。我分明晓得我们正在和谐到了极点,我正在乐不可支的时候,假使照她的话勉强他做去,一定大伤和气。所以我非但不劝他常住冈都祸,而且生怕他住得不耐烦,向他提议了好几次,劝他礼拜天到邻舍家里消遣;又如利母泽与俾利哥的几个地方,他常与我说起,我不曾熟识那些地方,所以也劝他去逛一逛。我最爱的是:他引我游他的本乡。他这一省颇为荒僻,悬崖上府宅连亘,墙壁巍峨,从此可以望见江河的佳景。费理伯向我叙述了许多名人小史,及许多小故事。我素来很喜欢法国的历史,而今再听见了贺特福、俾龙、伯郎唐①的名字便不禁感动。有时候,我听了费理伯叙述之后,大着胆把他的话牵连到我从前读书的回忆。则见他很注意地听我的话,使我满心欢喜。他说:

"伊莎比萝,你知道的事真不少!你聪明得很,也许没有一个女人比得上你。"

"费理伯,请你不要打趣我。"我哀求地说。

这时节,我觉得自从我爱了他,许久许久,还不曾给他发现我

---

① 贺特福(Hautefort)是 17 世纪的妇人,在路易十三之朝得宠;俾龙(Biron)是 16 世纪法国的大元帅;伯郎唐(Brautôme)是 17 世纪的短篇小说家。

的好处,将成绝望;而今他毕竟有了新发现,真令我喜出望外了。

二十四

费理伯想要引我去看凡赛尔谷的岩洞。谷中有一道黑河,侵啮岩石,幽趣天然,令人生爱;但我到了洞里之后,却觉得没有什么意思。这时正是很湿热的时候,而我们却要爬上那些像悬崖般的小道,费了不少的力气。后来进了几处狭小的石廊,想要看石壁上画着的红色野牛,但已经模糊不易辨认。我向费理伯说:

"你看见了些什么没有? 这个,叫做野牛也可以。还有……反面。"

"我什么都看不见",费理伯说,"我想出去了,冷得很。"

当上来的时候,我原觉得很热,但到了洞里之后,我也感受到一种凛冽的冷气。归途上,费理伯一言不发;到了晚上,他说他感受了风寒。第二天早上,他很早便叫醒了我说:

"我觉得不很舒服。"

我连忙爬起床来,开了窗帘,看了他的面色,令我吓了一跳。他的面色惨白,似有深愁;两眼周围带青色,鼻翅摇动。我说:

"是的,费理伯,你像是有了病,昨天受了凉了……"

"我的呼吸艰难得很,我病的是马寒热。爱人,你放心,不要紧。请你拿些阿斯丕林给我。"

他不愿意看医生,我也不敢勉强,只请我的婆婆过来。九点钟前后,她来了,迫着他验温度。她把他当做害病的小孩子看待,她那种严厉的样子,使我诧异得很。她不管费理伯肯不肯,即刻使人到沙尔得村去叫了多理医生来。这医生不很大方,却很和气,每逢同人家说话的时候,先把双睛在玳瑁眼镜里看人,许久许久,才开口说话。当时他诊费理伯的病,非常留心。诊完后说:

"麦赛那先生,这是一场气管炎,至少要挨一礼拜。"

他向我丢了一个眼色,叫我跟他出去;眼镜里的双睛紧紧望着

我,又像忠厚,又像为难,说道:

"夫人,我告诉你,这病稍为有点儿讨厌了……麦赛那先生病的是肺炎症。刚才诊病的时候,我觉得他的气壅了胸的全部,差不多像肺肿,再者,他的温度是四十,脉是一百四十……这是很厉害的肺炎。"

我听了这话,身冷了半截,不很懂得他说什么。

"但是,多理先生,不危险吧?"我说时,差不多是说笑话的语调。因为头一天很强壮的费理伯,说是第二天便病重了,真是令人难信。他看见我不很相信的样子,却诧异起来,说:

"肺炎症没有不危险的,我也不好断定,且等些时候再说。"

于是他指点我怎样料理病人。

往后的日子,我现在一点儿也记不得了。我忽然被投入伤心惨目的生活里。我调护费理伯,无微不至,因我以为我这般苦心孤诣,说不定还可以吓退病魔。当我一筹莫展的时候,只好在他身边陪伴着,穿着白色的布衣,怔怔地只望着他,想要借着我的视线,把我身上一部分的精力,灌输到他的身上。

有许多时候他是认得我的,他没有力气说话,却用眼睛向我表示谢意。后来他却昏迷了。到了第三天,说来吓煞,他竟把我当做苏兰芰,夜深人静的时候,他突然叫起来,十分费力地向我说起话来了,他说:

"我的小苏兰芰啊!你来了。我晓得你会来的,你这人真好!"

他一个一个字眼断断续续地说出来,眼睛紧紧地望着我,带着失望的深情。又喃喃地说道:

"我的小苏兰芰,同我接个吻吧!你是能够的,来吧,我病到这地步,你不看见吗?"

我不知不觉地低下头来,于是他在我的唇上和苏兰芰接吻。

唉!费理伯啊!假使我想到苏兰芰的爱情能够救你,我便十分情愿把她给了你了!我想,我一生爱你,这时候才到了极点,因为我甘心捐舍了，我只为你而存在了！

在他昏迷的时期内，他说起苏兰茇的时候，我的婆婆也在旁听见了好几次。那时我的自负心已受了伤，再也不与人家争雄了，所以她虽听见了好几次，我也管不了许多。只晓得自言自语道："只要他活了便好，天啊，只要他活了便好！"

到了第五天，我稍为有希望了，因我早上验温度，看见降低了些。医生来的时候，我告诉他说："终于好些了，只有三十八度了。"我看见他听了我的话之后，面有愁容。他去诊验费理伯，那时费理伯差不多失了知觉了。验完后，他站起来，我大着胆问他说："怎么了？是不是好些？"他叹了一口气，愁容满面地望着我说：

"不，你的话说反了，这种突然的和缓，我不喜欢。这并不是病势真的退了……却是不好的兆头。"

"不是临终的兆头吧？"

他不答。

到了晚上，温度再上升了，费理伯的病体现出一种可怕的样子。我此刻晓得他快要死了。我坐在他身边，握着他火一般热的手，他好像不觉得似的。我自思道："爱人，你就抛弃了我，让我独自活着吗？"于是我推想到将来没有费理伯以后的生活，真是不堪设想！又自思道："天啊！我原是能妒忌的人！……只要他有几个月的生命……"于是我发誓：万一费理伯得救，除了他的幸福之外，我再也不希望别的幸福了。

半夜的时候，我的婆婆想要替代我，我尽力地摇头，连话也不能说了。此刻费理伯的手已有了很胶黏的汗，我还拼命紧握着不放。他的呼吸非常困难，我听见了便心如刀割。忽然间，他张开了眼睛，向我说：

"伊莎比萝，我呼吸不来了，我相信我就要死了。"

这几句话说得非常清楚，说完后，仍回到昏迷的状态了。他母亲揽住我的肩膊，与我接吻。我摸一摸他的手腕，原来已经没有脉息了。到了早上六点钟,医生来,打了一针,他又活动些。挨到七点钟,他呼出了最后的一口气,神志不曾清醒,便长辞人世了。他母亲把他的双眼撅闭。我想起了他父亲死的时候,他曾经记下这么两句话:"将来有一天,我也独自去与死神见面吗?我希望越早越好哩。"

费理伯啊!你已经达到了你的希望了,果然很早便去了!但是,我的爱人,爱到极点的爱人啊!你去的太早,太令人抱憾了!我相信,假使我还能够留得住你,我一定晓得怎样给你享受幸福。然而,我们的命运与我们的意志,差不多永远地不能相逢。

　　　　　　　　　　十八年四月十八日译完

少女的梦

[法]畸德 著

序

　　畸德(Andrés Gide)是现代法国文学界的老前辈,生于1869年。他是潜意识(subconscience)派的代表。他曾经屡次说过:"艺术的作品并不是对于自然界的模写,而是一种创造。要有选择,要有组织,它的秩序应该是很明了的。"他的朋友李维耶(Rivière)说他是在生活的表面,活像一块软木漂在水面似的。他好奇而忠实,凡是生活上的一颤微波,经他摇笔写来,便非常地生动。他努力要戳穿万有的神秘,因为他太深思了,所以他的文字似乎不很明显。他自己开了一家的作风,虽则有人恭维他的文章有古文气息。

　　他的杰作是:《不道德者》(l'Immoraliste);《狭小之门》(La Porte étroite,北新书局有穆木天先生的译本),《华第冈宫的窖子》(Les Caver du Vatican);《野人的合奏曲》(La Symphonie Pastorale)等。至今年4月间,又出版了一部《女学》(l'Ecole des Fammes),便是现在我所翻译的一部,我想叫它做《少女的梦》,因这名字在中国人看去,比较地容易知道书的内容。

　　在巴黎出版的《文学周刊》(Les Nouvelles Littéraires)内载文学批评家查露(E.Jaloux)对于本书的批评。查露说:

　　　　……《女学》的上篇真是描写精神上的滑稽剧的杰作。爱梵林在她的少女日记里描写她所钟爱的未婚夫。她的笔端有的只是爱情与天真,写出来的都是无微不至的颂扬语。实际上这男子与她的幻梦里的男子适得其反。在她的日记里,我们看得很清楚罗贝尔——她的未婚夫——的真相,而她自己却在醉里梦里。

　　起初我们以为罗贝尔是一个伪君子,其实不是的,要说是呢,也不过因为他这样做去,结果不能不到这地步,而他原来的天性却不是假仁假义。他心里念念不忘道德与品行,总想要给人家一些教训。结果是自己还不能怎样高尚,人家自然不喜欢他,尤其是他的妻子。罗贝尔的一生都是给人家瞻仰的;要知道人家一味瞻仰,总有疲倦的一天。爱梵林终于疲倦了。

　　畸德先生描写罗贝尔的面目,专靠那些小小的言语举动,每一件事,每一句话,都可以使人家肚皮笑痛。开端第一段便把他整个的人格写尽了,爱梵林的天真与罗贝尔的虚荣,都写得淋漓尽致。让我把全段抄下来给读者看:"老实说,从昨天起,我才懂得我的生活的目的究竟在什么地方。在退尔利花园里的一场谈话,他才把我的眼睛张开,看见伟大人物的生活里,妇女该处于什么地位。我自恨颛愚,他所举的例子我都忘记了;但我至少还记得这么一点,便是自今以后我该把我整个的生命奉献于他,使他的光荣的前途可以顺行无阻。这意思自然不是他亲口说的,因他太谦虚了:我比他骄傲,所以我想到这上头。但他虽则谦虚,我到底相信他有良心,很明确地表现他的价值。他的志气非凡,在我眼睛里是看得出来的。

　　'我并非就想做得到',他说时,带着一种动人的微笑,'然而我却想把我的意见弄到有个好结果。'"

　　这一段话,我们从他的假面具透视过去,他的真面目全露了。罗贝尔不停止地自己骗自己。他向自己献殷勤,自己迷惑自己。他的短处,他要拿来当做他的长处,这还可恕;而他偏又要拿来教训人家！在他的生活里，无论怎样小极了的事情，他也要努力在那里卖弄本领。甚至于他在纸店里得到一种新式牌签，听见人家恭维，便说这是他自己发明的。可见他自欺到什么程度了。

　　爱梵林的日记是为罗贝尔而写的，罗贝尔也说他有日记，将来她可以看。但是光明磊落的爱梵林把日记交给罗贝尔看了之后，才知道他并不曾记过一页日记，原来他只是说谎。于是爱梵林在日记里写道："刚才罗贝尔竟使我大大地伤心。这是他所给我的第一次痛苦。我很不愿意写在这里，因为我从来只希望这一本小册子所载的无非我的乐事，怎肯加上一个污点呢？话虽这样说，不写是不行的；我写了，还希望他拿来读，因为刚才我同他说的时候，他只把我的话当做耳边风。

　　今天我跑到他家里，以为他一定拿他的日记给我看，因为昨天他在看我的日记以前，已经允许我看他的了。我满心以为今天轮到他，谁知他竟说他并没有什么日记，一字一行也不曾写过。他所以瞒了我许久，不肯说他不写者，无非想要鼓励我写我的。一切他都承认了。起先是笑着说，后来怔怔地望着我，结果是大动其气。因为他只管笑，我不笑；他很滑头，想要闹着开心，借此事，我却不肯。我满心烦恼，怪他不该。并不是说他不该不写日记：我分明晓得他没有时间，而且没有意思要写，但是，不写便说不写好了，犯不着存心骗我，使我信以为真。他听了我的话，竟说我的脾气不好，本来毫不要紧的小事情，给我闹得天一般大。他并不回心想一想：最使我痛心的，乃是：我所认为大事，他偏认为不关重要的事情；我所认为性命交关，在他却是轻描淡写！他食言失信，却没有错处；我抱怨人家，倒有错处了。我并不愿意看见他的理曲、我的理直；我宁愿替他说好话。但是，他给了我这么多的痛苦，我希望他至少要问一问良心。"

因为这第一次的意见不合,爱梵林的日记从此停止了。二十年后,她再写第二次的日记,这时她已经很讨厌她的丈夫,想要同他分离了。她有个儿子,很像罗贝尔;还有一个女儿,这女儿非但不像罗贝尔,而且看透了他的把戏,所以不爱他。爱梵林忍痛在心,许久还不肯给她的儿女知道真相。这也没有用处:她的女儿已经知道了真相,十分感动;至于她的儿子既然是与罗贝尔一路的人,自然不会感动的。一个神父教她委天任命,而她实在不能再忍了。幸亏一场灾难到来,倒救了罗贝尔。爱梵林去看罗贝尔的时候,自觉还是爱他,于是深谢上帝给她一个真责任的启示。但罗贝尔的病势才退些,又仍旧耍他的怪把戏了。爱梵林为求解放起见,试向罗贝尔作一次真相的说明,但是,说明之后,她只好承认失败,因为罗贝尔仍旧爱她——至少可以说他自信是爱她。再从另一方面说,她的说明一点儿不发生效力,只赚得许多过失。

欧战一开,罗贝尔夸口的机会又来了。他借此装腔作势,演了一幕无心的滑稽剧。但是这一次,他的妻子要逃脱牢笼的念头更厉害了,她对于罗贝尔的行为实在看不过眼了,于是投入一个传染病医院服务,不久便死在医院里。

我们初看《女学》时,自然看不出内容的丰富与描写的深切。畸德先生的意思正要它有很长的震响,要它成为自然而然的一首讽刺诗,要它包含许许多多不相同的意义。现在要找一部小说,比《女学》的文笔更高古的,实在很难。这书非但是形式上尽善尽美,而且用笔很有分寸,不肯随随便便,没有一句不是恰到好处,也没有一字是多余的;尤其是在这可爱的透明的文字里,隐藏着美不胜收的韵致,真可算现代小说界的一部杰作。

　　上面是查露先生对于该书的批评。至于译者本人,也想批评几句。这书固然着重在写罗贝尔,但有些地方却是写爱梵林。爱梵林是一个旧式女子,为宗教所束缚,终身挣扎,总跳不出宗教的圈子外去。中国有吃人的礼教,西洋有吃人的宗教。中了宗教毒的人,便一辈子不得翻身。现代法国的文学家,很有反对宗教的倾向,今年出版的名著里有两部便是这一类的作品:一部是马尔登·杜嘉(Roger Martin du Gard)所著的《父亲的死》(La mort du Père),一部便是畸德所著的《女学》。《女学》里描写一个信教的女子——爱梵林——早想与她的丈夫离婚,三番两次都给宗教束缚住了。我们看她呜咽地向修道院长说:

　　　　我固然有牺牲自己的大需要,但总还要对于一些真的事情才好牺牲,而在罗贝尔的似是而非的场面看去,里头实在一无所有,只隐藏着一个太空。

　　这是多么觉悟的话!然而修道院长却教训她说:

　　　　好,那么,我的孩子,在这种情况之下,你的责任便是帮助他去隐藏这个太空……对于众人固然隐藏,尤其是对于你的儿女特别该隐藏。因为最重要的乃是使他们能够继续地尊敬他们的父亲。罗贝尔一切的美中不足的地方都靠你助他掩饰。母亲的责任在此,奉教的人为人家的妻子,其责任亦在此。除非你想要侮辱宗教,否则不能卸了这责任的。

　　我们看了这一段话,便知道宗教是吃人的东西。爱梵林如果是意志坚强的人,一定即刻提出抗议;无奈她的宗教毒中得太深了,结果却是服从修道院长的话。我们看她的日记里:

　　　　我在他面前俯伏,我的呜咽、我的羞惭,都在我的手里掩藏着。当我抬头的时候,看见他眼泪汪汪,觉得他实有深切而真诚的慈悲心,我忽然大受感动,甚于刚才他说话的时候,我

　　一句话不说，也找不到一句话说，但他已经懂得我是皈依的了。

　　今天，险些儿我把前几天的日记都撕毁了；但是我还想留着重读，重读的时候，一定只有羞惭……

我们读到这里，看见她这样委靡不振，真真令人气煞！但到了第二天，她也就回想过来了，说："昨天我在日记里说我皈依，这话并非真的，我只觉得失望、反叛、愤激而已。"然而爱梵林终是一个弱者，过了两天之后，看见罗贝尔被汽车碾伤后的惨状，又一心一意地请上帝恕罪了。所以我说，中了宗教毒的人，一辈子不得翻身。越挣扎，越可怜！爱梵林结果只能投入传染病医院里服务，以尽余年，这是多么伤心的惨事！

畸德先生特别写一个意志坚强的女子来陪衬爱梵林，这便是她女儿侠丽维耶佛。据爱梵林说："她从来不喜欢修道院长，她不至于对他怎样放刁，已经算是很好的了。"可见她不像她母亲甘心受宗教的束缚。她母亲不忍离婚，最大的原因是舍不得儿女，而她并不因此感激她的母亲。她说：

　　不，不，我看见你如此，我并不感激你，这一层你很可以看得出来……你也不必辩了……我想，如果我觉得我是你的一个受恩的女儿，如果你以为我受你的恩，我便不再爱你！你的品行是属于你一个人的，我不能忍受你的品行的束缚。

这是多么痛快淋漓的话！她真能够冲破宗教的网罗，独往独来，一切不顾！所以她很不满意她的母亲，她说：

　　母亲，你无论怎样做都不中用了，做到极点也不过是一个贤妻。

"做到极点也不过是一个贤妻"，这是何等伤心的话！中国的女子，一百个里有九十九个希望做个贤妻便算了事。畸德著这

一部书,希望它"对于青年妇女不无小补";我译这部书,也是希
望它对于中国青年妇女不无小补。至于译得好不好,我也不去管
它了。

译者
十八年六月二十三日于巴黎

佚丽维耶佛女士来信

畸德先生：

　　我经过了许久的迟疑，终于决定把这几本小册子寄给你。这是我母亲遗下来的日记，我用打字机转录寄呈。她是1916年在X医院去世的，将去世的五个月内，她还在看护病人。

　　在这日记里，我只变换了真姓名，其他一些没有更改，如果你以为这几页文字对于青年妇女不无小补，你尽可以拿去出版。我很想起个书名，叫做《女学》，虽则从前莫利耶曾经用过这名字，但如果你不怪我唐突古人，请你袭用了吧。书中所谓上篇、下篇、收场语，不用说自然是我加上去的。

　　请你不必要求认识我，我在这封信里不署真名，也请你原谅。

佚丽维耶佛

1928年8月1日

上　篇

1894 年 10 月 7 日

我的爱友：

我从来没有写过日记。我什么都不会写，只会写几封信。所以我现在执笔写的，似乎也只算是写给你的信罢了。假使我不是天天看见你，我一定写信把这些话告诉你。但是，如果我比你先死（我很希望先死，因我觉得生活里少了你，便只是一片沙漠），你便可以读这几页字。到那时节，我有这一些遗墨落在你手里，虽说是与世长辞，到底离你不远。话虽如此说，正当整个的生命摆在我们的前途的时候，何苦便想到死的事情呢？自从我认识你以来——换句话说，自从我爱你以来，我觉得生活美到这地步、有用到这地步、宝贵到这地步，真叫我一点儿不肯放过。我愿把我的幸福的一涓一滴，都保存在这小册子里。当你不在我跟前的时候，我还有什么好做？无非是追念你在我跟前的时候的音容，把流水似的过去的时光重新玩味；此外便只好写日记了。我曾向你说过，在未遇着你以前，我觉得没法子消遣，我的生涯，非常苦恼，俗务纷繁，令人闷煞；而我的双亲偏要拉我去参预，我看见我的朋友们也正混在万斛俗尘里，自以为乐，究其实有什么意思呢？除了忠诚的生活、有目的的生活二者之外，其他什么生活都不能使我满意。我的确想做一个看护妇或安老会姆姆。当我谈到这种话的时候，我的双亲只管耸他们的肩头，他们心中在想：等到我遇着一个男子，我的心灵有所寄托的时候,那些微弱的意志,自然会消灭了的。他们实在想得有理。但是,到了今日,所谓那个男子,正该是你,为什么爸爸却不承认呢?

你看,我写得多么坏!我哭着写的这句话还是不好。为什么我还重读了一次?我不晓得是否我一辈子也学不会好文章。总之,我不会专心在这上头。

在未遇着你以前,我找寻生活的目的;现在呢,你便是我的目的、我的工作的对象、我的生命的本身,我只找到你,什么都有了。我晓得:若要我自身得到好处,一定是从你那里得来。所以你应该引导我、扶持我,向美的方面走,向善的方面走,向上帝的方面走。我哀求上帝,助我战胜我父亲的反对。为要求更灵验起见,我在这里写下我最热烈的祷辞:"上帝啊,莫强迫我吧,我是不得已而违背爸爸的命令的。您分明晓得我所爱的乃是罗贝尔,没有他,便没有我了。"

老实说,从昨天起,我才懂得我的生活的目的究竟在什么地方。在退尔利花园里的一场谈话,他才把我的眼睛张开,看见伟大人物的生活里,妇女该处于什么地位。我自恨颛愚,他所举的例子我都忘记了;但我至少还记得这么一点,便是自今以后我该把我整个的生命奉献于他,使他的光荣的前途可以顺行无阻。这意思自然不是他亲口说的,因他太谦虚了;我比他骄傲,所以我想到这上头。但他虽则谦虚,我到底相信他有良心,很明确地表现他的价值。他的志气非凡,在我眼里是看得出来的。

"我并非就想做得到",他说时,带着一种动人的微笑,"然而我却想把我的意见弄到有个好结果。"

假使我的父亲能够了解他,岂不是好?但爸爸对于罗贝尔,成见很深,所以他所觉得的只是他所谓……不!我不愿写出来!实则这种言语,并不损及罗贝尔,却是他自己有了错处,为什么他还不懂呢?严格说,我爱罗贝尔的地方,乃是:他不博自己欢心,他常看得见自己的责任。有了他在跟前,我似乎觉得别人没有一个晓得所谓华贵。在大庭广座中,他的华贵几乎把我压倒,然而当我们独自二人的时候,他却很当心,不叫我觉得他华贵。有时候他越发矫枉过正了些,因为他怕我自愧像个小女孩,所以他自己也装着童心稚气的样儿闹着玩。昨天我怪他不该这样,他即刻板起脸孔,很严重地说道:

"大人不过是老了的小孩罢了。"说时把他的头靠着我的膝,因他正坐在我的脚边。

这种字眼,非但可爱,有时说得非常深入,满含着丰富的意义,若忘记了,岂不可惜? 所以我立意在这里把这种话尽量地记载下来。我敢断定他将来看见这些笔记时,一定很喜欢的。

从此之后,我们便有写日记的意思。我不晓得为什么我要说"我们",实则这意思只是他一人的意思。总之,凡是好的意思都是他的。我们互相约好:两人都写日记。即各写各的,他所谓我们的历史。这事儿对于我自然容易得很,因我是为他而存在的。至于他呢,纵使他有时间,我怀疑他未必能够实行。而且我觉得我一人占据在他的思想里实在是不应该,我曾经向他说过:我晓得他有他的职务、他的思想、他的公众生活,不该把我的爱情烦扰他。他虽则是我整个的生命,我却不能而且不该为他整个的生命。他的日记里,不知道说些什么,我很想着一看;但我们已经发过深誓,说彼此不许看,我也就罢了。

"想要很忠实,只有这个办法。"他说时,吻我,不是在额上,却恰是在两眼之间,他愿意这般做的。

虽说彼此不许看,但我们又约定:谁先死,谁的日记便归于后死者的手里。

"这是颇自然的事情。"我说时,有几分呆气。

"不! 不!"他说时,声调严重,"我们所要约定的,乃是不许毁灭了它。"

当时我说我恐怕不晓得写些什么在日记里,你便笑我。实在也好笑,此刻我已经写了满满的四页了。我忍不住总想要重读,然而如果重读之后,恐怕又忍不住要撕毁了。最可怪的乃是:我在这上头已经开始得到一点乐趣了。

10 月 12 日

罗贝尔忽然接到一封电报,叫他到北比让去。北比让是他母亲所住的地方,他曾经得到他母亲的不很好的消息。

"我希望这事情不要紧才好。"我说。

"谁不是这般说呢?"他说时,带着严重的微笑,显见他心绪已乱。我立刻自怪不该用那一句糊涂话向他说。

假使把我的谈话里的平庸的语句除去了不算,我简直不会开口;假使把我的生活里种种平庸的举动除去了不算,我简直没有生活可言。所以必要与一个高尚的男子接近,好教我觉察自己的平庸。我所赞美罗贝尔的,乃是他所说的、所做的,没有一点儿像随随便便的人。而他自己却随随便便,毫无自负不凡的样子。我对于他的外貌、衣服、姿态、谈吐,真想找一两个恰当的字来形容他。想了许久,还没有找到。"奇特"吗?形容得太过了。"特别"吗?也不好。结果想到了"超卓"二字才算合意。我愿人们再不把这字眼用到别人的身上去。他的整个人格与其风度之超卓,我想只是他本来如此。因为据他的口气,他的家庭只是庸俗的家庭,所以不能说是受了家庭的影响。他说他有这样家庭,也不愧赧,在这一点,也可见他的人品,如果不像他那么高尚、那么直道的人,能够不愧赧吗?我想他的父亲乃是商界中人。他父亲去世时他的年纪还很小。他不很高兴谈起,我也不敢盘问。但我想他一定很爱他的母亲。

"如果您要妒忌,只妒忌我母亲才是道理。"他有一次对我这样说过,那时他还很客气地叫我做"您",不像现在"你你我我"般称呼。

他有一个妹妹，但早已去世了。

我想利用他不在跟前的时间，在这里叙述我们怎样认识的。妈妈想带我到达尔伯雷家里的茶会，这会里该有一个梵亚林家奏艺，这梵亚林家好像是值得注意的人物，但我只托故不去，说是头痛得很厉害，实则是想幽静独留……伴着罗贝尔。从前我醉心于世俗之乐，历时甚久，至今回想故我，百索不得其解。……若必要求一个解答，便是我所以这般爱世俗之乐者，无非虚荣心的作用。现在我所要求的，只是罗贝尔的赞许。我再也不想博别人的欢心，除非为要间接地博罗贝尔喜欢，才愿与别人周旋。但是，曾记得从前有一个时候（为时虽近，我已经觉得远了），罗丝黛独奏新声。我却加入《比多文》的第五折，奏完第二场钢琴，便博得许多人的赞许、颂扬、微笑，甚至于博得些同伴的妒忌，这是何等光荣啊！我所得到的恭维语比罗丝黛得到的多些，使我面上真有光彩。只听人家说道："罗丝黛不算稀奇，这是她的职业；至于爱梵林呢……"我分明晓得拍掌最厉害的人乃是最不懂音乐的人，但我很喜欢承受他们的颂扬，那时节我该微笑才是。我竟这般想道："无论如何，他们欣赏的能力竟在我意料之外。"这种没有意义的虚荣，我竟心满意足了……现在我看得很清楚，这不过是人家拿我来开心罢了。在一个团体里，我总觉得我是可笑的人。我晓得我也不很标致，也不很聪明。为什么值得罗贝尔这般钟爱呢？我实在不懂。我在社会里，能够稍出风头，无非有这一点技艺——钢琴的技艺，其他毫无所长；但是数日以来，我连这点技艺都抛弃了。罗贝尔不爱音乐，我要它有什么好处呢？他唯一的短处在此，但他的长处却是对于图画很能了解，很有兴趣。他自己不是画家而能如此，更可惊奇了。我问他既然不习此道，为什么如此关心？他微笑地向我解说，以为当人们忧（"忧"字这样用法，是他特创）天资太杂的时候，对于不很合于他们的天资的某种技能越发关心，不容易放弃。他因为要真的用功于绘画,应该牺牲了许多别的事情,而他却说绘画并不是最有益于他的事。我以为他是想过政治生涯的,但他不曾对我明白地说过。总之,无论他想要做哪种事情,我敢断定他不会不成功的。只一件稍为使我不快乐,乃是他做任何事情都不待我的帮助而可以成功。但是,他也故意装作不能缺少了我的样子,我虽则不相信,而觉得他待我情深,也就聊以自慰了。

我听凭我们谈论到我自己,虽则从前曾立意不这样做,现在却不能自制了。修道院长伯尔特说得好,他说我们应该提防自私的陷阱。因为自私有时候便是忠诚与爱情的假面具。人们喜欢竭尽忠诚地待人,却不过是自以为他是有用,又喜欢听见人家说他有用。何尝是真的忠诚?十分的忠诚只有上帝能知道,只有上帝见怜而施予酬报。但我以为自己无才德而谦逊,没有什么用处。最好仍是去爱一个有价值的人。我有罗贝尔在跟前,我便懂得我有什么缺点,而且我想把我的区区一点儿长处添附于他。……我本来执笔便想叙述我们的历史,现在别的话不多说,且先说我们二人怎样遇见的。

距现在六月零三日以前,即1894年4月9日,便是我们二人遇见的日子。我因在音乐院得奖,我的双亲许我到意大利旅行一次以为鼓励。不料适逢我的叔父去世,又因他的孩子未成年,承继问题有些轇轕,以致旅行的计划延搁下来。我再也不希望能够成行了,忽然间,我父亲丢我母亲与小侄女们在巴黎,把我带到佛罗兰去过复活节。我们住在支拉尔饭馆。这饭店是T夫人介绍的,真介绍得好。住客没有一个不是上流社会的人物,所以吃饭的时候,与他们聚在一起倒还有趣。里头有三个瑞典人、四个美洲人、两个英国人、五个俄国人、一个瑞士人,至于法国人只有我们父女两个与罗贝尔。这班人各说各的国语,但以法语为普通话,因为我们里头有些俄国人与瑞士人——还有一个比利时人,我刚才忘记说——又有我们三个法国人,所以英语不及法语来得普通了。住客里没有一个讨厌的人,但是罗贝尔却像明月当空,众星皆失其光彩。他坐在我父亲的对面。我父亲颇有涵养,当他遇着些不是他一流的人物的时候,往往不很和蔼可亲。而且我们到的最后,自然不容易参加谈话了。至于我呢,我本很想说话,只怕人家说父亲比不上女儿和蔼可亲,所以我也学爸爸一般涵养。我与他坐在一起,在这大家热闹的酒席上,我们二人却鸦雀无声地好像躲在一个冷僻的小岛里。说也好笑,我们无论到什么地方偏不能不碰见三两位住客。爸爸迫不得已,看他们施礼,只得还礼;看他们微笑,只得回他们一个微笑。当我们就席的时候,大家都知道我们是从圣达克罗斯或丕提宫回来的。爸爸往往说"讨厌",但也没法子。说到罗贝尔,我们越发常看见了。只要一进教堂或美术院的门,首先要看见罗贝尔。爸爸不觉叫起来道:"好!好!又来……"罗贝尔起先怕烦扰我们,故意装作不曾看见。他原不是呆子,岂有不知道这种屡次的遇见会使爸爸生气的道理?所以他为慎重起见,假装专心欣赏一种名作,不肯首先施礼,等到爸爸有意与他相见的时候,才互相握手。有时候,等了许久,爸爸还是懒洋洋的,因为他在罗贝尔跟前越发假装有涵养了。我实在有点儿看不过眼,因为我敢说涵养到这地步实在近于无礼了。罗贝尔的脾气该是怎样好才能够受得这气!但是,他看见我忍不住向他微笑,他一定懂得我们没有恶意,至少可以说我没有恶意。爸爸越表示冷淡,我越忍不住要微笑,表示亲热。幸亏爸爸不曾留意到,因为我走得后些,我的微笑只在他的背后透过去。罗贝尔真好,他看见我微笑,只当不曾看见,从来不直接地找我说话,因为一说话爸爸就要误会了。罗贝尔与我之间,隔着不懂事的爸爸,演了一幕心心相印的小戏剧,我倒有几分后悔,自怪不该。但是,有什么法子避免呢?

爸爸与罗贝尔话不投机的原因乃是:罗贝尔的思想与他的不同。我从来不曾十分了解爸爸的思想究竟是什么,因为我对于政治是外行。但我晓得爸爸骂他,说他是唯物论者。再者,对于本堂教士也不大敬爱。当我年纪轻的时候，觉得他从来没有赴过弥撒会，而他为人却这样好，实在令人诧异。他又说"宗教是不能使人学好的"，我不很相信他的话。妈妈觉得他很顽固，但我以为他的心要比她的心好些。他们俩吵嘴的时候很多，哪怕是爸爸没道理，我听见妈妈说话那种声气，转使我向爸爸表同情。他说他不相信有天堂，但修道院长伯尔特说他这样一个人，终于不由自主地得救，一直走到天堂去的，等他达到了天堂之后，不由他不相信了。我满心地相信这话。

像我家这般一团和气的家庭，偏因信仰的不同分了界限，真是可叹！在好些地方，只要大家稍为好心好意，要十分和洽也是容易的事情。至于罗贝尔便无可指摘了：他没有一次进教堂不祈祷的，他的思想乃是又宽大又高贵的思想。

爸爸平常看报，只看《时报》，他最不喜欢《自由评论》，说这是坏报纸，但我不能相信他的话。在支拉尔饭店的第二天，吸烟室里只有罗贝尔与爸爸两人对坐，客厅的门大开，我看见他们坐在靠背椅上，手里各拿着报纸，我说糟了糟了，一定要闹事了！罗贝尔读完了他的报纸之后，糊里糊涂地把它递与爸爸，还说了几句什么话，我听不清楚。爸爸因此便大大地动气，把椅子的靠手上面放着的一杯咖啡碰倒了泼在他的浅色的裤子上。罗贝尔连声道歉，实则并不是他的错处。那时，爸爸只顾拿手帕子吮干他的裤子，罗贝尔在客厅内看见我在外面，趁此机会向我传达一种神情，表示他十分抱歉。这神情虽则秘密，而他的意思显然可见。我看见他这个鬼模样儿，忍不住笑，连忙掉转头不看他，因为我怕他说我在笑爸爸。

到了第六天，爸爸叫骨节痛……唉！多么杀风景啊！……我自然不忍离开他，我说我愿意在饭店里陪伴他，读书给他听。但是天气好得很，他自己要迫我出去玩。于是我利用他不出门的时候，自己去参观西班牙教堂，因他不很喜欢古教堂，所以我宁愿自己

去。自然,罗贝尔也在那边,我没法子不同他谈话。他看见我独自
出来觉得奇怪,后来知道了原因,便很有礼地问爸爸的病;除此以
外,没有什么可说,只谈到绘画上去。我对于绘画,完全外行;但我
因此让他一一向我解释,倒是一个多谈话的机会。他身边带着一
本很厚的书,但他用不着打开来看,因为所有古代画家的名字他都
一一记熟了。他对于某几处壁画非常欣赏,我觉得它们似乎没有
形式,所以我不能即刻赞同;但是,我觉得他所谈的话没有一句不
对的。许多好东西,若不经他指示,我一辈子不会知道它们的真价
值。后来他又带我到圣麦克修道院去,到了那里,我似乎是第一次
看得懂图画了。我们二人欣赏徘徊,以至于顿忘形骸,并忘人我。
走到安士里哥的壁画之前的时候,我不知不觉地夹住他的臂膀,那
时恰巧只有我们二人在教堂里,直到有人进来的时候,我才知道放
手。罗贝尔并不说要瞒爸爸,但当我回到饭店之后,我不敢向爸爸
谈起这一次的遇见。这一回的事,留下了很深的纪念,而我偏要谨
守秘密,这自然是很不对的。但是不久以后,我在修道院长跟前供
出我的忽略的诳语,他非但不怪我,倒反安慰我。同时我又告诉他
说我已经订了婚,修道院长晓得爸爸一定不赞成,以为障碍物乃是
罗贝尔与他意见不同。这话不错,妈妈与修道院长所以赞成我的
婚约,也不过是因为罗贝尔与他们意见相同罢了。话虽这般说,爸
爸原是好人,反对不到许久,他说:他所最注重的,无非是希望我的
幸福。而他对于我的幸福的前途,相信是很有希望。

　　我本该先叙意大利的旅行的最后几天的生活,然后叙到订婚
的事情,但是,"订婚"这个字眼多么妙啊! 有了这一种回忆在心
里,别的回忆都减色了! 于是我便躐等叙述,下笔不能自休,一时
便说到订婚来了。在离开佛罗兰以前,罗贝尔请求爸爸许可他到
巴黎看望我们。那时我生怕爸爸拒绝他的请求! 但是,罗贝尔又
与伯尔家我们的表兄弟们很熟识,我们的表兄弟们请我们吃饭的
时候也请他陪座,因此各种事体的进行便顺利多了。到了第二天,

罗贝尔特来拜见妈妈。再过几天之后，又来向她要求我的手①。"要求我的手"这句成语笨得很！妈妈起初颇为诧异；我呢，我比她更加诧异，因为罗贝尔并不曾真真地向我表白过，便向妈妈开口，未免有些唐突。后来我对他谈起这个，他笑弯了腰，说他不曾想到要如何表白，但如果我还不懂他是爱我的时候，要他怎样表白都可以。他说时拥抱着我，当时我也觉得我此身完全属于他，早已心心相印；假使要说出口来他才懂得，已经是太多事了。

一封电报来了。我让母亲拆看，虽则这电报是寄给我的。

"罗贝尔的母亲死了。"她对我说，并把那电报递给我，我只注意到一件事，乃是他礼拜三来看我。

10 月 13 日

罗贝尔的一封信来了！但这信只是写给妈妈的，我想她对于这种知礼的办法该是能了解的。我又晓得妈妈要保存这一封信，因为这信写得很好。我呢，我也想常常拿来读，所以我把它抄下来：

> 夫人：
>
> 我今天这信只是写给您的，不算是给爱梵林的，我想她一定能原谅我。我不愿把我这种悲惨的景况去扰乱她的快乐的心怀，所以我宁愿转身向您，一洒伤心之泪。自从昨天起，我的"母亲"这个可爱的称呼，只有您一个人能够承受了。昨天失了的那一位母亲，我对于她的深情与敬礼，从今以后，都移奉给您，我想你一定能够许可吧。
>
> 是的，使我得见天日的那一位母亲，昨天在我的拥抱里死去了！直到临终前几点钟，她才失了知觉。昨天早上我差人请了牧师来时，她还在他手里领受圣礼哩。她非常镇静地去

---

① 译者注：这句话乃是求婚的意思。

辨认死神,若要说她有点伤心,无非看见我伤心然后引动她的
爱子的念头。她说她的最后的快乐乃是知道我已经订了婚,
她不至于抛弃我独自一人在世上了。请您将上面这些话转告
爱梵林,并说我母亲此生不能与她认识,乃是我终身之憾事。

　　母亲,请你承受我的孝心与敬意。

　　　　　　　　　　　　　　　　　　　　　　　罗贝尔

　　我的可怜的爱友啊!我巴不得与你同声一哭!我努力想要悲
伤,然而总觉得悲伤不来。我的心已被愉快之泉浸润透了,哪怕是
最伤心的事情,只要说是你的,传到我的心里,便都变了乐事了。

10 月 15 日

　　我与他再会见了。他的悲伤是多么值得赞美啊!我对他有更
深的认识了。我想他最讨厌的乃是说现成话,因为他对我谈起他
家的丧事的时候与从前对我谈爱情都是一样涵养。甚至于怕人家
看出他的悲感,所以努力避免惹起愁怀的话头。我们谈话的资料
无非物质上的问题,而他对妈妈所谈的却是怎样处置遗产,怎样卖
去某处的基业。我的精神灌注不到这些事情上头,只让妈妈与他
磋商去。我晓得我们将来一定很富裕,但我非但不喜欢,几乎可以
说是惋惜:我愿将这产业送给那些以金钱为幸福的人,至于我们的
幸福,却与金钱没有关系。罗贝尔说他自己的用费绰绰有余,他只
把金钱当作使他的志愿奏凯旋的一种利器。他曾经与修道院长伯
尔特作一次长时间的谈话,伯尔特也说财产来了的时候我们无权
把它赶走,只把它向善的地方用去,便是我们的责任了。

　　可怜的爸爸,一切都与他不合!他每次看见修道院长进来的
时候便先开口说道:

　　"对不起,抱歉得很……我绝对的不得不出去……"他说得很
快,急急忙忙地施礼便走。

　　我生怕修道院长生气,但是他为人太好了,太温和了,所以他

假意把这种推托的话当做真的。妈妈过意不去,装出加倍亲热的样子,想要掩饰爸爸的无礼,然而修道院长毫不介意地说道:

"德拉博先生天天是这样忙的。"我听了这话,似乎觉得如果爸爸肯稍为好心好意些,一定与修道院长合得来,因为他两个都是好人,哪有合不来的道理? 但当我努力想要说服爸爸的时候,他回答说:

"我的小孩子,你不晓得,我与那些本堂教士并不是信仰同一的上帝。你不要再叽里咕噜了,再说我就要生气了。不久以后,也许你会懂得我的道理,如果你不学足了妈妈的榜样。"

于是我迫不得已,只好说我希望永远不懂他的道理;又说我爱父亲与爱母亲并无差别,不愿看见他们的意见冲突。只因他有那种倒霉的意见,以致他不赞成我的婚约,实在可惜。他又说:

"我的孩子,我不承认我有反对你的婚姻之权。我也不高兴行使我的权力来压迫你,但是我对于你的婚姻只有付之一叹,休想取得我的同意。现在我所希望于你的只有一事:千万不要在最短期间内后悔起来。"

10 月 19 日

今天早上,我曾经问过爸爸,问他怪罗贝尔哪一点不好。他怔怔地看了我许久,起先是紧闭着嘴唇,终于说道:

"我的孩子,我并不怪他哪一点不好,只我不喜欢他罢了。假使我说出为什么我不喜欢他,你一定替他辩护,因为你太爱他了。当人们爱上了一个人的时候,便看不清楚他是什么人。"

"怎么看不清楚呢? 罗贝尔便是我心目中的罗贝尔,所以我爱他!"我满口这样嚷道。

"罗贝尔欺骗了修道院长,欺骗了你的妈妈,欺骗了你,而且我怕他还欺骗了自己;欺骗了自己,越发不得了!"

"你的意思想要说:他自己说的话,连他自己也不相信吗?"

"不是,不是。我以为他是相信的,只有我不相信。"

"可又来! 爸爸,你吗? 你什么也不相信。"

"这也没法子! 我是你妈妈所谓怀疑论者。"

我们说到这里,大家住了口,因为这种谈话只会惹起我们两人的烦恼,没有什么用处。可怜的爸爸啊,可怜得很! 我只指望罗贝尔终有一天能够使他心悦诚服。他为人真好,在爸爸跟前,常常表示又忍耐又柔和又伶俐的样子……他与爸爸谈话的时候,努力避免碰钉子(连爸爸也是一样的心理)。他把这种谈话叫做"鸡蛋舞",要小心地跳,不要踏破了鸡蛋。但是这种谈话还有什么意思? 当爸爸不在跟前的时候,他与我谈话,那种谈锋,可惜爸爸听不见! 在爸爸跟前,我觉得他顾虑太多,说话总不痛快;但是只要爸爸一走开,他放开了话匣子,便如长江大河,一泻千里,他的全人格都活泼泼地表现出来。我觉得他所说的话,美不胜收,恨不得马上记录到日记上去! 他有了这种谈锋,越显得聪明奇怪……所以有一天于繁·比尔说:"人家一听他说话,便不肯走开。"她这话是上礼拜四说的,那时我们在我们的表兄弟家里吃中饭,罗贝尔也在座。莫利思伯尔与爸爸吃了饭即刻出去了,于是罗贝尔又大谈其话,先谈北比让,次谈外省生活的小竞争,后谈他从前所处的环境,现在纵使给他做一个皇帝,他也不能再在那环境里生活下去。我听他说到他的父母的社会里那些灵精古怪的人们,恨不得亲眼看见。但是我懂得,像罗贝尔这样心境高洁的人落在那种社会里,该是何等翻不得身,喘不得气啊! 他因想逃脱这种乌烟瘴气的环境,所以进了耶教会。他的天性原是虔诚的,所以他信教真是适宜。但他后来又想他如果加入社会上生活,他行善的成绩一定更好。修道院长伯尔特对于他的意见十分赞成,我也觉得他的万丈光芒,不该屈他做帷灯匣剑。凡听过罗贝尔说话的人,没有一个不希望别人都来听听。在这一点,我也不好意思吃醋。因我觉得想要独占宝库实在是不应该,所以我的生活的目的乃是以我的全力帮助他自表白于人群。

下一个礼拜我们该一起去拜访几家亲友。我把我的罗贝尔奉献在我们的朋友跟前,这是多么快乐的事儿啊!

10 月 26 日

这几天的生活闹得不开交了,……我希望每天能够抽得出一些时间来写日记才好。这并不但因为没有时间之故。譬如我独自一人的时候,也不能专心一志在这日记上头,我的心分到别处去了。访友呀,买物呀,宴会呀,看戏呀,好像一阵旋风,弄得我头昏脑胀。好在罗贝尔虽则戴孝还肯陪我出游。他说只要有真挚的情绪,便用不着无谓的仪节;然而我只以为他觉得他是一个被爱的人,所以大乐忘忧,也不顾戴孝不戴孝了。他陪我到好些熟识的店子里,给我订购了许许多多的物件,他总说是于我大有用处,不可不买。他既然兴高采烈地这样办,显然是溺爱我到了极点,我也不好意思叫他不必买。起先是我们一同拣了一只戒指,老实说,这戒指最能诱惑我的心,以致我忍不住满口赞美。后来他又要买一只手镯给我,我坚持不受。他想要我收受,便找了许多话来说,他说买珍宝只是一种花费,莫把它看做存银生息;又说宝石与金银首饰都是无价宝,我分辩说价钱贵贱我不管,于是我们互相争执了一下子。我说"纵使我不晓得这戒指价钱很贵,我也一样地喜欢它",我这话一说,实在是我的不是。于是他嚷道:

"依你说,人们该喜欢劣货才是。"

其后有趣的事又来了,他像平日一般把问题扩大,从普遍的地方着眼,说:

"现今人们仿制珠宝极尽巧妙,以致人人上当。但是,真的珠宝可以表示财产,假的不过冒充价值的外观而已。"

我订做些衣服,当试衣时,他执意要去参观,因为他很内行,很高兴与裁缝们辩驳。我又买些帽子,也是我们二人一同去拣的。

我戴那些新式帽子总觉得不惯;罗贝尔说这些帽子很合我的身份,而我临镜一照,却几乎认不得自己了。但我以为这都是习惯的作用,至于说不认识自己,却非帽之罪,不久以后,恐怕我不复认识我这一副少女的脸庞,才是真的不认识呢。普遍地说起来罗贝尔所拣给我的东西都是好极了的,但我懂得他的意思,无非要我做得他有体面,于是我再没有谦逊的权利了。但修道院长知道我的心还是谦逊的,只此一点便很够重要了。每天我都自己诧异,觉得我这样一个人不该值得这样的福气,有时候,我又恐罗贝尔发觉了我的原有价值,知道了他估价太高。但是也许因爱情之力,我不至于高攀不起。我满心希望在此,我全力奔赴也在此。他为人真好,很耐烦地扶助我进行,我真是幸福不浅!

10 月 30 日

罗贝尔这人,真是令人叹异! 一堆一堆的名人都同他有交情,三教九流的社会都与他有来往。因此,无论哪一类的人有求于他,他都能够替人尽力;人家晓得他好说话,大家也就常来找他了。他说生活里最有见识的行为乃是:"除非确信能够成功,切莫向人开口。"但他所丌口求人的事都合道理,他求人家怎样尽义务,人家不好拒绝他,所以他要什么便得什么,毫无困难了。天下没有一个地方不许他进去,我每次同他出门,无论到什么地方,东也来握手,西也来握手。我曾经同他说过,若不是他的真朋友,请他不必给我介绍;但是这话也难说,他的朋友太多了:只要人家与他一面相识,要不变成他的朋友却是一桩难事。他无所不知,随便你是哪一流的人,随便你哪一类的事情,他能够同你大谈特谈,好像这是他的专门学问似的。说老实话,我不相信他有知己的朋友。有一天我曾把这事问他,他不直接地答复我,但他紧揽着我说道:

"友谊便是爱情的前厅。实际上,今天我觉得昨天对于罗丝黛与于繁的友谊只是一种临时的友谊,要说我的第一的真朋友只好说是罗贝尔。"

　　他想给爸爸弄一种勋章,使他得到意外的快乐。他与教育部的科长很熟,所以他说这事容易办。办到之后,爸爸一定不会反对,他心里还要暗中欢喜哩。罗贝尔自己不请求勋章,却这般念及爸爸,真是可喜的事;但他自己对于勋章毫不在意,他分明晓得:如果他自己要,还不是容易的事情吗?当他把我介绍给一班大人物会见之后,我听他们谈的都是大问题,我抚心自问,实是一点儿不懂。所以我几乎不敢插进一句话,生怕因此失了他的体面。后来我要他给我开了一张书目单,把我该读的书都买来,等到我稍为闲暇的时候……但是,什么时候呢?

　　我们已经决定在正月底结婚。我觉得从此刻到正月,实在远得太厉害了,但是光阴易过,不至于很久吧。结婚后,我们即日该到杜尼斯去。这并不是只当做蜜月旅行,专为快乐而去的,而是因为罗贝尔有些农业在那边,想要去照管一下。他说:"所谓最大的快乐必是其中有利的,否则便不算大快乐。"他的心常常打算,不曾停过。他天天在学乖,很晓得一切都利用机会。

　　我们预计中的大问题,乃是房子的问题。我们曾经去看过许许多多的房子,但是,每看一间房子,不是我便是妈妈,不是妈妈便是罗贝尔,总有一个人说这样不很妥当,那样不很方便。我以为我们去找罗贝尔所熟识的一位建筑师,他一定能使我们满意。他新近在模爱特区做好了一座房子,地位很妥当,从那边可以望见好几处园子的风景。我们可以买最高的一层,任凭我们怎样布置都行。我们坐在一块儿专为辩论这问题,再没有别的事情比这个更有趣的了。说到罗贝尔,当他母亲在世的时候,他不见得怎样有钱,在安登路赁了小小的一间楼下,住了三年,起初倒心满意足,后来却越住越觉得窄了。而且他每天必须到饭店里吃饭,时间很不经济,肠胃也不相宜。我曾经要求看一看他的地方怎样布置,他有点儿害羞,不很愿意带我去瞧。但我去看了之后,也不见得怎样七零八乱。他的重要文件都用纸套包好,他又自己发明一种新式牌子,把各项文件一一标明,所以他无论要知道关于谁的事情,随手一翻就得。因此之故,他要替人家办事也容易得很。他觉得普通的人们做事都是没有方法的,社会的组织也很坏。他很喜欢叙述丰登的一句诗:"有了园地便不至于缺乏。"他又说最重要的事情乃是把我们所有的东西都化为有价值之物。我想这话很有道理,尤其是像他这样天分高的人,更适合于这话。但我对他说我的园地却不值得什么,他不承认我的话,他以为许多在上流社会大出风头的妇女还比不上我聪明哩。他说这话的时候,倒像很忠实,不像开玩笑;因此我反怕他对于他未来的妻子感受了很大的幻象倒不是好事。天啊!但愿他这种幻象常能保存才好!我不管他说我好或说我坏,我希望我有一些闲暇的时候一定在学问上努力,把我的园地耕一耕,每天总要得到一点儿东西搭配得上他才是道理。

　　我不晓得他究竟能不能抽出一些时间来写日记。我们原约定各记各的,我这方面是记了,他那方面记不记呢?我对于这事很不放心,于是要求他拿出来看。唉!我并不是要读他的日记,不过要瞧一瞧他的簿子罢了!老实说,我怕他延搁下去,未必真的能够写;而他却叫我放心。他放日记的抽屉老是小心地锁着,他指给我看过,但不许我把簿子拿出来。我说我不要看内容,只要看一看簿子,他还不肯。

11月3日

　　昨天我们请一位画家名叫布尔格·韦尔斯多夫的吃晚饭。这个怪名字,不晓得我写错了没有。但他名字虽怪,也不是德国人,也不是犹太人,只是一个可怜而可敬的好少年。罗贝尔救济过他好几次,如今安登路的楼下堆着的几堆图画,便是他卖不去的东西,罗贝尔好心给他买受。帮了他的忙,而他也还不至于自馁。前日我对罗贝尔说:"这么一个失败的画家,与其仍旧学画,不若走别

的路,何苦鼓励他的勇气?"但我的话也未必对:这少年好像不会做
一件别的事情,而他又自以为有绘画的天才。罗贝尔也固执地承
认他有些天才,于是我们在这一点稍有争执。实则只须在他那些
劣画里头随便捡一张出来看,便可以知道他当不起一个画家,他对
于绘画实在没有一点儿见解(罗贝尔不敢把那些画挂起来,只堆在
一个大柜子里,我开了柜子才发现的,因他许我在他家乱搜)。但
是罗贝尔偏不服气,于是他把许许多多的成名的美术家拿来做例
子,说他们起初也一样地被人家叫做劣画师。我始终不觉得他的
话有理,于是他有一点儿生气了,说:

“不要说别的,只说:如果他没有价值,我断不肯同他往来,你
还不相信我吗?”他说时,态度强硬,有不许辩驳的样子。

罗贝尔的声调这般激昂,我从来不曾听见过。弄得我眼眶里
泪汪汪的。他看见了,即刻变了温和的样子,抱着我接吻,说:

“你听我说,我介绍你认识他,你愿意不愿意?你们相会了之
后,你再批评他,看他是不是像你意想中那么笨的人。”

我答应了,于是有这一次的请客。

好,事情有个结果了!我在这里对罗贝尔道歉吧:在我看来,
布尔格·韦尔斯多夫差不多可以说是可爱得很。我说差不多,因
为我还有些不大满意的地方——我不愿说他忘恩,至少是对于罗
贝尔不大感激。他似乎忘记他曾受过罗贝尔的帮助,甚至于一点
儿敬意都没有了。我分明晓得他口里的话没有大关系——声调里
表示的亲热,可以遮掩了言语里表示的野蛮。但是,他实在做得太
过了。有好几次,当罗贝尔正在说话的时候,他忽然截断了话头,
嚷道:“老罗,你的话不能成立。”其实罗贝尔的话里头,意义丰富,
他还没有听见,便先嚷起来了。至于他对于爸爸,却适得其反。爸
爸说什么他都赞成,笑迷迷地、必恭必敬地,口是心非,骗得爸爸满
心欢喜。我起初以为他是一个无赖,谁知他却是一位好好先生,竟
还有几分风雅,态度雍容,颇知检点,他又实在聪明。很有趣的故

事,他可以说上一堆,而且娓娓动听。他谈话很好,只可惜他爱说些不近人情的话,否则真能令人满意了。有些话,我们听了之后,绝对不晓得他是否嘲笑我们,譬如他说赖费尔与蒲生是他所最爱的画家,而他自己的画却不见得有赖费尔与蒲生的风趣。然而这天晚上总算谈得有趣,我想下次再见这位布尔格的时候,我一定很高兴的。但是罗贝尔突然嘱咐他给我画一个像,我与布尔格预先都不知道,出乎意料之外,所以我们不晓得怎样说才好。这事实在弄得不妥,他该先征求我的同意。假使他在事前先问我,我一定说:"在结婚前,我很不容易抽出些时间给他描画,等到我们蜜月旅行之后再画不迟。"此刻我只好把我的意思直说出来;但布尔格只听罗贝尔的话,便要约定日子,作第一次的描画。他说只要描三四次便够了,并且他预备要记下几个重要的地方,虽当我们旅行去了的时候,他还可以凭着记忆力去绘画,等到我们回来之后,他再当面修改些地方,便可以完成了。老实说,我想起他会弄得一塌糊涂,实在不大愿意要他画。结果是拗罗贝尔不过,大家约定日子到他的画室去。

11 月 7 日

忙煞,忙煞!买东西呀,招待宾客呀,拜访亲友呀,闹得不亦乐乎。我没有时间写日记,没有时间读书,没有时间运用我的思想,乃至没有时间感觉到我的幸福!最恼人的乃是:一切都启发我的自私心,天天只想念着我的快乐、我的装饰、我的适意、我的嗜好。自今以后,似乎除了罗贝尔的适意,我自己便不会适意;除了罗贝尔的嗜好,我自己便没有嗜好了。甚至于我的小客厅里的家具,只因是他拣买的,所以我便很满意。他买给我一张很漂亮的写字台,将来我可以在那里存放他的信札与我的日记。这台子暂存在商店里,等到我们布置好了我们的新家庭之后才搬过来。这时我恨不得即日置身于我们的家庭,然后心神安定。我似乎觉得这些浪费光阴的日子太空虚了……我又似乎觉得我每天不曾看见罗贝尔，他也不曾看见我。我们俩虽则寸步不离，却绝对没有独自二人在一块儿的机会。哪怕是很无聊的问题，当人家问起的时候，不能不微笑地回答，表示很幸福的样子，这种表示幸福，几乎要使我不幸福。哪怕是毫不相干的人，也装出与我们同乐的样子。我又不得不因循流俗，遇着那些很无聊很讨厌的人们的时候，也循例说"久仰久仰"，表示"不胜荣幸"。

11 月 12 日

近来我与于繁见面的时候很多。我与她谈话，才觉得幸福这东西很容易变为自私。我最不该的，乃是心里往往只有罗贝尔，没有我自己。我一想到他，便很有些偏心。我并不说我该减少了对他的爱情，但是我的爱情却不该仅以对他为限。我的视线，天天只集中于他，直到上礼拜四，才注意到于繁憔悴的容貌。我的眼睛突然张开了，我平日生活于五色彩云里，而今破了好梦了。她的面貌变得这般厉害，使我心惊胆怕，我一味地迫问她，她终于不能不把她悲哀的原因向我直白出来。我晓得她本来爱上了一个少年，几乎订了婚；而她最近却发觉了那负心的少年与另一个女人共同生活……于是我问她道：

"为什么你不早些对我说起呢？"

"我怕扰乱了你的快乐。"她答。

唉，快乐，我真惭愧，这快乐竟是私产，挂着一个"禁止入内"的牌示——无情的牌示！不！不！我实在不愿要这种忍心的幸福！于繁不复知道有我的友谊，无限伤心；当此境况，正是待人援救的时候。她恐怕对于那不复值得爱的人依旧不能不爱，所以她想找一种事情做，借此把伤心的往事稍为忘记了。她想在医院里找一些差事，我觉得这是很好的见解——至少可以说暂时是相宜的。我对于她的秘密已经说过不肯露泄，至于她找差事的主意，我一定向罗贝尔提起。因为他平日对待于繁十分和蔼,而且他又与赖安尼克医院的首席很熟识。他可以把她荐给他,担保她能够胜任愉快。像她这么忠诚、这么聪明、这么伶俐的人,一定能够担任重要的任务,毫无疑义。

11 月 14 日

罗贝尔为人真好! 我把于繁的意思告诉他,话还没有说完,他已经打电话给马尔爽医生,请他明天晚上吃饭。席设银楼,银楼的大菜原是远近驰名的。

"一场好酒菜,要博得多少成绩啊!"罗贝尔笑着说。

他又说我如果能赴宴,很有点用处,所以他怂恿爸爸许我陪他到银楼去。我对于这事十分乐意,因为无论做什么,只要是与罗贝尔同做的,我便发生兴趣了。而且这么一来,爸爸对于我们的婚姻总会减少了几分轻视的心理;再者,我从来不曾到饭店里吃过饭,何况这一次吃饭又为的是于繁的前途? ……罗贝尔说马尔爽医生是不很容易说话的人,但是,有了好酒好菜,他的心便活动了许多,因此罗贝尔特此请他到上等饭店去。

我平常说话的时候,有些语句,据罗贝尔说是不合文法的,而我因听人家说惯了,我也跟着说;但是,每逢罗贝尔在跟前的时候,我说话便很留心,生怕因此使罗贝尔扫兴。当我们独自在一块儿的时候,他教我说,说错了,他即刻矫正。但若在大庭广众之中便糟透了。我正在说话的当儿,忽然看见他的面色露出扫兴的神气,我即刻住了口。他这样神气,只有我自己能够分辨出来;但我一眼看见便知道我的话不合尺寸了。这一次银楼的宴会,我是个主要人物,势不能不与马尔爽医生说话,此刻我心下很有几分踌躇。我自己晓得:过于检点了,一切的自然的态度,随意的神情都会丧失了的。所以我哀求罗贝尔,在吃饭的时候,千万不要屡次注视我。因为我一看见他注视到我,便知道他在想什么;假使我看出他有一二分扫兴,我便会变为哑口无言。所谓不合文法的话,最能使他动气的,乃是"很"字的用法。他说有许多字不该加上一个比较级(或最高级,我记不清楚了),而我偏要把一个"很"字放在前头。当他不曾提醒我以前,我很流利地说"我有很饿、我有很瞌睡、我有很怕"。他生气了,说:

"你尽可以再说'我有很勇气、我有很头痛',为什么不说?"

关于这类的细微的分别,我从来不曾注意到,而今才有了把握。但是我终还怕弄错,差不多把"很"字废止不用了。人家说话的时候,哪里时时刻刻有闲工夫去想哪一个字是名词,哪一个字是形容词,哪一个字是副词?……而且我觉得罗贝尔有时也未免矫枉过正,譬如他不愿意我说"很生气",实则"生气"并不是名词。他想解释给我听,说这虽不是名词,却也不是形容词。我想有时他自己有一点儿搅不清楚,因为他虽说"待我来告诉你,你马上就会懂得的……"但他的话至此为止,却没有下文,这一课小功课又暂时展期了。话虽这样说,我很愿意把这些文法完全习熟,并且养成习惯;因为罗贝尔说:"保持言语的好处,使它纯洁无疵,正是妇女们的天职,因为她们的保守性比男人们要厉害些,所以她们应该担负这个责任;如果轻易地忽略过去,便是不尽责任了。"

11 月 16 日

爸爸知道我们是在银楼吃过饭回来的,便用他那常用的话头嚷道:"坏东西,你们倒会享乐!"他说他从来不曾到过银楼,但他却晓得银楼是很讲究吃的地方。他要我把菜单详详细细地讲给他听。这一顿饭实在妙不可言。单说酒,已经好极了。我自己不很懂得酒的好坏,但我看见罗贝尔与马尔爽尝酒的时候现出笑容,便能够判断这酒一定很好了。但是,马尔爽医生多么可恨啊!罗贝尔一提起于繁,话还没有说完,他便嚷道:

"游手好闲的姑娘们,讨厌得很!"

罗贝尔向他开口的时候，已经是快要散席了。罗贝尔以为他已经熟透了，才把于繁的事提起，谁知还碰他的钉子。只听他还在叽里咕噜地说下去：

"这并不是第一个了。求这差事的姑娘们很多，我一概拒绝，不肯讲什么情面。她们如果是仁爱会的姑娘，我一句话不说，因为仁爱会的姑娘似乎已经不算普通的妇女了。至于良家的少女……我们是要拒绝的。请您告诉您的女朋友，说是我说，叫她结婚，什么都完了。妇女们最会做的事情便是结婚，你听我的话吧……"说到这里，他转身向我，强作微笑说："在您跟前我很乐意说这话，因您也该是这样想的。"

"我的女朋友不愿学我，自有她的大道理。"我说时鼓动全身的勇气，觉得于繁的前途之成败利钝，在此一举，所以非努力争持不可。但当他把眉毛扬得高高地，问我一句"真的吗"的时候，我的勇气又馁了一大半。

我本想说世界的妇女不能人人都有遇着一个罗贝尔的福气。话到唇边，终于不敢出口，于是只泛泛地说世界的婚姻都是没有幸福的。关于这一点，马尔爽即刻辩驳说："婚姻固然不一定好，但独身主义却一定只有坏的没有好的……"我正想要问他何故，他又冷笑地说道："至少可以说妇女方面是如此。"他说得很快，这种抢着说话的样子，活像一个孩子。后来他自己觉得说得太过了些，于是很和气地说道：

"爱梵林姑娘，在我们中间，似乎又当作别论……你的女朋友真的很希望到我那边办事吗？"

"我晓得她有很意思要去。"我不小心地说了这么一句，则见罗贝尔的眼睛即刻盯着了我，我回心一想，原来又用错了一个"很"字，不合文法了。这么一来，弄得我不敢说下去，又让马尔爽抢去说了：

"但是，她没有意思要学美术吗？美术有什么用处？人家发明美术为的是什么？岂非为的是使游手好闲的人有些事情做？请您奉劝您的女朋友，叫她学绣彩或水彩画。本来女人的天职是该给我们生孩子，既然她不愿意结婚，我们也不好勉强她，请您奉劝她学美术吧。"

我听了这话，很不高兴，他也看出我在动气，所以他又用几句话掉转了谈话的方向：

"再者，纵使我愿意收用她，实在也找不出一件事儿给她做。我们那边做事的人太多了，他们里头有许多整天只抱着手，眼怔怔地望着我，一点儿事情不做，我真气煞！"

这一场酒席的钱枉用了。看罗贝尔的神情，多么杀风景啊！我心里也很不好过，因为他用了这一笔款子无非为的是我的情面，否则于繁与他有什么关系？我对他直说出我对于马尔爽的感想。虽则罗贝尔说他是一个博学的名流，我只觉得他粗鄙。散席后，罗贝尔送我回去，路上还说"不肯放松他"；至于我呢，我宁愿不再遇见他了。

假使于繁专靠着差事吃饭，岂不更糟了吗？幸亏她不做事还可以自活，而她所以找事做，却为的是替社会服务，并不为的是钱。唉！我还有什么心告诉她，说她的请求已经被拒绝了，她的忠诚没处可用了呢？……

没用，是的，没用，自己知道没用……要帮助人家，救济人家，把身边的人都给予快乐，未尝没有这能力，未尝没有这志愿，然而，哪里去找一个办法呢？只听人家说道：

"人家用不着你，姑娘。"

惨啊！我满心可怜于繁。我多谢上帝，谢他不把这种苦味给我尝；又多谢罗贝尔，谢他看中了我。但是，我一想到世间许许多多的女人，她们没有我这种幸福，在生活之路上没有她们的地位，她们想要依着生存的正理，把她们所禀受的天资与德性的价值都表现出来；然而，一切的一切都要等候先生们点头，先生们愿意了还好,否则便没有指望了,言念及此,真教我心中不平!我在这里立定了志愿:如果我有一个女儿,一定不教她学美术,马尔爽医生连嘲带讽地说过的美术再也不去学它!我定要给她一种非常的教育,好教她将来不必仰人鼻息,受人恩典。

我晓得这里所写的话一切都不对,但我受我的情感所驱使,把这些话记下来,我这情感却是对的。我觉得我嫁了罗贝尔,牺牲了我的自由,乃是很自然的事情(我与他订婚,不顾爸爸的意见,已经是行使了我的自由权了);但是,照平常的道理说,每一个女人想要在社会上就相当的任务时,该有她的自由才是。

11 月 17 日

罗贝尔正从事于招集股份,预备开一间报馆,他自己担任政治方面的主笔。这报纸要等到明年春天,我们从杜尼斯回来之后才出版,但我们预备结了婚不久便旅行,在启程以前把诸事办妥原是好的。他虽爱我,不至于因迷恋我而害及他在社会的活动,真是万幸!假使他的生活里唯一的目标只是我一人,我倒反不像现在这般爱他了。我是助他的,而不是障碍他的事业的。他的眼光该看得远,不该把视线集中于我——这是我对于他的希望。

11 月 19 日

每天总有一种新快乐。今天早上,罗贝尔把他刚收到的马尔爽医生的一封信交给我看,我又得一种意外的乐事了。马尔爽也许已经忘记了一切他曾经说过的话,也许是自知愧悔,现在他请求于繁到医院去看他,他想要与她商量,看什么地方用得着她……

我自从银楼宴会之后,不曾看见于繁。下次看见她的时候,我也用不着把起初那些令人动气的废话告诉她,只把最后的好结果告诉她就是了。

11 月 22 日

今天早上,我实在太徇情了。我对于罗贝尔的请求,为什么没有一次能够拒绝呢?当我正在小客厅闲坐的时候,料不到他会来得这么早,于是我把日记簿子取出来,正想把昨天晚上的俄国跳舞叙述在那上头,忽然他进来了,要我给他看,看我写的是什么。我笑着回答他说:依照我们共同订立的条约,除非我死了之后他才得看。他也笑着说:那么,他永远不会看见我的日记了,因为我们俩中间,自然是他先死的。再者,他从来不把这种条约认真,早已听凭我的自由了。从另一方面说,我们曾经约过,无论何事,各不相瞒。总而言之,他想要看我的日记的热望高到这地步,如果我不能马上使他满意,他的幸福将有裂痕……听他说话时那种神情,非常迫切,非常执拗,非常婉转,我只好让步了。但我也要他允许彼此交换着看,他也答应了。于是我特地走开,让他看一个饱。

但是,到而今,好梦破了!我原自担心,果不出我所料。我今还再写几行,无非想要说明为什么这便算是日记的末页罢了。我写这日记,显然为的是他;但现在我再也不能像从前那般叙述他的事了。这大概是谨慎的缘故吧。这几页文字,我再也不隐藏了,随他看去吧。

不,我对他的爱情并不减少,但他再也不晓得,除非停一刻之后(这句话也许是很费解,但它自然而然地来到我的笔端)。

11 月 23 日

唉!我以为我的日记完了,谁知又不得不写个“又及”。

刚才罗贝尔竟使我大大地伤心。这是他所给我的第一次痛苦。我很不愿意写在这里,因为我从来只希望这一本小册子所载的无非我的乐事,怎肯加上一个污点呢?话虽这样说,不写是不行的;我写了,还希望他拿来读,因为刚才我同他说的时候,他只把我的话当做耳边风。

　　今天我跑到他家里,以为他一定拿他的日记给我看,因为昨天他在看我的日记以前,已经允许我看他的了。我满心以为今天轮到他,谁知他竟说他并没有什么日记,一字一行也不曾写过。他所以瞒了我许久,不肯说他不写者,无非想要鼓励我写我的。一切他都承认了。起先是笑着说,后来怔怔地望着我,结果是大动其气。因为他只管笑,我不笑;他很滑头,想要闹着开心,借此了事,我却不肯。我满心烦恼,怪他不该。并不是说他不该不写日记:我分明晓得他没有时间,而且没有意思要写,但是,不写便说不写好了,犯不着存心骗我,使我信以为真。他听了我的话,竟说我的脾气不好,本来毫不要紧的小事情,给我弄得天一般大。他并不回心想一想:最使我痛心的,乃是:我所认为大事,他偏认为不关重要的事情;我所认为性命交关,在他却是轻描淡写!他食言失信,却没有错处;我抱怨人家,倒有错处了。我并不愿意看见他的理曲、我的理直;我宁愿替他说好话。但是,他给了我这么多的痛苦,我希望他至少要问一问良心。

　　我抱怨人家到这地步,像个忘恩负义的人了,于是我请他恕罪。但是,这日记实在没有再记的道理,所以我决定从此搁笔了。

下 篇
——二十年后

1914 年 7 月 2 日于阿尔嘉崇

　　我把这日记簿带在身边，只像病后无聊，把一种刺绣品随身带着，偶然绣它几针，以资消遣罢了。我这次再写日记，已经不是为罗贝尔而记了。从今以后，他自以为对于我所能感觉到的或想到的事情一概认识了。所以我写这日记不过是想把我的思想理出一个线索来，力求把自我看得清楚。哥奈尔爱美里说得好："我冒险，我追寻。"

　　当我年纪轻的时候，念到这首诗，只以为它是废话。大凡人们对于某事物不很了解的时候，往往觉得可笑，我对于这句诗，当时也觉得可笑得很。我也教我的儿女念过，他们也觉得是废话，可笑得很。自然，须要在世上活了不少的年月的人才懂得这句诗的道理。我们在生活里所追寻的事物，若希望一定达到目的，只好冒险，把我们性命交关的事情去碰一碰彩数而已。今日我所追寻的乃是我的解放，我所冒险的乃是社会的批评与儿女的意见。说到社会的批评这一层，我勉强要使我自己相信我是不管的。至于儿女的意见，我一想到便觉得是第一伤心的事，把这个写了下来，心里便觉得好过些。我自问我这几页日记究竟是不是为着他们。不久以后，如果他们读到了，我希望他们在这里头找得出一个判断，至少希望他们找得出一种解答——对于我的行为的判断或解答。我自然先希望他们觉得一种锐利的眼光，好教他们有严格批判或定罪的能力。

我时时刻刻自己说:我一离开了罗贝尔,在表面上我总会受了一切的罪名。我虽则完全不懂法律,但我恐怕我如果不肯继续地与他同屋而居,便会连累到我的母亲的权利也丧失了。我想在回到巴黎之后便去找一个律师,他一定告诉我避免丧失母亲的权利的法子。假使真的要丧失了,岂不是最难堪的事?我不能说我可以不要我的儿女,但我又不能说我可以与罗贝尔再过共同的生活。若要不恨他,除非不再看见他。唉,尤其是不再听见他说话……写到这里,我已经很觉得他讨厌了。我要说的话都是很可恶的话,不好向别人说,所以,我重新展开这册子,无非感觉到有记载的必要。我记得当年于繁不敢把她的事情告诉我,恐怕因此遮掩了我的幸福的光辉。到而今,却轮到我不敢开口了。再说,她了解不了解我呢?……说她的丈夫吧,起初我觉得他又自私又鄙俗,而今我却晓得他心地光明了。有些时候,这一位真的高尚的人,在罗贝尔面前,露出一种莫名其妙的轻视的神情。当罗贝尔谈话的时候,当然自以为是一个上好的角色,把他的话都殷勤地说完之后,再加上了一句:

“这是我以为应该对他说的。”

“他呢,他以为应该回答你吗?”马尔爽医生问。

罗贝尔似乎一时会不来,他觉得马尔爽在批评他,讨厌极了。我想马尔爽所以不肯任意讥讽者,无非碍着我的情面。因为有时候我看见罗贝尔正在夸口,马尔爽忍不住要戳穿他的大话,若不是因我的情面,他早已说出来了。罗贝尔的话虽则响亮,而马尔爽却不是一个容易上当的人。有时候我竟以为他如果不是对我有感情,早已不再来拜访罗贝尔了。那一天晚上,我晓得非但我一人对于他的大话不满意,在这一点,我的心还好过些。他老是说“我以为应该这样做”,实则他不过是因为有这样的欲望所以这样做;或因为这事于他恰恰适当,如此而已,哪里有什么应该不应该?最

近他越发老练了,他说"我以为这是我的责任……",好像是他所以
这样做,无非是最高的道德驱使他。他专会谈责任,竟致我对于一
切的责任都寒心。他利用宗教来做口实,竟使一切的宗教都成了
可怀疑的东西。他假装最好的情感,非但不能博人欢心,只有令人
作呕而已。

7月3日

　　我把古斯达夫送给医生疗治,所以我的日记几乎因此暂停了。
谢上帝,我听了医生诊断的话之后,倒很放心地出来了。马尔爽给
了我们一个警告,所以我们晓得早日医治。这里的医生很小心看
护古斯达夫,依他说,这病断不至于复发。他以为暑假之后,古斯
达夫可以入中学。可见这病不致使他的学业展缓了。

　　我昨天所写的,今天觉得不很满意。我似乎觉得执笔便写,一
味骂人,却不曾想到如果不好好地自己解答,像这般骂人是无益
的。我们各有各的短处,我晓得,如果要维持夫妇间的和气,第一
要互相原谅,第二要每人各占得一点儿小便宜,否则这和气便保存
不住。罗贝尔的短处,变到这种令人难堪的地步,何处是它的来
源呢?是不是因为今日我所痛恨的便是昔日我所醉心的、我所认
为深可赞许的?……唉!我不得不承认了:并不是他变,却是我自
己变了。是我的判断力变了,以致我的最幸福的回忆现在都陷入
深渊。呀!我真是从九重天跌下来的人了!我想要对于这次变化
有一个解答,于是把二十年前我在这同一的册子里所写的日记拿
来重读。唉!我真不容易再认识当年那天真烂漫、没有见过世面
的我!当年我叙述罗贝尔说过的话,以为这些话可以引起我的快
乐,引起我的爱情的骄傲,现在这些话还在耳边,但我对于这些话
的解释却不同了。我对于罗贝尔不信任,并不是从今日起,我想自
从我们结婚后不久,我已经开始不信任他了。记得有一次我父亲
看见了他那些新式牌子,十分喜欢,赞叹他的方法好,于是问他道:

"这是你所发现的吗？"

他回答的语气真是神妙，既高尚又谦虚，既安闲又深入。他说：

"是的……我因寻求而发现的。"

唉！这种闲话，当时我哪里把它当做重要的事情？但后来我到巴克路一间纸店去付账，才知道他所谓自己发明的新式牌签乃是从这纸店里得到的。于是我联想到罗贝尔说话时那种了不起的神情，像是"应该这样说"才对，所以他说"是我发现的"——是的，不错，是你发现的，是你在巴克路发现的，但是何苦又说你寻求？要说寻求，便该索性说明白，说是你在纸店里寻求封套子，因而发现了牌签……，何苦只吞吞吐吐地说了半截？我觉得：一个博学者真的发明了些事物，断不肯说"我因寻求而发现"，因为不用说，人家自然知道的，至于罗贝尔口里说的"我因寻求而发现"，显然是自己不曾发明什么，偏要借此藏拙。爸爸于此，真所谓洞若观火；至于我呢，我虽则笔下如此写，其实要等到不久以后才十分显明。我只本能地觉得这里头总有几分不可索解。然而罗贝尔说这话，也并非有意骗爸爸。从他口里吐露出这话来，并非存心使坏。正因这个缘故，所以这句话才能启发我的观察——他不是骗爸爸，却是骗自己了。

我不能说罗贝尔是个伪君子。他所表达的情感，连他自己也以为真有。我甚至于以为他自己感觉得有这种情感，可以一唤便来，来的情感都是好的、宽大的、高尚的、适合于他的、有利于他的。

我不信许多人都上当，然而他们却都一样做去。爸爸起初似乎看得很明白，而我起初看得最模糊；所以在我们的订婚期内，爸爸的意见最能引起我的烦恼，现在爸爸却完全掉转身来了。每逢我与罗贝尔吵嘴，爸爸都只说我没道理。爸爸太好了、太弱了，罗贝尔太有本领了……至于妈妈……好些时候以来，我觉得孤单极了。我的满怀心事，只能向这册子告诉，把它当作知己的朋友，我的秘密的事情与苦恼的思想都没处发泄,只有它可以推心置腹了。

罗贝尔自以为深深地认识我,料不到我能够除了他之外还有我自己的生命。他现在只把我当做他的附属品了,我是给他受用的东西。总之,我是他的妻子。

7月5日

每次罗贝尔认识一个新朋友的时候,我觉得,我晓得,他第一个念头便是想怎样拿住他。表面上看来,他的行为非常高尚,他总表示殷勤,为人尽力;但是,哪怕他怎样殷勤,我总觉得他口是心非,想把人家做成一个感恩者。但看他的行为,何等天真!何等自然!……起初的时候,他不曾晓得不信任我,往往有些语句从他的口里流露,露出他的真情。譬如他说:"我的同情心得不到一点儿好报应。"好像他的同情心在等候他人的报答似的。又譬如他说:"某人某事……我已经替他办了这件事,将来他不至于拒绝我的请求了。"我听了他的话,真是不寒而栗!

他所办的杂志,办了四年,直到去年他的红色大绶变了玫瑰色徽章之后才肯停止。他的杂志也无所谓议论平允,所有的议论,其动机不外是互相扶助、互相恭维,每一篇恭维人家的文章,在罗贝尔看来,乃是一张汇票。他最大的本领乃是:利用了人家还好像是帮了人家的忙。譬如他的杂志如果没有那位少年书记替他编辑、重抄、再三思考,那么,不晓得弄成什么样子了。这么好的少年,天分很高,又很可靠,罗贝尔非但不感激他,还常常嚷道:"这孩子,如果没有我,他不晓得弄成什么样子了!"

依罗贝尔说,这杂志的唯一目的乃是扶助埋没了的美术家,尽心竭力地使他们成名;其实同时他自己也因此可以出风头。罗贝尔曾十分拼命地把布尔格的超等艺术大吹特吹,而他本人却表示不屑受民众的欢迎,既谦逊,又自负。其实布尔格已经死去,杂志上替他说得天花乱坠,他的画因此涨了价,罗贝尔在他所谓画集里面挑了两张布尔格的画去卖,真是一本万利,比他买进各画的价格还高了几倍。这两幅画在柜子里屈了许多年月,一旦被人家拿去便悬挂起来。罗贝尔板起面孔,教训他的儿子道:"上帝毕竟要报应我们,很少有例外的。"

唉!他有没一次肯损己利人?他自己没有利益的事,他曾经有过一次动心吗?他自己没有关系的事,他关心过吗?只要有过一次,我便心满意足了!……

譬如有一次,爸爸与伯尔家表兄弟们及那穷得可怜的布尔格都被他邀入印刷店的股份,那店后来是失败了,但当时却像莫大的恩典:说是到处都来买股票,他只能留下若干股,特别为亲友的利益起见,不肯尽卖给外人……一切都说得非常动听,以致我心内自思道:"罗贝尔为人真好!……"哪里晓得他全靠拉拢这班亲友,爸爸与表兄弟们的股票已经是全额的过半数,他于此得了莫大的利益呢。

印刷店倒闭之后,他又有他的漂亮话说。分明是他自己不小心,受了很大的损失,而他却能自圆其说:

"可怜的亲友们……他们都信托我,竟得不到好报酬。唉!我太想要帮助人家,所以上帝降罚。替人尽力有什么好处呢?……"他说的都是这一类的话,不能尽述。

爸爸与表兄弟的股本姑且不论,至少布尔格的股本是该还的。他因罗贝尔再三要求,又担保万无一失,然后肯拿钱出来。谁知罗贝尔却想法子把他的股本上了真账,后来罗贝尔对我说是"趁机会清账"。当我很生气地怪他不曾想法子保存他的亲友的钱的时候,他惭愧地解答,说是他一则因为没有时间去问亲友们是否许他代卖股票,二则因为如果把大批的股票同时卖出去,一定大起恐慌,价钱即刻低落。那一天我听了罗贝尔这一番话,便把他轻视到了极点。但我却不肯让他晓得我轻视他,所以他毫不在意。他以为他说话很自然,我们既在同一的环境里,他断不至于怀疑我不与他志同道合。

7 月 6 日

　　古斯达夫多么像他的父亲啊！我想这是马尔爽使我了解他。我对于罗贝尔，有了许多年的幻想，其后对于古斯达夫的幻想也一样，直到最近这几个月以来才知道觉悟，可见我们爱上了一个人，便不容易判断他的真价值。我自从离开了罗贝尔的迷阵之后，自以为把世情看得透了！但是我的视线又转而集中于古斯达夫，满心希望他好，我起初想道："他呢，至少……"罗贝尔的短处到了古斯达夫身上，似乎修改了些，并非一样地表现出来。但我现在却看得清楚：外貌虽新，内容则一，我不能再上当了……甚至于罗贝尔某种言语举止，现在倒让他的儿子给我一个解答了。古斯达夫读书的时候，对于人家不会问到的问题，便不肯留心学习。他从来不曾专为学问而学问。他自己晓得不晓得且不管，先求人家相信他是晓得的。无论谈到什么，他都问道："这有什么用处？"他自小便有这习惯，我很不容易教他改变，而且起初我还以为他说得好哩。现在他不再说这种话了，但我宁愿他说还痛快些，因为哪怕他不说出口，心里还是念念不忘，凡是无用的东西都给他轻视。

　　再者，起初我还赞赏他对于朋友的选择！当时我多么不懂事啊！我常常对于繁请道："古斯达夫断不肯交结坏朋友。"马尔爽听了这话，忍不住微笑。记得去年有一天，经古斯达夫的请求、罗贝尔的劝告，我们家里开了一个小小的儿童会，来宾里头有一个总长的儿子、一个议员的外甥、一个少年的伯爵，总而言之，这里头没有一个儿童的亲属是平常的——不是有钱，便是有势，否则便是有名。便说罗贝尔自己的朋友，也不见得比他的选择得好。古斯达夫还有一个朋友，乃是一个免费生。他的父母从事于教育，穷得很。古斯达夫对我说，若请他来，与那几个同在一起，颇为不便。我起初还以为他细心体贴穷人，现在想来，他无非怕那孩子来时有伤他的体面。他虽则很愿意同那孩子来往,却无非想要炫耀他,驾驭他。至于我呢,我不很喜欢那几个富贵人家的孩子,只特别地看重他,只有他能够表现个人的真价值。这一个心地光明的少年十分敬爱古斯达夫,每逢古斯达夫说一句话,做一件事,他都赞不绝口,我满心想要进他一个忠告,说:

"我的可怜的孩子,不要上当了! 我的儿子只爱你的忠诚,并不是爱你。"

古斯达夫有许多事情可以自己办得妥妥当当的,偏去找他的朋友替他做,我怪他不该这样,他说:

"但是,母亲,他给我办事,他得到多少乐趣啊! 这事,在我觉得麻烦;在他做去,却很开心。"

因此,事情给人家代做了,还承受人家一个"谢谢"。

7月9日

我记这日记,并没有什么乐趣,但又不得不记,我已经不像从前那般下笔不能自休。我并不着意要写得好,但因为我反省得周到些,所以似乎写得好些了。我因要古斯达夫与侠丽维耶佛有学问,努力想法子教他,教学相长,连我自己也得到了许多学问。因要使他们好好地了解某一个学者,我自己该先好好地了解,因此我的嗜好便改变了许多。许多时髦的书,最近我还觉得津津有味,现在却觉得太空虚了。至于有些书,我起初勉强读去,讨厌得很,一点儿没有兴趣,只因是万不可不读的书,所以不能不拿来教儿女;现在却觉其中很有精彩。我觉得过去的大学者,不像时髦的学者专求文字的华丽,他们所有的都是披肝露胆的话,所以我不把他们的书当做美文读,却把他们当做我的秘密的顾问,当做我的朋友。我现在自觉孤单得很,实有寻求安慰的必要,而在他们的书里便可以找到安慰,我便借此藏身。

7 月 11 日

那个修道院长伯尔特原是往波尔多奔丧去的,昨天回来了,到我家谈天。他很了解我,最近我与他的意见还很合得来!……我曾经很信任他,什么话都同他说。许久以来,我十分忽略了我的宗教功课,许多话不曾对修道院长说。罗贝尔的行为已经使我的心里失了爱情,他的慈善事业是这样的,于是我连我自己的慈悲心也怀疑。他那种夸大的言行竟使我心中停止了祈祷……但是,昨天我因意志薄弱之故,因伤感孤单之故,因想要人家表同情之故,所以我忍不住向修道院长谈起。他希望我非但把他看做一位神父,而且把他当做一个知己朋友,所以我有心腹话只好向他诉说。唉!昨天经过了一次谈话之后,我越发意志薄弱了,不知方向了,失了勇气了,只能信任罗贝尔,不能信任自己了!

修道院长开始向我说:"言语这样东西,并不一定常出于心的富裕之处。"譬如在祈祷的时候,在真心诚意的兴奋以前,往往先有手势,所以我不该怪罗贝尔。罗贝尔的情感的表达——即言语——不常有真的情感伴着,我应该容许他。只求他的言语发出之后,不久便有情感来会合就算好了。依修道院长的意思,最重要的并不是说其所思,而是说其所宜思。因为我们所思的往往不对,及至说过话之后,自然而然地,不由自主地,会把我们所已说的话想一想,即所谓说其所宜思。总之,他用全力替罗贝尔辩护,他看见我的诉状里只有一种最可惋惜的骄傲表现出来。皆因我很忽略,不曾履行宗教上的功课,以至这种骄傲渐渐长大,渐渐扩充。修道院长既晓得用这种有威权的话来制胜我,于是我把我所嗟怨的事情又看不清楚了,把我所责备罗贝尔的理由又不了解了。于是我只像一个顽皮的小孩子,不服教训,哭闹了一场,结果还是自己不对。于是我呜咽着说:我固然有牺牲自己的大需要,但总还要对于一些真的事情才好牺牲,而在罗贝尔的似是而非的场面看去,里头实在一无所有,只隐藏着一个太空。修道院长听了我的话便严肃正气地、怆然地说：

"好，那么，我的孩子，在这种情况之下，你的责任便是帮助他去隐藏这个太空……"说到这里，他越发严肃了，"对于众人固然隐藏，尤其是对于你的儿女特别该隐藏。因为最重要的乃是使他们能够继续地尊敬他们的父亲。罗贝尔一切的美中不足的地方都靠你助他掩饰。母亲的责任在此，奉教的人为人家的妻子，其责任亦在此。除非你想要侮辱宗教，否则不能卸了这责任的。"

我在他面前俯伏，我的呜咽、我的羞惭，都在我的手里掩藏着。当我抬头的时候，看见他眼泪汪汪，觉得他实有深切而真诚的慈悲心，我忽然大受感动，甚于刚才他说话的时候，我一句话不说，也找不到一句话说，但他已经懂得我是皈依的了。

今天，险些儿我把前几天的日记都撕毁了；但是，我还想留着重读，重读的时候，一定只有羞惭……

7 月 12 日

这么一来，我这一辈子都没有希望了！我只为一个人而生存，虽则再也不爱他，再也不敬他，却不能不为他服务！哪怕我怎样牺牲，他不会了解我，甚至于并不知道，这种牺牲岂是我所甘心的？我对于他的庸碌，发现太迟了，以致做了木偶的妻子，替它服务，为它牺牲！这便是我的命运，我的生存的理由，我的目的！除此之外，别处哪里有我立足的地方呢？

修道院长尽管说"捐舍之美、在上帝眼里"，都是废话！我自问良心，只能说这么一句话：我停止了信仰上帝，所以同时我停止了信仰罗贝尔。我一想到将来的忠诚得到了悲惨的报应时，在九泉之下再见着他，是多么无趣的事……因此，我的灵魂实不愿有永远的生命了！我所以不怕死者，正因我不相信有长生，我觉得我从今以后再也不相信了。昨天我在日记里说我皈依，这话并非真的，我只觉得失望、反叛、愤激而已。修道院长说我骄傲……是的，我以为我比罗贝尔的价值高些。将来我在罗贝尔面前最谦卑的时候，我将自问良心、自知身价，于是我将自觉是最骄傲的人。修道院长想要我避免了骄傲的罪孽，难道他不知道这么一来，适足以使我造孽吗？他若要我谦卑，唯一的手段乃是使我骄傲，难道他不懂这道理吗？

　　骄傲、谦卑……我再三吟诵这两个名词，不复了解它们的道理，好像是我与修道院长谈话之后，这两个名词便被抽去了一切的意义似的。自从昨天到现在，我脑筋里盘旋着一种思想，总丢不开，修道院长努力宣传他的教义的结果，其力量未必比这种思想更强。什么思想呢？我想：他与教会究竟只关心于表面。修道院长看见于他有益的一种外貌，又看见我这种冒犯他的、不方便于他的真诚，相形之下，自然觉得外貌较为适合于他了。罗贝尔晓得笼络众人（"笼络"二字多么可怕啊），修道院长也上了他的当。对于他，一味恭维；对于我，一味责备。宗教上只看重举止，举止之下有没有东西，毫无关系。在修道院长眼里，只有举止便够了；在众人眼里，也只有举止便够了。我觉得只有举止还不够，乃是我太骄傲了。除了举止之外，我再从事于其他的寻求，实在太没道理——不重要，不存在，不能实现，还寻求它做什么？

　　好吧！好吧！既然大家都以外观为满足，我也就取了谦卑的外观，但我的内心深处，实在找不出真的谦卑的情感。

　　然而，今天晚上，在心绪如麻的当儿，我愿信仰上帝，为的是要问问他：宗教上只看重举止，只看重外观，他的希望真的不过如是吗？

7月13日

　　我父亲突然来了一个惊人的电报，叫我回到巴黎去：罗贝尔被汽车碾伤了。据电报说是轻伤，却还叫我回去。假使罗贝尔伤势很重，我父亲一定连古斯达夫也叫去。我想到这一点，稍为放心了些。

回忆这几天来我写了的日记，良心上很觉得不安。幸亏古斯达夫的身子好了些，我可以离开他几天还不要紧。旅馆老板愿意照料他，而且，我接到电报的时候，医生恰在旁边，他答应每天寄给我一张健康报告书。于是，我便搭第一班火车回去了。

7月14日于巴黎

谢上帝，罗贝尔还活着哩！马尔爽与另一位外科医生都叫我不必担心。在罗贝尔的床边，我与修道院长伯尔特再会，他说这一场意外之灾乃是上天的教训。唉！真真不错！汽车的轮子碾着他，要碾碎了他也非难事，幸亏上天有眼，只碾在他的左臂上，斜碾过去，臂骨折了两段，据马尔爽说，接骨并不难。

我这次再见罗贝尔，最令我吓煞的，乃是他的包头布，把脸遮掩了一部分。但是据马尔爽说，他脸上只是不要紧的血斑。话虽如此说，罗贝尔总觉得头部痛得很厉害，而他鼓动勇气忍受着，不肯呻吟，真值得赞赏。我写到这里，该加上两句：我不晓得他开口要说些什么不中听的话，心下正在纳闷。但等到他一开口之后，我听不到几句，便觉得我还是爱他。他仅仅说道：

"你们麻烦得很，皆因我一人之故，请你恕罪。"

我低头就他的时候，他又说：

"不，不要同我接吻，我丑得很。"说时微笑，虽则他痛苦难堪。

我一面哭，一面跪在床前，默默地感谢上帝，谢他听不见我叛教的怨声，谢他代我保存罗贝尔。我从前所希望的自由，乃是有罪的自由，幸亏上帝拒绝了我，我至今但有羞惭，我一心一意地请上帝恕罪。

但愿上帝磨炼我的贞操，如果修道院长不找话来说服我，我自己还感觉得好些。现在他所说的话我是不服的，同时在另一方面说我又是皈依。我当初自不谨慎，有了反叛的精神，现在不要这精神了,但我的意向又变了,他的生活样法,我实不敢赞成。但我今日懂得昨天我反叛的时候,修道院长责备我的骄傲,实在有理。这一场的斗气使我知道了我的责任,用不着他教我了。上帝啊,我自首了,我将晓得谦卑了,从前我错认了罗贝尔的价值,而今我要取法于他了。

妈妈说愿意代我去照料古斯达夫,于是她今天晚上便到阿尔嘉崇去了。

7 月 16 日

罗贝尔继续地叫头痛,说是痛得非常厉害,但依昨天放的 X 光看来,却不要紧。马尔爽起初怕他的脑盖还折了骨,后来看了 X 光之后,才放心了。据马尔爽说,他的臂膀倒不要紧,只要耐心等候一个月之后,一定可以复原。我也因此放心。但是唉,我所以佩服他,他的声音获得我的心弦的回响者,岂非全靠这提心吊胆的心理吗?我想他这两天来实在怕死,所以他口里第一次吐出真声。及至死之恐怖过去了之后,他又编造些遗言了。在我很担心的时候,还看不破他,而今我不担心了,什么都看破了。

他的声调凄怆,至于下泪。假使我们不知道他已经离了危险,我们一定都跟着流泪哩。然而他的心细得很,总想使人家信仰他。他对于马尔爽,不很冒险,只说了有趣的话。他留着那些动人的话去打动修道院长与爸爸的心。修道院长觉得他是人群的师表,爸爸觉得他大有古风。爸爸走出了卧房,还带着满腔的呜咽。至于在我跟前,他未必十分如意,生怕给我看破了真情;因他勉装很坦白的神情,却是他最不自然的表现,所以他对于我特别留神。说也奇怪,还有一个人是他所最注意的,乃是佚丽维耶佛。昨天罗贝尔说了几句话,还不算怎样铺张扬厉,我看见她的唇边露出一种讥诮的微笑,又放眼望我,即刻尽量地变为庄重的神情。我们不能禁止儿女批判我们,但是料不到佚丽维耶佛竟希望在我身上,找出一种同情于她的恶作剧的表示，实在太令人难堪了。

7月17日

　　马尔爽看见罗贝尔一味叫头痛，竟不好怎样解说他的病情了。我说他"一味叫头痛"，这话说错了。他一声不响，只咬着牙，皱着眉，好像一个受痛苦到极点的人。人家问他痛不痛，他不开口，也不点头说是痛，大概他以为点头还不算高明，所以只眨了一眨眼，表示临终的神情。马尔爽原以为他的病势不重，看见他这般模样，倒有几分怀疑，至少是有几分踌躇，现出有所期待的样子。他去找一个医生来商量，那医生也不比他更找得出什么危险的症候。他说我枉自惊慌，其实是不妨事的。但我觉得，人家若安慰罗贝尔，倒反令他不高兴。或者还可以说，我们得了安慰，他倒反不高兴了。他看见医生们走了之后，严肃正气地说：

　　"人类的科学是靠不住的"，说到这里越发郑重地加上一句，"我是指最博学的人而言。"

　　但是，昨天他已经不愿吃东西，又叫人家关了门以免无聊的人们到来啰唆。今天早上，又要人家从阿尔嘉崇把妈妈与古斯达夫叫来。去了一个电报，计今天晚上他们可以回来。他所要努力避免的乃是太热的话头，譬如最著名的遗言，他是不肯说的，因他以为这是口头禅。我见他努力避免俗套，忍不住赞美他。然而他因此便很少说话了，实在也没有这许多高尚的话可说。他最近的发明，乃是轻视快乐。修道院长所知道的只是基督教的谦卑说忏悔，所以他觉得罗贝尔真是一个了不得的人。当罗贝尔知道他在床边的时候，便闭着眼嚷道：

　　"时候到了，正好把所已做的一些小善与欲做而未能做的一切善比较了！"

　　我们都默然不作声，他又说：

　　"我奔走一生，干不出什么事业"，说到这里，回头向修道院长，

"我们只希望上帝不把人们的努力与其所得的效果相比较才好!"

我给他放了一贴止痛药水,他停了一会儿嘴;药水放上之后,他又说:

"流水不是明镜,至于水不流时,人们可以照见自己的面容。"

于是他重新喘气,转面向壁。好像是他看见了什么卑陋的景象,所以掉过头不愿意看似的。忽然他的声音变高了,像是责备人家,像是悲伤,像是讨厌,像是轻视,又像是内心的苦恼。

"我看见世界上只有的是糊涂、凶恶、骄矜。"

修道院长打断他的话,说:

"好吧,好吧,我的朋友,上帝能够看见人心的秘密,他会分别得出别的东西来。"

唉! 在我的眼看来,世界上什么都没有,有的只是戏剧。

7 月 18 日

昨天晚上妈妈与古斯达夫回来了。罗贝尔在未见他的儿子以前,想要自己打扮打扮;但是那无用的遮头布掩住了额头的一半,他却不肯除开。假说是灯光伤了眼睛,叫人家把灯拿开。于是他的面孔便不容易看得清楚了。爸爸先到客厅去见妈妈与古斯达夫,剩下我与佚丽维耶佛在卧房里。还有夏尔洛德,她服侍罗贝尔打扮好了,也停留在房间里。我们像是在预备一幅活的图画。诸事妥当后,佚丽维耶佛出去请他们进来。

自然,古斯达夫想跑去与他父亲接吻,但他父亲不肯。这时候罗贝尔双眼闭着,面上露出无限威严,以致古斯达夫停住了脚,不知怎样做才是。爸爸与妈妈更在后些。只听罗贝尔说道:

"现在请你们到我跟前来吧……因我的身子太弱了。"

夏尔洛德做出预备悄悄地退出的样子,罗贝尔张开一只眼睛说:

"不要走,不要走,夏尔洛德,你在这里并不是多余的。"

　　这几天以来,他说了许多收场语,此刻我很想听他又有什么新发明的话头。父亲的情感尽可以供给些新的题目,于是他特别向着古斯达夫与佚丽维耶佛说了一段话。这时,儿女并列床前,活像受足了训练的伶人一般。只听罗贝尔说道:

　　"我的孩儿们,现在轮到你们来听真理……"

　　但是,他不能说完这句话。佚丽维耶佛忍不住了,突然打断了他的话头,用很清朗的——几乎是快活的声调说道:

　　"然而,爸爸,听你说话,像是预备同我们永远分别似的。我们大家都晓得你的病差不多好了,在三五天内,你一定能够起床。你看,你说了这许多话,只使得夏尔洛德一个人流泪。假使此刻有人进来,他会以为只她一人有良心哩。"

　　"古斯达夫先生看见的,他的爸爸也在哭哩。"夏尔洛德这么嚷了两句(真的,罗贝尔说话时,流了许多很大点的眼泪),将身往床前靠近些,不听见我们作声,她越发得势了,继续地说道:"罗贝尔先生觉得身子弱,也许只因为想吃些东西。让我去弄些粥来。"

　　夏尔洛德出去之后,罗贝尔没话可说,只好问问妈妈路上好不好,古斯达夫在阿尔嘉崇过的生活舒服不舒服。

7月19日

　　原来佚丽维耶佛并不爱她的父亲,为什么我要这许久才知道呢? 大概因为许久以来,我太不关心于她的事情了。古斯达夫的身子太弱,我全副精神贯注于他。再者,我也承认我对于他特别喜欢;因他也像他父亲会博人欢心。罗贝尔在未使我大失所望以前,事事令我生爱,而今在古斯达夫身上又重新发现那些令我生爱的事情,怎教我不爱他呢? 说到佚丽维耶佛便不同了,我看见她只专心于学问,别的事都不关心,到而今我倒很怀疑是否该鼓励她研究学问。刚才我同她谈话,可怕得很。在这一次谈话里,我知道与我合得来的只有她一人,同时又知道为什么我不愿与她合得来。这话怎么讲呢？因为我在她身上可以重新找见我自己的思想，而且她的胆子还大些，大到我害怕为止。我的担心、我的怀疑，在我不过是若有若无，一到她身上，便变了不讲情面的否定。这种否定，我决不愿表示同意，不，决不！我不能允许她这样说她的父亲，太没有尊敬之心了。但当我想要使她自愧的时候，她说："这些话你还信以为真！"她说得这样粗蛮，我的脸红了，找不到话回答她，也掩饰不了我的惭愧。于是她顺势对我声明，如果丈夫的权势比妻子的权势大，这样的婚姻，她是不赞成的。依她的意见，断不肯低首下心。将来她有了爱人的时候，只愿把他当做一个同志或一个同学；如果能不嫁他，更是有见识。我的榜样已经给她一个警告，使她知道提防。再从另一方面说，我从前教了她许多学问，她却拿她的学问来判断我们。而且，她晓得有个人的生活，不肯把自己的命运附属于别人，因为那人不一定是值得委身的——一切都是我使成的，她该怎样感谢我！

她说话时，在房间里大踏步地踱来踱去；我只坐着，听了她的放肆的话，弄得我有口难开。我怕罗贝尔听见，所以哀求她把声音放低些。她反而嚷道：

"好！他听见了又怎么样？……我现在对你说的一切，我预备都对他说，甚至于你也可以把我的话尽量告诉他。告诉他吧！是的，好，好，告诉他吧！"

我看见她不能自制，只好离开了她。这是仅仅数小时以前的事……

7月20日

是的，这是昨天晚饭前的事。当吃饭的时候，我的心绪怔忡，不能自己掩饰。她看得出来，所以她晚上到我的房间里找我。她投入我的怀里，活像一个小孩；她抚摩我的脸孔，和我接吻，都像从前一样。看她那种柔情，我忍不住流下泪来。只听她说道：

"我的亲爱的妈妈,我说的话引起了你的悲哀了,请你不要太怪我不是。你试想想,在你跟前,我能够说谎吗?我愿意说谎吗?我晓得你是能够了解我的。我呢,虽则你不愿意我了解你,你的心事都给我看透了。我还有话要对你说。有好些事情,你已经教我去思想,而你自己却不敢去思想。有好些事情,你以为你还相信。我呢,我知道我从今以后完全不肯相信了。"

我一声不响,也不敢问她所谓有些事情究竟是什么事情。忽然间,她问我死心塌地跟着她父亲过活,是否因为有了儿女——她与古斯达夫。她说:"因为我不怀疑你是死心塌地跟着他过活的。"说时,留心看我的面色,活像人家责骂一个儿童,同时看他的面色似的。我们的谈话转到这一方面来,我觉得她荒唐得很,于是我极力辩明,说我从没有对不住丈夫的心理。她听了我的话,便说她晓得我曾经爱过布尔格,我冷冷地答道:

"也许是吧,但我本人却从来不晓得。"

但她又说:

"当时你尽可以不承认你是爱他,但他很以为你爱他,这一层我相信得很。"

我站起来,不同她拥抱,心中打算,如果她继续地这样说下去,我一定走出去,至少我是不回答她了。于是大家住口一会子,我觉得浑身无力,坠在另一张椅子上。她即刻又重新揽住我,坐在我的膝上,非常娇媚地说:

"但是,母亲,你该晓得,我并不责备你。"

我听了这话,吓得一跳,她拿住我两只臂膀,不让我动。口里微笑,像是想要借孩子的神情来补救刚才她的言语之非礼。她说:

"我只想晓得:在你一方面有没有牺牲?"

她越说越显得郑重其事了;至于我呢,我努力装出铁石心肠的样子。她晓得我不会回答她的,于是她又说:

"我可以把你的平生事迹做成一部小说,名《一个母亲的责任》,或名《无用的牺牲》。"

我老是不说话,她把头左摇右摆,表示否认,说:

"并不是因为你甘心做你的责任的奴隶……"说到这里,又改口说,"……一种幻想的责任的奴隶……不,不,我看见你如此,我并不感激你,这一层你很可以看得出来……你也不必辩了……我想,如果我觉得我是你的一个受恩的女儿,如果你以为我受你的恩,我便不再爱你!你的品行是属于你一个人的,我不能忍受你的品行的束缚。"说到这里,声调忽变:

"现在请你赶快说,说什么都不拘;否则,停一会子我回到我的卧房里独坐的时候,想起对你说的一番话,我一定非常动气的。"

我伤心得要死,一句话不能说,只在她的额上接了一个吻。

我一夜不睡。空虚的内心,但有佚丽维耶佛的话在里头震响。唉,我真不该让她说!现在我分不清楚,今天晚上说这一番的话是她呢,还是我自己?我让这一口怨声发泄之后,能不能再收拾起来?我所以不及她那般愤激,因为我的薄弱的意志给我一颗定心丸。我的思想枉自起革命,而我还是不由自主地低首下心,我不能做别的事吗?我不能换个方向走吗?不,我枉自搜寻,找不到一条脱身之路;我不由自主地给罗贝尔缚住了,给我的儿女——罗贝尔的儿女——缚住了!我尽管找寻出路,但我分明晓得:我所朝夕祈望的自由,纵使得到手,我还不晓得怎么办好。有一天,佚丽维耶佛对我说了两句话,我好像听见了一阵报丧的钟声。她说:

"母亲,你无论怎样做都不中用了,做到极点也不过是一个贤妻。"

7月22日

我要把我的思想很无伦次地写下去……

起初我为着儿女的敬意,不敢发作,而且拿他们的敬意当做我的靠山。而今这靠山给佚丽维耶佛推倒了,我没有什么可靠了。

现在是我与我自己争。我觉得我所以被困重围,不可救药,无非自己的品行束缚了自己罢了。

假使罗贝尔更给我些损害,更不得了！我所以伤心,我所以恨他,固然因为他有许多短处;但我所谓他的短处,却不是说他怎样对我不好,我只怪他自己的人格。而且我也没有别的爱情,并不是见异思迁,也不肯怎样负心,只不过想要一走了事。唉！一句话,我只想离开他,别的都不想……

唉,他还害病呢！他少不了我呢！

还不曾到四十岁,如何便能捐舍了生命！我的责任乃是:无论如何悲惨,也要委天任命。若要尽别的责任,上帝会容许我吗？

现在我希望哪一类的忠告呢？希望谁指教呢？我的父母正在钦佩罗贝尔,以为我幸福得很。为什么要打破他们的迷梦呢？我还希望他们怎样？顶多不过是大发其慈悲心,我要他们的慈悲心又有什么用处？

修道院长伯尔特太老了,不能了解我。哪怕我向他怎样诉苦,他不过是把从前在阿尔嘉崇的话再劝我,徒然增加我的苦恼。他一定叫我设法把罗贝尔的短处掩饰,不让儿女们知道。好像……但是,我断不能把刚才佚丽维耶佛的谈话告诉他;他对于她,印象本来不很好,如果告诉了他,他越发不满意她了。而且,假使我告诉了他,他说什么不满意的话时,我一定帮佚丽维耶佛的忙,替她辩护。说到她呢,她从来不喜欢修道院长;她不至于对他怎样放刁,已经算是很好的了。

马尔爽呢？……是的,对他说了,一定说得很投机。正因为太投机了,反使我不敢开口。再者,我觉得如此把这样杀风景的事情去扰乱于繁的幸福,未免心里过不去。我既然是她的好友,这事正该一切瞒着她。

写到这里,忽然得了一个主意。这主意也许未必妥当,但我却觉得是不得不走的一条路。什么主意呢？乃是:要说罗贝尔的事情便该向罗贝尔自己说。我打定了主意,今天晚上就要同他说。

7 月 23 日

　　昨天晚上,我预备走进罗贝尔的卧房里,把我所要说的话说出来,不料爸爸先来找我说话了。这么晚的时候,他平常是不来的,所以我诧异得很,忙问道:

　　"妈妈不是病了吧?"

　　"妈妈身子很好,哪里会病了呢?"

　　他拥抱着我,又说:

　　"我的孩子,倒反是你不舒服哩。你的,你的,你的……你不用瞒我了。许久以来,我觉得总有些不妙……我的小爱梵林,我觉得你不幸福,我自己也很难受。"

　　起初我这样说:

　　"爸爸,我现在万事如意。谁说我不舒服呢? ……"

　　说到这里,我不得不住口,因他把双手搭在我的肩上,眼怔怔地看我,我自己觉得举止失措了,他说:

　　"你的眼圈发黑,显然有些什么心事。你看,我的小女儿……我的小爱梵林,为什么你对我还不肯说真话? 罗贝尔有了外遇了,是不是?"

　　这问题是我意料不到的,于是我不由自主地叫道:

　　"唉! 天呀! ……"

　　"但是,……那么,事情更大了。说吧,说吧,究竟怎么样?"

　　他急到这地步,我忍不住了,于是我说:

　　"不,罗贝尔并没有外遇,我没有什么好责备他;正因如此,我才失望。"

　　我看见他不懂,于是,我再说:

　　"你记得吗? 从前的时候,你反对我的婚姻,我质问你罗贝尔有什么可以指摘的地方,你答复不来,我非常生气。那时节,为什么你不答复我呢?"

"我的小孩子,我记不起了,许久的事情了……是的,起初我错看了罗贝尔,因为他的言语举动不能使我喜欢。幸亏后来不久,我便知道是我误会了。……"

"唉! 爸爸,那时节你才算看得透罗贝尔哩! 后来你看见我很幸福地与他过生活,所以你说是你误会。但是,幸福的时期太短了,轮到我看透他了……你本来不曾误会,我原该像一个乖乖的小女孩,听从爸爸的话才是。"

他听了,只是点头,像受了刺激似的,叹道:

"我的可怜的小孩子……我的可怜的小孩子。"

我听了他这两句断肠的话,想起是我给他受的痛苦,心里非常难过。但是,已经开了一个端,实在是骑虎难下了。我再鼓动勇气说:

"我要离开他。"

他吓了一跳,浑身颤战,叫道:"嗳呀! 嗳呀!"他的声调奇怪得很,几乎令我失笑。他坐在一张安乐椅上,把我拉近他的身边,抚摩着我的头发,说:

"如果你做了这一件糊涂事,你的修道院长一定大大地不高兴。你已经把一切告诉了他没有?"

我点了点头,只好承认我从前虽则与修道院长合得来,现在已经是话不投机了。他听了这话,忍不住微笑,眼睛紧紧地望着我,带着嘲笑的神情。一个不同道的人,给他间接地战胜了,所以他像是高兴得了不得。

"奇了! 奇了……"说到这里他又变了声调说,"我的亲爱的孩子,我们正经地讨论吧! 换句话说,从实际上讨论吧。"

于是他向我解说:如果我离了这家门,一切的罪过都归到我身上来了。

"人们往往等到丧失了名誉之后才回想到从前的好名誉。我的小爱梵林,你老是痴心妄想！你预备到什么地方去？你预备干什么去？不行,不行,你只该继续地跟着罗贝尔过活。总之,他不是一个坏孩子。如果你努力想法子向他说明,也许他能够了解……"

"他一定不会了解的,但是我也不得不向他说。说了之后,只像把一根绳子的活结收紧了些。"

于是他又说:"逃避原非上策,只该建立一种生活的样法。"

他因想要安慰我,所以特引我母亲为例,说他结婚之后也是不副当初的期望。他不曾露泄给一个人知道过,后来觉得也还过得去,渐渐地觉得也还快乐,心里渐渐地得了安慰了。我没有勇气打断他的话头,听了他这类心腹话,倒觉得莫名其妙地十分为难,与听了佚丽维耶佛那一场酷烈的谈话一样使我不知所可。我想,一代一代的传下来,思想品行各有不同,应该互相尊重,不该强此就彼。

还有一层道理,也是使我的心里不好过的。但我很不愿意说出来,因为我太爱爸爸,一指摘他,我自己也很伤心,所以我只愿他永远没有错处。如果我不是对于这日记应该忠实,便一辈子不会把这一层道理说出来了。他往往对我叙述他少年时代的大志,以为凡事只要他自己十分明白而妈妈又能助他一臂之力,他一定能够做。我听了他这话,忍不住自思:只要他自己努力,他所获得的效果一定比较地好;他自己不会利用他的聪明才力,偏要说这是妈妈的责任所在。自然他那种实用的精神为妈妈所限制,他不免伤心;但有时却是他故意把责任卸在妈妈身上,说:"你的妈妈不愿意……你的妈妈的意见不是这样……"

后来他说:想要夫妇间和气一团,绝对不感受到互相束缚的痛苦,真是世间没有的事。我也不愿再辩,因为爸爸不很高兴人家顶嘴。但我对于这种不信宗教的言论,实在不能赞同。

我们的谈话时间很长,直到夜深。爸爸越说越有精神,我越听越失望。

7 月 24 日

　　一个活结……我越挣扎它越缚得紧了……我预备了许久,要向罗贝尔作一种最重大的说明,昨天晚上已经说明过了。我放出了最后一张牌,结果是个输局! 唉! 我原该不动声色地跑了,也不告诉爸爸,也不告诉别人,岂不直截了当! 到而今,我再也不能了! 我被征服了!

　　昨天晚上我已经找见了罗贝尔,他躺在一张长椅子上,因为他已经离床几天了。

　　“我来看你要不要些什么。”我这样说了一句,正在想法子入题。

　　他鼓动他的莲花妙舌说:

　　“不,谢谢你,我的爱人。今天晚上我真的觉得舒服了些。我想:死神还不要我吧?”

　　他是要表示慷慨的,要表示细心体贴的,要表示伟大的心胸的,不肯错过了一次的机会,只听他说道:

　　“我给你不少的忧愁了! 我往往这样想;人家拼命地调理我,但愿我当得起才好!”

　　我勉强装作很冷淡地注视着他说:

　　“罗贝尔,我有一场很正经的谈话,要向你说。”

　　“我的爱人,你是晓得的,我从来不曾拒绝过正经的谈话。这几天以来,我真个与死神很接近了。凡人到了与死神接近的时候,他的思想都是很严重的。”

　　忽然间,我想不起我所抱憾的是什么事,我来说的是什么话。严格些说:我所抱憾的事我自己说不出一个所以然来,尤其是我不晓得从什么话说起。然而我已经打定主意临阵交锋,自然不好未战先退。于是我自己说道:“如果你现在不做,以后永远不能做了。"我又自思：也许不拘从什么话说起，只须先起一个头，下面便好办了。于是我像一个游泳的人，把眼睛闭着没在水里，说：

"罗贝尔，我问你一句话，如果你记得当时你娶我是什么道理，请你说给我听！"

他自然料不到会听见这种问题，所以他诧异了一会子。也不过是一会子罢了，因为罗贝尔无论遇着什么重大事件，也不怎样大惊小怪，一定镇定得很快，而且很巧妙。令我联想到一个不倒翁，任凭人们怎样推移，他即刻能够恢复原状。他眼睛怔怔地望着我，想要懂得我的话里头藏着什么主意，一面又想斟酌他自己辩护的话的分量。只听他说道：

"遇到感情上的问题，为什么你想要讲道理呢？"

罗贝尔很晓得制治他的对头。无论人家怎样做，他自己的地位总是占上风的。我觉得战争上的优势快要丧失尽了，不如使他再自己辩护还好些。于是我说：

"请你尽量地说简单一点儿好不好？"

他即刻辩驳说：

"我说的还不简单吗？再不能比这个简单了。"

真的，我的话说错了。从前我常常怪他说话太曲折，所以叫他说简单些。但这一次他说的本来简单，所以我实在错怪了他。于是我说：

"是的，这一次你说的实在简单。但是，平常的时候，你往往用些高深的字眼来压我，你自己爬到很高的地方去，分明晓得我是追不上去的。"

"爱人，我似乎觉得此刻倒是你说话不简单了"，他说时声调和婉，好情好意地微笑，"好，干干脆脆地向我说了吧，你要指摘我的错处。我听你说。"

罗贝尔平常说话曲折的习惯，使我觉得难堪；到而今却是我学到了罗贝尔式的说法，好像我年纪轻的时候，与一个英国人说话，因彼此同化,我便学了英国的腔调,累得爸爸笑煞。这一次罗贝尔自觉不得不说简单话,我呢,却采用他平时的语气与神情,是不是与学英国话一样道理呢? 我越陷越深了,冒险地说:

"如果我能够清清楚楚地把你的错处指摘出来,我的心倒松快了! 我分明晓得你不会给人家找出错处,刚才我想要向你说明我的心事,立刻倒给你找出错处来了。然而我并不因了这些无心之遇而退让,我早已要向你说而一天一天的搁下来不曾说的话是……"

我这句话太长了,简直不能说完。下面我又继续地说了两句很低声的话,他竟能听得见,使我诧异得很。我说:

"罗贝尔,你听我说。简单一句话:我不能再与你过共同的生活。"

这两句话声音虽低,我已经很勉强才说得出来,大约那时我的眼睛不敢望他了。但是,他一时不回答,我又抬起头来看他,则见他的面色已经变了。一会子,他到底开口了:

"如果现在轮到我问你'你要离开我是什么道理',你也可以照我刚才的话回答我:'这不是理智上的问题,乃是感情上的问题。'"

"你分明看得出我是不向你说这话的。"我说。

但他又说:"爱梵林,我该不该懂得你为什么不爱我了?"

他的声音震颤了,几乎不让我怀疑他的感动是真的还是假的。我费尽气力,心如刀割地说:

"现在给我慢慢地发觉了的你,与当年我一心一意地恋爱的你,差得太远了!"

他把眉毛扬一扬,肩头耸一耸,说:

"如果你专说谜语,我不……"

我又说:

"我渐渐地发觉了:我从前曾经相信的那人,曾经爱过的那人,与你本人相差太远了。"

　　于是非常的事件发生了：我看见他抱着头，呜呜咽咽地哭起来——这再也不能说是假的了——他哭得全身摇动，眼泪双流，他的脸、他的手指，都给眼泪流湿了。他发疯了似的连声说道：

　　"我的妻不爱我了！我的妻不爱我了！……"

　　我做梦也梦不到他这样发作的。我被压倒了，不晓得说什么好，也不能说是心中十分感动，因我显然是不爱罗贝尔了。宁可说是气愤不过，因我看见他这样一来，并非堂皇正大。但无论如何，我实在十分为难，因他这次真的悲哀，原是因我而起，我不免心里不安；所以我要说的一切苦情，到此刻只好班师退守。为要安慰罗贝尔起见，免不了找些假话来说。我走近他的身边，把手搁在他的额上，他忽然抬起头来。说：

　　"但是，为什么我娶了你呢？为你的名吗？为你的财产吗？为你的父母的地位吗？说呀！说呀！你总该说两句，不说我怎么晓得呢？你分明晓得我……我……"

　　他说到这里，真情全然显露，我料他一定索性说出"我未尝不能找到好些的"，谁知他却说："你分明晓得是因为我爱你。"一会子，带着呜咽的声音，断断续续地说：

　　"而且当时我以为……你……爱我。"

　　我看见他哭着说，自愧心肠太硬了。罗贝尔的感动如此之真，实在使我寒心。

　　"起初我以为这一次的说明，只有我一个人难受罢了。"我开始说了这么一句，他便抢着说道：

　　"你说我不是你从前曾经相信的那人，然而你也不是我当初相信的那人。我们相信一个人是这么样，究竟他真的是不是这么样，谁晓得？"

　　于是他又依照他的习惯，侵占了人家的思想，强要人家从他的意见（我想他这样做却是出于无心），他说：

　　"但是，我的可怜的爱人，我们尽管想要高尚，但一定不能常常维持同样的高度。我们的道德上的生活里，所有一切的悲剧都是从这一点出发的……我不晓得你是否了解（当他想要变换一个论点，他看见听他的话的人也觉得他在变方向的时候，他一定说这一句话）……世界只有那些没有理想的境界的人能够……"

"我的爱人……"我一面说，一面摆手叫他住口，因我知道他的脾气，他这种议论一发，一定是刺刺不休的。我这样一拦，他虽则不曾住口，而他的话却稍为拐了一个弯：

"你以为在生活里，我们好像是可以不必降低身价似的……实则我们达不到理想的境界的时候，不得不退到能力所及的地方。但是你呢，你总是痴心妄想。"

好，这话该是真的了，昨天晚上爸爸说我痴心妄想，而今他又说我痴心妄想，可见我实在是这样了。我想到这里，只好强作苦笑。于是罗贝尔很自然地一跳，仍旧跳上了高处，占了上风。刚才我靠着自私自利的埋怨，很无礼地把他从高处拖了下来。而今他有机可乘，仍旧占了上风。他说：

"爱人，你现在已经达到最重大的问题，这乃是表情的问题。在这一点，我们要看表情的时候是感动耗尽了的时候呢，还是感动真的发生的时候呢？事实上，我们很怀疑：是否在外观以外便没有真的存在，是否……我要向你解说。一会儿你便懂得了。"

每逢他的话失了系统的时候，一定用"我要向你解说……"这类话来搪塞。这是最能使我动气的一句话，所以我即刻抢着说：

"我已经很懂得你的意思。你想要说，你所表达的好情感，乃是你的内心真的受了感动而发的，我若自己担心，便是个愚蠢的人了。"

他忽然露出一种怨恨的眼色来，用一种尖锐的声音嚷道：

"唉，怪事，你懂得我的意思，倒是我的乐事！你在我们的谈话里所得到的感想，就只有这一点儿吗？我从来不曾向一个人说过这样披肝露胆的话，而今向你说了。我在你跟前低声下气，我在你跟前痛哭流涕,然而我的眼泪不能感动你的铁石心肠。你推敲我的言语,结果是冷冰冰地要我下一个结论,说一切的情感只是你一方面才有,我对你的一切爱情不过是……"

他说到这里,哽咽起来,又停了一会子。我站起来,此刻只有一个意念了:我把这一次的会话弄得这样糟,一切是我的失败,什么目的都没有达到,表面上还承受了一切错处,所以只好想法子收场,我把我的手放到他的臂上想要说"别矣罗贝尔"的时候,他突然把身子扭转说:

"不,不,这不是真的,你误会了!如果你还有三分爱我的意思,你一定晓得我不过是一个可怜虫,像一切的动物,天天只挣扎着,它努力要变好些,比现在好些,假使它能够的话。"

他到底找到了最能感动我的话了。我低头想要同他接吻,他把我一推,现出很不好惹的样子,说:

"不,不,你不要理我吧!我现在什么都不看见,什么都不觉得,只知道了一件事,乃是:你已经停止爱我了。"

我听了他这话便走开了,另一种苦恼压住了心头,这苦恼与他的苦恼大有相持不下之势。而他的苦恼刚才启发我说:"他还爱你呀!"唉,那么我便不能离开他了……

收场语

1916 年……

　　我已经立意不再写这日记了……自然我与罗贝尔那一次谈话之后，不久便有掀动全欧的大风波把我们个人的忧虑扫除了。我很想重新找到我孩子时代的信心，一心一意地祈祷上帝说："上帝啊，请您保护法兰西！"但是我想德国也有基督教徒，他们也会向同一的上帝为他们的国家而祈祷。人家尽管告诉我们，说他们是野蛮人，但我相信他们也会爱国。想要保护我们的法国，全靠我们每人的价值，我想这意志该是罗贝尔首先懂得很透彻了。他正在病后静养的时候，滞留在家，十分郁郁不乐；后来过了几个月之后，他询问马尔爽该怎样取得健康证书，以便投军。后来他所在的军队快要被调用了，他有从补充队调到前锋队的危险；但是，在未调用以前，他有选择某部的位置的自由。于是他尽量地提防，又设法运动，希望取得好的位置。为什么我在这里重说这话呢？我所要说的，不过是刚才我们二人之间的一幕酷烈的戏剧，我的行为要借此而决定。但是他运动的结果，在最近的征兵会议里，他被认为"慢性头痛"，于是被改编了，如果我不先说这一层，怎好加以解释呢？那时我想投入一个前线的医院，我确信人家一定录用我的，但先须得到罗贝尔的允许。谁知他竟拒绝我，说了一番很厉害的话，说我气他，说我羞他，说我教训他……我只好让步，只好等候机会，暂时屈在拉里布瓦医院里,我往往在医院里过夜,所以我见他的时候很少了。有一天早上,我遇见他穿的是军服,觉得奇怪得很。他因懂得英文,混得进一个美国人的救援会里,所以他虽则已经不在军队里头,还能够穿军服,现出耀武扬威的神情。但是他的机会不很好:他口口声声说爱国,所以不久便给人家调到威尔登去了。他不能不讲道理的,所以不肯规避,他相信应该毅然决然去办事,所以不久以后他便得到了战绩的徽章。古斯达夫以为这是莫大的光荣,我的父母与许多亲友都替他欢喜。他在威尔登还叫我去看望他,显一显他的英雄气概。我想他等候这勋章,无非借此得被遣回来,他很会运动,要回来并不很难。我看见他忽然回来,十分诧异。不久以前,直至他在威尔登的时候,他还口口声声说要有恒心,说得天花乱坠,而今他突然回来,似乎不很合他的说话。于是他对我解释,说他得了可靠的消息,知道战事快完了。他觉得现在他回巴黎来还有用些,虽则在巴黎方面的道德比前线的道德要坏些。

　　自此两天之后……我对他没有一句责备的话了。自从我们那一次很苦的大辩论之后,我对于他,一味忍受,一句话不说。并非他的行为使我藐视他,却是他所解释他的行为的理由使我生气。也许他在我的眼里看得出藐视他的神情,他自然不服。他有了勋章之后,他不复怀疑他的品行的实证,而同时又漠不关心。我呢,我没有战绩的徽章,我所需要的是品行的本身,我为品行而尽心,并非为博人家称扬而努力。我固然是痴心妄想,但我的妄想总要使它实现……他自己庆祝自战地生还博得厚利,我忍不住付之一笑。他忽然嚷道:

　　"你恐怕不能像我这样做吧?"

　　不,罗贝尔,我不许你这样说,尤其不许你这样想。我一句话不说,但我心里已打定了主意。当天晚上,我见了马尔爽,什么都商量妥当了。明天我悄悄地动身,到夏特尔罗去。在这后方的医院里,在众人的眼里看来,我到了安全的地方了。这正是我所希望的哩。只有佚丽维耶佛知道我的心。她怎么能够知道那边人家调护的病人害的是什么病呢？我也不晓得……她要求我让她跟我去,她可以在旁边帮我的忙。我不愿看见她这样年纪轻的人来干这种事情,她有她的全生命在她的前程,不该轻轻地断送了。"不,佚丽维耶佛,我去的地方,你不能跟我去,而且不该跟我去。"我说时很深情地抱住她接吻,活像永远分别似的。我的可爱的佚丽维耶佛,她也不是以外观为满足的。我很爱她,我写这日记为的是她。我这小册子是遗传给她的,假使我应该不再回来的话……

幸福之年

[挪威]温玳瑟夫人　著

著者小传

　　温玳瑟夫人(Sigrid Undset)①二十九岁的时候,发表她的处女作《吴利夫人》(Marthe Oulie),印成日报的形式,竟能传诵一时。这是 1907 年的事。次年她又发表她的第二部著作《幸福之年》,名誉更好。1911 年她的长篇小说《珍妮》(Jenny)出版后,便得了大文学家的盛名。次年,出了一部短篇小说集名为《穷人》,在这集里头我想译他一篇《史曼孙》。1920—1922,她发表一部大杰作,名为 Kristin Lavransdatter。这是中古式的作品,和上面所述那些现代式的作品不同。但无论哪一部小说里的女主人翁,像 Kristin Lavransdatter 里的 Kristin、《吴利夫人》里的吴利、《幸福之年》里的温妮等等,都是温玳瑟夫人的自传。可以说,她的作品没有一篇不是自传的。本年 11 月间,温玳瑟夫人得到 1928 年的诺贝尔文学奖金,同时柏格森(Bergson)也得到 1927 年的。人们以为柏、温都值得受奖。单说在挪威一个小国里,温玳瑟的作品每年卖得八万古兰纳,约值华币五万元,可见她受人欢迎到什么程度了。

译　者

---

① 　编者注:《王力译文集》第四册的《贫之初遇》亦是她的作品。

一

伊威尔笙夫人沿着园里的栅子走。草地还湿,所以她一面走,一面撩起衣裳。

"孩子们,来! 来! 看看我们的小产业。你们觉得美丽吗? 老实说,房屋都快要倒坍了,园子变了满目荆棘的样儿,还有什么? 然而,你们试看这个凉台。"

毕尔支挟着她母亲的臂膊,两人同注视着那一所房子。温妮远远地站在那边的路上。

那一所木造的老房子静悄悄地躲在大园子里,房门的上面刻着"寂寥"的字样,一半儿看不清楚了。

那时,四条新路框着这个住宅,此外再没有第二家了。碧绿的草地上,几条灰色的路线像张着几缕细丝。草地的中央,一座新星很骄傲地矗立,它的窗外的栏杆是铁铸的,它的楼阁是白铅粉饰的。屋子外面错杂地堆着些稻草,却像太阳底下的金子,放起光来。城市遥遥相对,一排一排的屋子,有一根一根的栏杆点缀着;屋顶的目空一切的箭尖,正在表现它高傲的样儿。

在这个景色的前面,温妮感到一种剧烈的情绪。昔日彼轮山那边的屋顶上的紫云,便是今天所见的云吗? 她从前在小小的乡镇里住了一年多,所见的景象和今天所见的,实在大不相同了!

她到了克利斯狄亚①的那一天早上,也曾受了同样的感触。

汽轮驶进了海湾,在油腻而现灰绿色的水面上慢慢地开行。温妮认得这些半圆形的小山——下面是城市,尘埃飞扬成雾;上面是住家,其高度可比于彼格拉、彼格多、奥斯格尔及老而灰色的阿克尔斯山。她听见铁锤子的敲击声、石桥上的车子轧轹声,在寂静

────────────────

① 克利斯狄亚是挪威的国都。

而燥热的夏天的空气里传入她的耳朵。一阵一阵的呜咽升上了她的喉咙。唉！她享受的是这个环境：燥热、尘埃，以及强烈的气味！

"这棵老榛树……温妮这里来！我晓得你已经听见你母亲告诉过你了。这棵老榛树是你们的祖父种的，那时我年纪也小得很。我们把这树叫做金婚树。这是不很对的，但父亲和母亲常说：'到我们的金婚的时候，在这榛树下摆酒席。'"

伊威尔笙夫人走了几步，又停了脚，注视园子里。

"这真变化得厉害了。你们听我说。那时节，何等风光！草地夹着路边从我们房间里直可望见西原。

空劳回忆啊！那时你母亲与我都订了婚——温妮，你晓得的，你的父母的婚礼便是在这里举行……我们该离开此地了，彼娜婶娘不高兴等候人家吃饭的。"

伊威尔笙夫人直向城市走去，两个女子都给她的臂膊夹着走。

"毕尔支，那时你父亲常来拜访我们，我们常在郊外散步。你父亲长得很好看，又博得人家的喜欢……啊！他长得真不错啊！……"

她突地把两女子的臂膊夹紧。

"呀，孩子们，你们正当幸福之年，还有整个的奇妙的生活在你们的前程哩！"

彼娜婶娘住在圣约翰山后面的一条新路。这路只一边有屋子。

"彼娜婶娘住城里和住乡下一样好。何等美丽的景致啊！"

伊威尔笙夫人在门前停了脚步，气喘了半晌，才爬上了楼梯。

克利斯狄亚的尽头处……

几条新路直通到青山之外，几处新设的市区在草地上，周围有的是老的贵族人家。城市的薄薄的阳光沿着大江直到格利夫斯山的跑马场，松林在地面的阳光上画出断续的影儿。这阳光照向伊克彼尔山，城里升上的烟雾罩住了山顶。在格律乃尔区——愁惨而灰色的工人区——的后面,有的是一望无涯的东原的草地,红的屋子及树木丛生的园子正在夕阳晴照里洗浴。

"你们到底来了!"彼娜婶娘说,"我不知道是否我们今天晚上可以到凉台里吃饭。我们只剩下四个人,杜马出去了。温妮,你可以帮帮我的忙吗?"

彼娜婶娘排列许多冷盘子,在茶壶子与乳酪盖的周围。

"伊尔达①,你坐这里吧——你看这里并没有好多位置。毕尔支、温妮,你们长得小巧,每人拿一张凳子靠着门口坐吧。"

真的,没有好多位置,姑母与伊威尔笙夫人及一张桌子已经把整个的凉台占满了。

彼娜婶娘家里的晚饭老是一件纷繁的事务。温妮坐在凳子上正在打盹,找她甜蜜的梦。城市的喧哗传入耳鼓,像远地来的音乐,混合着悄悄的谈话与旁坐者的笑声。有时琴韵依稀,接着是阿克尔河的涛声,随着风的大小而变它的腔调。不少的电车驶上格律脑尔,在黄昏的景色里发出它们的喧哗。天色逐渐黯淡,却不阴沉。窗栏的花与瓶里的花自画成为无颜色的幌子,久而久之,却成为浓黑了。忽然间,一个星子高高地放出它的光辉来。

温妮听见,震耳欲聋地听见婶娘的肥而愁闷的声音,在叙述他的儿子——海军的官员——死的事情。连这次共说过十次了。

"你们懂吧,那时节,我把他父亲死时的情形告诉他,说他父亲对于耶稣有不可动摇的信仰,他却回我说:'我父亲才这样呢。至于我,我是个造孽者。母亲啊!我的生命被炼化了。我非但已经造孽,而且已经否认圣父,侮辱上帝了。不,决不,我不复能信仰了。'唉,我听见了这话,何等的心痛啊!然而我向他说:'哪怕你的罪孽比血还红,圣父会替你洗干净,成为比雪还白。上帝已经默示给我神圣的预言,这是千真万确的。'到末了,他皈依了。哭了,哭

———————

① 伊尔达是伊威尔笙夫人的名字。

而又哭……上帝该感动了。其后我们一齐祈祷,于是……"

红色的一轮明月在伊克彼尔山上露出来,渐渐褪色而成为镀金的样儿,照到克利斯狄亚的尘雾的上头。

"姊娘",温妮和婉地说,"毕尔支和我,想在睡觉之前,作一个小小的散步。"

"这样晚了,你呆吗? 我们进去吧! 不要感受了风寒。"

"呀! 一个小而又小的散步罢了。我们很觉得须要走动走动。"

"可爱的孩子们,你们今天出去的时间尽够了。"

温妮很动气地顿脚,固执地说:

"我有运动的必要,你懂吗?"

"我说不行就不行。进来吧! 待我去点着灯,温妮,你该乖乖地和我们搅些小玩意儿。"

彼娜姊娘踟蹰地进去了,把挂灯点着,把散乱的垫子移放到红布覆着的椅子上面。

"昨天,我们参加圣约翰山的音乐会。你们晓得明天下午我们干什么吗? 我们要到拉得格岛去,在汉园里喝咖啡。伊尔达,你觉得如何?"

"呀! 有趣,有趣! 温妮和毕尔支将不能……"

"我们该带着些面包去,恐怕要耽搁到晚上才回来哩。"

"正是! 像上次一样,我们到乡间旅行的时节……姑母,你记得这个留给妈妈的篮儿吗?"

毕尔支关上了凉台对过的那些门户,于是把钢琴的蜡烛点着。那些姊娘①都在沙发上打盹。

"她! 我们的小艺术家要等人家来请求吗?"

"我全不晓得。"

---

① 按挪威的习惯,上了年纪的女人都可以叫做姊娘。

"哎哟！亏你说得出口！你的可怜的母亲把她所有的钱不给你学些有用的事业,却聘教员来教你钢琴。你却说得真轻松:'我全不晓得!'"

"我一点儿记不得。"

"哪里话?"毕尔支说,"你记得的多着呢。卓宾①的《夜课之歌》,你记不得吗?"

温妮的嘴唇轻轻地颤动。

"卓宾吗?你对于这个,真是一点儿不懂!"

她跑近了钢琴,彼娜婶娘很疯狂地连声叫道:"岳米琐狄的《华尔斯》②。"

第二天,温妮经过克尔约翰路,想到市场去买一个古兰纳③的花圈,送到双亲的坟墓上去。

太阳照着荒凉的路上,开着花的菩提树的香气轻轻地放出来,几个老头子坐在凳子上,几个穷孩子围绕着维尔遮兰④的塑像做游戏——所有这些都令她回忆到她的假期及都城的小住。……到了今日,假期已不成为问题了。

这个旅行,已经令她欢喜欲狂了!

在克利斯狄亚她不认识一个人。这个也许对于她更好些,因为她现在不得不把全家拉进博物院去了:毕尔支对于一件小小的事情便大惊小怪,彼娜婶娘时时刻刻在外省亲戚跟前表示她对于艺术的认识,伊尔达婶娘疲劳得要命,偏不服气两脚蹒跚地硬要走路。

"温妮·伊尔希!哈哈,你原来在这里!"

---

①　卓宾是个著名的钢琴家。
②　音乐谱之一种,伴着华尔斯式跳舞的。
③　挪威国币名,合华银六七角。
④　全家由她个人主持的意思。

"达克麦尔·疏德!"

"我真喜欢得了不得!"达克麦尔夹着温妮的臂膊说,"你不晓得吗?"

"我听说你的母亲死了。"温妮很替她伤心地说。达克麦尔长叹一声,默然不语。一会儿,却把她的无名指上的金戒指显给温妮看。

"恭喜! 恭喜! 你已经订了婚吗?"

"不是,也可以说早已是了。我已经结了婚。让我自己介绍一下:达克麦尔·凯赛尔,船主克利斯托夫·凯赛尔的妻子。你和他很熟。他认识你,他觉得你很标致,呀,你晓得,我不吃醋的。我们现在住在爱尔威克,我希望你来看望我们。你不能吗? 你没有工夫来吗? 不是吧,温妮……温妮伊希?"

温妮微笑,"温妮伊希"是她在中学的时候的绰号。

"是的,我结婚了,两个月了;然而我绝对地要你到我家里来。这没有什么妨碍,你晓得的;而且,克利斯托夫对人很客气。"

温妮一面走,一面放眼瞧着她。她真时髦啊! 衣服的缝工精美到无以复加,一双法兰西式的漆鞋子,一顶配合身份的帽子。温妮真觉得自惭形秽了。达克麦尔只有十九岁——比温妮长一岁——已经是一位夫人了,路上遇着些朋友,她一一施礼,何等风雅的态度啊!

"上我家里去吧! 我家离这儿非常地近……你将看见我们布置得何等妥当!"

达克麦尔先进了门,把所有的帷幕都打开了,连一个衣柜子也不肯放过。

"你晓得我银器是有的,只存放到银行去了。这是克利斯托夫的床,那是我的。当你来看望我们的时候,你便在这里宿吧。今年的秋天你便该来了。克利斯托夫可以到吸烟室去睡几夜,这个对于他没有什么妨碍的。"达克麦尔微笑,一道烟火照耀着她一双棕色的大眼。

她吃了几个糕饼,同时喝了些波尔托①。

"那么,我昨天在大学路看见的一定是你了。你和你家里的人同在一块儿,是不是? 可怜的温妮……呀! 对不起!"

温妮笑了一笑,微微地叹息,又呼出了几口气以免雪茄的烟气冲进了鼻孔来。

"你是保姆吗? 或者同性质的事情?"

"是的,或者可说,差不多。"

"哎呀呀! 这该是讨厌透了吧? 大约许多的男女孩子?"

"十个。"

"呀! 天啊,吓煞人! 这种营生该被禁止的。我向克利斯托夫说过:'三个,顶多三个。余下的你自己照管吧!'……你看管这一班小鬼头,有多少报酬?"

"十个古兰纳,……不够买一双漆鞋子。"

"十个古兰纳吗? 温妮,你这样有才有艺的人,肯干这种营生吗?"

"叔父与婶娘以为这已经很了不起。再说,我相信伊尔达婶娘绝对不曾有过十个古兰纳一个月。白天的工作……夜工也在内。"

温妮把双眼半闭,满意于她的放浪主义。这个可以减轻她的难堪的痛苦。

达克麦尔笑说:"温妮,这不是正经,你不能常守着特郎维克②。你有这样的才艺,该学演剧,将来变个剧界的明星。"

"我很相信。"温妮含糊地说。

"好,看吧! 你将能达到目的,要达到目的才好。"

"你还要怎样! 我没有钱而又不能不吃饭。"

"谁叫你不吃饭? 你一方面还可以干些营生。教些音乐的功

① 葡萄牙所产的著名葡萄酒。
② 守株待兔的意思。

课。真才艺终久把得好声名,哪怕它千磨百折! 再说,你非但嗓子好,而且长得漂亮,演起剧来非常生色。我亲爱的温妮啊,前途无量!"

达克麦尔老是说,老是喝波尔托。

"你常到我这里来,我们一块儿过好日子。到后来,也许你和克利斯托夫的一个朋友结婚,住着华丽的屋子,和上流社会的人物往来。温妮,生活没有像人家说的那么坏吧。"达克麦尔说时把两腿交互着。

温妮从她的女友家里下来,两颊火烧般红,头重耳热,她上午不该喝波尔托酒,而且达克麦尔的希望无意地把她激发起来了。此刻市场一定早已关了门。

"伊尔希姑娘,您认不得您的老朋友了!"

"杜尔纳,呀! 原来是您啊!"

"哎呀呀! 半天才想起了。……我便是杜尔纳,不错。"

一阵微笑在斯克士特·杜尔纳的孩子样的脸上露出来。

"刚才我在屋顶平台上坐着,看见你走过。你也瞟了我几眼,竟是视而不见。我自语道:'这一定是伊尔希。'于是我即刻来追你……像疯了似的。"

温妮傍着那一位穿着雅卓丁服①的斯克士特的身边散步,很有不少的骄傲。

"我的福气真不错。你不过在此经过而已,我却侥幸遇着你。我同希和德及马遮尔孙航海了好些时候,本年的夏天我打算在巴尔狄克海里兜一个圈子。妈妈和爱琶常在罗沙尔特,我的叔父——斯特卓尔子爵——在春天里已经来了,我们有了一个小小的吵闹……可以说是吵闹吧。因此,我不急急地回到那边去……

---

① 一种运动的衣服,为划船时用的。

您是上坟去的,容许我陪你去吗?你不说我胆子太大了吗?您的态度冷冷淡淡的,您忘记了当年我们两小无猜的时候,你你我我,何等亲热呵!"

温妮嫣然一笑,对面凝睇着他,"我记得比我第一次领圣礼的时节还早些。"

"不是吧,没有那么样久远。你记得我们和汉士、丕耶尔、日耳达等一同划船的那一天晚上吗?呀!温妮,我记得你的金黄的头发在夕阳的晴照里耀人眼帘,真像昨天的事情哩。"

"是的,我们大约曾经你你我我地亲热过来。我记得不清楚了,杜尔纳,您也记不清楚吧。"

温妮不愿入戏院咖啡馆去喝嘛喇噶①,因她怕回家迟了,而且她已经喝过波尔托。

"但是,亲爱的温妮,我们可以随便拣些别样东西。天气这样热,一杯冰淇淋总不会使你讨厌吧。"

一会儿,他们坐在戏院咖啡馆里的一个角儿上了。温妮两肘支着桌子两唇露着微笑和斯克士特鬼混。

不行!不行!她本日下午要同她家里的人出外,第二天要动身,不能够订定一个约会了。……

已经三点一刻了!回家要迟了一点多钟。她差不多算是已经答应了斯克士特的约会。……

此刻要到坟地去是不可能的了。她或者可以寄两个古兰纳来给达克麦尔,请她代买些花圈。

唉!她穿的是何等寒酸样的鞋子,偏遇着一位专从妇人的服饰上注意的斯克士特!

她到家的时候,四点多钟了。

----

① 西班牙著名的葡萄酒。

毕尔支来开了门。

"我们早已吃过饭了,婶娘非常动气。"

"你真没有一点礼教了",彼娜婶娘说,"你大概要我们在外面兜一个大圈子,你才快活,居然敢迟到了一点钟! 我不许这样! 你听见了吗?"

"我在坟地上耽搁了颇久的时间",温妮回答说,"而且我遇着一位女朋友,凯赛尔夫人……"

温妮和毕尔支上楼去穿衣服。

"呀! 温妮,你的鞋子真漂亮!"毕尔支抚摩着她那一双灰色山羊皮制的鞋子说,"但是,不晓得和这套黑衣服配不配?"

"怎么不配? 这很时髦,尤其是配着令人魂销的小脚。再说,我买的并不贵……十七个古兰纳。"

"呀! 呀! 真阔绰!"

在毕尔支看来,温妮每月领十个古兰纳的薪水,真是富人了。

那一班婶娘也是一样的意见。温妮用钱太浪费了,像她的母亲诺拉。

温妮在明镜里看了又看,心满意足。她的黑衣服穿在身上,越发显得风雅宜人。她抚摩着自己的一捻腰肢,注视着自己的又匀又密的雪白牙齿——只嘴大了些,唇白了些。然而脸部却非常细嫩,皮很洁白,鼻子高了些,额丰满而阔,头发作金粟色,天然卷曲,不借人工。

她本不该买这一双鞋子,花了两个月的薪水。而今双亲坟墓上的鲜花,却没有余钱去买了。伤心啊! 这点小小的礼物还不能奉献母亲以表示纪念! 然而她母亲在时,她不算怎样孝顺,有时反会使母亲伤心。后来到了伊威尔笙家之后,回忆当年,唉! 才知道母亲好啊! 现在,不说别的,连一束花圈的钱都省不下来,何以对死者呢?

她的喉咙哽咽了,卑贱的、贫穷的、疲乏的……种种情绪都来。

忽然得到一个回忆,久远的回忆,苦味的回忆,一辈子不会忘记。
有一天,她和裳儿达偷了人家好些覆盆子,给她母亲知道了,不许
她们吃;然而也不抛弃,却用来做菜羹。她看见了这菜羹,便觉得
身子不舒服,没有一个人知道她病的原因。这没有什么意义,不过
足以表示一个儿童的非常容易感动的心情。贫穷伤了她的意象,
邻儿讥笑她的破旧衣服与粗劣鞋袜,这也激动了她的意象。她母
亲所希望的,千万样的小小物件,都不能到手,只听得她的长吁短
叹。唉! 羞人啊! 羞人啊! 偷东西来做晚餐! 世上还有人穷到这
个地步吗?

"你真漂亮啊!"毕尔支和婉地说。温妮注视着她的堂妹子,没
有法子撩开手,该带她到澡堂去……温妮一半儿怜,一半儿傲,整
理毕尔支的衣裳,扎一根丝带在她的微黄的、厚而短的头发上,找
出一条白的领结,一根条带,配她的"海衣"。

"现在你真的美极了!"

毕尔支快活非常。温妮不愿纳闷,在镜子前面,两手扳着颈
窝,出神地注视着。

"不,决不,生活没有像人家说的那么坏吧!"

"呀? 温妮你疯了?"毕尔文害怕地叫起来。

这咖啡喝不完了,温妮在这样想。她真不快活,糕团都像不新
鲜,怎么吃得下口? 然而,除她之外,谁不喜欢?

这一所小小的红屋子,配着白色的窗栏。松林里碧绿的溪流
放出稀薄的水光。在伊尔达婶娘看来,再没比这个景色有诗意
了。她主张到外面散步一下子。

温妮夹着她的臂膊。一种无限的愁闷,——等候,——宁静而
晴热的夏日,使她对于这位面带怒容的婶娘格外柔和。伊威尔笙
夫人身材虽小,却很不轻,自从产了第十个孩儿之后,害了腹膜炎
症,所以一步一步地慢慢挪移。

那些婶娘各把各的绣工拿出来。

"你们在这里歇息,我和毕尔支洗澡去。"温妮说。

"不行!"这自然是彼娜婶娘的话,"在这里陪着我们! 你专会翻花样。"

"唉! 这么厉害的天气,洗一个澡,何等凉快!"

"你尽可以每天在斯托尔桑那边洗。再说,吃饭之后,该等三个钟头后方可洗澡……"

温妮急得要死。她和斯克士特约好了六点钟相会,此刻已经将近六点半了。彼娜婶娘常常找着些新的论据,温妮也偏不肯认输。

结果是伊尔达婶娘劝她,让她们走了。

温妮像鸟儿出了笼子,一溜烟地飞跑了。

毕尔支偏不识趣,一步一步慢慢地走,还在路上摘些蛇蛋果。"我的小冤家,斯托尔桑那边的蛇蛋果多着呢!"毕尔支拼命跑,才追赶得上她。

澡堂前,斯克士特穿着白衣服,正在踱来踱去。他和温妮无意中在这里遇着,都觉得很奇怪。

"伊威尔笙姑娘,我的堂妹。"温妮和她的体面朋友傍着走,谈论童时的回忆与普通的友人——享用豪华的富家子。毕尔支忽然晓得温妮在这美丽的克利斯狄亚城里,原来是位华贵妇人。这样看来,她镇日闷闷地和一班孩子在斯托尔桑厮守着,教些无聊的功课,和麦克利特玩耍,又在家里管理一切的事情,何等可怜啊! 温妮,温妮,真受了苦了!"在家里",依毕尔支看来,真是灰色而可怜的事情。

"毕尔支姑娘,您是第一次到克利斯狄亚来吗?"

毕尔支红了脸,"我很小的时候来过一次的。"

"您觉得住城里怎么样?"

"我晓得毕尔支宁愿住乡下,她极爱比谷陀。我好容易迫她来了,她一路上只顾摘蛇蛋果……所以累得我迟到了。"

毕尔支只管睁着双眼,温妮呵呵大笑,"毕尔支,莫把这件事情告诉家里……您想想看,一个约会……"

"那么,您的妹子该有些蛇蛋果吃才行。伊威尔笙姑娘,您说是不是? ……"他们吃了些蛇蛋果,斯克士特说:"毕尔支姑娘,您看,我是不是比您的姊姊容易说话些? 她在斯托尔桑变了这样坏脾气,您看她不是对我也撒娇吗? 自然她在那边不知有多少臭男子向她献殷勤哩……"

"斯克士特,不要老是说那一套话了,这小女孩正在预备领第一次的圣礼呢。"

"毕姑娘,是不是? 她一方面跟一班少年男子鬼混,却一方面没良心对他们。"

"说的对。"毕尔支回说。

"天啊! 斯克士特,您改天来看望我们好了。说不定您便是臭男子队里的头目呢。"

"唉! 那么洛克是个候补员了。还有加尔斯登……"

"但是,我的可怜的小乖乖……"

温妮不好意思生气,勉强笑了一笑:"那一个正是和你鬼混的呢。……他和我的堂妹子一同预备第一次的圣礼。"

毕尔支看见斯克士特握着温妮的手,她非常地快活,一面唱,一面把头摇动以表示节拍。过路的人都很有趣地注意到她。

他们一直到了天气很晚的时候才打算分手,刚刚到了浴堂前面,却看见那些婶娘恰恰到来打个照面。

"哎呀呀! 你们干什么? 我们很担心,以为你们溺在水里了。"

伊威尔笙面色顿变。她一定是哭了。

温妮介绍她的朋友杜尔纳。斯克士特道了歉。他遇见了这些妇人,他和伊尔希姑娘能再会面,非常欣幸。

斯克士特在两位婶娘的中间走。温妮非常地希望他告别,她最怕彼娜婶娘的粗言野语。看啊！婶娘们的面色！

他把她们一直送到汉园。桌子上有的是柳枝编的篮子，系着绣带，又有牛乳瓶子及一些乳酪糊的面包。

"我不晓得杜尔纳先生肯否赏光，和我们吃一顿便饭……"彼娜婶娘说。

"多谢多谢！我很抱歉，不能奉陪。……"于是斯克士特面带笑容地、规规矩矩地向她们施礼，告别去了。

温妮望着菜盘子出了神，觉得很不舒服，然而不能给人家看破，只好拣了一片有蒜的臭味的风肠吃了。

毕尔支倒很能守秘密，对于婶娘们的质问，不大答复。

刚刚回到家里，毕尔支赶快跑到她的卧房里，暗中摸索地把温妮的床整理好，这表示她对于温妮的同情。

温妮回来，脱了衣服，一句话不说。毕尔支晓得她哭了。

温妮突地躺到床上，很生气地呜咽地哭……她竖起了半身，在那可怜的卧室周围瞟了一眼，看见墙上装饰的邮政明信片，椅子上的面盆，及一个蹩脚的横柜……她越哭越觉伤心，这么穷苦，还有什么希望？一点儿快活都没有，一点儿……

毕尔支很矜怜地看着她，很热烈地说："喂，温妮，你爱他是不是？"

温妮爬起来喝道："傻瓜！"忍不住又哭了。

二

温妮慢慢地走上荷曼斯陂，在每一家店子的前面都歇了一歇。说不定他也在等候了……她又停了步，轻轻地顿脚，天气冷得很。在一个镜子里她看见了她的面孔，是电灯光使她的脸色淡白了吗？

冷啊！她把双手插在衣袋里，向前跑去。

制造厂里黑暗而荒凉，只有一盏灯，在二层楼上照耀着。

温妮一气地跑上楼来，开了办公室的门："晚安，先生。"

灯下工作的男子打一个半转身:"晚安,温妮,你来了,谢谢你。坐吧! 我已经做完了……"

灯光照着一个广阔的背脊,一段给太阳晒成棕色的颈窝,一簇飘荡不定的金黄头发,一个俯向画桌子的头。

温妮悄悄地走近,在他颈边低头说:

"等一等,让我看看,等一等……我马上就来。"

她在屋子里兜了个圈子,细看那些图画。于是她又跑进主任室,把所有的灯都开了,坐在一张安乐椅上。

"请你把那些灯都关了,回到这边来吧!"

温妮注视着克利斯田的帽子。

"你看,你的帽子不很大方。"

"我将另外买一顶以备我们婚礼之用。"

她穿上大衣,戴上帽子,拿一支自来水笔放在口里当一支雪茄。下巴靠着手杖的曲柄,坐在另一张桌子旁边,勉强使声音变洪大了些:"朱尔德技师,恐怕我不得不销了您的差事,您干事情不很行……"

"哎呀!"

"我不觉得我的帽子有这么坏",他一面穿衣,一面说,"你不愿和你的未婚夫接吻吗?"

"你已经等到现在了,你可以再忍耐忍耐……"

她打算出去,说:"你真呆! 克利斯田。"

"什么?"

"我对你说,你不该和我接吻。……"

静默了一会子。

他两手抱紧了她,作了一个长时间的接吻。她娇柔就抱,回他一个甜吻,觉得身轻如叶,压在这位伟壮的克利斯田的胸膛,真是一种说不出的愉快。

他们一同到教堂里去。

"你看,已经没有北极晓了",克利斯田说,"刚才我在窗子里面还看见北极晓。"

"好吧,难道北极晓肯等到你画完了图画才进去吗?"

"我的小温妮,你还有的是坏脾气。"

"我只说笑话作耍罢了,你却当真吗?"

北极晓是没有了,却有月亮儿躲在轻云里像珠钿般放光,薄霜盖着的树林和地面也有微弱的返照。群山露面,却只一些轻淡的影子浸在半明半暗的晨曦里。

他们在跑马场边停留良久,望着一片平原。他们几乎互相看不清楚面孔。温妮穿着薄布的衣服、有洞的鞋子,冷得几乎失了知觉。疲劳与愁闷的情绪涌上了心头,她想起她的可怜的衣服、淡薄的餐饭,怎能有片刻的适意? 她揽紧了他说:"我有我自己的已经够了!"

"我爱,她有的是什么?"

"好吧,……我们老是拌嘴……"

"温妮,是谁起的头? ……我爱,你太容易动气了。"他觉得第一句话说得重了些,赶快变了高兴的腔调,"你工作太多:办公室里挨到四点钟,还有杜母荪夫人家里的唱歌及教读的功课。你天天为着金钱问题而愁闷……你疲倦透了,还要为些小小事情而生气。"

温妮只是叹气。

"克利斯田,我们不再说这个了。到我家去吧! 我烹些茶喝,我们可以一同吃晚饭。"

"我今天晚上要做工呢……"

温妮冷笑说:"你老是说这个。"

"我爱,你该晓得我为谁辛苦啊!"

"唉呀呀! 你辛辛苦苦地工作为的是什么? 岂不是为的将来有一天我们可以结婚……然而此刻我使用得着你,因为我此刻懊丧愁郁,快要成病。你偏没有时间……今天晚上暂停一天工作好不好?"

"好好!我求之不得,哪有不顾的道理!"

他们重新转向城里走,忽然一对男女在他们身边走过。

"这不是毕尔支吗? 现在和她鬼混的一位学生是谁?"

"呀! 他和她正同在一个人家里膳宿。他每天晚上都到商业学校去找她。他名叫古尔斯远……"

"你也该住在一个膳宿的人家,像波尔苏姑娘家里便好,你的堂妹子在那边,她觉得那姑娘对人非常客气。"

"好教我也遇着一位学生! ……"

他笑了。

"我晓得你不大喜欢我,然而你自己却很舒服。我不喜欢你的小小的坏房子。"

"我却以为你在我家非常舒服,克利斯田。"

"你晓得为什么我这样说? 你的姊娘曾经告诉我说这屋子修理了多次,不宜于居住。"

温妮不回答。

"我们去搭电车到戏院咖啡馆去吃晚饭吧。"

"你今天晚上该要工作,还是我离开了你好些。"

"温妮,你听我说,我是你的未婚夫,可以给你一些忠告。保护你的名誉乃是我的责任。"

"我对于人家的闲话一概置之不理;你呢,也该置之不理才是。我觉得你在这问题上这么着意,未免太奇怪了。"

"我的可怜的小温妮,你不晓得人类的险恶,他们常不怀好意……"

"我未尝不晓得,但我可以超过一切。"

"如果我可以超过一切,我只是一个无赖罢了。"

他们到了电车站。

“去吧。晚安,克利斯田。谢谢!”

“哪里话! 温妮,你真个……”

“规矩一点,你以为我带你到我家吃饭是很快活的事情,我晓得你总离不了这个念头。”

“我们在外面吃饭也行!”

“不怕人家造谣吗?”

“但是,我们不是已经订过婚吗?”

“再说一层,我没有换衣服。”

“唉! 你将要感受风寒了! 为我而病了。我为你担心,你晓得不晓得?”

“而且,支伊威尔姑娘请我今晚到她家里去。”

“温妮!”

“让我去吧,克利斯田,晚安。”电车开了,她看见剩下他郁郁不乐地在走道上,未免有些懊悔。

她也没有快活的面色,天色很晚了,她还在打扫她的卧房。

唉! 一所小小的顶楼上,许多妇女集会,何等乱七八糟的! 红色的灯罩子,浓厚如雾的烟,尖锐的声音——她们谈些自由恋爱。

两副食具摆在沙发之前,一副是预备给他的。她已经给他预备好了他所嗜好的东西! 新麦制的面包,一些乳油,还有羊乳的干酪。

为什么他们不像初时一样和合了?

她只吃了一个拌着乳油的面包,收拾好桌子,归房脱衣睡了。自中饭之后,她仅仅吃过几片木瓜,喝了几口茶。

一点钟了。她早已想到七点半钟的时候,晨钟一响,会把她从床上拉起来。唉! 何等讨厌啊!

“为什么你对爸爸说你要进戏院里去?”克利斯田问。

“为什么我不能对他这样说?”

他们在斯特兰德威上散步,同望着快隐没的夕阳——冷的夕阳,黄铜的颜色,带着铁锈的红光,浸在寒霜浓雾里。

"我便不说,他迟早会知道的。"温妮说。

"我不懂你为什么这样热心地告诉他。"克利斯田许久才回答。

他们都默然不语,并排着,静寂地走去。路上一个人没有。再远些,有好些工人挑起堤上的雪抛到湖里去。到处幽静,虽有城里传来的闹声,但他们习惯了,真像没有听见。只有些冰片冲激着微浪的声音,很单调地传入耳鼓。

温妮很有些懊悔。克利斯田的父亲到都城来的时候,他对他父亲说到一个良好的位置,在南玛尔那边。那一位老朱尔德是个木材监察员,在那边没有一人不认识他。他自己担任过开河的图样,他以为克利斯田如果谋这一件差事,一定可以到手。

温妮对他说过她想入戏院,但她不愿给克利斯田知道。

"我告诉你这事怎样来的",她说,"你父亲说我们的结婚的时期,还要等许久哩。我回答他说,如果我受了雇请,可以助成我们的事情……"

"温妮,你很晓得的,纵使你受了雇请,我们的局面也没有多大的变化。先说,你的薪水越多,你的花费越大;再者,如果我供给不起你的需要,我决不愿娶你。好,随你的便吧,我也不来阻挡你!"

"随我的便吗? 你老是说随我的便,究其实你却要我随你的便,听凭你处置!"

"绝对没有的事,温妮,无论何事,你不能说是我阻挡你。你看我不找外省的差事,我晓得这是不中你的意的。"

温妮低了头,一脚把一块冰踢开去。

"等些时候,这事也许有用处",克利斯田说,"实习期之后,我一定比现在行运些。"

"随你做去吧。但是你去了,我何等愁苦啊! ……"

"是的",克利斯田愁闷地说,"但是……"

　　为什么他们两人间的谈话如此地难呢？他们很愁闷地寻找些字眼来说话。每当他们考虑到他们相互间的地位和他们的前途，老是这样苦心思索的。

　　"你想要说我们二人互相损害。"温妮静默了一会子和婉地说。

　　克利斯田点点头。

　　"温妮，我希望你能够了解我刚才所说的话。我希望你相信我劝你就你性之所近去做事，并不是口是心非，我可以发誓的。假使间或我的意见有和你的愿望相冲突之处，望你不必太着意了。温妮，你信我说的吧。这并不是怎么了不得的事情，只我有些不合时宜的见解罢了。我只脱不了家庭的观念……现在你已经看见过我父亲……但我不愿意强迫你去就与你不相宜的生活，我敢断定我离开了城里不久，一切都会变好了。你安然地做你的工作。你说得有理，我们真互相损害……"

　　温妮强作微笑。

　　"这一次我们算是同意了。唉！克利斯田，我巴不得过你的生活。假使我现在已经入了戏院，有了成绩，我情愿抛弃了不干。也许你一时不能了解我，这因为我不曾尝试过。我很热心地想干它一干，我始终抛弃不了这个见解，我久存着这念头，想试一试我能否干一件出色的事情。"她在她的暖袖里掏出一块手巾抹着眼睛。

　　"我的小猫儿鬼……"

　　温妮作苦笑。

　　"有许久你不曾这样叫我了，你注意到吗？起初的时候，我们专造这类名称闹着玩。你记得吗？那时节，我们像小孩子一般，和气一团，意见一致……后来正式地订了婚，什么都变了。虽然，我们现在还是一样地相亲相爱，是不是？"

　　"是的，我也这样想，你也许说得有理。……"

　　"唉！我以为我们可以达到那个地步了。你该听我的话才是，为什么急急忙忙地宣布了。"

"我那时以为人家答应我的差事,一定可以到手的。而且你没有家庭,我若不这样做,怕也不合理。我常常来看望你,我们常常一同出去。总之,这都不过是小事情,还有更大的事情呢。我听到人人都谈论到我们的时候,何等不快活;我到了办公室的时候,何等不自在:'唉!温妮对人不住……他和温妮合不来。'如果你打电话给我,他们都来听,尤其是那些妇人——我对于她们,真是受气——……日记上做了个笔记,他们不说话了,人人都满意了。"

电灯亮了,在深红的晚照里映成微蓝的珍珠串子。

温妮把手放到克利斯田手里。

"你的父亲该在里勒河上了。我送你一送,我今天打扮得还不错,很愿意到城里走走。"

她整了一整她的裘衣——克利斯田送给她的圣诞节礼物。

"……而且我顺便上去看望夏尔洛德。"

夏尔洛德刚刚从办公室回来。她的妹子在饭厅里教课,她在厨房里用饭:一盘鱼汤,一盘肉丸子。

温妮总觉得在女友家里非常适意。第一天她来的时候,是冬天的一个早上,太阳照着金框子的画片,窗子内有的是蔓生植物的花,旧家具、好瓷器、家庭的肖像以及好些小珍品,使这一所内室充满了喜气。

夏尔洛德的母亲,小小的身材,年纪却老了,面色不像从前娇艳,头发变了灰色;然而人老心嫩,同她三个女儿和气一团地相处,令人羡慕得很。

赫德尔斯夫人穿着拖鞋子,卷起裙子,在厨房与饭厅之间,踱来踱去。

"我不能做得更好了。她们的午饭都弄得好好的,但我却给她们生火取暖。……爱伦四点钟出去了,你却五点钟才来。"

"哎呀!呀!我一句话不说!"

"在同样情况之下,想要料理一家,真不容易……你从办公处一直到这里的吗?"

"正是。"

夏尔洛德斟一杯咖啡给温妮,又一杯给自己。

"夏尔洛德不要多吸烟了!你所以狂躁多病,都是烟草之毒。"

"分明是因为这个,难道还有其他的原因不成?"

温妮觉得不很自在。赫德尔斯夫人的声音越来越悲伤,她女儿的声音却越来越不好听。

"你以为不要这样好天气才是有趣,是不是?因你自以为是一家的主人了。"赫德尔斯夫人一面吵着,一面打开两个窗子。

夏尔洛德把托盘拿起说:"我们到卧房里去坐吧。"

卧房里陈设着枫木制的家具,真漂亮啊!

她从抽屉里掏出一张纸笺递给温妮。

"请看这个……"

> 恰像一双闪烁的眼珠,
> 瞧得疲倦极了,
> 还想要透视黑暗而无情之夜;
>
> 寒热病一般地怕,
> 像一双听厌了运命之声的耳朵,
>
> 我的心颤震了,
> 辽阔的天空环绕着我,
> 我也无心在天底下侦探与搜寻。
>
> 孤独,
> 被抛弃在这死世界上,
> 只剩得云行天空,

点点青苔盖着一堆灰色的小石。

温妮读完了,把纸笺还了她说:"我却觉得很好。"

夏尔洛德静默了一会子,恬静地说道:"不,我对于什么都厌倦了。"

"去年秋天你着手做的那个,你不继续下去吗?"

夏尔洛德重新燃着一支香烟,摇摇头。

"说也奇怪,我再也不能写了!"

"你写你自己也不能吗?"

"我想写城市,写我们——微贱的劳工的我们——所住的许多路,处处一样的景色的路。脏,湿,走道坏了,两边许多小小的住房和店铺夹着:颜料商、玩具店。店里有的是斯律鲁华德制成的团团、杂货匣子、可笑的武装、玻璃的串珠,都是一般小孩子很认真地分派的东西。我想象那一般可怜的小孩,对于玻璃窗内值不到几个钱的物件,也垂涎三尺……

到了晚上的时候,我在路上闲逛,这些路是我从前住过的,后来每天到学校或办公处去,也须经过那边,逛了不久,我在一所房子前面停了脚步,这房子正是我们住过很久的。前面有个回光镜,窗子后面却没有帘帷,灯光未亮,却有一个小孩在那儿读书。房子的内部,看见一个缝衣机的亮晶晶的两个轮子。……

你看,都是这些事情!

我顶爱用这些小小陈旧的字眼,一般人不着意的字眼,做我的工作。一般人用这些字眼来互相毁誉,当其快活或不幸的时候,用来宣露他们的心绪……"

在夏尔洛德的一双大眼里,还有些隐藏的事情。两道弯如新月的眉——这眉乃是1830年画派——与厚而红色的唇,把这金栗色的盛鬓的少女,增加了不少的妩媚。体态轻盈而柔软,衣服照常是不要领子的,露出丰腴白净的胸膛。夏尔洛德,真像个该享受安谧而神圣的幸福的少女。

　　"我可以在这书里写你、写我、写我们办公处的任何职员。我们靠工作而生活,但我们却不是为工作而生活,这里头,并没有什么赌注,没有赢也没有输。不论在办公处、在店铺、在学校,随便什么都摇不动我们的神经。你呢,想学演剧;我呢,想学著作;还有别人……这些少女们我都认识,她们没有历史,却有历史的续篇:膳宿舍里一个卧房,同伴里认识的一个男朋友,约定了会晤的时间地点,手拉手一齐出去玩。其后,这男人不见踪迹了——经过一次的吵闹。也许他住到别区去,相隔远了,交际也就断了,说不定他已经死了!——于是,另一个卧房,一个新的狎昵;妆饰,为的这个;做梦,梦的这个……我们呢,哪一位不是存着这种希望?虽然方式上略有异同,没有什么大关系。

　　"生活自是一刹那间,然而我们要过的是内的生活。我们的眼睛,再也不在我们周围的浓雾尽管呆看,却是在我们的内心,充满了欲望的内心。"

　　卧房里渐渐黑暗了,温妮在沙发上躺下。

　　"你说的也许有理……夏尔洛德,你听我说,我呢,自始至终只爱克利斯田。你所说的那些女人和别人鬼混的方式,我已是过来人。这算不算恋爱?"

　　"不算。"

　　"现在我觉得是接受了爱的人了。我不像从前快活,因为前途的进行方式使我非常地注意,至于没有厌倦的工夫。自从我认识了克利斯田之后,我马上就觉得我对于别人的感情都消灭了,只剩着对他的感情一天一天地生长。我的狂热的爱自然使我快活,想到这前途莫大的幸福,却有些胆怯起来。当我们订婚约尚守着秘密的时候,都是这样心理。自从婚约宣布之后,婶娘们送我些礼物,教训了些应尽的责任,谈些前途的事情……人人都来庆贺我,好像一桩非常的事。……我究竟不是轻薄妇人,……他们借东说西,显然知道,我们在未订婚前,老早便相爱了……"

"然而,你不见得就看得透吧。"

三月了,克利斯狄亚充满了明媚的春光。

傍午的时候,小小的水点落下来,所谓东风解冻了。肮脏的水染黑了屋面,从顶上溜将下来。好些冰块经过空中,砰然落到地上,累得过路的人跳着躲避。淡色的太阳的微黄的光芒,映着冬天的衣服与精光的树枝,使它们现出一个不合时宜的样子,这里头正显示着春愁。每人的心灵里,总有无穷的欲望孵化出来,好些妇人有的是一件新衣的欲望,也不能不算欲望之一种。第一次的春声是:走道上的冰块碎裂声,树枝间的东风长啸声,麻雀的叫声变尖锐了,凝雪上的跑冰鞋子刮出的响声也变尖锐了。墙脚的第一片泥痕,带来了悦人的新春消息。

晚上,天气变冷,冰块在脚底下碎裂,像破玻璃一般地响。沿着西南方的一带小山,薄暮的太阳的反照,在这三月的夜色里,明亮而无际涯,缓缓地隐没。

温妮拿着她已经买到的新阿尼曼花,直到克利斯田家里来了。

他正坐在窗前写信给他的兄弟。

"你要不要写几句话给赖尔思?"

她到他身前来,两手从他的头发上伸将过去。

黄昏将它的黯淡而蓝色的帐幕罩住了万物,他们静看着那边的小山,许多儿童在那里玩耍。屋子的地位颇高,下面可以望见一排黯色的屋顶,又一边乃是伊克彼尔山在西方遥对着。

"今天你可到过戏院主任家里?他怎么说?"

"说我很可爱,说我很懂得艺术,等等。他们都一样的……"

克利斯田拥抱着她说:"爱人,不要气馁,你也一定达到目的。万事起头难。"

"但是,也有些人马上成功的。我知道……他不喜欢杜母荪夫人……,有的是一个好教习,……又有些假艺术家,没有一点儿技能……"

克利斯田赞叹了两声。

"……我太疲倦了,今儿晚上怕不能到彼娜婶娘那边去。"

他抚摩着她的头发。

"但我已经打电话给杜马,说我们今天那边去。据你的意见该怎样做才是?"

温妮抱住他接了个吻,却没有回答他。她觉得神经受了刺激。记起在戏院主任面前的那种谦卑,他却很客气地谈到她与他的计划以及其他诸事。小小事情却这样谦卑,何等老实! 至于她在特兰曼斯维上面散步的时候,妒煞那些住着高堂大厦、穿着绫罗锦绣的人们——实则她所藐视的人们,又何等虚荣心重啊!

论到她的办公处的同事,他们因没有她一样的主见,也没有在西班牙起造屋子,她一样地藐视他们,自己觉得被逼迫在那里工作,实在不情愿。

有一天,斯克士特到办公处来,有话对班长说;她面红了,装作没有看见。他向她说话时,她很笨拙地回答几句。

她也该骄傲了:未成年的小女能自己供给自己的需要。而愚俗的她,幸亏已经是克利斯田的未婚妻了,便希望好些毫无价值的事务:丝织的裙套,特兰曼斯维上面的屋子……唉,这是最时髦的生活了! 她的宏愿该有实现的一天——她从来就很相信有希望……

"我想到美洲去。"克利斯田忽然这样说。

"什么? 你说的是什么?"

"这里我没有什么前程。比方你,你多才多艺,人家用不用你?不,在这个地方,人们没有这种需要……我呢,该老守着这个部属的身份,该镇日里费尽心血去制些笑煞人的图案,全不希望贡献给你一个愉快的生活吗? 你命不该穷,再说我呢,也不。但这里没有适当的位置,而我觉得我还可以干些事情……不论哪一个机关里。

"到美洲去,真有天渊之别了。你看赖尔思,他搅得很好。将来我贡献给你好些丝织的裙套、上等的皮货。你只管坐着、唱着,按着钢琴,别的事都用不着你去做。"

"但是赖尔思挨的千辛万苦,你却忘记了? 在芝加哥的一年多,他常常连饭都没的吃。……"

"我怎么不晓得? 正是这个才引诱我去呢。饿软了,躺在长桥上面。做梦呢,梦见你;醒呢,绕着城市兜圈子找工作,恰像一个野兽在荒林里觅食,何等有趣! 如果我真的潦倒不振,也见得我毫无所能,而且对于我们二人也别有好处! 倘或天从人愿,有一天我也能够摆摆架子。呃,我便写信给你:'这里来做个快活神仙吧!'"

他说得自己也笑了。

"我爱,我也不至于无用到这地步,等着瞧吧……"

"我说的不是这个。"他一面说,一面搂着她又是一个甜吻。

"你懂吧? 我若晓得终有一天会发财,我自然愿意等待着。但我不愿意看见你这个光景,我们的青春抛弃在无用之地了!

"在最短期间内,我要表示对于你怎样的钟爱。你将见实际的施为胜于画里的爱人、笔端的情话。

"一切的一切,都不能给你一个满足,难道我不知道吗? 永远地穷苦下去,没有一个朋友,只朝着千里外的一点小小的光明,去找寻前途的幸福……"

他忽然离开了她,走到沙发上坐下。

"克利斯田……"

她走到他的背后,两手揽住了他,逼着他的头靠近她的胸部。

"我很爱你,爱人,你,我爱你还出乎你意料之外哩。你休执着我所说的话……一切我的主意都很浅薄,没有什么见识,你该晓得……"她的声音很低,几乎要哭,颤巍巍地抱着他。

"贫穷而孤独的青春,我们便在这上头取乐吧。这样一来,只有你和我。除你我外,不和第三人发生关系。孤独的青春,克利斯田!"

她两手仍旧揽着他的颈,只把身绕过沙发的前面,坐在他的膝上。

"吾友,爱人……"他尽量紧揽着她。

停一会,他起身很温和地给她一个接吻。

"温妮,一切的事情都和我的地位没关系,我常想:'只有她和我,我担保她,她爱恋我……'呃,莫动,让我拿着你的手……我常常以为如果我们秘密地稍为尝试到一些幸福,一切都会变好了。Und das Leben ist so kurz und man ist so longe tot①,这是我在柏林一间啤酒店读到的两句德文诗。再说,如果你中意,我们也不妨就结婚,不过头几天是或者有些困难……

"然而,在这种情况之下,实在不由自主。我们自身的情绪,可以和道理对抗。一般青年——至少可以指中流社会而言——谁不如此?……

"我们自有先入为主的成见,渐渐变为不可触犯的信条。

"由此看来,被逼的结婚,并不是金钱的难关使他成为不幸;不过,一个中流社会的少年,常以为把他的未婚妻当做姘头为羞耻。我看见那些在这种境地寻生活的人们,觉得非常可怜。和妻子造孽的人们,能够爱她的,实在少极了……"

三

"假使我能够住在森林里,我不晓得怎样地快活啊!"夏尔洛德低声地说。

她在雪里仰卧着,嘴里吐出烟圈儿在浅蓝色空气里缭绕。

"你恐怕也会厌倦起来吧",温妮说,"你也不怎样爱自然

---

① 译成中文是:生日何其短,死日何其长!

之美。"

"也许是这样……"夏尔洛德坐起来,丢了半截香烟,重新在木炭堆上又燃着另一支吸着。她添了些柴把,两手置膝坐着,静看那蓝色的火焰和浓厚的烟。

克利斯田和杜马抬着好些柴把来了,又再找去。

哥贝尔山上,与大路相隔颇远,他们正在那里预备中饭,太阳正照山上,但浓雾弥漫了苏尔格谷,半掩着西山诸峰。峦岚如画,一望无涯。

"看啊!这正是森林的胜景",夏尔洛德说,"这景四季不同,在天气晴朗的时节,远远的那些小山,只看见一堆黑松林。也不全是自然之美,使我快活,不过我觉得到这高处,城市的生活实在显得太卑小了。我们刚才离了小路,便发现人踪渐渐地少了。城市、住家、铁轨,在高山上不过只算一些小小黑痣儿罢了。

"……古时,这森林更是堂皇大观啊!野兽山禽是唯一的寓客,树该比现在的还更高大,时或狂风骤雨把它们拔起来,日久年深,寂然自化。天地无情,长此终古!生生死死……唉,真令人有皈依佛教的念头了……"

夏尔洛德低头看火:"喂,那边两位!咖啡预备好了。"

温妮觉得冷,不想吃冰橘。

她对于自然界实在不很发生感情。她同夏尔洛德到过诺尔马克,她们旅行不止一次。在这个期间,夏尔洛德全变了,天天高兴,毫不困倦。有时她跑冰也跌倒过,但随倒随起,依旧风驰电掣般跑下山坡。温妮呢,适得其反,天天叹气。常常跌倒冰上,哪怕她扶着手杖,还爬不起来;小小的难关,也禁不住叫人帮助。而且,她哪里高兴跑冰?不过想博克利斯田的喜欢罢了。

到了夏天的时候,她尽管觉得不该辜负大好的时光,然而她的唯一希望却是只想赶快达到目的地,至于那些风月闲情,哪里有工夫去管它呢?

克利斯田和杜马满身是汗的走来了。夏尔洛德给他们吃中饭。

"我们还是去了，你不高兴吗，温妮？"

温妮想到从斯加亚谷走下去，实在可怕。偏他们高兴这样走。

杜马站起来："我今举杯恭祝这位女伶，伊尔希姑娘。"

逗得大家笑了，都举杯给温妮庆贺。温妮也只好勉强微笑。此时此地，她的丰采神情都失常态，虽则她对于本月15日的试演，非常热烈地希望。

夏尔洛德把温妮介绍给一位戏剧家，名叫哀贝尔，他的剧本已经得西提戏院收受了。夏尔洛德对他说温妮如何如何好，剧中的主角，除了温妮，再没有别人能胜其任了。

一切都草草完事。哀贝尔自己便要欺骗她。一个庸庸碌碌的男子，不晓得该取何种态度，只晓得抄袭人家的文章。她到他家来了，妆扮得十分大方，十足是一位 lady，想要和 Clare Borg 认识认识。

哀贝尔的房间乃是顶楼，又黑暗，又紊乱，没有一样令人高兴的东西。

他们二人间的谈话，实在难得很，像是他们二人来自两个不同的世界似的。也许她对于技艺的见解还浅薄吗？

依她看来，这剧本真笑煞人，然而哀贝尔尽量称赞她对于他的剧情的理解力，自说他的作品最值得注意，杜母荪夫人又说这剧本实在华美无比，温妮也不好怎样说了。

她恃着她对于戏剧的理解力，便辞了她原来的差事了。这样一来，自然要暂时俭省些；但秋天一到，她包管可以得到聘约，便好过了。

温妮每天去试演。此刻才是正经事儿。许久的梦想，如今竟实现了。

真的有趣啊！闹哄哄的戏院的后台，前面鸦雀无声的空座位，灰色垫子盖着的椅子,许多伶人在试演,这都是从来没有看见过的事情。她自己呢,因初来未曾习惯,竟忘记自身便是演员之一。她在哀贝尔面前也是一样的情绪——她总觉得自己是不在内的。

她平日只在办公处里做很规则的工作,预先布置好了的工作。当是时,自然每天总有一大半的时间为他人而辛苦,然而她总晓得每天做的是什么;到而今却大大不然了,大半天无事可做。她觉得很有点奇怪,但是,Clare Borg 这事情,哪里有每天十六个钟头的工作给她做呢?

温妮穿着衣服,化了妆,预备出演了;她不敢张开眼睛,害怕得几乎僵了,听不见柏凯对她说的话:

"您的未婚夫在那边呢……"

温妮悄悄地在帷幕里看出去。她早已晓得什么地方坐着克利斯田和他的朋友们,然而在昏乱的时候,竟至于看不见一个影儿。

音乐队奏乐到了华尔斯的尾声了。钢琴响了,台上大小电灯都放了光了。

帷幕开了。自开幕至闭幕,她忘记了自己,只恍恍惚惚地做去。完场后,起先是她和斯特罗务与柏凯姑娘被叫了去,后来又叫到她自己一人。

编剧者来给她握手,人人都给她道喜,温妮还不相信是她自己演了一幕剧。

她很想往台下瞟一瞟眼睛,但她虽有些快活,敌不过她的羞怯,到底是赶快跑回来穿衣裳。

她收到了克利斯田与阿伯拉咸的花圈。她和阿伯拉咸不很熟识,只晓得是克利斯田的朋友。

完场后,她陪着哀贝尔及克利斯田所邀请来的她的演剧同人,坐在琉璃室里的时候,才算是神魂初定。……她现在是艺术家了……她有的是音乐、花圈、香槟酒……还有观客们,念着她的名字看着她……明天又在报纸上……

　　人们对于她的批评都很好，都说她善于表情，嗓子也不错，但只神经太露了。只有哀贝尔的一位朋友的批评，是有褒无贬。

　　温妮仗着她的歌人的才艺，获得一个常期的聘约了。到了第二季，她演唱了一出小小的歌剧，也有好成绩。

　　一本戏要演许多月日，她天天要照例很呆板地做去，实在厌烦。再者，她也并不觉得这新生活比旧时好，然而她还不愿承认是受了骗。这不过是初步，自然不很顺适，再久些便好了。

　　柏凯姑娘常对她说："艺术界的清净菩萨！你这样庄严，真真不可救药。你非但守着你平日的品行，而且还不肯丢了你那些村婆子的见识。我劝你风流些，少管些道德好不好，看我吧，海阔天空，到处无牵挂！"

　　柏凯姑娘看见她战战兢兢的面色，忍不住窃笑。她每次听见这一类的话，总忍不住要生气，虽晓得柏凯也是苦中取乐，但究竟不应该。柏凯是一个时髦女子，靠着老父与一个侄儿——她常常滑稽地叫做儿子——的供给。

　　温妮混在同人当中，觉得胆怯得很。柏凯那种任人恋爱的主张，她绝对不能引为同调；但她却晓得不给她碰钉子，所以也没人说她傲慢。

　　温妮拜访夏尔洛德，庆祝她的生辰。

　　她觉得似乎夏尔洛德和她的母亲不很和气。赫德尔斯夫人只唯唯否否地答应人，夏尔洛德也不大说话。照例沿着河边的晚上散步，适足以形容郁闷了。

　　夏尔洛德在俾耶尔桥上停了脚，注视着又阔又黄的大河，在红砖制的许多工厂中间流去。多雨的秋天后，好些杨柳在那些工厂的赭色墙下还低垂着它们的绿枝。在闹轰轰的机器声里，还很清楚地听见人家打钢条的声音。好些工人在桥上来往。

河的对岸,一所小房子孤零零地在那里;有些儿童在堤上玩耍,流水冲堤,每次都像有它的新势力。

臂膀连臂膀地走过了些对偶,欷欷歔歔地谈了些秘密话,微音传到他人的耳朵里。

夏尔洛德又向前走去:"你注意到吗?这些人都看得出我们是那一流人。虽则衣服穿得不大齐整,也没有什么大关系。"

"我想,他们是从步伐上看出来吧。在模样上,在一种'我不晓得是什么……'这个所在很可以看到些漂亮的面孔,然而那些妇女总有矫揉造作的样儿……"

她们经过一处很脏的工人区,在些旧的木房子前面走过。这些房子有一些小小的花园围绕者,看它们的神气,该属于另一处静谧的地方,另一个平和的时代,预备给那些安分守己的工人的;却不是预备给那些所谓工团绝大的机轮、极长的皮带、铁丝的窗子的工厂里的那一类的工人。——天天打听城市的风潮,仰着头盼望未来的曙光,像牛马在栏,仰着头吸气一般。只希望有一天与那一班资本皇帝决一死战,战胜他们而打倒他们……

她们不觉又走到北坟地了。

夏尔洛德攀开了栅子,直入到枫径里。

9 月的晚霞给那些树杪照得格外分明,不像白天觉得浓厚而阴黯。在这轻淡的天色里,树影儿越显得窈窕而晶莹。

"我越发爱这个时节了。"

夏尔洛德走到一个玫瑰花覆着的坟墓前,停了脚步。

"可叹啊!我们已经不是烂漫的天真,不能把人类的情思传授给这些花草了。9 月的花……她们勾动我们的情绪,何等厉害!丁香花、莉蕙花、香喷喷的丁番花,都晓得终须有一夜秋霜!她们在月光里显露光辉,冬天一来,移到门前了。玫瑰花正在发芽,恐怕未必有开花的时候哩……"

温妮默然良久,说:"天啊!二十岁的人,还很年青哩!"

"这个要看怎样情形……——月光晶莹,刺人心脏!在这些光明之夜,我们切莫轻易放过,真该及时行乐;往后便是圣约翰,一切光明都灭了,我们便入了漫漫长夜。树叶黄落,风雨飘荡……圣诞节……一礼拜又礼拜,空气和缓了些,天色清朗了些,是春天近了,新枝新叶,光明之夜,又在眼前。……只我们又多一岁。光阴流水似的过去,只剩得我们成为水中枯骨,'我们不活了!'"

"夏尔洛德,显然是你不满意你现在的境地;但还有人比你更可怜,你知道不?"

夏尔洛德勉强地微笑了笑。

"只要不更倒霉,已经是差堪自慰。"

"人家是这样说。"

"不,我说的正经话,差不多人人都羡慕我的境地;然而,除非是有特殊嗜好的人,才爱领略这种苦况。否则,看见他人的生活总是比较地舒服的时候,该希望自己也变幸福些吧。我不认识一个人他的位置比我的更可满意的。这自然是我有了短处,所以倒霉,但我想纵使我改变方针,不见得就变好了。总是我自寻烦恼,以致天天无精打采地过日子。

"今天妈妈还对我说我可以离开办公处,到外国去找一个工作,可以换一换境地!但我真的不能够。我想,我去了,她们租一所小房子住,赫德维克与爱伦仍继续我们的生活吗?不,我不能够,我心里到底不安。从另一方面说,我不能毫不声扬地牺牲一些吗?我虽不是个殉教者,但我也不能绝对的自私自利。我真是无用之物……"

"夏尔洛德,你听我说,你晓得不晓得有快活的家庭怎么样;没有,又怎么样?"

"好!待我来问你,你晓得一个人无所恋爱又怎么样?"

温妮抬头。

"好！总而言之，我们该晓得没有我们的所有物又怎么样？我们觉悟已迟了。我们也许想得到，但只片刻的思想。

"有时，我们所爱的便在跟前，不论有无明了的道理。不是有个学者说过这样一句话吗？'在我们身上，便有最坏的仇人！'"

夏尔洛德微笑。

"把你的堂妹子为例吧。伊威尔笙家的事情你都告诉了我。我觉得这小小家庭是毕尔支的乐土，现在呢，远离家乡，到城里工作去。

你相信不相信？如果我离开家庭找一个艰难的生活，我家一定会有变化。然而这么一来，我却可入了梦想之天，在这危险而颠倒的世界上，找到一个僻静的湾角儿。

到了我们这年纪，我们很愿意出去自己奋斗，信赖自己的能力。纵使我母亲不很聪明，未曾受过什么教育，我还可以把一切付托给她。无论怎样的老婆子，缝补着鞋子，把打绒针在耳朵后搔痒，说道上帝自会处置一切的事情——这样的老婆子也可以托付的。

每天，我看见的，老是那些眼睛，认识我的一切痛苦，真算一种刑罚。一年又一年，被逼迫着共同生活……

至于远离家庭，想念的是小小事物的位置，晓得的是日子缓缓地过去，挂心的是那边一些不关痛痒的话头，连演不绝的场幕……常常如此生活。有时，恨的是每一张椅子，每一张桌子，总之，每一件什物，它常看守着我们的整个生活，我们的痛苦与秘密的失败，惟有它知。知道一切的零言琐语，一切按时照例到来的小事情。

至于在家呢，永远只算个孩子。我自从出世的时候便看见母亲为我们而工作，你该明白，我在她面前，要年轻到什么地步？……换一方面说，如果我远离了这里，想到有一个人，他于我有了确实的爱情，而我于他却只是个小孩子，多么幸福！……

妈妈到了我的年纪便结婚，她怎么会懂得我的情绪？再说，我也绝对不想要她懂得。但是刑罚呢,她却懂透了!……"

"我希望……"温妮才要往下说。

夏尔洛德微笑:"说吧。"

"也罢,我对你说了……我希望你堕入情网里,但要正正经经地恋爱。"

"我从来没有堕入过情网,也不愿讲恋爱。长期的等待,会使我们越发苛求,是不是,温妮?人们起初的幻梦,没有不甜蜜的;到后来,生活所贡献给我们的一切都成为不满足的了。……单独的我们,只会向我们自身上看去,我们搜求,我们梦想……"

温妮瞧着她的淡白的面孔,纯洁的身材,忽然想起了克利斯田,对于他,真像有无穷的希望,她觉得他是一个热肠人、活泼人,哪里肯推想到霜寒的运命。

"你真像纳尔希斯①,你晓得不?纳尔希斯只爱自身的影儿,自称自赞地跳到水里淹死了。"

"是的,"夏尔洛德很安闲地回答,"但是,现今的世界,像我的人多着呢,你相信不相信?"

他们回来的时候,赫德尔斯夫人已经预备好了水果、糕饼、葡萄酒等物。

温妮想起昔日在赫德尔斯家过了那几夜,何等愉快!那时节,她们母女,欢笑一堂,多么有兴致啊!……

夏尔洛德与她的妹妹们交杯共饮,她对着母亲微笑,她母亲走到她跟前,抚摸着她的又阔又白的额角:"我的好孩子。"

温妮拿着手提眼镜子,四面瞧着,大有顾影自怜的神气。

她快活极了,新帽子、新衣裳,从来没有这样时髦阔绰!

"天啊!克利斯田迟迟不到。……呃,有人敲门了。"

---

① 纳尔希斯临江对影自怜,投水而死,化为水仙花,故西人谓水仙为纳尔希斯。

"你看怎么样?"温妮叫道。

"好极,好极!……"

"这才是道理! 你该说我从来没有这么漂亮吧!"

"你的美貌,什么时候不令我神魂飘荡呢?"

"这个总算不扫兴。"

"是说我叹赏你到这地步吗?……"

他们在加尔作汉路上随意散步……二月里的佳日,太阳和煦,春意初透,正是大好的时光。

温妮路上遇见了熟人,逐一地很亲密地施礼。

"唉! 凯赛尔夫人。天啊,她真变样了。她的年纪并不比我老了许多,前时也曾是个美人儿,你想想看!"

"你想我们哪里去好?"

"我没有什么选择。"

他本打电话叫她来吃中饭的。她想要到大旅馆去,克利斯田却不愿意;结果,他们选中了戏院咖啡馆。

"可怜的斯克士特",温妮说,"昨天晚上,我送了他上船。我真可怜他,他的良好的品行的结果乃是倒运! 上帝晓得他在那边怎样度日……但愿你的兄弟在开始的时候助他一臂之力。"

斯克士特有了赌的历史,好些债务,只好跑到美国去。温妮写了一封信给赖尔思荐举斯克士特。他们在去年秋天结识了。

"克利斯田,请告诉我。为什么你从不提起圣诞节前关于斯克士特的谣言?"

克利斯田很深思地看着他的指甲。

"你晓得,我从来不肯提起关于你的好朋友的谣言。"

"说得好! 你常存着高贵的心境!"

克利斯田的声音变严肃了。

"今天你像这样儿,到底是什么缘故?……我正要向你说哩,我的薪水加了,现在是二千零六。……"

"你不是高兴吗?"温妮有些心怯地说了。

"刚才……我原是高兴……"他低声回答。

温妮握着克利斯田的手,良久良久。……

"这并不算多",克利斯田想了想才说,"这要待你来决定,这够不够我们用。"

"啡!"温妮啸了一口气。

克利斯田俯着头向着桌子,像要拾些什么东西似的。又吻着她的手。

"我快活得很,克利斯田。今天晚上我们便写信给你父亲,好不好?"

"我的小乖乖,你真是可人儿……我还有话和你说。我从来没有问及你的工作。你在西提戏院,很满意吗?"

温妮勉强放开了手。

"我晓得你有些时候已经差不多要失了勇气了,但是……我不愿意要求你抛弃了你所爱的工作。"

"你晓得我的艺术对于我怎样吗?"

"我很知道你的艺术对于你已经怎么样。你也已经抱着很热烈的希望了。现在呢,你已经出演了两季,你的艺术还永远是你的第一着吗? 是呢,我再也不提,纵使我不过是第二着,我再也不愿说一句话了。如果艺术便是你的生命,再加解释也没用处。你呢,你是我的生命。……但是,今天该正经地讨论,一次定夺了这问题,免得敷衍下去。"

"哪里话? 克利斯田,你弄错了,你并不是第二着。艺术又是另一件事情,不能相提并论。在这上头,我很得到些好处。如果我除了自爱之外,不晓得爱一件高尚的事情,或为一种观念而受苦,那么,我又怎么能够对于你用一种有些价值的爱情呢?"

克利斯田不回答一句话。她爱艺术甚于自爱,自然不错;究其实,也不过是她的自我的表现而已。艺术没有什么界线,一个抽象的东西而已。——实际上是她的欲望,她的能力,她的自我。至于他呢,他却把这些置之度外。

"再说,如果,我们有了些孩子,我因爱孩子胜于自爱的缘故,便会把你放到第二排去吗?我对于你的爱情便减少了吗?"

他感受到一种辛酸的沉痛。孩子吗? ⋯⋯又是一种自我的表现。

"为什么你想要我现在便晓得?"

"你看,西提戏院不过是暂时的局面而已。天啊!克利斯田,你以为出演了两季之后,便能够定夺了吗?"

"别人呢,不能,但是你呢?"

温妮的眼光往来空际。说不定她已经在独居时反省过许多次⋯⋯她很苦恼地回答说:"克利斯田,我很相信该有才艺、有意志,像我这样的意志,某种爱情、某种欲望⋯⋯从前一切足以欺骗我的事情,一切难关,到现在渐渐给我打破。我还有的是信仰心与爱情!"

"你说的未尝不是,但我忍不住要想到你告诉过我的关于夏尔洛德的事情。你以为别人会有这样的爱情?这样的生活饥荒?或者,这样的才艺?唉!你以为她会有一大'活'了吗?"

"克利斯田?"话到口边又停住了,强作微笑⋯⋯"你渐渐变成聪明人了,你晓得么?"

"也许是吧",克利斯田很严重地低声说,"温妮,你听我说,自从我们订了婚,我不晓得什么是艺术,我从来不曾怀疑过艺术的忠臣。现在呢,我猜着了,虽猜的不很完全。

你看,这或者与我对你的爱情一样。上帝晓得我的意志与爱情,有一种大欲望,有一个热烈的信仰心。我不愿意拦阻你走你的路。然而今天——这不是第一次了——我这样对你说,我很有些仇人的神气,而且对于你所相信的幸福,加以攻击了。

你相信我的忠诚和我的意志吧!你该懂得,假使有一天你的勇气与信仰都失败了的时候,我的爱情也许对于你没有用处了。"

温妮俯着头,吻着克利斯田的手。他们默然良久。温妮重新引起了自信心,又说:"今天人家正许给我一个新角色。我在这上头想得到许多利益哩。我出演时,你看吧。"

"今天你不能谈论那个吗?"他和婉地固执地说。

"不,这样一来,岂不是意料不到的事?"

"只愿这事情永远给你保留着你的欢心。"克利斯田很诚恳地说。

温妮不很相信她所保留着的意料之事会使克利斯田快活。

她该在法兰西歌剧里充主角了。她最爱剧中的主人翁,那个小日内维芙,天真烂漫地说些最不合礼的事情。她却做了些很好的事,她创造了冒险的生活。然而她几乎变了没良心,她想要发现宗教徒与她的保护人所藏匿着的神秘,这个不能下定义的欲望的气压力表现出剧情的特征。再则爱情使她先变胆怯、害怕,其后变为安静而快活。这种妇女的傲慢伴着一种天真的胜利,当时,她同她的情人——现在的丈夫——在旅馆里给她的保护人撞见了。这情人,真凑巧,便是她的叔父替她选中了的丈夫。

扮这角色,在这个时候该只穿一条裤子,一件抹胸。虽则导演人容许她穿上一套短裙,而她却愿演出剧情的真面目。她以为这个很有情趣,而观者也可以得到纯洁天真而诚恳的印象。

然而,克利斯田该如何说法?

刚演第一场,她便觉得大家欢迎。她能尽其所长贡献给大众,真是快活。她的答辞顺口流出,像是不假思索似的。

胜利啊! 在休息的时间,克利斯田来看她。谢天谢地! 使得他也高兴了!

"说吧,我爱,你觉得如何?"

他握着她的手,笑。

"妙不可言！……你也欢喜，是不是？"她点点头，鼻孔跳动。四面八方都向她道喜。

刺心的恐惧与怀疑，到此都冰消瓦解。

她的答辞活跃而晶莹。正是显手段的时候。

穿着轻纱裤子，腿上套着丝袜子，安安闲闲地、清清楚楚地道白。只姿势笨了些、胆怯些，眼光里露出贞洁而害怕的神情。她觉得做得最有情趣，比之试演时的成绩更好，真使剧中主人翁复活了。

很胜利地完了场，克利斯田来找她，一句话不说。她觉得他愁郁了。

第二天，她看了一切的报纸，真是有褒无贬。"不能忘记的盛事""一个新的创作"，都是批评家的颂词。她特地进城去看朋友，兼趁着这次胜利去快乐一场。然而恐怕遇着克利斯田的心情，终是掩饰不了。

她一面走，一面预备好怎样辩护。不，她不肯让他毁灭了她的幸福。

中饭后，她到工厂里去见她的未婚夫。他向她道喜，谈了一番她的成绩。温妮鼓着气，等候他的劝练，很担心地细察他每一句话。……

"你对于戏院有何意见？你以为这剧本的招贴可以挨得长久的期间吗？"

"这不用说的，批评家这样颂扬，我相信这个可以演满一季，往后我们可以做一个小小游历。"

我知道这本戏是你的得意之作，但是……在第二场里，你的服装不能稍为变更一下吗？"

"这是不可能的，答辞里原有脱衣裳的话。"

"你同我说过，剧辞可以变换的。"

"是的，但我不愿意变换。我很知道这剧没有讨厌的地方。你不觉得吗？"

"你演得好极了！但只一层……今天办公处里人家对我说你很是动人,他们说话那副神情……"

"你不曾疯了？假使我依照你的办公处里的那种野话,来安排我的剧情,岂不是笑煞人？"

"你该懂得我的意思。如果你晓得昨天晚上许多男人用哪一种的眼色来看你,看你,每天晚上看……"

"男人便怎么样？"

"我也是男人。"克利斯田用沉着的声音说。

"你不害羞吗？……"

"也许。但这等事害羞也没有用处,不能改变了什么。"

"克利斯田,似乎你用些凶恶的兵器。"

"兵器吗？"克利斯田眼睛盯住了她。

"你不能否认,克利斯田,你宁愿我的成绩少了些光辉！"

"你相信你所说的话吗？温妮？"

她不回答。

"昨天我曾经欢喜,越演下去,我越高兴,直到最后一场。那时节,见许多男人垂涎欲滴地看着你,我宁愿你用另一种'兵器'——依你的话——来护得胜利吧。"

"这个不是真的,克利斯田！"

"你不相信我说的是真吗？"

"你呢,你相信,我晓得你相信。然而都和这些零零碎碎的事情没有关系,只你永不相信我能够做一件出色的事情。你天天只等候我厌倦了,好转身向你……"

克利斯田停止了说话,一种苦恼直刺心怀。她有理无理,他不晓得。天啊,这历史何等丑恶啊！

"不,不,这绝对不可能！"温妮呜咽地说。

"温妮,你看,什么绝对不可能？我爱。"

"这样延长下去是不可能。"

"你是什么意思？什么不该延长下去？"

"我们二人，我给你受苦，你给我受苦，怎能延长下去！"

她脱了手套，把订婚的戒指褪了下来。

"不啊！温妮！温妮，我哀求你，我让步了……"

"我正不愿意要你让步哩！我的戒指，也还了我吧，克利斯田……"

"她有道理。"克利斯田晚上回家的时候这样想。这真是不可能！一根绳子缚着两个人，背着方向走，每天总有好些看不见的纤维渐渐地被一些小东西割断。倒不如索性让它整根绳子都断了，还痛快些！

话虽这样说，他何等爱她！她呢，无论如何，总算也是爱他。不，这再也不可能了。永远地不相信他了！他们从来便没有真真的推心置腹过！刚才他不是对自己说过吗？"她去了，她去走自由之路，你呢，你障碍着她"；他又不是想过吗？终有一天，他的家庭、他的爱情、他的孩子们，会把她缠住了；他又不是希望过吗？缚着她的双翼，不让她飞了……

是的，这真不如意，真不雅观。去年秋天，她曾经和杜尔纳出去过许多次，他曾经吃醋，但他不露出来，只心里不再信任了。自然，杜尔纳不过是一个儿童时代的朋友，但她总想要和上流社会往来——克利斯田所谓 snobs 的环境——这种社会里，他毫不希望她到里头厮混。

不，他所能贡献给温妮的东西，他没有收回的权利。

爱情！爱情是什么东西！竟不能忘记了小小的怨恨，又不能阻挡坏思想混入他的精神……

克利斯田退还了戒指给温妮。

温妮哭着接收了戒指。她早已想到总有些好或坏的影响，但是,一刹那间,她忽然觉得不很相信姻缘便断绝了。

她哭,她很热烈地要再见克利斯田。一切的一切,都是她的错。

起先她希望常能相见,一切都好安排。但是克利斯田到办公处与出来都有一定的时间,和温妮的时间刚巧冲突。她有时看见杜马,他曾看见克利斯田,然而他所叙述的只不过几句不关痛痒的话。

不久她又游历去了,假期又到了。

过了些时候,她不像从前那么厉害地想他,然而每次她要再见他的念头起时,仍一样地热烈。

下一季的一天,柏凯对她说:"你看到报纸吗?你的前时的未来的公公死了。"

她只听见了"前时的未来的"和"死了"。那时她该出演了,只差几分钟,但这几分钟真是格外长久。她很机械地做了答辞,精神瘫痪,像失了知觉。

柏凯递给她一张晚报。她看:

> 我们的可爱的父亲水运监督赖尔思·朱尔德,昨日忽然寿终于南梭斯,享年五十七。
>
> 恕不发帖。
>
> 我的缺席的兄弟与我自己的名义。
>
> 克利斯田·朱尔德

她的第一情绪乃是无量的欢欣。晓得克利斯田还活着,心中安慰,叹了一口气之后,一种新的欢欣却隐藏了。当天晚上,她便要写信给他。可怜的爱友啊!他何等爱他的父亲!但她不能很诚恳地分受克利斯田的苦痛。现在呢,她可以重复归他,他或者有用得她的去处。

她写信给他要求一个约会。她愿意一切为他尽力,她的能力还够替他帮忙。除她之外,没有第二个人像她那样晓得清楚他父亲死了后他的损失。

她给他寄去一封长信,深情而有见识的信。她想要巧妙地溜进了克利斯田的心。

要待好几天后方有回信,她担心得几乎成病。天啊!但愿她能归他,现在这样受痛苦的他!从今而后,她再也不守着为我主义了。她此刻晓得没有爱情是怎样了。她快变好了啊!低首下心,贤妻良母。

第二天,她到他家里,他搬了家了。好容易找到了他的新地址,他又刚刚启程了。

第三天,晚上回来,收到了从罗罗斯来的一封信。她热狂似的拆开了信封。

可爱的温妮

你的可爱的信寄来,我真感谢不了。我接到电报说我父亲死了的时候,我原想给你写信,但我没有这勇气。……我不晓得说感谢你到什么地步。

你认得我的父亲,你们也曾是好朋友,你该知道我和我父亲的关系怎样。你在我受痛苦时惦念我,我很知道,我因此得了不少的慰藉。你的花圈恰在我整装待发时收到了,我已带着走,将安放到他的坟墓上,当做你份下的礼物。多谢,多谢,可爱的温妮。

但我以为当我回来时,顶好我们不相见。我未尝不很想见你,但只宁愿这样。过去了的事情,哪里还有法子挽回呢?我晓得你是一个好伴侣,我永远愿做你的爱友……

父亲受了中风症,突然去世了。他免了疾病,免了痛苦,长辞人世,也许对于他倒是好事;至于我呢,他年纪不算老,忽然来了这件事情,真真令我伤心啊!

这几行字是在火车上给你写的。

再会吧,可爱的温妮,我疲倦极了,铅笔从指头上坠下来。

　　再说一声满心感谢，相信我吧，一行一字都是我的热烈的
谢忱。

　　你的忠诚的爱友的千种回忆。

克利斯田·朱尔德

四

　　一天晚上，温妮、毕尔支、媞媞都到彼娜婶娘家里去。恰当她
们下电车时，下了一阵大雪。路上泥滑，这班少女怕跌倒，臂膊夹
着臂膊，战战磕磕地走，嘻嘻哈哈地笑，媞媞的笑声最高。她们周
身雪白，活像些雪人儿，到了电车站。

　　温妮因疲倦，一句话不说。在彼娜婶娘家里，她们往往谈到最
近的一本挪威剧本，演了三次，结果是失败了。这是很讨厌的一本
戏剧：一个少女品行不端，在末场，她变了一个浮华女子。至于装
饰也是她们谈话的好题目。某种价钱的衣服只演得三场，真个讨
厌！又她们的意见也不一致：媞媞觉得末场的夜外套最出色，劝她
不要改变；毕尔支主张把灰色的天鹅绒替代了杂色的点缀；至于彼
娜婶娘呢，态度最鲜明——温妮决不该穿这外套，该完全变换了才
是……天啊！她怎么能够在这家庭呀！她留神看过她一些时
候——想不到一个妇人的身体，披着一件十来枚英吉利扣针扣着
的旗袍，两道皱纹，自肩头坠到腹部。连头巾的外套，和她的年纪
不相称。黑绸的帽子，黄铜线张着，天鹅绒和褪色的驼鸟绒镶着。

　　媞媞呢，怪事奇闻，不知多少，常只叙述她的恋爱的平常历史。
至于毕尔支，可怜的小孩……

　　"马觉尔斯坦，车到尽头了，alle' raussteigen①。"一个德国人这
样叫。

　　温妮尽量地大笑起来，她的女友们都劝止她，但她还是闹嘈嘈

---

　　① 德文，人人都下去的意思。

的,惹得过路的人都回头看。

毕尔支喊道:"温妮,人家要说你醉了……"

三个少年穿着跑冰鞋子,在第二班电车下来,在她们前面走过。最后一位脱帽为礼,他的同伴也跟着施礼。

"唉,这是克利斯田。"媞媞说。

转瞬间,温妮镇静了。

报纸上的批评引起温妮的烦恼,夜里闭不了眼睛。"伊尔希姑娘,天赋绝艺,竟在《罗娥》一剧里失败了……"这还算平和一点的批评。还有:"不结实的剧界明星伊尔希姑娘,在最后一场,光辉顿灭在戏院的泪波里——伊尔希姑娘不能给一点儿生活与玛黛琏,一个社会的原告。"

她常常听见一样的论调:"艳丽,细腻,但不博大。""总之,无意义的才艺,有穷尽的才艺。""一些小小的歌剧、俚曲还行,至于出色的、活泼的事情,她便没办法了。"温妮自问,到底这些批评家有没有道理?

她自信能了解《罗娥》:起初对于生活有强烈的乐趣,一天一天地减少了,结果是倒运,一切反叛的言语,无非全世界的少女的哀鸣,她们希望的是幸福,但是路不通行;怪不得她们有怨言,社会践踏她们,迫着她们坐困在黑暗里,不论是品行不端,或诚实勤劬,终日竭尽精力在办公处做事,晚上孤零零地回到可怕的膳宿舍里……和她所爱的一个男子订婚了几年,只落得渐渐疲倦,因一切都引入失望之途;而所谓礼教,又和这两位相亲爱的少年人搏战。……或者,和她的家庭成仇,讥笑母亲,和兄弟姊妹吵嘴;父母未尝不爱,但是,小小一所房子里许许多多的人,镇日价听见门外剥啄地响……

以上所述,便是温妮所想要表演的。那些长而剧烈的答辞,也许构造得不很妥当,但倒还活泼动人。罗娥,一次堕落,便对于无论何人都抱怨,尤其是对于社会;自身却不负责任。

　　这个正是该表现出来的;但当试演时,人人都劝她改变方针,说她这种表达是不会有效果的。除非人家的批评使她失了自信心,她的同人的说话实在有理……这次的失败,不是没有才艺的失败吧?

　　初演的时候,她差不多是轻视批评。她自信心很强,以为她有大才艺,终有一天人人都赞成的! 她只有这一本剧,一本真的戏剧,对于她自己,不过是儿戏;而对于社会,要显示戏剧是什么东西。当在他人演剧大受欢迎的时候,她非常地想要指摘出他们表达的荒谬,笨拙而浮夸的语法,一切都无生命。然而批评家和一般人都觉得这个很好。也许别人倒有道理吗? 这么说起来,剧场上不能表现自然,否则是她不能把自然与艺术连在一起……

　　但是,假使她在西提戏院是第二等伶人,还能保存她的地位。她在戏院里,不得自由。常是一样的光景:一个头目,是她所附属的;许多同人,没有一个能和她一致;还有便是金钱上的难关。她现在不得不守着戏院吃饭,没有一个办公处要她了。唉! 一个女伶! ……

　　天啊! 克利斯田的话,何等有理! 克利斯田,她想他不晓得多少次数了! 看见他的面,听见他的声,该怎样快活! 他曾经想要救护她,不让她走到会使她受损害的环境去。是了,误会从此而来,他分明晓得她不能开辟一条生命之路,而他不能帮助她,真够使他痛苦了!

　　天啊! 昨天从婶娘家回来的时候,克利斯田会不会猜她醉了?

　　温妮在新剧本里不出演,觉得倒好。然而伦特戏院的剧却该是她演,现在人家把种种的角色都给她了。

　　温妮一面想着这个,一面走向跳舞场去。不,她哪里预备去跳舞? 没有一件事能娱乐她了。再者,她又到的太早。战战磕磕地停了脚步,注视着带白色的地面与贺尔门哥伦的无数灯光射到山上的反照。

她懒洋洋地爬上了苏尔凯德路,秘密的希望,是想要遇见克利斯田。这么晚了,他一定已经离了工厂。再者,厂屋已经沉没入黑暗里了,他也该出来了。

她下来,到了路上。好几个少年闹嘈嘈地唱着歌走过,她转身向工厂走去。他们假装跟着她,叫她。厂门还开着,温妮进至天井里。

办公室里还有灯光,温妮望见克利斯田和一个工头说话。看着那工头走了,她躲在暗地里。

房门半开,她望见克利斯田,背靠着写字台上。

也不想事情是怎样,也不反省她做的是什么,她进去了。闻惯了的树胶的气味、柏油与其他的气味,都扑入鼻孔来。深一脚浅一脚地在电线的圆柱上走去,走到了克利斯田的写字台边。

他突然扭转身子。

"温妮!"

他的面色顿变,呼吸短促。温妮周身颤战,隐不住颤巍巍的声调。

"我到这一区有些事干……我……我想向你说个晚安……我愿意晓得你身体可好……所以我进来……"

"你来得好,可喜得很……我正要出去,许我陪你走吗?我……我们……"

她听不见他说的什么。他说时声音很低,为感情所冲激,颤巍巍地收拾写字台上的书籍。

"温妮!"

她本能地投入他的怀里。

……她稍为挣开些他的拥抱,好靠近他的耳朵低声说话:"克利斯田,你晓得不?假使不像现在这么一来,我要变疯了。"

他们发疯似的紧抱着。

"克利斯田,你记得你寄给我那一封信吗?"

"请不要提起,温妮。我真后悔不及!那时节,我不复是我了。我父亲刚刚死了,我便赶回家里,分明晓得不能再见他。……我没有再获得你的力量,甚至于不敢以朋友情分和你出入,怕这么一来,什么都完了。……

寄了那一封信之后,我好不懊悔!纵使你只用你的小指头捻着我,我该用双手揽着你才是。"

他们俩欢笑夹着呜咽。

结果,他们决定出去了。

"自从那天晚上在电车站跟你分别了之后,我天天只想着你",克利斯田说,"刚才你来的时候,我正在想你,我以为是个幻影呢。"

戏院咖啡馆里的人不多。

"你从来没有像今天这样美丽。"克利斯田替她除下了外套,温妮微笑地表示感激。她穿着紫色旗袍,怕更形容面色的淡白。她的眼睑红得很。

温妮很热情地握着克利斯田的手。

"你呢,你变了一个高大汉子了。"

他庄重地微笑。

"我们两人都变了大人了。"

"我们不再提起这个吧。"

"不,克利斯田,我不想喝香槟酒;我的爱人,你不疯了?"

"不行,不行,多少要喝些。你常对我说过:'当我穿得齐整的时候。我爱喝香槟。'"

温妮把长而白的手套褪了下来。

"克利斯田,我希望这是我们最后一次的订婚。"

国家戏院的戏才散了场,许许多多的观客进咖啡馆来了。温妮时时施礼,看见好些面孔在她前面经过,像在大雾里。

"请你还我的戒指,温妮!"

她点头承认了。

"你不质问我些事情吗,克利斯田?"

他很庄重地注视着她,摇摇头。

"既然你自己情愿再来归我……再者,我少了你便不能生活。"

温妮靠着他耳边低声说:"克利斯田,当没有旁人看见的时候,我还给你的戒指,我长跪在你跟前,吻你的手。"

克利斯田微笑,但他的双唇却颤动得厉害,他闭着眼,停一刻才说:

"天啊! 老成一点儿,不要小孩子气啊!"

他们慢慢地走向温妮的住处去。她攀着他的手臂,还几乎跌倒。新下的雪胶住了鞋底,无情的北风把雪花打到他们的脸上来。

"跟我上去吧,我好还你的戒指。"温妮恳求说。

温妮房里火熄了,冷得很。

街灯反照到薄霜盖着的玻璃窗上,成淡绿色。温妮找洋火……灯里的煤油已经完了,她点着钢琴上的蜡烛,然后拿出些干葡萄和葡萄酒来。

"不,温妮,不要酒了,天太晚了,你晓得不?"

"我不管。"温妮说时,伸手向横柜的抽屉里掏摸。

克利斯田走近她身边,拥抱着她。好些香料、手套、女衣等物的气味,从抽屉里透出来。

"这是你的戒指……"她把戒指套到他的指头上。

"skaal①,克利斯田!"

她坐在他身边,很近,非常地近。在沙发的一个角儿上。

"克利斯田,如果你真的爱我,请多坐一会儿,现在我怕孤独了……我已经孤独了许久,你晓得不?"

他把脸贴着她的颈,紧紧地抱着她。他生平所钟爱的小身材……

---

① 挪威等国的熟语,举杯喝酒时常用。

"温妮,我的心肝,我很热烈地希望的只有一件事:永远不离开你!"

当她最后一次抱着他接吻之后,把她的钥匙递到他的手里,很担心地微笑说:

"过去的让它过去吧,不必懊悔,克利斯田。"

他慢慢地走。北风抓着脸皮,雪点蔽着眼睛,他毫不觉得。那些路都很荒凉,真是万籁俱寂。

那小爱人,……她独坐无聊,或许正在哭吧……她的房间,本想很美术地点缀一下子,而今只落得冷气侵人……此刻她也许睡了吧……

至于他自己呢,只想打瞌睡。他将要忏悔吗?哪里用得着忏悔?……中饭的时候,他还推测不到快要遇着什么事情哩……

话虽这样说,如果这事变了另一个样儿,他也许还幸福些。他还算幸福……懊悔吗,未免太傻吧。他们年纪轻,相爱深,不该把他们的行为报告别人……他想到又小又冷的卧房,她的热狂似的抚爱,与她的脆弱的身体,他真无限伤心,不能自禁……

五

温妮慢慢地从阿凯尔路走过,时时停步,很羡慕地望着电车及别的车子。然而,她只该走路,因她原为的是运动而来。天气不很好:湿气重重的浓雾,大雪正在融化。11月的黄昏凄凉得很,街灯放出淡黄色的微光,很可怜地照到泥泞的路上……

柏凯跑到她跟前来了:

"唉,温妮,你可安好?整天干些什么事情?新编的一本戏,你还没有去看,该有点儿害羞吧?你该去订今天晚上的位置,带你的丈夫来。克拉拉克拉米拉利亚实在不坏,你晓得不?至于我呢,我不愿意说到我自己。"

她到底走开了。这似乎太傻,但她等候着 3 月里的孩儿,自觉此时的身体粗胖,很不雅观,所以每次遇着朋友,都觉得有点儿害羞。

她在店铺前停了脚步,眼不转睛地望着些婴孩的衣服:好些白羊毛制的很可爱的小小袍褂,到有了一个小女儿的时节,妆饰她,料理她,何等有趣!说老实话,她并不怎样渴望做个母亲……几年后也许……但此刻……总之,她要改变意见吧。她常对克利斯田说,她觉得有厌世的观念,因她很受痛苦。

她又在一家店子窗外停了脚,好些薄绒布陈列在那里。她需要粗布衣与梳妆衣。唉,她有这么多的需要。

温妮看看手表,她出门只一个钟头。她于是进墓地去,这边比之大路还脏些、凄凉些。

她在夏尔洛德的坟前徘徊良久。墓上的花环已经褪色,菊花与玫瑰腐烂成为又湿又黑的污点。况且花环又不多,更形容得凄惨。

……9 月间诺尔马克的一个小湖里,发现了她的尸首。她是用手枪自杀的。克利斯田不许温妮看见死尸,但到葬时,他们却来送殡。那时候,爱莲真是肝肠寸断。虽然只悄悄地哭,但听她那种断肠的呜咽,哭到几乎窒了气息,真是可怜。温妮不晓得怎样劝她,爱莲的秘密的痛苦,她知道吗?

克利斯田与温妮跟着赫德维克与她的丈夫后面走。赫德维克的眼眶里流下许多大颗的泪珠,像一个不幸的小孩。她口里唱着圣歌,声音湿滞,但颇高,有点儿假。温妮说过,这令人有信托之感。赫德维克想要人家唱:"地下之美……"因夏尔洛德曾经说过这歌有天堂之美。

温妮自从与克利斯田二次订婚后,很少与夏尔洛德来往。赫德尔斯不久便死了,夏尔洛德该非常地悲伤,但温妮从来不曾很了解她。

当她的婚期,夏尔洛德很客气,送她许多东西:一张工作桌子,一张藤椅子,好些图画、刺绣品及鲜花。她又帮助她布置许多家具在他们新赁的住宅里。她屡次向她说要离开城市,也许她已想到她快要做什么了,也许她已料到现在已经做过的事情了。

朱尔德家住在附近墓地的一条路上。温妮虽已住了三个月,老是想搬到别的城市去。她真不喜欢这屋子,微弱的太阳光照进来的时候很少,而且只在卧房里。至其他的房间,她常在那里工作的,却给她一个漫漫长夜的印象。屋子脏得不堪,而这一区都有穷苦不堪的景象。温妮觉得好像到处有人侦伺着她:单调的、无尽的、一排一排的窗子,用价值很贱的帘帷点缀着;帘帷的后面,像是隐藏着许许多多的眼睛。毫不奢华的小店铺夹在许多营房样的屋子中间,还有杂色的花架子里的鲜花,白色而缺口的瓷瓶子。到了晚上,挂灯亮了,她可以看见到处都是核桃树制的柜子、镀银的茶壶子、玻璃的鲜红的糖果碟子。

这令人有一个印象:许多木房子的乡镇,好些灰绿纸糊的隔架围绕着,而今已毫无光彩。

这里所有的人们,都有的是二房客。每天早上,可以看见好些人,老的、幼的、种种的———小职员们——出门,各到各的办公处去。

她家的左近,有一家旧的木房子,几棵树围绕着。从前的时候,该是有一个美丽花园,但人家已经建筑房子,剩下一角的草地,还被芟除。地面尽是践踏过的坚土。树身被孩子们朝夕攀爬,已破坏了树皮。克利斯田觉得门外的小园子倒还可爱,至于温妮呢,独自一人,整个上午坐近窗前,闷损损地呆看着脱皮的树及两株还剩绿叶的紫丁香。

住宅里寒冷而阴沉。女仆已出去了,剩下温妮,坐在椅子上,披着围巾在打寒战,懒洋洋的,不愿生火,也不愿换去湿鞋子。

有人敲门了。谢天谢地，原来是毕尔支。

"毕尔支，你肯不肯帮我一个忙，给我生火？如果你肯把暖锅的火点着，我们可以喝两杯茶。天气坏得很，是不是？……你看，你织的花边还不够哩。"温妮打开一个包袱，里头是些小衬衫与小儿用的挡涎披肩。

"温妮，今天我不能做得更多了，但礼拜六包可完工。"

"你这个人真好。礼拜六两点钟可以完工吧？你可以同我们一起吃晚饭，并且帮助我用机器缝衣服，我现在什么都做不了……毕尔支，你怎样了？你有什么事情？"

毕尔支好容易才生了火，傍着火橱坐，眼不转睛地注视着火焰。

"温妮……哈干和我的事情从此完了……"

"我亲爱的毕尔支……"温妮走近她身边，手抚着她的肩膊。毕尔支悄悄地哭。

"一切都还有法子想，毕尔支。"

毕尔支站起来，到桌子旁边坐下。

"唉，不，决不能再有办法，他别有所恋了。"

毕尔支头伏着案，只是哭。

温妮站着，呆看着她。她这种失望之泪，算是最悲惨不堪；温妮自己的痛苦，与夏尔洛德之死，都比不上这个……毕尔支悄悄地哭，她也不想捣乱，因一点儿希望都没有了。她的将来的计划随着她与古尔塔特中将的结合同时断绝了。她不复认识生命了。

温妮很愿深深地吻着她，安慰她，然而有什么话可说？说哭没有用处吗？说那男子值不得为他而伤心吗？说她年纪轻，生命之花正在眼前，像她这样好人，该享受厚福吗？不，这哪里是真的？好人？好人毫无益处，只落得多受痛苦……

她紧抱着毕尔支，但她自觉胆怯，只能抚摩着她的头发说："毕尔支，我亲爱的毕尔支……"

"你晓得不？我老早便知道靠不住了。他已经出了军官学校，还不肯举行正式的订婚……但我一方面，我总希望不至于断绝关系……然而我常对自己说：'你永远不能嫁他，你和他无缘，他也并不爱你。'而且她……她，赖克希尔德，人又不错——你晓得不？很漂亮一个女子，她的父母很有钱，赫父奇路那一所美丽的屋子便是她家的……"

"唉！那么……"

"不，你不该相信这个，温妮。哈干也还不是自卖的人，但她这样好，她常在一个社会里来往，我不能到那边，她却跟定了他……我原该即刻和他说，但我没有那勇气，后来我极想要守住他，再克服他，我明知没有用处，但我总想多用几种方法试试看。前天我收到他一封信，于是我去看望他，而他……"

她们听见克利斯田把钥匙在门锁里扭转。

"我走吧，温妮？"

"不，毕尔支，我不肯让你走。"

克利斯田进了房间："晚安，爱人；吔，你也在这里，毕尔支，晚安。"

"我该走了。"

"说哪里话，我的爱友，陪我们再坐一会儿。我已经带了些虾子回来，"克利斯田说时，很得意地呈出他的包裹，"呀，你们为什么站在暗地里？"他刮了一支洋火，点着了灯，温妮想阻住他，已来不及。他看见两副脸孔飞红似的还带着眼泪，只吓得他目定神呆，捏着灯帽子在手里。温妮示意给他，叫他一句话不说。毕尔支出去了。在外厅里，温妮抱着她笨笨地接吻。

"当你这个境地，我实在不肯让你走，这一夜该在这里歇。克利斯田可以到饭厅里睡去。"

毕尔支只想要走，再者，她不敢和克利斯田说话，不敢告诉他。

"我们到我的卧房里去，他来呢，我赶他走。你连他的面都不见……不，我不忍离开你。不肯叫你独自一人守着你的卧房哭一夜。”

“唉！温妮，假使我没有现在这种职务，我早已跑回到家里，和母亲接吻……别人也一样，尤其是母亲。我呢，我得了这新位置，何等欢喜，正储蓄些钱为结婚之用！”毕尔支重新又成了泪人儿。温妮毫不迟疑地披了外套，戴了帽子，跟毕尔支走了。

她回来时，克利斯田正在害怕，赶紧跑到卧房里看她。她的外套还没有除下，已经一五一十地都告诉了克利斯田。这样一来，自己可以减轻了些烦恼。克利斯田生气极了，哪里来的流氓！和一位女子订婚了几年，又趁着毕尔支办公的时候，和另一个女子天天到外面逛了一年多。何等无情！何等无赖！

到底不能不吃饭。那些虾子的气味，几乎使温妮作呕。

“温妮，你前两天才说过想吃虾子哩。你总得吃点东西才是，断不能如此延长下去……”

温妮坐在梳妆台前，松了头发。天啊！她的尖脸像个雷公，面带铅色，像个什么样子？……现在当她深思默想的时候，她往往感到一种大恐怖，几乎愿意在分娩以前便死了吧。

克利斯田进来，手握着她的头发说：“爱人，你哭？”她两臂扳着他的颈，使头贴着胸膛。“温妮，我的小乖乖，为什么你哭？不止是毕尔支的事情使你哭吧。我看见你如此，心里好不难受！我能安慰你不？”

“哪里不是？尤其是为着毕尔支。当我送她出去的时候，你晓得她说的什么话：‘假使我不到这个世界来，岂不是好？’她拿他的手放在她的胸膛上说：“你以为我们的孩子将来也会有一天说这种话吗？”

克利斯田很深情地紧握着温妮的手：“爱人，我哪里晓得？但我想凡是一个人，总有些时候愿死。然而愉快的生活也未尝没有，你记得在班特哥特的时节吗？……"

"呀！真的，何等好日子！……说哩，我还忘记告诉你，当我向彼娜婶娘报告我们的婚期的时候，她向我说了些话。"

"该死！她说了什么可以注意的话了？"

"你听我说……她劈头一句便说：'温妮，你快要生一个孩子。'——你看，克利斯田，不要那样态度——你以为她如果不打算到这一层，便不会送给我一架缝纫机吗？唉！彼娜婶娘真是好人，你不要疑心！……别说话，静听我说，我正说到有精彩的一句话哩——她又说：'嘘！我的小温妮，你的前途不会更坏，现在你有了严重的事情，一定变了一个好妇人。'——她又说：'今天以前，你永不曾担当这等大事……'"

克利斯田跪在她面前："温妮，温妮……"

她浑身颤动，觉得抽筋，她哭，又发狂地笑，自己也莫名其妙。

温妮躺在床上，动弹不得，听凭看护妇扣好她的夜衬衫的扣子，把她的孩儿放到摇篮里去。

"夫人，要睡一觉才好，我把窗帘放下来吧。"

"不，不要管吧，我还可以睡得着。"

温妮转身向着窗子。太阳的光线离开了，但院子里还有日光，风势颇大，雨点经过窗前，画出一道曲线。温妮归思萦怀，默想着春风的和煦……

温妮得了许多花：容易凋谢的毫无彩色的秋牡丹，好些青苔缠绕着；鲜红色的马兰花；还有些水仙花在菩提树枝中间，很有自鸣得意的样儿。这些花差不多都是毕尔支带来给她的。

毕尔支差不多天天都来。温妮与她的孩儿和毕尔支的关系中间，很有不少伤心事。在孩子未出世以前，毕尔支缝好不少的小衣服，她期望孩子的心……然而，表面尽管如此，而内心究竟还隐藏着深愁。

毕尔支二十三岁的人,无可奈何地放弃了自己的幸福,只好安心忍命地把别人的幸福来聊以自慰:为别人而工作,爱别人的孩儿……温妮还能成家,还有孩子以自娱乐;她呢,想着从前,该胜过温妮千倍……

温妮听见毕尔支向孩子说"向你的毕姑姑笑笑吧……"的时候,总觉得心中不安……不,她不能决定叫毕尔支一声"姑姑"。

一个麻雀飞到窗前,停在太阳晒白晒枯了的圣诞堆上,另一个跟着飞来,一刻间,来了一群,翻寻麦穗,发出尖锐的噪声。

这群麻雀与这圣诞堆引起了温妮一种记忆。是了,正是她该卧床的那一天……她下去干些事情,看见好些麻雀正在麦堆上翻寻。她觉得有趣,站着看了一会儿……

当她睡醒了的时候,天色黑了,饭厅里的灯亮了。

"克利斯田!"

"爱人,她已经好好地睡了一觉,你晓得不? 你要不要灯光?身上好不好? 如果你要吃饭,我叫看护妇预备了来。"

卧房里灯亮了,照着许多鲜花,很有做节的光景。

"呀! 多美丽的玫瑰! 是你带来给我的吗?"

克利斯田握着床沿坐下,吻着她:"亲爱的温妮,你该饿了?"

"不,我想再等一会儿。你要回到办公处去吗?"

"唉! 是的,我不得不去……"

"明天我可以起床。凑好是礼拜日,你可以整天和我们在一块儿。我要你扶我走路,我怕忘记了……"

"谢天谢地,明天你就可以起床了。"

"而且我的脸不很黄了。天啊! 我仍旧长得好看些,多么可喜的事!"

克利斯田很温柔地抚着她。

"温妮,我爱你。"

"我爱,你看见我能站起来,该怎样喜欢! 我在床上,简直一点儿事情不能做……"

"算了,我用不着你做什么,你放心吧。"

温妮微笑,很热情地抚摩着他的手。

"克利斯田,要我喜欢,该告诉我说:屋子里一切都零乱不堪,没有人照顾你吃饭,袜子破了没人料理……把孩儿递给我,克利斯田。"

"停一会儿吧。此刻该给她喂乳瓶子。"

"还请递给我,只几分钟也好。"

克利斯田抱起孩儿,周身裹着褓褓。他抱惯了,已经颇为熟手。

"克罗生夫人有了孩儿。不自己喂乳,只给他些 mellin's food 吃,养得胖胖的。至少是克罗生夫人向我说过这话。"

温妮握着孩儿的小手。这一双红色而有皱纹的小手从太大的袖子里伸了出来。这是一个瘦弱的小孩,皮里的筋脉成淡紫色。

"克利斯田,我想起我的母亲,从前该是怎样地爱我!……"

克利斯田俯着头向着妻子与小儿。

"至于我,我想着我对你二人的深挚的爱情。"

"克利斯田,假使有人对我说:'如果要长保守着你的孩子,须得你再受一场灾难。'好!我便甘心承受,毫不害怕……"

克利斯田到办公处去了。温妮手抚着孩儿的柔软的头,觉得她刚才说过的一番话,洋溢充塞了卧房。

唉!真的,她可以毫不迟疑地做去……有时,她觉得爱克利斯田与爱儿的情如此之厚,她的心将要跳出胸膛而碎裂了。

她该怎样做才能够表示对他的爱情呢?她常常想要做些不可能的事,想要尽心竭力地酬报他,因他之爱她胜于她之爱他,她自觉不配受他爱到这地步。她心中很是不安:施恩少而受恩多,实在对他不住。如果有一天她能自牺牲,正是乐事!……

去年整个冬天她对他实在不好。她不是这样想象吗:他常谈到儿女,谈到他给她的快乐,这不过是相信此刻的她,心中只有他与儿女,没有别的了。她哪里料得到今天的事?

……话虽这样说,她所演的最后一剧,总算有一部分的成功。这种成功,也许来自她的物质的特别境况,或者来自前一年春夏两季的生活,总之,她已经使她的情绪变为最自由的了。说老实话,这不算确定的成功,还不能使她与众明星并列……

而她总还舍不得离开戏院。连克利斯田自己也心中不安。一切都像很远……直到托尔弼来看望她的孩子那一天。……她的最近的成绩,成了许多谈话的资料;她绝对应该在身体复元之后,即刻回到戏院去,而且克利斯田也对她说过:戏剧便是她的性命,他不愿做她的职业上的障碍物。结果是他恳求她说:"温妮,为我去做吧!"

不,她实在不能。自然她很晓得克利斯田绝对不肯阻碍她的前程,他当娶她的时候,已经晓得是委屈了她了。

然而,这是不可能的事。她不能再演剧,只好做一个克利斯田的人——一个小心的忠诚的妻子。

这时节,她是否还绝对地相信她的才艺……

不一定了……她投入克利斯田怀里,唯一的空想的希望乃是想借着他的抚爱,与他的热情的甜吻,消灭了重上舞台的意志。

她这一辈子终久有些不如意……一种东西,内心的,不能下定义的东西,在克利斯田·朱尔德家里终久找不出来。

什么东西? 谁也不会知道……!

她揽着她的女儿聚靠着自己。

"你也不,你永远不会知道,决不会,我的小诺拉。"

十八年一月五日译完